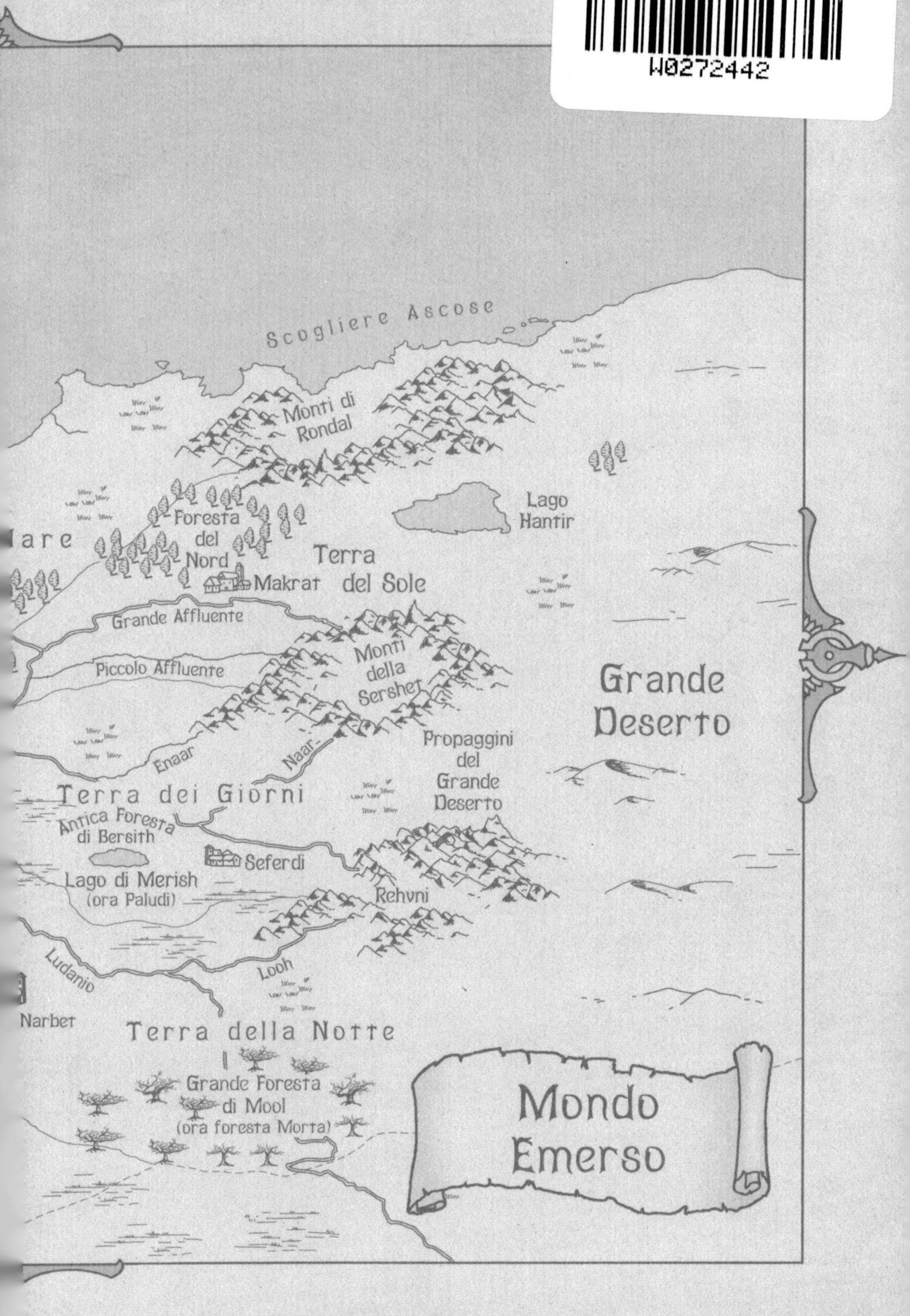
Scogliere Ascose
Monti di Rondal
Lago Hantir
Foresta del Nord
are
Terra del Sole
Makrat
Grande Affluente
Piccolo Affluente
Monti della Sershet
Grande Deserto
Propaggini del Grande Deserto
Enaar
Naar
Terra dei Giorni
Antica Foresta di Bersith
Seferdi
Lago di Merish (ora Paludi)
Rehvni
Ludanio
Looh
Narbet
Terra della Notte
Grande Foresta di Mool (ora foresta Morta)
Mondo Emerso

LEGGENDE DEL MONDO EMERSO

LICIA TROISI

LEGGENDE DEL MONDO EMERSO

I - IL DESTINO DI ADHARA

MONDADORI

www.ragazzi.mondadori.it

Prima edizione novembre 2008
Stampato presso Mondadori Printing S.p.A.
Stabilimento N.S.M., Cles (TN)
Printed in Italy
ISBN 978-88-04-58286-1
Anno 2008 - Ristampa 2 3 4 5 6 7

A Melissa e ai ragazzi di Lands & Dragons

Prologo

L'uomo in nero avanzò lentamente. Si muoveva sicuro tra i vicoli deserti della città, il cappuccio a coprirgli il volto, il mantello ad accarezzargli gli stivali. Ombra tra le ombre, imboccò deciso la via che sapeva. Aveva fatto un sopralluogo, qualche giorno prima.

L'ingresso era anonimo: una porta di legno, un architrave in pietra. Non ebbe bisogno di vedere il simbolo inciso sulla chiave di volta per sapere di essere arrivato.

Si fermò un istante, conscio che non era quello il suo obiettivo primario, che un'altra era la sua missione.

«Trovarlo è di vitale importanza, capisci?» aveva detto Kryss, l'ultima volta che lo aveva visto.

«Lo so» si era limitato a rispondere lui, chinando il capo.

«E allora non ti fermerai finché non lo avrai trovato, e non permetterai a niente e a nessuno di mettersi fra te e il tuo obiettivo.»

Kryss lo aveva guardato senza aggiungere altro, perché l'uomo in nero fosse libero di soppesare quel silenzio e riempirlo di significati. Ma lui non era tipo da farsi spaventare da così poco.

Trucchetti buoni per chi ti adora come un dio, non per me.

Si era inchinato in segno di rispetto e si era avviato alla porta.

«Ricorda il nostro patto» gli aveva detto Kryss prima che varcasse la soglia.

L'uomo in nero si era fermato un istante. Non potrei mai dimenticarlo, *aveva pensato.*

E adesso era davanti a quella porta. Avrebbe ancora potuto fermarsi e andarsene. Riprendere la strada e tornare alla sua missione.

Sei pronto anche a questo, per il tuo obiettivo? *si domandò, mentre gli occhi indugiavano sulle venature della porta. Non ebbe neppure bisogno di cercare la risposta.*

Prese un grosso respiro e con lentezza sguainò la spada. Poi diede un calcio al legno, e fu dentro.

Una sala di semplici mattoni, dal soffitto assurdamente basso. Il Veggente lo diceva sempre: «È una sistemazione provvisoria, abbiate pazienza. Ma almeno ci garantisce quella segretezza di cui abbiamo disperato bisogno. Penseremo poi, quando saremo a buon punto con il piano, a cercare una sala più dignitosa.»

Lo spazio asfittico di quel sotterraneo era rischiarato da una serie di torce infisse nel muro. L'odore di muffa si confondeva con quello acre del fumo. Uomini vestiti di bianco vagavano da una stanza all'altra. Sul volto, cupe maschere di bronzo, lisce, con due semplici fori per gli occhi. Porte chiuse, dalle quali provenivano mugolii, e un salmodiare lento, ipnotico. Odore di sangue e magia, sentore di morte. In quel silenzio gravido, lo schianto della porta abbattuta risuonò con la violenza di un'esplosione. I primi Veglianti, quelli più vicini all'in-

gresso, non ebbero neppure modo di rendersi conto di quanto stava accadendo. L'uomo in nero li falcidiò con un unico, fluido movimento della spada. I manti bianchi si tinsero di rosso, le maschere di bronzo caddero a terra tintinnando. Sotto, i volti contorti dal dolore di un paio di sottotenenti dell'accademia e di un ministro.

Gli altri ebbero il tempo di prepararsi. Chi era armato tirò fuori le spade e combatté, molti corsero a nascondersi, a salvare il salvabile.

L'uomo in nero sembrava inarrestabile. Del resto, non erano nemici alla sua altezza. Nei lunghi anni di vagabondaggio aveva avuto modo di scontrarsi con ben altri avversari, e le cicatrici sul suo corpo testimoniavano ciascuna di quelle battaglie.

Ecco la mollezza di un mondo da troppo tempo in pace, *pensò con disprezzo.*

Un fruscio alle sue spalle. Non dovette neppure voltarsi. Pronunciò le parole a mezza voce, e una sfera argentata lo avvolse. I pugnali tesi contro di lui rimbalzarono sulla superficie elastica della barriera.

«Un mago...» mormorò qualcuno con orrore.

L'uomo in nero sorrise con ferocia.

Adrass chiuse la porta col chiavistello. Il suo respiro sembrava non trovare la strada che dai polmoni conduceva all'esterno.

Premette il corpo contro il legno, appoggiandovi l'orecchio. Stridio di lame che si incrociavano, urli, tonfi di corpi che cadevano a terra.

Che stava succedendo? Li avevano forse scoperti?

Cominciò a battere i denti. Lottò contro il terrore. No. No. Non era quello che gli avevano insegnato. Era stata la prima lezione, quando aveva messo piede là dentro.

"Se mai ci scoprissero, cercate di salvare il nostro lavoro. È l'unica cosa che conta, qui. Noi lavoriamo per un progetto più grande, per un fine superiore, non dimenticatelo."

Parole del Veggente. Adrass deglutì. Salvare il nostro lavoro.

Si staccò dalla porta con decisione e corse verso gli scaffali addossati a una delle piccole pareti del cubicolo in cui si trovava. Frugò tra le vecchie pergamene, tra gli appunti fitti, stilati nella sua calligrafia minuta ed elegante. Ne mise alcune in una borsa di cuoio, altre le stracciò. Rovistò tra i barattoli e i filtri, tra le ampolle e le erbe. Anni di lavoro. Come si faceva a scegliere cosa salvare della fatica di una vita in pochi attimi convulsi?

Un mugolio attrasse la sua attenzione verso il tavolo al centro della stanza.

Adrass tornò in sé. Ecco cosa doveva salvare: la creatura. Era l'unica cosa che valesse la pena portare fuori di lì. Lei contava più delle loro misere vite, più dei loro stupidi studi. Lei era tutto.

Grida di ragazze oltre la porta.

No! Stanno uccidendo anche loro!

Si avvicinò al tavolo, sciolse le cinghie di cuoio che trattenevano la creatura, la liberò. La prese rudemente per le spalle, costringendola a tirarsi su.

«Svegliati, forza, svegliati!» le disse, schiaffeggiandole le guance. Ma lei rimaneva inerte fra le sue braccia, gli occhi mezzo chiusi.

Dietro la porta, rumori più violenti. I nemici si stavano avvicinando.

Il cuore di Adrass fece una capriola.

«Io morirò, ma il nostro lavoro non andrà perduto. Io morirò, ma il nostro lavoro non andrà perduto...» Ripe-

teva come un mantra la cantilena che gli avevano insegnato quando era diventato Vegliante.

Se solo collaborasse! *si sorprese a pensare con stizza. Perché la creatura non si svegliava?*

La tirò via dal tavolo a forza, e lei si accasciò al suolo, inerte. Muoveva appena le labbra.

Adrass prese un'ampolla con dell'acqua e gliela versò addosso. Lei trasalì.

«Perfetto, brava, brava… ascoltami.»

La sollevò per le spalle, la fissò negli occhi, occhi spenti. Forse era troppo presto… Scacciò quel pensiero.

«Adesso ti porto in un posto, d'accordo? Ascoltami!»

Un barlume di vaga comprensione accese lo sguardo della creatura.

«Brava, così.»

Uno schianto appena fuori dalla porta. Adrass trasalì. L'afferrò da dietro, prendendola per le ascelle, e la trascinò via.

Riuscì a raggiungere il pulsante sul muro. Una piccola sezione della parete scattò, rivelando un cunicolo angusto.

«Cerca di star su, ti scongiuro…» gemette.

Si chinò per entrare nel passaggio. La creatura si lamentava, ma finalmente iniziava a muoversi.

«Bravissima, avanti…»

Si trovò a strisciare tra le pareti umide di muschio. Dietro di lui, la creatura avanzava a stento. I rumori della lotta si affievolirono, e il cuore di Adrass rallentò per un attimo la corsa.

Ce la posso fare, ce la posso fare…

«Di qua!» urlò, girandosi alla prima biforcazione, poi avanzò ancora un poco, finché non si imbatté in un muro.

«Eccoci, eccoci» disse più a se stesso che alla creatura. Spinse un mattone con mani tremanti e davanti a lui si aprì una stanzetta minuscola. Afferrò la creatura per un braccio e la spinse dentro. Lei provò a lamentarsi. Quando le sfiorò la guancia, si accorse che era bagnata. Stava piangendo. Il cuore gli si strinse un istante appena.

Ricordò le parole del Veggente: "Le creature sono meri oggetti. Sono gli strumenti della nostra salvezza, e come tali dovete guardarle. Non pensate a loro come a delle persone; non lo sono. Scacciate la pietà e l'affetto che sarete tentati di provare: sono semplici ostacoli al compimento della nostra missione."

Adrass tornò presente a se stesso. «Ora sta' in silenzio, chiaro? Resterai qui ad aspettarmi. Non ci metterò molto, d'accordo?»

La creatura annuì debolmente.

«Brava.» Adrass si lasciò sfuggire un sorriso. «Non uscire per nessuna ragione.»

Poi chiuse la porta di mattoni e rimase lì davanti per qualche istante. Nessun rumore. Forse la creatura aveva capito. Si concesse qualche momento di riposo. Ora poteva morire in pace. Chissà, forse proprio quell'essere patetico che giaceva là dietro li avrebbe salvati, chi poteva dirlo. Ma lui aveva compiuto il proprio dovere. Rifece a ritroso la strada percorsa.

L'uomo in nero non si fermò davanti a nulla. Erano anni che non si scatenava così, da quel giorno lontano in cui l'avevano catturato e aveva fatto la conoscenza di Kryss. La sensazione del suo corpo che si muoveva con precisione, il lieve indolenzimento dei muscoli sotto sforzo, l'odore del sangue... lo inebriavano, lo facevano sentire bene.

Uccise tutti, senza distinzione. I soldati e gli uomini di potere, i giovani e i vecchi, le fanciulle, soprattutto le fanciulle. In fin dei conti era venuto per loro. Povere cose nelle mani di quei folli stregoni. Per un istante pensò che stava facendo loro un favore.

Ecco il mondo che hai contribuito a edificare, Maestro. Forse facesti bene, quel giorno, ad andartene e a ripudiarlo.

Poi sfondò l'ultima porta. Lui era là dietro. Tra le mani, libri antichi e pergamene. Le sue dita tremavano. Il Veggente, il capo di quella congrega di folli.

L'uomo in nero avanzò lentamente. Dietro di lui, la sua spada lasciava una scia di sangue.

«Un uomo solo?» disse il Veggente, incredulo.

«Un uomo solo» ribadì lui, con un sorriso truce.

Il Veggente si fece indietro, addossandosi al muro. «Chi ti manda?»

«Nessuno. E se anche ti dicessi chi è il mio sovrano, non capiresti neppure di chi sto parlando.»

Il Veggente tacque per qualche istante.

«Noi stiamo salvando il Mondo Emerso! Perché non lo capite? Date ancora ascolto alle farneticazioni di quella vecchia pazza? Senza di noi sarà il caos, la morte!»

«Del caos e della morte non m'importa proprio niente. E di salvare questo mondo meno ancora.»

Nonostante la maschera che ne celava il volto, l'uomo in nero percepì tutto lo sgomento del Veggente.

«Tu sei un folle.»

«Forse.»

Un unico colpo di spada, e il Veggente si accasciò a terra.

La Congrega dei Veglianti aveva cessato di esistere.

Prima parte

LA RAGAZZA NEL PRATO

I
Risveglio

Caldo. Qualcosa che punge, sotto la schiena, qualcosa di umido. Un universo rosso tutto intorno, e dolore, ovunque. Come essere bruciati da un fuoco interno, come se ogni singola fibra del corpo urlasse.

L'essere percepì una mano, da qualche parte. Mosse le dita debolmente, e le sentì inondate da un quieto tepore. Lentamente aprì gli occhi. Al rosso si sostituì un bianco accecante. Fu come recuperare tutti i sensi all'improvviso, come essere avvolti da un unico caos urlante. Un ronzio insistente, tutto intorno, un rumore stridulo e chiocciante, intermittente, e poi odore di terra ed erba, e la sensazione di umido della rugiada sotto la schiena. L'essere si sentì sopraffatto.

Batté le palpebre e con un colpo di reni riuscì a girarsi su un fianco. Ogni muscolo del suo corpo gemette, tagliandogli il fiato in gola. Nel bianco, a poco a poco andò a disegnarsi il profilo di un braccio pallido appoggiato sull'erba, e di un paio di gambe magre, affusolate e candide, malamente coperte da una tunica macchiata.

Dove sono?

La domanda emerse alla sua coscienza semplice e terribile. Non seppe darsi risposta. Si guardò una mano trafitta dai raggi di sole. I colori andavano pian piano chiarendosi. Il rosa pallido della pelle, il verde accecante dell'erba, l'ambigua tonalità della casacca che indossava.

Chi sono?

Nessuna risposta. Una stretta gelata le avvolse le tempie. Si toccò il petto, là dove il cuore batteva il tempo della sua ansia. Seni, piccoli e sodi.

Sono una donna.

La consapevolezza non le portò alcun sollievo. Si guardò attorno. Il cielo era di un azzurro profondo, senza neppure una nuvola. Il prato che la circondava le parve sconfinato; qua e là, il bianco di timide margherite e il rosso sfacciato di qualche papavero.

Non c'era nessuno.

Provò a scandagliare i ricordi, a riportare alla mente un nome, una faccia, qualsiasi indizio l'aiutasse a capire. Nulla.

Avvertì una sensazione di dolore al fianco poggiato a terra, come se qualcosa le premesse contro la carne. Si girò di nuovo prona, e non senza difficoltà portò la mano sul punto che le doleva. Un oggetto oblungo, piuttosto ruvido al tatto, era legato ai suoi fianchi da una striscia di un qualche materiale che non riusciva a identificare.

Ci penserai dopo, adesso tirati su, le impose una voce interiore. Posò il palmo di una mano sull'erba. Solo allora notò l'alone rosso che le circondava il polso. D'istinto lo sfiorò con un dito, ma si ritrasse subito. Bruciava terribilmente. Anche l'altro polso aveva lo stesso segno.

Non ha importanza, devi alzarti, insistette la voce. Appoggiò anche l'altro palmo a terra. I muscoli delle braccia gemettero, e così le gambe, quando le tirò a sé. Strinse i denti, mentre dalle labbra le sfuggivano lamenti soffocati. Riuscì a sollevarsi solo con grande fatica. Ansimava ogni volta che il dolore le infliggeva una stilettata. Notò che anche le caviglie erano segnate da aloni rossi.

Pelle viva. Significa qualcosa. Ma non avrebbe saputo dire cosa.

Barcollando, si mise dritta. Era nel mezzo di un prato. La cosa non le diceva niente. Non aveva idea di come ci fosse finita, non aveva idea di dove si trovasse, non sapeva neppure chi fosse. Si guardò i seni, le braccia, le gambe, fino ai piedi. Si stupì che quello fosse il suo corpo. Non lo riconosceva, le era estraneo. Neppure la consapevolezza di essere una creatura femminile le suggeriva qualcosa. Indossava una lunga tunica macchiata d'erba e sangue. Sotto, nient'altro. Ai fianchi, quella striscia che aveva notato prima, e l'oggetto oblungo che ne pendeva. Aveva un manico, sul quale appoggiò incerta la mano. Le dita strinsero la presa, tirò verso l'alto. Con un piccolo sibilo, emerse qualcosa che luccicava al sole. Strinse gli occhi e studiò l'oggetto. Il manico era caldo, marrone, e si adattava perfettamente alla sua mano. La parte inferiore era fatta invece di un materiale diverso, lucente e freddo al tatto. Aveva un aspetto serpentino, ed era decorato con segni strani, che non riuscì a decifrare. Passò un dito sul filo della parte fredda, e sentì un immediato dolore. Lo ritrasse, e vide che era segnato da una lunga striscia rossa. Un lampo di consapevolezza illuminò la sua coscienza.

È un pugnale.

L'oggetto che aveva appena estratto serviva a ferire, e a difendersi, lo sapeva per istinto. Ma al momento non le era utile. Lo rimise dove stava prima, e di nuovo si guardò attorno. Il prato sembrava sconfinato.

Non c'è altro, si disse con sorda angoscia. Poi scorse una sottile striscia più scura, in fondo, davanti a lei. Alberi?

È lì che devi andare.

Se ne chiese il perché. Non trovò risposta. Sapeva soltanto che doveva farlo. Avanzò con cautela. Era come se non avesse mai camminato prima. Le riusciva difficile mantenere l'equilibrio, e le gambe gemevano, i muscoli della schiena urlavano. Forse avrebbe dovuto mettersi a sedere.

Mi siedo e aspetto che venga qualcuno. Un pensiero consolante, e per un istante appena le parve la cosa giusta da fare.

Non verrà nessuno, si rispose con gelida certezza. Allora volse lo sguardo alla linea verde, e semplicemente si mise ad avanzare, un passo dietro l'altro, incerta. Intorno a lei, i fiori chinavano la testa al soffio lieve del vento, e l'erba ondeggiava pigramente. Non si lasciò distrarre. In quel nulla in cui era immersa la sua mente, nel vischioso terrore che l'avvolgeva, ora aveva un obiettivo, e doveva perseguirlo.

Vide gli alberi distendersi davanti a lei, sempre più alti man mano che si avvicinava. Tronchi marrone, rami protesi contro il blu del cielo e foglie dalla forma strana, di un verde smorto. Li guardò come un miraggio, mentre i suoi passi si facevano via via più sicuri. Quando infine riuscì a toccare la ruvida corteccia di un fusto, le sfuggì un sorriso di sollievo. Era sfinita. Scivolò lungo il tronco, la veste che restava impigliata e si sollevava sulle gambe, trattenuta solo dalla cintura – *ecco il nome, cintura* – che aveva in vita. Guardò la strada percorsa. Non avrebbe saputo quantificarla, non avrebbe neppure saputo dire quanto tempo aveva impiegato. Non ricordava come si misurasse lo spazio, non ricordava in che modo si segnasse lo scorrere del tempo. Lo sconforto la sommerse. Avvertì qualcosa di umido scenderle lungo le guance, e quando se le toccò sentì che erano bagnate. La cosa la intristì ancora di più. Spalancò la bocca e si lasciò andare alla disperazione, mentre dagli occhi grosse gocce le cadevano in grembo a disegnare sulla tunica aloni scuri perfettamente tondi. Dalla gola le uscivano solo confusi gemiti.

Al suo risveglio, la luce era cambiata. Non più accecante come quando aveva attraversato il prato, ma ambrata, rossastra. Faceva più freddo. Si era assopita e neppure se n'era accorta. Si toccò le guance, e sentì che erano ricoperte da qualcosa di ruvido. Ne grattò un po' con un'unghia e se lo mise in bocca. Era salato.

Il dolore sa di sale, si disse.

Provò a scandagliare di nuovo la memoria. Forse il riposo le aveva giovato, forse ora ricordava. Nulla. La sua mente era una tabula rasa da cui emergevano con solida precisione soltanto le esperienze che aveva avuto da quando si era svegliata in quel prato. Prima, nessun ricordo, solo un magma oscuro e confuso. Di nuovo la paura, gelida e insinuante. Qualcos'altro però la tormentava. Una specie di bruciore interno, e una sensazione di profonda secchezza che le straziava bocca e gola. Le orecchie colsero un suono ritmico e chiocciante, più intenso di quello che aveva percepito appena sveglia.

Devo raggiungerlo. Non avrebbe saputo dire perché doveva farlo, ma sentiva con chiarezza che era la cosa giusta, che dopo sarebbe stata meglio.

Pensò alla terribile fatica che aveva fatto, prima, a tirarsi su. Si aggrappò con le mani alla corteccia e si preparò al dolore. Invece fu meno complicato e penoso del previsto. Certo, i muscoli erano ancora indolenziti e le giunture le facevano male, ma si sentiva meglio. Si staccò dal tronco e avanzò. Ora sapeva come camminare, e mosse un passo dopo l'altro con una certa sicurezza, concentrata sul movimento ritmico, la sensazione di foglie secche sotto i piedi.

Infine distinse un nastro argentato che si apriva la strada fra i tronchi, gettandole negli occhi i riflessi rosati di un sole morente. Si lanciò verso il torrente e vi immerse la faccia bevendo con avidità.

Sete, avevo sete, concluse. L'acqua le scese gelida e deliziosa giù per la gola, placando l'arsura che la tormentava. Aprì gli occhi. Vide lunghi capelli neri e blu volteggiarle attorno al ritmo della corrente. I suoi capelli. Emerse, prendendo un grosso respiro. Le era venuta un'idea. Scrutò i dintorni alla ricerca di ciò che le serviva, e lo distinse poco lontano dal punto in cui si trovava. Valutò la strada da percorrere per raggiungerlo. C'era da attraversare il torrente saltando su una serie di sassi e immergersi per un breve tratto. Poteva farcela.

Si accorse di muoversi con particolare agilità, saltellando senza difficoltà da una roccia all'altra. Giunse dove voleva. In quel punto, un cerchio di pietre costringeva il ruscello in un angolo, forzandolo a creare una piccola polla d'acqua quasi stagnante. Lei aveva il sole alle spalle, e quella specie di pozzanghera le appariva come una superficie bianca riflettente. Si chinò. Indugiò un secondo, spaventata e incerta. Il terrore di vedere riflesso un volto che non riconosceva le strinse di nuovo le viscere, ma lo combatté. Forse avrebbe saputo, forse quella vista le avrebbe sbloccato la memoria.

Si sporse adagio. Capelli neri e lisci aderivano all'ovale minuto del suo capo. Qua e là, sparute ciocche di un blu intenso, lucente. Un volto allungato, magro, ma con guance tonde. Una fronte alta, intorno alla quale i capelli si aprivano come un sipario. Una bocca piccola e ben disegnata, labbra rosee e lisce che spiccavano sulla carnagione pallida. Un naso dritto e allungato, sopracciglia sottili. Come temeva, era la faccia di un'estranea. Un'ombra passò sulla sua fronte e sui suoi occhi, che divennero rapidamente lucidi.

Ecco come appare la paura sul mio viso, si disse.

Tuttavia, la cosa che la colpì di più furono gli occhi. Grandi, ma dal taglio allungato, erano uno nerissimo, l'altro di un viola acceso, limpido, quasi inquietante. Non c'erano molte persone con occhi di due colori diversi: questo, per qualche ragione, lo sapeva. La fronte dell'immagine riflessa si spianò. Era una buona notizia. Sarebbe stato facile riconoscerla, con quella caratteristica.

Si tirò su, fingendo una determinazione che non aveva.

Devo muovermi.

Ancora un ordine di cui non comprendeva il senso, ma della cui perentorietà si fidava ciecamente. Non riconosceva il proprio corpo, ma ne rispettava l'autorità; quando aveva avuto sete, era stato lui a suggerirle cosa fare. Capiva di dover approfittare delle insensate certezze che di tanto in tanto le balenavano alla mente. Erano state quelle a salvarla, fino ad allora.

Proseguì lungo il torrente, perché avrebbe avuto di sicuro ancora sete, e non aveva idea di come fare per portare con sé un po' d'acqua. E poi era certa che se voleva incontrare qualcuno, qualcuno che sapesse chi era o che semplicemente potesse aiutarla, doveva seguire il fiume.

Il sole descrisse il suo arco in cielo, invisibile al di là delle cime degli alberi. La luce ambrata si fece rosea, quindi virò verso un azzurro stinto. Per pochi istanti tutto fu viola, e poi la notte scese lenta, con la sua corte di tenebre.

La ragazza non avrebbe saputo dire quanta strada aveva percorso. Sapeva solo che era buio e che era stanca. Doveva riposarsi.

Salì su un albero. Per qualche ragione intuiva che era la cosa giusta da fare. Si sedette a cavalcioni di un ramo e appoggiò la schiena alla corteccia. I muscoli le dolevano, ma di un dolore diverso rispetto a quando si era svegliata. Ora si sentiva semplicemente stanca.

Volse gli occhi al cielo. Gli alberi le lasciavano intravedere un quadrato di cielo nero come la pece, punteggiato dal bianco tremolante di decine e decine di piccole luci. L'aria sapeva di buono, di umido e di fresco, e per un istante si sentì quasi consolata. Intorno, i rumori del giorno avevano ceduto il passo a nuovi suoni: un ululare lontano e prolungato, il passo furtivo di un animale nel folto, il fischio dolce di qualche insetto di cui non riusciva a ricordare il nome. Non aveva paura. Non era la vitalità trattenuta e guardinga del bosco di notte a spaventarla: era piuttosto il vuoto assoluto della sua mente, il nulla da cui sembrava essere stata partorita. Vide la luna, candida ed enorme, fare il suo ingresso dietro la cortina degli alberi, e sentì il cuore riempirsi di una fuggevole pace, di una precaria serenità. Un uccello piuttosto grande, il muso schiacciato e il becco piccolo e adunco, percorse rapido lo spazio tra lei e la luna. Lo sentì lanciare un verso cupo e rapido. Seguì il suo volo finché poté. Si addormentò cercando di ricordarne il nome.

I giorni successivi furono una marcia continua. Il tempo era scandito dal sole, che si levava e si abbassava sui suoi passi, e dai bisogni del corpo. La prima volta che ebbe fame, fu il suo stomaco a indirizzarla verso alcuni frutti rossi che spuntavano da bassi cespugli. Se ne riempì la bocca e ne raccolse altri da portarsi dietro. Per non ferirsi i piedi, li aveva avvolti in lunghe strisce di tessuto strappate dalla tunica, che adesso era molto più corta. Ma tutto quel camminare sembrava inutile. Il bosco intorno a lei era sempre identico, e non c'era l'ombra di un suo simile.

Forse non c'è altro oltre questo. Forse il mondo è un'unica, immensa foresta.

Poi, un giorno, voci. Confuse, distanti. La ragazza le seguì come si fa con i miraggi, correndo mentre felci e rovi le segnavano le gambe.

Sbucò all'improvviso in una piccola radura e se li vide davanti. Erano più giovani di lei.

Ragazzini, le suggerì la sua voce interiore. Una bambina, un bambino più basso e uno alto. Rimasero bloccati a guardarsi per un tempo che le parve infinito.

Parlagli. Di' qualcosa. Fatti aiutare.

Mosse qualche passo avanti, provò ad aprire la bocca e tese le mani verso di loro. Dalle labbra non le uscì altro che un mugolio confuso, che alle sue stesse orecchie apparve lugubre, folle.

L'incantesimo era spezzato. La bambina si portò le mani alla bocca, il piccolo si nascose dietro la sua gonna, l'altro semplicemente urlò. Presero la via del bosco più in fretta che poterono.

La ragazza si mise a inseguirli. Per tutti i giorni in cui aveva camminato non aveva fatto altro che aspettare quel momento, cercare qualcuno che la salvasse. Non si sarebbe lasciata sfuggire quell'occasione.

Ma i ragazzini erano più bassi di lei e riuscivano a sgattaiolare più rapidamente tra felci, rami e rovi. Ben presto li perse di vista. Allora seguì il suono dei loro ansiti, finché anche quello non si spense. Fu di nuovo sola.

Rimase ferma qualche istante, una rabbia cieca che le riempiva il petto. Strinse i pugni, cacciò indietro le lacrime. No, non si doveva fermare. Continuò ad avanzare, cercando di intuire quale strada i ragazzini avessero preso.

Quando ormai aveva perso qualsiasi speranza di raggiungerli, improvvisamente gli alberi si aprirono come un sipario e apparve una vasta pianura. Il suo sguardo si perse lungo il confine dell'orizzonte, tra il verde lucente dell'erba e l'azzurro spietato del cielo. In lontananza, proprio là dove la terra toccava le nuvole, c'era qualcosa di enorme. Sembrava marrone, ma da quella distanza era difficile definirne chiaramente il colore, e si alzava dal terreno slanciato e allo stesso tempo tozzo. La ragazza rimase a contemplarlo a bocca aperta. Non sapeva cosa fosse, se una montagna o che altro; però c'era un nastro marrone, a terra, che conduceva laggiù.

Lì c'è gente, si disse, *tanta gente.* E tra tanta gente, ci sarebbe stato di sicuro qualcuno che avrebbe potuto aiutarla.

Ce la faccio a raggiungere quel posto prima di avere di nuovo sete o fame?

Aveva ormai perso il torrente. Però aveva ancora il tempo di fare scorta di bacche e frutti, e per un attimo si inoltrò di nuovo nel bosco. Poi si diresse decisa verso la costruzione.

All'inizio provò a camminare sul nastro marrone, ma era peggio che stare a piedi nudi sull'erba, per cui rinunciò quasi subito. Però lo costeggiò. Era il modo più diretto per arrivare alla meta.

Vide la torre – ecco come si chiamava, ora lo ricordava – farsi via via sempre più imponente. Era tondeggiante, con una vaga forma cilindrica. Ai lati, tuttavia, sorgevano strutture appuntite, e si intravedevano cupole tonde e tetti spioventi. Ai piedi, case di mattoni che si distendevano sulla piana, come se quel grosso cilindro non riuscisse a contenerle e le lasciasse fuoriuscire. Era uno spettacolo grande e terribile, e il suo cuore tremò. C'era un mondo sconosciuto, fuori dal bosco, un mondo pieno di cose che la lasciavano senza fiato. Tra gli alberi, era in grado di cogliere inconsciamente ciò che era pericoloso e ciò che non lo era. Ma lì? Adesso non aveva mezzi di paragone, e il suo istinto sembrava incapace di aiutarla.

Camminò ancora per una giornata intera, senza fermarsi neppure quando il sole scese oltre l'orizzonte. Il buio calava lento, ma lei doveva proseguire. Avrebbe avuto troppa paura a dormire all'aperto, lì, ai lati della strada.

Arrivò che era ormai notte. Quando fu sotto la torre, se ne sentì annientata. Da lontano sembrava enorme, ma da lì le appariva addirittura immensa. Copriva una buona metà del cielo e sembrava innalzarsi per uno spazio sconfinato. Le case che si trovavano ai suoi piedi erano come schiacciate dalla mole gigantesca. La ragazza la contemplò naso all'insù. Solo la vista della luna, poco dietro, fu in grado di restituirle un po' di coraggio. Davanti a lei si apriva un dedalo di vie contorte. Nessuna traccia di erba, solo pietra ovunque e un po' di paglia sui tetti di alcune case.

Si avventurò per una di quelle strade guardandosi attorno. Mattoni rossicci, pietroni bianchi, abitazioni basse dalle porte di legno sprangate. All'interno, luci soffuse e tremolanti, e rumori di voci che parlavano quiete.

E ora che doveva fare? Fermare qualcuno e farsi capire a gesti. Ma intorno a lei non c'era nessuno. Infilò un paio di vicoli a caso, sperando di imbattersi in qualche persona. Trovò ad accoglierla solo un mondo freddo e sconosciuto.

Svoltò in una via più grande, e finalmente il panorama cambiò. Ai lati si aprivano ampie porte illuminate, da cui si intravedevano interni pieni di gente seduta. Anche per strada c'era gente: non molta, ma il viavai era piuttosto vivace. La ragazza strinse nervosamente tra le mani un lembo di tunica, poi si fece coraggio. Scelse una donna, perché le dava più fiducia. Le andò incontro allungando una mano. Quella la squadrò un attimo, poi scartò di lato, evitandola. Lei rimase in piedi in mezzo alla strada, osservando la lunga gonna della sconosciuta che si allontanava ondeggiando. Provò di nuovo, fermando un signore vestito di un'ampia tunica. Allungò una mano per attirare la sua attenzione, e quello per tutta risposta frugò in una sacca che teneva appesa alla cintura. La ragazza sospirò di sollievo e aprì di nuovo la bocca. Ma il tizio la bloccò prendendole una mano e mettendoci dentro qualcosa di freddo.

«Comprati almeno un vestito» disse, prima di allontanarsi rapido.

La ragazza aprì il palmo. Dentro brillava un oggetto tondo e dorato, su cui era inciso qualcosa: strani simboli e il disegno stilizzato della torre. Guardò meglio. I simboli acquisirono a poco a poco un senso.

50 SCUDI.

SALAZAR.

Provò a leggere ad alta voce la scritta, e le sue labbra si mossero, ma ne vennero fuori solo suoni indistinti. Strinse il palmo e si guardò attorno smarrita. Cos'erano gli scudi? E Salazar? Notò che la gente la guardava e si tolse istintivamente dal centro della strada. Appoggiò la schiena al muro e respirò a fondo.

«Mezza carola per una buona ciotola di zuppa.»

Si voltò di scatto. Davanti a lei, il volto rubicondo di una ragazzina. Aveva il naso punteggiato da piccole macchie marroncine e i capelli ispidi e rossicci a incorniciare un viso paffuto.

«Qui la facciamo davvero buona» aggiunse con un sorriso. «Guarda, ci aggiungo anche una fetta di pane, perché ti vedo veramente messa male.»

La ragazza provò a parlare. Avrebbe voluto chiederle dove si trovasse, spiegarle che non stava bene e che qualcosa nella sua testa non andava. Ne venne fuori solo un mormorio confuso.

La ragazzina la squadrò. «Testa? Testa cosa?»

Lei si illuminò. Allora aveva detto qualcosa che aveva senso! Si toccò il capo con la mano. «Male...» provò a dire, assieme ad altre parole arruffate.

La ragazzina si portò le mani ai fianchi con un sorriso furbo. «Be', per il mal di testa non c'è niente di meglio di una buona zuppa.» L'afferrò per un braccio e la tirò dentro uno di quegli interni illuminati che aveva visto appena era arrivata sulla via.

Davanti a lei si aprì uno spettacolo che la frastornò. Era in un vasto salone dal soffitto abbastanza alto, tutto in pietra, con grosse travi di legno a sorreggere la volta. In un angolo, dentro una nicchia piuttosto grande, scoppiettava un fuoco. In un altro canto, un ampio tavolo di legno coperto di ciotole e bicchieri, intorno al quale si affaccendavano un paio di uomini robusti e sudati. Per il resto, la sala era zeppa di gente seduta a larghi tavoloni di legno. Per lo più si trattava di uomini, molti dei quali portavano al fianco oggetti simili al suo pugnale, ma più lunghi.

Spade, le suggerì la solita voce.

La ragazzina continuò a trascinarla avanti, fino a condurla al bancone. «Kel, una zuppa per la mia amica» disse.

Uno dei due uomini, calvo ma con una lunga barba, si volse squadrando la forestiera. «Ce li ha i soldi, la tua "amica"?»

La ragazzina dai capelli rossi sorrise sorniona. Afferrò la mano della ragazza e prese l'oggetto metallico. Lei provò a ribellarsi, ma l'altra le torse il polso.

«E sta' buona, mica te li rubo!» Mise l'oggetto sul tavolo. «Ecco qua. Ti pare che porto nel locale un cliente se non ha soldi?»

L'uomo calvo sorrise in un modo che alla ragazza non piacque per niente. «E zuppa sia» disse, mettendosi a trafficare con un piatto.

«Ti ci faccio mettere anche un po' di carne, mi sa che ne hai bisogno» proseguì la servetta, squadrandola con occhio critico.

Lei provò ad articolare ancora qualche parola. «A... aiuto...»

«È quello che sto facendo, no?» replicò l'altra. «Guarda che la carne con quei soldi lì non te la paghi di certo.» La mise a sedere all'estremità di un tavolo. «Adesso ti porto da mangiare, va bene? E comunque mi chiamo Galia» aggiunse.

La ragazza rispose con un timido sorriso. E lei, lei come si chiamava? Sospirò. Scrutò le altre persone sedute. Un uomo e una donna, tre ragazzini in tunica, un tizio vestito tutto di metallo, un altro basso con la faccia per metà coperta da una folta barba, un paio di omaccioni con braccia enormi. Infine due tipi smilzi, uno pallidissimo. Erano diversi dagli altri, ma non avrebbe saputo dire il perché. Forse le proporzioni del corpo, o l'atteggiamento. Sapeva solo che sentiva spirare da loro un'aura di ambiguità.

I suoi pensieri furono interrotti da Galia, che le sbatté davanti una ciotola. «Zuppa di fagioli con dentro un paio di salsicce.» Si chinò fino a parlarle in un orecchio. «Quelle ce le ho messe io di nascosto. Gira bene col cucchiaio che le trovi.» Le diede un paio di pacche sulla spalla e poi scomparve nella calca.

La ragazza rimase sola con la sua ciotola. Accanto, un attrezzo con un lungo manico e una parte tonda alla fine.

Cucchiaio. Saperne il nome però non aveva molto senso, perché non ricordava come si usava. Il profumino che spirava dalla ciotola, intanto, aveva messo in moto il suo stomaco. Pensò di immergere la faccia in quella brodaglia dall'odore delizioso e mangiare tutto, fino a leccare il fondo. Poi guardò il suo vicino. Immergeva il cucchiaio nella zuppa che aveva davanti, lo tirava fuori e se lo portava alla bocca.

Ecco come si fa.

Afferrò saldamente il cucchiaio e cercò di imitare gli altri commensali. Dovette fare un paio di tentativi, ma alla fine capì come funzionava. Al primo boccone si sentì svenire dal piacere. Dopo tutte quelle bacche fredde, era fantastico mettere in bocca qualcosa di caldo. E poi la consistenza vellutata della zuppa, e il sapore della carne... Mangiò in fretta, pescando i pezzi di salsiccia e addentandoli con voracità. Alla fine bevve direttamente dalla ciotola.

L'uomo seduto davanti si mise a ridere. «Fame, eh?»

Lei si limitò ad annuire.

Galia le passò accanto e le gettò con noncuranza sul

tavolo qualcosa di bianco, con intorno una crosta spessa e scura. Profumava di buono. La ragazza lo prese in mano e l'annusò. Lo addentò e si stupì della sua fragranza. Lo finì in pochi morsi. Finalmente lo stomaco non brontolava più. Si portò le mani alla pancia e tirò un lungo respiro di soddisfazione. Rimase seduta in mezzo a tutta quella confusione, osservando i clienti. Li vide alzarsi appena finito e venire sostituiti da altri, così per un paio di volte. Si stava quasi assopendo, quando Galia la scrollò. «Ma sei ancora qua?»

Lei la guardò con aria interrogativa.

«Senti, ti ho già fatto un gran favore con la carne, vedi di non farmi passare un guaio.» La servetta la prese per un braccio, la costrinse ad alzarsi e le parlò piano in un orecchio. «Non puoi rimanere. Devono entrare altri clienti, e se ti lascio restare il padrone si insospettisce. Dai, va' via.»

Si staccò da lei, e la ragazza colse un lampo di rimorso nei suoi occhi nocciola.

Ciononostante la trascinò per il locale accompagnandola fuori. «Sta' qua un attimo» le disse, tornando dentro.

Una luce si accese nella testa della ragazza, una luce debole e confusa. Quelle parole, quella situazione... Per un istante riprese a sperare che il buio finalmente si sarebbe diradato, che infine avrebbe trovato un appiglio per capire chi fosse e da dove venisse. Poi Galia tornò fuori e le mise in mano una cosa gialla e lievemente untuosa, con una buccia più scura, e un po' della roba bianca che aveva mangiato con la zuppa. «Di più non posso. E adesso vattene, ti prego» aggiunse. Scomparve di nuovo dentro e non uscì più.

La ragazza rimase ferma contro il muro, il pane e il formaggio – sì, si chiamavano così – in mano. Quella lieve scintilla di poco prima era scomparsa. Ma almeno aveva la pancia piena. La strada adesso era buia e deserta, e il dedalo di vicoli che si apriva ai suoi lati le sembrava un antro tenebroso pieno di insidie.

E ora?

Niente alberi su cui dormire, solo nude pietre.

Qualcosa troverò.

Strinse al petto il pane e il formaggio e si immerse nel lato oscuro della torre.

2
Amhal

Per un po', l'unico rumore che la ragazza udì fu quello ovattato dei suoi passi sulla strada. Camminare sulla pietra non era affatto piacevole, nonostante le bende che si era di nuovo avvolta intorno ai piedi. La superficie era dura e sconnessa, e gli spigoli dei pietroni del lastricato le mordevano le ossa, strappandole piccoli gemiti. Doveva raggiungere al più presto un posto dove fermarsi. Nel bosco, tutto sommato, era stato facile trovare un rifugio. Il suo corpo l'aveva portata sopra l'albero. Ma ora si sentiva priva di riferimenti. L'istinto, in mezzo a quei muri, sembrava non funzionare. Era strano, ma adesso che era appena un po' più consapevole di sé e del luogo in cui si trovava, la sua voce interiore era meno pronta a darle risposte, quasi soffocata da qualcosa.

Vagò per vicoli deserti e strade più ampie ugualmente vuote. Percepiva che dietro le pareti delle case si srotolava il filo di esistenze tranquille. Forse avrebbe dovuto bussare e tentare di spiegare. Ma con quali parole? E poi l'aveva visto, quella sera, cosa pensava di lei la gente. No, doveva cercare un'altra soluzione.

Si ritrovò per puro caso davanti al muro. Si trattava

semplicemente della cinta esterna della torre. Fino a quel momento si era mossa tra le case che si trovavano fuori dal torrione, ai suoi piedi. Toccò la parete di grosse pietre squadrate e guardò in alto. Il muro era bucato da innumerevoli finestre, alcune illuminate, altre chiuse da scuri, poche vuote. Forse certi ambienti della torre erano disabitati, forse poteva trovare rifugio lì.

Camminò rasente al muro, cercando un ingresso di qualche tipo. Il primo in cui si imbatté era vigilato da due uomini armati. Indossavano pettorali di metallo su cui era disegnato un simbolo che con quel buio le riusciva difficile decifrare. Avanzò facendo finta di niente.

Le toccò camminare a lungo, i piedi che le dolevano sempre più e le braccia pesanti, stanche di tirarsi dietro il pur dolce peso del pane e formaggio. Aveva bisogno di riposarsi.

La salvezza fu un buco nel muro. Erano solo alcuni mattoni smossi, aperti su una voragine nera come la pece. Valutò se ci sarebbe passata. Si guardò i fianchi magri e il seno minuto e concluse che non ci sarebbe stato problema.

A malincuore appoggiò il pane e il formaggio dall'altro lato dell'apertura, per avere maggiore libertà di movimento. Poi si infilò dentro. Fu più facile del previsto. Ancora una volta si stupì della propria agilità. Sgattaiolò con destrezza in quel pertugio e scivolò rapida a terra facendo leva sulle braccia.

Era buio. Solo a tentoni riuscì a trovare il pane e il formaggio, poi si fermò al centro del locale, spaventata. Intorno a lei, solo nero, senza alcun punto di riferimento. Tese un braccio in avanti e avanzò a passi incerti. Urtò con un ginocchio contro uno spigolo e cadde, atterrando su qualcosa di morbido. Rimase così qualche secondo, respirando forte. Si era presa un bello spavento. Passò una mano sulla superficie su cui era finita. Sembrava stoffa, una specie di grossa balla di stoffa. Si tirò su a fatica e riprese a esplorare l'ambiente. Stavolta fu più accorta e mosse le mani in avanti, cercando di toccare non solo quello che si trovava all'altezza dei suoi occhi, ma anche quello che era più in giù e più in alto. Le ci volle un po', ma riuscì a farsi una mappa mentale abbastanza dettagliata del posto. Era caduta su una specie di basso tavolo, su cui erano appoggiati rotoli di stoffa di varie dimensioni. Alle pareti ce n'erano altri, impilati su grosse impalcature di legno. Quando con la mano incontrò il freddo di un muro, le scappò un sorriso. Lo seguì finché non ritrovò il legno. Una porta.

Indugiò un istante. Lì era al coperto, e al chiuso. Forse avrebbe potuto riposare e svegliarsi non appena il sole fosse sorto. Però non sembrava proprio un posto abbandonato. Tutta quella roba stipata là dentro, quella stoffa... E poi non c'era neppure una finestra, e faceva caldo, troppo caldo. No, meglio cercare una stanza deserta.

Riuscì ad afferrare la maniglia e la spinse verso il basso. Niente. Riprovò, e il rumore stridulo della barra di metallo che girava su se stessa riempì lo spazio intorno a lei. Il panico salì di nuovo. Era nei guai. Si appoggiò con la schiena al legno. Doveva uscire di là e cercare un posto dove rifugiarsi nelle case attorno alla torre. Poi però le venne un'idea. Aveva bisogno di qualcosa di appuntito. Sorrise tra sé e sé: il suo vecchio amico era tornato; ecco di nuovo l'istinto fare capolino per aiutarla.

Tentò dapprima col pugnale. Lo estrasse e cercò di infilarne la punta nella serratura. Era troppo grosso. No, ci voleva qualcosa di più sottile. Si mise a frugare. Era certa che in mezzo a tutta quella stoffa avrebbe trovato un oggetto appuntito. E in effetti il suo dito finì sopra qualcosa che lo punse. Se lo portò immediatamente alla bocca, e percepì un vago sapore di sangue. Tastò con più cautela, stavolta, e trovò l'oggetto. Lo sfilò adagio.

È un po' corto, si disse toccandolo.

Te lo farai bastare, rispose la solita voce.

Ritornò alla porta e infilò l'ago nella serratura. Era corto, in effetti, ma non si diede per vinta. Con la punta delle dita iniziò a maneggiarlo. Non capiva cosa stesse facendo, si osservava agire dall'esterno, come se quei movimenti non le appartenessero, come se qualcun altro le stesse guidando le mani.

La serratura scattò dolcemente e la porta si aprì, gettando all'interno una lama di luce che le parve accecante.

Dove ho imparato? Faceva parte della mia vita di prima?

L'agilità, le ferite a mani e piedi, e ora questo. Erano tutti indizi che conducevano a una conclusione ben precisa, una conclusione che le era del tutto ignota. Quei fatti le parlavano, ma era come non conoscere il codice che permetteva di decifrare l'enigma.

Si accontentò di essere riuscita ad aprire la porta. Infilò l'ago in una delle balle di stoffa più vicine e gettò uno sguardo all'esterno. C'era un largo corridoio illuminato da qualche torcia e da ampi finestroni. Doveva trattarsi dell'interno della torre.

Uscì guardinga. Non c'era nessuno. Chiuse la porta dietro di sé, poi andò verso uno dei finestroni. Si apriva su un largo giardino cinto da mura. Per una buona metà era occupato da piante ornamentali, distribuite lungo viali ordinati e potate in forme innaturali, mentre l'altra metà ospitava un orto molto ben fornito. Individuò tutta una serie di frutti certamente commestibili, ma di cui non ricordava i nomi, e una lunga sequenza di piante basse dalle foglie più o meno larghe. Alzò gli occhi, e la vista le tolse il fiato. Le pareti che chiudevano quel pozzo erano altissime. In cima, uno scorcio tondo di cielo, per metà illuminato da una splendente luna piena. La luce però arrivava fino in basso grazie a una serie di superfici riflettenti collocate lungo le pareti. Ne seguì il percorso, contandone almeno una decina. Quello dunque era l'interno della torre.

Si riscosse. Non era andata fin là per godere del panorama. Doveva trovare un rifugio.

Si diresse spedita lungo il corridoio. Quanto meno, non c'era la confusione che regnava tra le case; tanto i vicoli erano numerosi, tracciati lungo traiettorie sbilenche e connessi tra loro da angoli bizzarri, quanto qui la via era univoca e dritta. C'era un unico corridoio curvo che cominciava con una scala verso il basso e finiva con una verso l'alto e che si avvolgeva attorno al pozzo centrale. Da lì partivano vicoli laterali, ma sempre dritti, che morivano sul muro esterno del torrione. La ragazza decise di batterli sistematicamente tutti. Si imbatté in una sfilza di porte chiuse, alcune addirittura murate.

Non si perse d'animo e proseguì salendo. A ogni piano, le dimensioni e la lunghezza del corridoio centrale diminuivano. Ne dovette girare molti, salendo sempre più, prima di raggiungerne uno con qualche ambiente deserto. Trovò infine una stanza con la porta spalancata, che giaceva a pezzi in un angolo. Si avvicinò guardinga. Gettò un primo sguardo all'interno. Sembrava tutto buio. Entrò cercando di fare meno rumore possibile. Dopo il primo locale, riuscì a inoltrarsi verso un ambiente più interno, stavolta illuminato da una finestra. Si apriva senza né vetri né tende sul panorama della piana imbiancata dalla luce della luna. La ragazza si affacciò guardando di sotto. Calcolò di trovarsi più o meno a metà torre, eppure era già abbastanza in alto. La pianura sembrava immensa, uno specchio d'acqua calmo, appena increspato da un dolce vento estivo. Poi l'occhio inciampava sul nero cupo della foresta, non troppo distante, sulla destra. La guardò con rimpianto. Era stata bene, lì: si era sentita meno sola tra alberi e animali che ora in quel luogo pieno di suoi simili. La foresta era un enigma di cui conosceva la soluzione, ma la città era qualcosa che le sfuggiva.

La stanza era vuota, le pareti annerite. Un paio di ciocchi di legno a terra, un foglio di pergamena in un angolo. Nulla che potesse renderle il riposo più confortevole.

Si sedette sul pavimento, il pane e il formaggio in grembo, e appoggiò la testa al muro. Chiuse gli occhi quasi subito.

Voci confuse, un ansimare convulso. La ragazza aprì gli occhi di scatto, immediatamente presente a se stessa. Intorno a lei nulla era cambiato. Non doveva essere passato troppo tempo, perché la luce nella stanza le appariva assai simile a quando vi era entrata. Solo un angolo di luna si intravedeva appena dalla finestra. Si concentrò sui rumori che l'avevano svegliata. Provenivano dal locale che precedeva la stanza in cui si trovava.

Si tirò su lentamente e in punta di piedi si avvicinò alla porta, da dove filtrava una luce ambrata e tremolante. Si appiattì contro il muro, respirando piano. La sua mano corse rapida all'elsa del pugnale, sulla quale si strinse. Erano in due, uno con una fiaccola in mano, l'altro appoggiato al muro. Erano i tizi strani che aveva visto alla locanda, e anche adesso le trasmettevano una vaga sensazione di inquietudine. Parlavano piano, in una lingua diversa da quella che aveva sentito fino a quel momento. Eppure riusciva a capire qualche parola.

L'uomo appoggiato al muro sembrava stare male. Respirava a fatica, e la fronte era coperta da un velo di sudore. Le gocce gli scendevano lungo le guance, portandosi dietro una sostanza oleosa e compatta che gli ricopriva il viso. La sua carnagione rosea era così rigata da lunghe linee pallide, interrotte qua e là da impressionanti macchie nere. L'altro, davanti a lui, sembrava stare meglio, e gli teneva le mani sulle spalle. Mormorava parole che dovevano essere di conforto. La ragazza riusciva a coglierne solo pochi accenti confusi.

«Tieni duro... missione... ce la faremo.»

Il suo compagno rispondeva con fatica. «Sicuro? Nessuno... male...»

L'altro gli diede la torcia da tenere in mano e gli asciugò la faccia con un panno bianco. Scoprì un volto pallido e provato, quasi del tutto coperto da spaventose macchie nere. Poi estrasse dal tascapane un vasetto, da cui prese una sostanza rosata. Gliela spalmò in faccia, ricoprendo le macchie e fingendo di nuovo una carnagione rosea. Continuava a parlare, ma sempre più piano. La ragazza non riusciva a capire, e il cuore le batteva forte. Non comprendeva il senso di ciò che stava guardando, ma le faceva paura. C'era qualcosa di terribile in quella scena, nel colore osceno delle macchie che ricoprivano il volto dell'uomo, come un oscuro presagio.

Il tizio tirò fuori infine una boccetta piena di liquido ambrato e la infilò tra le labbra del compagno.

Lui provò a rifiutarsi, girando la testa da un lato. «No... male...»

Ma l'uomo insistette, finché riuscì a fargliela bere.

Quando ebbe finito, si guardò attorno. La ragazza si

appiattì ancora di più contro il muro. Se fossero entrati l'avrebbero scoperta, e a quel punto non aveva idea di cosa le sarebbe capitato.

Terrorizzata, sguainò il pugnale, ma lo stridio della lama che usciva dal fodero dovette attirare la loro attenzione. La torcia illuminò con violenza la stanza, e i due furono dentro.

Il tempo sembrò fermarsi. Gli uomini immobili sulla soglia – uno appoggiato alle spalle dell'altro che stringeva la torcia tremolante – e lei, il pugnale sguainato nella mano inerte, la mente completamente vuota di qualsiasi pensiero. Poi l'incantesimo si ruppe. La ragazza portò in avanti l'arma, ma l'uomo la sorprese afferrandole il polso e torcendoglielo. Il pugnale cadde a terra tintinnando.

Stupida, stupida, stupida! Dovevi essere più rapida! le urlò la sua voce interiore.

Il tizio la bloccò prendendola per il collo e sbattendola di nuovo contro la parete. Con un solo movimento le portò la spada alla gola. La ragazza deglutì, e il filo della lama le premette gelido sulla trachea.

«Chi sei?»

Parlava con un accento curioso, e le parole gli uscivano di bocca con difficoltà. La ragazza lo guardò terrorizzata.

«Sei morta, lo sai?» le disse con cattiveria.

Lei sentì qualcosa svegliarsi nelle braccia e nelle gambe. Un ricordo lontano, l'ombra di un istinto.

«Due giorni e sputerai il tuo sangue» disse ancora l'uomo, ridacchiando. «Ma io e Radass non possiamo aspettare tanto. E allora perché non morire subito...»

Al rallentatore, la ragazza lo vide stringere la presa sull'elsa e preparare il colpo che le avrebbe squarciato la gola. Ma la paura adesso era andata via, e il suo corpo era abitato da una gelida certezza, dalla consapevolezza di ciò che andava fatto. Ebbe appena il tempo di muovere una mano, che un lampo nero le strappò di dosso l'uomo. Vide un mantello fendere l'aria, e il balenio di una spada emergere dal buio della stanza.

«Prendetevela con chi sa difendersi.»

Era un soldato; portava un ampio mantello nero che lo copriva completamente e da cui spuntavano soltanto le mani, strette su un lungo spadone.

I due si riebbero abbastanza presto dalla sorpresa. Quello che aveva già la spada sguainata si avventò su di lui; l'altro, con più difficoltà, si alzò da terra mettendosi in un angolo. Il duello ebbe inizio. Le lame gettavano bagliori funerei sulle pareti, lo stridio del metallo che colpiva altro metallo riempì lo spazio. La ragazza osservò i due avventarsi l'uno contro l'altro, e riconobbe qualcosa di familiare in quella danza mortale.

Para, schiva, salta...

Era in grado di prevedere le mosse di entrambi. Premette la mano sul muro, sperando che il soldato avesse la meglio. Era più agile, più forte, e la sua spada era inarrestabile.

Poi, con la coda dell'occhio, colse un baluginio alle sue spalle. Lo fece senza neppure pensarci. «Attento!» urlò con quanto fiato aveva nei polmoni.

Il soldato si voltò rapido, abbassandosi. Il pugnale del secondo avversario, che aveva approfittato della mischia per aggirarlo e colpirlo da dietro, gli raggiunse di striscio la spalla. Ma lui non ci fece caso e, roteando la spada, falcidiò il tizio all'addome. Piegato sulle ginocchia, ruotò ancora e colpì le gambe dell'altro, che cadde a terra con un urlo. Gli fu immediatamente sopra. Per un istante si fermò a contemplarlo. Era un nemico abbattuto, inerme, indifeso. Parve compiacersi della sua debolezza, mentre un oscuro sorriso di piacere gli si disegnava sulle labbra. Lo sguardo dell'uomo era pieno di una disperata preghiera. Per qualche attimo il soldato sembrò ascoltarla. Poi chiuse gli occhi e affondò la spada. Volse la faccia al soffitto, mentre con lentezza lasciava che la lama penetrasse la carne.

La ragazza fu colta da un brivido, perché per un istante le parve che il soldato godesse di quella morte, e assaporasse a una a una le stille di dolore che stava infliggendo all'avversario. Poi quello smise di respirare, e lui si accasciò sull'elsa.

Si portò una mano al volto e rimase così qualche secondo. Dopodiché, con un solo colpo, estrasse la spada e si allontanò rapido dai corpi dei due uomini abbattuti, quasi con orrore.

Le si avvicinò, si abbassò alla sua altezza e la ragazza finalmente riuscì a vederlo bene. Era poco più grande di lei, con i capelli castani lunghi e mossi, stretti in una breve coda che durante il duello gli era finita appoggiata su una spalla. Era magro e pallido, ma la cosa che più la colpì furono gli occhi. La fiaccola era caduta a terra durante il combattimento e si era spenta, per cui la luce era fioca, tuttavia il verde di quegli occhi risplendeva. Aveva uno sguardo liquido, illuminato da una sincera preoccupazione. Ancora col fiatone, la spada grondante sangue stretta in una mano, le chiese: «Stai bene? Sei ferita?»

Fu forse il tono con cui lo disse, o quegli occhi, che sembravano *davvero* in ansia per lei. La ragazza sentì qualcosa che le si scioglieva dentro. Gli saltò al collo, abbandonandosi a piangere sulla sua spalla.

«Grazie, grazie, grazie...» mormorò tra i singhiozzi.

Dopo un po', sentì la mano di lui, grande e calda, appoggiarsi sulla sua schiena.

3

La ricerca

Vento sulla faccia. Una sensazione di vuoto allo stomaco. Stava volando. Il mondo scorreva sotto i suoi piedi: fiumi, boschi, villaggi. Alzò appena lo sguardo, e incontrò le squame di un rosso fiammante, vivo. Un rumore intenso e cupo catturò la sua attenzione. Girò la testa di lato: ali nere, immense, che si gonfiavano nel vento. Andavano su e giù, sostenendo in aria lui e quel corpo enorme su cui si trovava. Era a cavallo di un drago. Chiuse gli occhi, e si sentì in qualche modo trascinato via, lontano. Quando li riaprì, non era più sul drago, ma sospeso in aria, privo di corpo. Sull'animale era a cavalcioni qualcun altro, qualcuno di cui riusciva a vedere soltanto la schiena.

Si concentrò, cercò di guardare oltre quel dorso, di scorgere il volto del cavaliere sconosciuto.

«Birra?»

L'uomo in nero sussultò. Si osservò attorno. Era in una locanda fumosa zeppa di clienti vocianti. Soldati, per lo più. Le sue mani erano appoggiate a un tavolaccio.

«Birra?» insistette la voce.

L'uomo si voltò. Era una ragazza a parlargli, pingue, con la faccia da contadina. Era molto giovane. Allora ricordò.

Sì, era andato in quella locanda per incontrarlo. Era stato lui a chiamarlo. Poi era arrivata la visione, improvvisa e inaspettata come sempre, e l'aveva portato via da lì.

Sorrise. «Sì, una pinta, grazie.»

La ragazza sorrise di rimando e andò via. L'uomo in nero sprofondò di nuovo nei propri pensieri. Cercò di riacciuffare le confuse sensazioni della visione. Di recente ne aveva spesso, segno che era vicino alla meta. E si trattava sempre della stessa immagine: un ragazzo a cavallo di un drago con le ali nere. Doveva essere lui.

La birra arrivò, portata dalla stessa ragazza. L'uomo si tirò ancora di più il cappuccio sul viso. Non aveva voglia di socializzare. Cominciava ad essere stanco. Vagava da almeno un mese in quel posto dove avrebbe preferito non mettere mai più piede. Troppi brutti ricordi. Per fortuna erano passati anni, e lui ormai era a tutti gli effetti uno straniero in quella terra.

In ogni caso, pensò mandando giù un lungo sorso di birra, la missione gli imponeva quel sacrificio, e lui l'avrebbe fatto. La missione prima di tutto.

Il tizio che doveva incontrare arrivò all'improvviso e si sedette senza dire una parola. Anche lui incappucciato, era pallidissimo. Si tirò a fondo il cappuccio sul viso. La luce però riusciva a penetrare attraverso la stoffa e a illuminare un paio di occhi di un viola vivo.

«Non pensi sia un posto un po' affollato?» disse.

L'uomo in nero sorrise. «Rilassati. È il posto migliore. Questo è un guazzabuglio di gente strana, ci sono un po' tutte le razze, e ognuno è preso dai propri affari, senza contare che la maggior parte di questa gente è ubriaca o lo sarà tra poco.» Prese ancora un sorso di birra. «Nessuno farà caso a te.»

L'altro gettò tutto intorno uno sguardo preoccupato. «Lo spero» aggiunse poco convinto.

La servetta si materializzò al loro fianco, domandando al nuovo arrivato cosa volesse. «Del sidro» bofonchiò lui, voltandosi dall'altra parte.

«Certo, se mantieni quell'aria di cospirazione non tarderai a dare nell'occhio» lo canzonò l'uomo in nero.

Lui non ci fece caso, e si deterse con un panno la fronte sudata. «Il trucco regge?»

L'uomo in nero annuì. «Da quant'è che stai male?»

«Un paio di giorni.»

«Hai intenzione di sacrificare la vita?»

L'altro gli lanciò uno sguardo significativo. «Tutti noi, quando siamo partiti, sapevamo che questa era la missione, e abbiamo accettato.»

«Non ti ho chiesto questo. Ti ho chiesto se ti curerai.»

«Forse. Ma più della mia vita conta l'obiettivo finale, e per quello sono pronto a morire.»

Fu servito il sidro, e il nuovo arrivato parve contento di poterci affondare dentro la faccia. «Tu, piuttosto?»

«Mai stato meglio. Lo sai che sono immune.»

Il suo interlocutore assunse un'espressione irata. «Credi che stiamo scherzando? Credi che sia tutta una farsa?»

L'uomo in nero si stiracchiò. «Affatto. Ma persino durante le missioni più gravi e pericolose ci si può concedere un po' di umorismo, non sei d'accordo?»

Il tizio non rispose.

L'uomo in nero sospirò, poi si appoggiò di nuovo al tavolo. «Penso di essere a buon punto» dichiarò.

L'altro si fece attento. «Dimmi tutto» mormorò, sporgendosi verso di lui.

Era partito con una vaga traccia, un indizio labile. La voce di un sacerdote in un tempio.

"Verrà un mezzosangue, come gli altri, ma non proverrà

dalla nostra stirpe. Il suo sangue si muterà in acqua, e il suo arrivo trasformerà le acque del mondo in sangue."

Avevano discusso a lungo con Kryss sul senso di quelle parole. Ma non riuscivano a venirne del tutto a capo. Finché non era arrivata la prima visione.

Era stato un sogno, ossessivo e ricorrente, che aveva iniziato a tormentarlo tutte le notti.

Un villaggio pacifico, case di legno su palafitte, sospese sulla meraviglia di acque limpide. Intorno, boschi popolati da creature evanescenti, bellissime, che si nascondevano tra gli alberi, nei quali, a volte, si incarnavano. E un nome: Kahyr. Ripetuto di continuo, da mille voci, scritto ovunque: sui tronchi degli alberi e sulle assi delle capanne, persino sull'acqua.

«Avrà sangue di ninfa» disse un giorno l'uomo in nero a Kryss.

Il sovrano assunse una strana espressione. «A chi ti riferisci?»

«Al prossimo Marvash, quello della profezia del vecchio nel tempio. Avrà sangue di ninfa.» E gli raccontò del suo sogno.

Kryss si accarezzò a lungo il mento, pensieroso. «Cosa credi significhi?»

«Mi pare evidente: il sangue delle ninfe è acquoso, e così sarà quello di Marvash. Per questo ho visto un villaggio della Terra dell'Acqua nel mio sogno.»

A sentire quel nome, Terra dell'Acqua, Kryss ebbe un impercettibile sussulto.

«E poi quel nome, Kahyr... Credo sia il nome del villaggio. Lui viene da lì, in qualche modo.»

Gli occhi del sovrano si illuminarono di una luce feroce. «Mi stai dicendo che possiamo trovarlo? Che sai come trovare Marvash?»

L'uomo in nero sorrise. «Il fatto che abbia questi sogni significa che comincio a percepirlo. Lui c'è, lui è da qualche parte nel Mondo Emerso. E mi aspetta.»

«Lo devi trovare» dichiarò con foga il sovrano. «Con te e lui dalla nostra, il sogno potrà realizzarsi. Siete due armi che non possono mancare al mio arsenale, se voglio ridare al mio popolo ciò che gli appartiene.»

«Io posso andare e ricongiungermi a lui, ma tu terrai fede alla promessa?»

Kryss sorrise con ferocia. «Non è il tuo destino, questo? Trovarlo e riunirti a lui?»

«Non mi interessa nulla del mio destino. Io sono andato oltre. Ho un solo obiettivo, che tu conosci bene.»

Il silenzio che seguì fu denso di sottintesi. Alla fine Kryss si appoggiò tranquillamente al proprio scranno. «Ti ho fatto una promessa e la manterrò. Tu torna con Marvash, e alla fine di tutto, quando il Mondo Emerso sarà restituito ai legittimi proprietari, avrai quel che vorrai.»

L'uomo in nero si inchinò.

Così era cominciata.

Era tornato. Contro la propria volontà, anche se aveva giurato che non avrebbe mai più messo piede in quel posto. Quando per la prima volta aveva calcato il suolo della Terra dell'Acqua, aveva avvertito un senso di desolazione afferrargli il cuore. Erano successe molte cose nel frattempo, eppure era di nuovo lì, in quel luogo che ormai detestava.

Rintracciare il villaggio non era stato così semplice. La Terra dell'Acqua pullulava di villaggi identici a quello che aveva visto in sogno, e ognuno era così piccolo che risultava difficile che la gente li conoscesse tutti.

Aveva dovuto vagare in lungo e in largo. Poi qualche indizio sparso, qualche voce, e finalmente aveva trovato la strada che cercava. Kahyr. Quattro capanne su un minuscolo torrente. Pescatori, per lo più, che vivevano circondati da ninfe, le quali si incarnavano negli alberi del bosco prospiciente, dividendo la loro vita con gli uomini del villaggio.

«Loro questo posto lo chiamano Damahar, "l'esperimento"» gli disse una donna del villaggio, l'unica che accettò di parlargli. «Perché, sai, è poco che ci siamo riuniti, noi e le ninfe.»

L'uomo in nero assunse un'espressione interrogativa.

«Ma di dove sei?»

Lui fece un gesto vago. «Vengo da lontano. E non tornavo qui da un sacco di tempo.»

La donna prese fiato e spiegò: «Fino a vent'anni fa questo posto era diviso in due: a nord la Marca delle Paludi, dove vivevano gli uomini, e a sud la Marca dei Boschi, che apparteneva alle ninfe.»

«Sì, questo me lo ricordo» disse l'uomo.

«Be', poi abbiamo deciso di provare di nuovo ad avere un unico governo, come tanto tempo fa, quando ancora c'era Nihal. Per la verità è stata più un'idea di re Learco, il sovrano della Terra del Sole e l'artefice della pace di cui godiamo adesso. Ci ha chiesto di tentare, e i due regnanti gli hanno dato ascolto. Ed eccoci qua» disse allargando le braccia. «Sono spuntati un paio di villaggi di uomini qui al Sud, un paio di villaggi di ninfe al Nord, e sono stati uniti i due governi. Ma non è che funzioni molto. Considera che questo è uno dei pochi villaggi in cui effettivamente ninfe e uomini vivono fianco a fianco.»

«Strano» disse l'uomo in nero. «Nessuno sa di voi, ho faticato molto per trovarvi.»

La donna gli diede di gomito. «Questo la dice lunga su quanto funzioni l'esperimento, no?»

Era la moglie di un pescatore. L'uomo in nero aveva sperato che in quel posto ci fossero locande o botteghe dove chiedere informazioni senza dare troppo nell'occhio. E invece nulla. Così aveva dovuto rivolgersi direttamente a un paio di pescatori che stavano svolgendo il loro lavoro.

Aveva però scoperto che la gente del luogo era piuttosto chiusa. Mugugni e inviti a farsi gli affari suoi erano state le uniche risposte che aveva ricevuto. Finché non aveva trovato quella donna.

«C'è stato qualche matrimonio misto, da queste parti?»

Lei si fece sospettosa. «Perché lo vuoi sapere?»

«Cerco il figlio di un amico.»

La donna assunse un'aria cospiratoria. «Le unioni tra ninfe e uomini non sono ben viste. Sono lontani i tempi di Galla e Astrea, lui umano e lei ninfa, sposati e regnanti di questa terra. Non che ci sia mai stato un periodo in cui fosse normale che le due razze si sposassero.»

L'uomo in nero rimase in silenzio. Avrebbe gradito meno pettegolezzi e più sostanza, ma non voleva forzarla. Già la storia che le aveva propinato per giustificare la propria curiosità stava poco in piedi.

«In ogni caso» continuò lei prendendo fiato «avevamo una mezzosangue tra noi.» Fece una pausa a effetto, ma l'uomo si rifiutò di riempirla in alcun modo. «Si chiamava Gherle, la madre era una ninfa e il padre un umano. Crebbe in mezzo a noi. La madre morì di parto e il padre si risposò. In pratica era umana, non fosse stato per quei capelli... Hai visto le ninfe, no? Sono fatte d'acqua, sono diafane. Ecco, lei aveva solo i capelli così. E il sangue, ovviamente. Sangue trasparente, gelatinoso, una cosa davvero impressionante.»

L'uomo in nero ebbe un tuffo al cuore.

"Il suo sangue si muterà in acqua." Così diceva la profezia.

«Comunque, crebbe con noi. Poi però successe il fattaccio. Sai, nei primi tempi dell'unione dei due regni ci fu qualche baruffa. Be', forse più di qualche baruffa. Insomma, eravamo sull'orlo di una guerra civile, per cui mandarono l'Esercito Unitario, con svariati Cavalieri di Drago al seguito. Ecco, io ho sempre saputo che i cavalieri sono brave persone, per cui non so che dirti, forse lei fu sfortunata... Comunque, circa diciassette anni fa, la ragazza, che all'epoca aveva solo quindici anni, si fece abbindolare da questo cavaliere. Sai come vanno certe cose: lunghe sere passate a contemplare il chiaro di luna, passeggiate mano nella mano, tutto il tempo soli in mezzo ai boschi... Te la faccio breve: lei rimase incinta.»

«Maschio o femmina?»

La donna parve contrariata dall'essere stata interrotta. «Perché lo vuoi sapere?» domandò, aggrottando le sopracciglia.

«Cerco il figlio di un amico, ricordi? Un maschio.»

«Maschio» rispose lei con aria sospettosa. Poi si immerse di nuovo nel piacere di spettegolare. «Comunque, lo scoprimmo in seguito. Perché il cavaliere andò via appena seppe che la sua nuova fiamma aspettava un bambino, e su di lei, ovviamente, cadde la riprovazione di tutta la comunità. Insomma, lasciarsi andare così con uno sconosciuto, come una prostituta... Una cosa indecente, non trovi?»

L'uomo in nero si costrinse ad annuire. Non stava più seguendo quella storia banale. A lui importava solo che il bambino, che per un quarto aveva sangue di ninfa, fosse in effetti un maschio.

«Dove la trovo? Questa donna, intendo, lei e suo figlio.»

«Se ne andò prima di partorire. Non le piaceva che le si parlasse dietro, e poi voleva evitare la vergogna alla sua famiglia. Tornò una volta sola, giusto per mostrare il bambino ai nonni, ma litigarono, e lei non si è mai più fatta vedere.»

«Dove la trovo?» insistette l'uomo.

«Certo che ti interessa proprio rintracciare quel benedetto ragazzo! Ma quindi tu sei amico di quel cavaliere spudorato!» esclamò la donna, con una luce maligna negli occhi.

L'uomo in nero stava veramente perdendo la pazienza. «È morto, ma prima di spirare si è pentito e mi ha detto di ritrovare il suo ragazzo» disse per farla stare zitta.

Lei divenne tutta rossa. Probabilmente stava pensando a chi andare a raccontare quella storia clamorosa. «Si vocifera fosse andata a vivere a Nuova Enawar.»

Finalmente! L'uomo si alzò in piedi. «Mi sei stata di grande aiuto.»

«Ma dimmi un po', com'era questo tizio? Eri un suo caro amico?»

Lui non pose tempo in mezzo. «Devo andare. Questa è una faccenda molto urgente.» E si voltò.

L'eco petulante delle domande della donna lo seguì finché non varcò la porta del villaggio.

La birra era finita, mentre l'altro era ancora a metà del sidro. «E questo è tutto quello che sai?» chiese.

«Ho avuto un'altra visione, poco fa.»

Il tizio si fece ancora più attento.

«Ho ragione di credere che il ragazzo sia un Cavaliere di Drago e si trovi qui, o al massimo a Makrat.»

«Quindi sei vicino alla soluzione dell'enigma!»

L'uomo in nero si limitò ad annuire.

«Ma tu hai dell'altro da fare, vero?»

L'uomo in nero sentì un brivido percorrergli le membra. Alzò gli occhi verso il suo interlocutore, che sorrise feroce e aggiunse: «Sua Maestà vuole essere sicuro, ricordalo, e ha pensato al modo in cui potrai prenderti cura di chi sai.» Si guardò intorno guardingo.

«Ti ho detto di smetterla di giocare al cospiratore» lo redarguì lui, infastidito. La seconda parte della sua missione. La più terribile. Più della strage che aveva compiuto poche sere prima.

L'altro portò una mano sotto al mantello e tirò fuori qualcosa. Un'ampolla piena di un liquido rosso. «È mio. L'ho preso stamattina, quindi è di certo infetto. Immagino tu sappia cosa farci, vero?»

L'uomo in nero fu come ipnotizzato dai riflessi rossi della boccetta. Rimase un attimo in silenzio, poi staccò gli occhi dall'ampolla. «Perché così?» chiese, quasi smarrito.

«Perché il nostro sovrano sa che non ce la faresti in nessun altro modo. Certi debiti sono duri a estinguersi, e tu hai ancora qualcosa che ti lega a questo posto, vero?»

L'uomo in nero digrignò i denti. Avrebbe voluto poter negare, dire che no, non era così. Ma non ci riuscì.

«Questo è il modo più semplice e pulito.»

«Farà una morte orribile.»

L'altro scrollò le spalle. «Ma non sarai esattamente tu a ucciderlo, giusto?»

L'uomo in nero deglutì. Esitò un solo istante, prima di prendere l'ampolla. A quel punto fu come se la tensione che l'apparire di quella boccetta aveva creato tra loro improvvisamente si fosse spezzata. Entrambi si rilassarono, le mani strette sui boccali.

«Io non rivedrò il sovrano. Raccontagli che sono morto per il nostro popolo.»

L'uomo in nero lo guardò distrattamente, e con altrettanta noncuranza annuì. Del piano che Kryss aveva organizzato per mettere le mani sul Mondo Emerso, delle giustificazioni che dava a quel semplice atto di conquista, non gli interessava nulla. Contavano solo ciò che avrebbe dovuto fare di lì a qualche giorno e l'obiettivo finale, purtroppo ancora molto lontano.

L'altro terminò il suo sidro. «Addio, allora» disse alzandosi e stringendogli la mano. «So che non lo fai per noi, lo capisco dal modo in cui ti comporti, ma grazie lo stesso. La nostra stirpe ti sarà eternamente grata.»

«Dovere» rispose lui fiaccamente.

Il tizio uscì dal locale confondendosi tra la folla. L'uomo in nero lo seguì con lo sguardo finché non scomparve alla vista. Poi si alzò anche lui. Aveva molto da fare.

4
Il nome

Le aveva messo addosso il suo mantello e l'aveva guardata negli occhi abbozzando un sorriso rassicurante. Non le aveva chiesto chi fosse o cosa ci facesse lì. «Hai dove andare?»

«No...» La ragazza si era stupita della rapidità, della semplicità con cui aveva risposto.

Lui l'aveva guardata ancora per un attimo. «Di notte Salazar non è posto per una ragazza sola, soprattutto qui nella torre.»

Poi l'aveva delicatamente sollevata. Lei si era fidata subito. Era la prima persona che mostrava preoccupazione nei suoi confronti. Quando le offrì il braccio, notò di sfuggita l'ampio taglio che la lama avversaria aveva disegnato sul tessuto della sua casacca. Era strano, ma la stoffa non sembrava sporca di sangue. Sembrava semplicemente bagnata, come impregnata di un liquido viscoso e trasparente.

Non fece domande. Era stanca, e aveva un disperato bisogno di affidarsi a qualcuno.

Camminarono nel corridoio della torre, la pallida luce delle finestre interne che li illuminava a intervalli regolari. Quando lei cominciò a zoppicare, i piedi che non la sostenevano più, il soldato non esitò neppure un istante: si piegò e la prese in braccio.

«Ce... la... faccio...» provò a protestare la ragazza, sempre più stupita dal repentino ritorno della voce.

Lui scosse la testa. «Ne hai avuto abbastanza per stasera.»

La sensazione delle sue braccia sotto le ginocchia, della sua mano sulla spalla, la turbava. Il dondolio del suo passo e il ritmo calmo del suo cuore pian piano fecero coagulare la stanchezza. La ragazza gli cinse il collo con le braccia e lasciò che il sonno salisse dalle gambe al cuore, conquistando tutto il suo corpo. Vide appena il chiarore della locanda in cui si fermarono; percepì vagamente lo scricchiolio di assi di legno sotto gli stivali di lui. Poi un buio agognato l'avvolse.

Il soldato rimase a guardarla per qualche tempo. L'aveva messa nel suo letto che già dormiva. Ora riposava tranquilla, il respiro pesante di chi è sfinito. Osservare la sua figura assopita gli sgombrava la mente, lo aiutava a non pensare a quello che era accaduto prima, quando l'aveva salvata. Ma le immagini premevano al margine della coscienza, impellenti, e con esse le sensazioni che aveva provato. Il brivido che gli era salito su per la schiena quando aveva affondato la lama nella carne. La soddisfazione davanti all'ultimo respiro esalato dall'avversario. Il piacere di fronte al dolore inflitto. Si passò le mani sulla faccia, e la disperazione lo assalì all'improvviso. Scattò in piedi, prese la spada e uscì, sparendo nella notte.

Uno. Due. Tre. Tondo, tondo, affondo. Uno. Due. Tre.

Il ragazzo era coperto di sudore, e i muscoli delle braccia gemevano stremati. Il lungo spadone a due mani stretto tra le dita piene di vesciche, continuava ad allenarsi.

Uno. Due. Tre.

Ma per quanto sudore spandesse, per quanta fatica profondesse in quell'esercizio, e nonostante l'impellenza del dolore fisico che quell'allenamento gli provocava, la disperazione e il senso di colpa erano ancora là intatti, a togliergli sonno e ragione. Perché ancora, come quella prima volta, aveva goduto nel causare sofferenza. Perché di nuovo, come sempre, il sangue e la morte lo chiamavano.

Ha sei anni. Gliel'hanno detto. Infine gliel'hanno detto. Altro che padre morto con onore in battaglia. Sua madre gli ha mentito per tutti quegli anni. Lui è un bastardo. Un figlio di nessuno. E sua madre una puttana. Così dice il ragazzino davanti a lui.

«Tua madre è una puttana!» E gli altri attorno ridono.

Sente il mondo crollargli addosso, la realtà disfarsi sotto i suoi occhi. Le lacrime gli offuscano la vista, le risate dei compagni gli fanno salire il sangue alla testa.

E allora scatta in avanti urlando. Si getta contro quel ragazzino tanto più grande di lui e lascia che la furia gli scorra attraverso le vene e trovi soddisfazione. Scalcia, urla, morde, graffia. Si sente un animale, e come tale agisce. E se all'inizio è come fosse un nano che combatte contro un gigante, pian piano, chissà da dove, la forza emerge. Gli altri cercano di staccarlo dalla sua vittima, ma non ce la fanno. Sta vincendo. Sente il nemico gemere sotto i suoi colpi. E allora, per la prima volta nella vita, la percepisce. Una soddisfazione sorda, appagante. L'odore del sangue, il suo sapore, e quella consapevolezza oscura e inebriante. Sta facendo del male, sta infliggendo dolore a qualcuno. E la cosa lo eccita. Non c'entra niente la rivelazione che gli hanno fatto, non c'entra niente la rabbia per lo scherno di cui è stato fatto oggetto. È solo voglia di sangue, desiderio di morte. E in quel desiderio si perde, come in un abisso accogliente.

Ritorna in sé quando un adulto lo afferra e lo stacca dall'avversario. «Sei impazzito?»

La realtà torna a scorrere a velocità normale. A terra, l'altro ragazzino non si muove. La faccia è tumefatta, le braccia aperte a croce, pallide sotto tutto quel sangue. Il suo petto si alza e si abbassa rapido, affannato.

Finalmente arriva il senso di colpa, l'orrore. E il bambino piange. L'adulto dice qualcosa che lui non capisce. Ha solo paura di ciò che ha fatto, e più ancora di ciò che ha provato.

La sera stessa, solo a casa, esce nudo nel bosco, al freddo. Perché così la disperazione diminuisce, perché così il senso di colpa allenta un po' la sua presa.

La ragazza si svegliò che il sole era alto, e tutto era bianco. Per un attimo ebbe l'impressione di essere di nuovo nel prato in cui era venuta alla luce, come se tutto quanto era accaduto da quel momento in poi non fosse stato altro che un sogno. Poi ricordò il soldato che la sera prima l'aveva salvata, e a poco a poco ogni cosa tornò al proprio posto. Pian piano, nel chiarore diffuso, andarono disegnandosi i contorni di una stanzetta dalle pareti di pietra e il tetto sostenuto da grosse travi di legno. In un angolo c'era un tavolo, e accanto era posata una sacca. Sulla parete opposta si apriva una bella finestra ogivale, da cui il sole entrava con violenza. La ragazza si tirò su facendosi scudo agli occhi con un braccio. Fuori si intravedeva uno scorcio dell'immensa pianura, su cui incombeva il bosco.

Era in un letto morbido e confortevole. Lenzuola che sapevano di fresco, un soffice cuscino dietro la schiena e bende pulite ai polsi e alle caviglie. Però indossava ancora i suoi abiti laceri.

Scese adagio dal letto. Era sola. Chissà lui dov'era. Una fitta di delusione incrinò la perfezione del quadro. Forse se n'era andato. Del resto, l'aveva salvata, l'aveva portata là, che altro voleva? Non poteva certo starle ancora appresso, era stato fin troppo premuroso. Sbadigliò stiracchiandosi e godette del piacevole tepore del sole sulla schiena. Notò una cassapanca ai piedi del letto. Ci trovò sopra del pane e una ciotola colma di un liquido bianco coperto da una lieve schiuma pannosa. Sorrise tra sé e sé. Se anche se n'era andato, aveva avuto un ultimo pensiero gentile per lei.

Si sedette a terra a gambe incrociate e iniziò a sbocconcellare il pane, centellinando il contenuto della ciotola: era squisito.

Mentre mangiava, scoprì intorno a sé molti segni della presenza di lui. La sacca, tanto per cominciare. A meno che non contenesse vestiti nuovi per lei, non poteva che essere sua. Alcuni libri in un angolo, uno aperto. Persino una penna d'oca, appoggiata su una pergamena. Sentì un'intima esultanza: non se n'era andato per sempre.

Si chiese cosa fare. Era sola, e non sapeva neppure esattamente dove si trovasse. A giudicare dal panorama, un paio di piani sopra quello in cui era stata aggredita la notte prima. Era ancora nella torre: Salazar, l'aveva chiamata il soldato. Ma per il resto, i ricordi di quanto era accaduto dopo il salvataggio erano confusi. Probabilmente si trovava in una locanda. Doveva attendere il suo ritorno? O forse lui si aspettava che se ne andasse per la sua strada? Appoggiò i gomiti alla finestra e il volto sulle mani. Chiuse gli occhi e assaporò il piacere del sole che le scaldava la pelle.

Il rumore della porta che si apriva la fece trasalire. Si girò di scatto, le palme appoggiate al davanzale, un'espressione colpevole sul volto. Lui era là, incorniciato dall'arco della porta. Indossava il mantello nero della sera prima, stavolta col cappuccio tirato sul viso, e sotto calzoni di camoscio e un'ampia casacca bianca, stretta sul petto da un giustacuore di pelle rinforzato da borchie di ferro. Dalle spalle spuntava la lunga elsa dello spadone.

Fu rapido a scoprirsi il viso. «Sono io!» disse.

La ragazza si rilassò, vergognandosi della propria reazione. «Sì... io...» Di nuovo non le venivano le parole.

«Hai ragione» aggiunse lui, togliendosi il tascapane gonfio che aveva a tracolla. «Non avrei dovuto lasciarti sola stamattina, soprattutto dopo quello che hai passato, ma ti ho visto con quella roba addosso, e allora la tentazione di trovarti qualcosa di meglio è stata forte...» Le sorrise. «Io sono Amhal.»

Aveva un bel sorriso aperto, ma c'era una traccia di sofferenza sul suo volto. La ragazza lo guardò senza sapere cosa replicare.

Lo fissò negli occhi. Erano di quel verde sconvolgente che ricordava bene. «Io non so chi sono» disse in un fiato, e si sedette sconsolata sul letto, tormentandosi le mani.

Ci volle un po' per spiegargli tutto. La voce sembrava esserle ritornata, ma aveva ancora difficoltà a mettere assieme le parole, a trovare quelle che andavano bene per esprimere la confusione che sentiva dentro. Gli raccontò del prato, del pellegrinaggio nel bosco, del suo arrivo a Salazar. Soprattutto cercò di fargli capire che non ricordava niente, neppure il proprio nome, che le sembrava di essere nata quel giorno, sdraiata a pancia in su nell'erba.

Lui si faceva sempre più assorto man mano che il racconto procedeva, una piccola ruga che gli segnava l'incrocio delle sopracciglia. «Quindi non sai in che terra ci troviamo?»

«Cos'è una terra?» chiese lei con aria smarrita.

«E che questo è il Mondo Emerso?»

La ragazza distolse lo sguardo, imbarazzata.

Amhal sorrise. «Scusa, non voglio metterti in difficoltà, è solo per cercare di capire...»

«È quello che sto facendo da tanti giorni. Ma non vengo a capo di nulla. So fare delle... cose, ma non so come ci riesco.»

«Ad esempio?»

Gli raccontò della serratura, e di quella strana sensazione che si era sentita addosso quando era stata aggredita.

«E poi capivo cosa facevi mentre duellavi. Io...» cercò le parole «... prevedevo le tue mosse» disse infine.

Lui la fissò intensamente.

«Chi erano quei due di ieri sera?» gli chiese lei.

Il giovane si incupì. «Non lo so. Dei balordi. Ladri, forse. Gente losca di certo, o avrebbero alloggiato in qualche locanda» tagliò corto.

La ragazza fu tentata di raccontargli delle strane macchie sulla pelle di uno dei due, e della lingua che parlavano, ma poi si disse che forse era normale che in quel Mondo Emerso la gente si esprimesse in lingue differenti, e che se aveva la pelle macchiata si mettesse quella roba in faccia.

«Io ora non so che fare...» gemette. «Vorrei trovare qualcuno che mi conosca, che mi sappia dire da dove vengo...»

«Descrivimi il posto in cui ti sei svegliata.»

Lei provò a raccontargli ogni dettaglio, anche il più insignificante. Ma in fin dei conti era solo un prato, e per tutti quei giorni nel bosco aveva vagato senza sapere dove stesse andando.

«Se per un tratto hai seguito un torrente, venivi da est» concluse il soldato.

Lei si illuminò. «Quindi mi sai dire da dove arrivo?»

«A est c'è Nuova Enawar, e poi ancora più a est la Terra dei Giorni. Mi sembri umana, quindi dovresti venire da una terra in cui gli umani sono la maggioranza, ma i tuoi capelli e i tuoi occhi...»

«Pensi che siano un indizio?» chiese lei, speranzosa.

«Lo sono di sicuro. Ho visto l'arma che avevi addosso. Anche quella credo abbia un senso...»

Seguì un lungo silenzio imbarazzato.

«Ti ho preso un po' di vestiti» disse a un tratto il giovane, afferrando il tascapane. «I tuoi magari li conserviamo, potrebbero aiutarci a capire chi sei, ma non è il caso che tu continui ad andare in giro così.» Iniziò a tirare fuori vari abiti, di fogge e colori differenti. «Sono vecchi, me li ha regalati la locandiera, ma sempre meglio di quella cosa che hai indosso.»

La ragazza lo guardò frugare nella borsa mentre continuava a parlare.

«Questo forse è troppo piccolo... Oh, un paio di brache, queste sono mie.»

Lei strinse le dita su uno dei vestiti. Era rosso fuoco. «Mi aiuterai?» gli chiese all'improvviso.

Lui parve stupito. «Io sto andando a Laodamea» disse. «Ho una missione. Per cui...»

«Io non so dove andare» lo interruppe. «Vorrei... vorrei solo avere un po' di tempo per cercare di capire... Se tu potessi indirizzarmi...» Le sue parole si persero in un singhiozzo soffocato.

Amhal la guardò per un istante, poi sorrise. «Ti stavo dicendo che devo andare a Laodamea, per cui, se vuoi seguirmi, ne sarò felice. Non so se potrà esserti utile in qualche modo, ma... se non sai dove andare...»

Lei tirò un lieve sospiro, poi afferrò dal mucchio il primo vestito che le capitò in mano. «Questo potrebbe andare» disse.

«Va bene. Esco, così te lo provi.»

Quando il giovane era ormai sulla porta, lei trovò il coraggio: «Grazie» esclamò, girandosi verso di lui.

Amhal si limitò a sorridere. «C'è chi dice che se salvi una vita, poi devi prendertene cura. Io ne sono convinto.» E uscì.

Appoggiò la schiena all'uscio. Al di là, fruscii di abiti, e passi nudi sul pavimento.

Si chiese perché avesse detto di sì, perché avesse acconsentito a portarsela dietro. La sua vita era già abbastanza complicata così, e l'episodio della sera prima lo dimostrava chiaramente.

Perché ha bisogno di te, si rispose. *Perché è questo che fa un cavaliere.*

L'onore. Quell'ossessione che aveva da tempo, da quando aveva scoperto di essere un bastardo. Riscattarsi, dimostrare il proprio valore, e vincere sulla sete di sangue.

E poi è carina, si disse, senza riuscire a trattenere un sorriso.

«Vieni!» lo chiamò la ragazza.

Amhal rientrò, ma rimase bloccato sull'uscio. Poi scoppiò a ridere.

«Ho sbagliato qualcosa?» domandò lei.

«È che... sono vestiti da uomo, e ti vanno un po' grandi.»

In effetti indossava un paio di brache che le stavano larghe in vita ed erano lunghe, per cui era stata costretta ad avvolgerle sui fianchi più volte e a tenerle su con la cintura del pugnale. Aveva poi indossato una casacca amplissima, e per stringerla aveva usato un corpetto da donna preso da un altro vestito. Non era però stata in grado di legare tutti i lacci, e il giustacuore finiva per penderle sghembo sul petto.

«Li trovo comunque più comodi degli altri. Ho provato col vestito rosso, ma non mi sento a mio agio...» si schermì lei, indicando gli abiti sul letto.

«Nessun problema, se sei comoda così... Però lasciati sistemare il corpetto.»

Con mani esperte, Amhal strinse i vari lacci finché il corpetto non aderì per bene al torace minuto.

Poi la considerò con occhio critico. «Magari più tardi prendiamo un paio di calzoni che ti stiano bene, che ne dici?»

Lei arrossì.

Salazar li accolse con la sua confusione. La ragazza strinse d'impulso il mantello di Amhal. Mercanti che urlavano nei vicoli, ragazzini che correvano ovunque, schiamazzi di vario genere e il semplice viavai di gente indaffarata. Si chiese come avesse potuto sperare di trovare lì la soluzione ai suoi problemi. Troppa gente, e troppo distratta dai propri interessi per badare a una ragazzina malandata.

Era piuttosto tardi, per cui si diressero in una locanda per mangiare. A differenza di quella che lei aveva visitato la sera prima, questa aveva un'aria meno rozza e una clientela appena più distinta. Le cameriere, giovani e carine, si muovevano leggere e nessuno urlava.

Fu Amhal a ordinare, e scelse cibi fin troppo sostanziosi. Lei però era affamata: le privazioni dei giorni precedenti continuavano a farsi sentire, e aveva bisogno di recuperare le energie. Trangugiò tutto con foga, assaporando gli odori forti e speziati delle vivande.

Il giovane rise davanti a tutta quella furia. «Avevi davvero fame!»

Con un po' di difficoltà, lei gli spiegò della sua vita nel bosco.

Lui appoggiò il viso a una mano. «Sei stata fin troppo brava. Non è facile riuscire a sopravvivere in un ambiente ostile. Pensa che l'addestramento di noi Cavalieri di Drago prevede anche lezioni di sopravvivenza. Alla fine ci lasciano da soli nel bosco senza cibo né acqua. È una delle prove più dure, c'è stato addirittura qualcuno che ci ha rimesso la vita.»

La ragazza lo guardò. «Cos'è un Cavaliere di Drago?»

Amhal sorrise. «Un soldato. In questi tempi di pace è più che altro un custode dell'ordine costituito. Come una specie di guardia, ma addestrato alle arti della guerra. E, soprattutto, i cavalieri cavalcano i draghi, i loro inseparabili compagni di battaglia.»

Di fronte al suo sguardo interrogativo, sorrise di nuovo.

«I draghi sono animali magnifici, io ne ho uno. Lo vedrai più tardi.»

Lei annuì, sempre più perplessa. Non sapeva tutte quelle cose perché veniva da qualche posto lontano, diverso dal Mondo Emerso, o semplicemente aveva dimenticato tutto?

«Come faccio a scoprire chi sono?» chiese all'improvviso.

«Non saprei...» rispose Amhal, incerto. «Te l'ho detto, per ora devo andare a Laodamea, partiremo domattina, per cui... Ma non credo che tu sia originaria di qui. Ci sei arrivata camminando, no?»

Lei annuì, aggredendo una mela.

«A Laodamea bisognerà partire dai tuoi capelli e dai tuoi occhi. Io non ne ho mai visti di simili. Magari dovresti cercare in qualche libro.»

«Libro?»

«Sì, è una roba scritta...» Si bloccò. «Sai leggere?»

Lei rimase col boccone a mezz'aria. «Non sono sicura di sapere cosa significhi.»

Il giovane frugò nella bisaccia e tirò fuori un paio di quei dischi d'oro che la ragazza aveva usato alla locanda, la sera prima.

«Li conosco quelli. Ci si prende da mangiare.»

«Sono monete» spiegò lui. Poi le mostrò le incisioni. «Capisci che c'è scritto?»

«Certo! "Salazar, cinque scudi."»

«Perfetto» sorrise lui. «Sai leggere. I libri sono oggetti pieni di scritte sui più disparati argomenti. Anche su gente che ha i capelli mezzo neri e mezzo blu e gli occhi di due colori diversi.»

La ragazza si sentì un po' rincuorata.

Amhal si fece avanti, appoggiando i gomiti sul tavolo. «Se vogliamo viaggiare insieme, però, non posso continuare a chiamarti "ehi, tu!" o "ragazza" e basta. Ti ci vuole un nome.»

Qualcosa si accese in lei. Un nome. Un'identità. Uscire da quell'anonimato e muovere un piccolo passo verso l'essere, verso un esistere che non fosse solo sopravvivere, mangiare e bere.

«Il mio nome non lo ricordo...»

«Te ne darò uno io. Quale ti piacerebbe avere?»

Aveva già provato a richiamare alla mente un nome, un qualsiasi frammento che l'aiutasse a capire, ma era sempre stato inutile. Anche ora che conosceva Salazar, e Nuova Enawar, e Laodamea, quei nomi non le dicevano niente, erano puri suoni rigurgitati dal nulla, quello stesso nulla che si era preso in ostaggio i suoi ricordi.

Scosse la testa. «Non conosco nessun nome da ragazza.» Guardò la mela. «Neppure da ragazzo, a dire il vero.» Ci pensò un istante ancora. «Ieri sera in una locanda sono stata aiutata da una ragazza. Si chiamava Galia.»

Amhal fece una smorfia. «Un nome dozzinale, da serva. No, ti ci vuole qualcosa di meglio.»

La ragazza lo guardò trepidante. «Tu che proponi?»

Lui sorrise appena. «Adhara.»

Adhara. Non aveva idea di cosa significasse, non ne aveva altri con cui paragonarlo, per sapere se le piaceva o meno. Ma lo sentì immediatamente suo, si sentì definita da quel nome. Adhara.

«È bello...»

Amhal batté con convinzione una mano sul legno del tavolo. «E sia! D'ora innanzi sarai Adhara.»

Le faceva uno strano effetto avere un nome con cui muoversi nel mondo. Se lo ripeté mentalmente, mentre in un paio di morsi finiva la mela. Adhara. Non più la ragazza senza nome, che vagava per i boschi inconsapevole del mondo. Adesso era qualcuno.

5
Il morbo

Si svegliarono presto, l'indomani. Amhal aveva detto di voler partire il prima possibile.

«In ogni caso bisogna trovarti qualcosa da indossare. Con quella roba che hai scelto sembri uno spaventapasseri» aveva aggiunto.

Adhara era arrossita.

Andarono spediti a un mercatino: qualche tendone addossato al muro, frutta e verdura esposte al sole, tranci di carne e vestiti. Adhara si lasciò ammaliare dai profumi e dai colori. Era incredibile come il solo fatto di avere un nome cambiasse in qualche modo le cose. Si sentiva ancora straniera in terra straniera, ma meno sperduta del giorno precedente. Di sicuro c'entrava la presenza di Amhal al suo fianco. Ma non era solo quello. Ora aveva un'identità.

Si indirizzarono verso una bancarella zeppa di vestiti che pendevano da ogni dove. Adhara osservò timida la mercanzia, poi, quando si sentì abbastanza sicura, si avvicinò. Allungò una mano, toccò un paio di calzoni in camoscio. Guardò dritto negli occhi il mercante e abbozzò un timido: «Quanto?»

Li indossò dietro un piccolo paravento approntato in un angolo. Non era sicura che nessuno potesse sbirciare dentro per guardarla, ma c'era uno specchio. Si voltò cercando di contemplarsi le gambe e il sedere. Le stavano meglio di quelli di prima. Prese anche un paio di stivali. Tenne la casacca che aveva, e il corpetto. Da ultimo strinse la cintura col pugnale. Quando ebbe finito, si sentì a proprio agio. Erano vestiti da uomo, glielo aveva detto Amhal. Perché allora stava così bene indossandoli? E perché il peso del pugnale al suo fianco le dava tutta quella sicurezza?

In questi piccoli indizi è racchiuso il mistero di ciò che sono e da dove provengo, si disse. Forse Amhal poteva davvero aiutarla a districare quella matassa. Le aveva dato un nome, forse poteva darle anche un passato.

Ovviamente pagò lui.

«Grazie... Spero non sia troppo» disse, mentre lo guardava frugare nella bisaccia un po' preoccupato.

«No, no... sono abbastanza economici. E poi ti stanno bene» rispose lui, squadrandola. Adhara avvampò, ma si sentì lusingata.

Uscirono dalla torre, le guardie scostarono le lance al loro passaggio e furono di nuovo nella zona più esterna e più nuova di Salazar.

Amhal sapeva esattamente dove andare, e Adhara gli trotterellava al fianco sicura. Era stata da quelle parti solo di notte, e al buio quel posto le era sembrato spaventoso e caotico. Alla luce del sole era ancora indecifrabile, ma le appariva meno minaccioso. Riconobbe alcuni vicoli che aveva percorso, sperduta, due giorni prima. Passarono anche davanti alla locanda di Galia. Adhara fu tentata di entrare e di presentarsi.

Salve, sono Adhara. Sì, alla fine ho ricordato tutto. Fac-

cio l'attendente di un giovane cavaliere. Una piacevole menzogna che le sarebbe piaciuto poter raccontare.

Uscirono dalla città, ma non per la strada che lei aveva percorso quando era arrivata. Poi sostarono davanti a un agglomerato di lunghi capannoni di legno. Amhal entrò a passo deciso e si fermò a parlare con un essere dall'aspetto orribile. Era completamente ricoperto di ispidi peli rossicci, il muso prognato dal quale spuntavano un paio di zanne minacciose. Non era molto alto, ma aveva braccia innaturalmente lunghe. Spalava della paglia con un forcone, muovendosi in modo goffo.

Adhara portò istintivamente la mano al pugnale.

Amhal la bloccò. «Non sai cos'è?»

Lei scosse la testa. Provò a sforzarsi, ma nessun ricordo affiorò alla coscienza.

«È un fammin. Questa stalla è gestita solo da loro.» Amhal si fece avanti. «Ciao, Etash» disse con un sorriso. La creatura alzò gli occhi dal lavoro e rispose con un grugnito. «Come sta la mia Jamila?»

Etash scrollò le spalle. «Come sempre. Nessuno tratta bene i draghi quanto noi, lo sai.» Aveva una voce aspra, piena di suoni gutturali, che sembrava inadatta a parlare quella lingua.

«Il mio maestro dice che sareste ottimi cavalieri.»

Etash rise amaramente. «Il tuo maestro è l'unico ad avere uno scudiero fammin. Per gli altri lo sai cosa siamo... feccia, e della peggior specie.»

«Le cose cambieranno.»

«Sono cento anni che va così. Te lo dico io, non cambierà.»

Etash fece strada. Si mossero lungo un corridoio sul quale si aprivano grosse porte di bronzo. Al di là, rumore pesante di passi che facevano tremare il terreno, e spaventosi ruggiti. Adhara si sentiva sempre più inquieta.

«Ho visto che tu invece preferisci gli attendenti umani» osservò Etash.

«Già. Lei è Adhara» rispose Amhal. «Ha una storia un po'... particolare.»

«Come i suoi occhi.»

«Ne hai già visti di simili?»

Etash scrollò il capo. «Per quello li ho notati. A volte noi li abbiamo così, ma negli umani non li avevo mai visti.» Si fermò davanti a una porta. «Dopo di te.»

Amhal porse una mano a Adhara, poi l'attirò a sé. «Sta' calma e immobile. Guardala negli occhi. Probabilmente vorrà annusarti: lasciala fare. Se ti ringhia, sta' ferma, d'accordo?»

La ragazza si irrigidì. «Cosa c'è là dietro?»

Amhal non rispose. Semplicemente oltrepassò la porta, spingendone il battente.

Adhara sentì la gambe cederle, insieme all'irresistibile impulso di fuggire.

Si trovarono in un enorme capannone di legno, dal tetto alto almeno una quindicina di braccia. A terra, paglia. Al centro di quello spazio stava un animale immenso. Aveva un muso affilato e squamoso, che si risolveva dietro gli occhi in una cresta ossea irta di aculei. Il corpo, immenso e snello, era ricoperto di squame e terminava con una lunga coda. All'altezza delle scapole si dipartivano due immense ali membranose, diafane e nere. Il resto dell'animale era di un rosso vivo, bucato solo da un paio di occhi di un verde intensissimo. Appena i due ragazzi fecero il loro ingresso, il drago si alzò sulle zampe posteriori, finendo a sfiorare il tetto con la testa, e levò un ruggito possente. Adhara si portò le mani alle orecchie, terrorizzata.

«Ehilà, Jamila! Contenta di vedermi?»

L'animale abbassò il capo, portandolo all'altezza di Amhal. La sua testa era grande almeno quanto tutto il busto del ragazzo. Lui però non sembrava aver paura. Gli mise una mano sul muso e gli fece un paio di carezze. Poi scartò di lato e indicò l'amica.

«Lei è Adhara, viaggerà con noi. È la mia attendente.»

L'immensa creatura le piantò addosso uno sguardo feroce ed emise un paio di sbuffi di fumo dalle narici.

«Non la spaventare, lei non ha mai visto un drago» aggiunse Amhal.

Adhara rimase immobile, terrorizzata. Pensò ai tanti animali come quello che dovevano celarsi dietro ognuna delle porte di bronzo che aveva visto prima, e si sentì mancare.

«Brava, ferma» le sussurrò Amhal, e lei pensò che non sarebbe riuscita a muoversi neppure se avesse voluto.

Jamila avvicinò il muso, l'annusò, e Adhara avvertì con orrore il fuoco del suo respiro percorrerle tutto il corpo. Infine le diede un colpo col muso sulla spalla, facendola barcollare. Poi si tirò su sdegnata e passò a concentrare la propria attenzione su Amhal.

«Brava, brava» disse lui con tenerezza, accarezzandole ancora il muso. «Viene dalle scuderie di Dohor, hai presente?» aggiunse rivolto a Adhara.

La ragazza, ancora intontita, riuscì solo a scuotere la testa.

«Dohor è stato l'ultimo re che ha provato a conquistare il Mondo Emerso, cinquant'anni fa. Lui aveva unito draghi e draghi neri, dando vita a degli abomini, creature terribili che poi usava in battaglia.»

Adhara ascoltava senza capire, terrorizzata dalla bestia che aveva davanti.

«Quando Dohor fu abbattuto da Ido, il Nuovo Consiglio decise di uccidere tutti questi animali. Jamila all'epoca era un cucciolo. Fu un cavaliere piuttosto eccentrico a salvarla e a portarla via con sé. La crebbe in segreto per qualche anno, nei boschi intorno a Makrat. Poi lo scoprirono, ma ormai Jamila era già stata addestrata. La misero insieme agli altri draghi e lì è rimasta, senza che nessuno trovasse il coraggio di usarla in battaglia. Quando sono diventato apprendista, il mio maestro mi ha permesso di tenerla e di farla diventare il mio drago.»

Amhal si girò e trovò Adhara addossata alla parete di legno, bianca come un cencio.

Scoppiò in una fragorosa risata. «Va tutto bene...»

Lei scivolò lungo la parete finendo seduta.

Le corse accanto. «Avanti, sei stata brava, non c'è da aver paura...»

Adhara deglutì.

«Adesso partiamo e non ci saranno problemi, vedrai.» Amhal si girò verso Etash. «Apri la volta.»

Il fammin annuì e sparì da qualche parte.

La ragazza indicò Jamila con un dito. «Lei viene con noi?»

«A dire il vero, noi andremo con lei. Viaggeremo a dorso di drago.»

A Adhara sfuggì un gemito.

«È meno complicato di quel che sembra. Ti stringerai a me e andrà tutto bene.»

Le porse la mano, e lei non poté che farsi forza e tirarsi su. Strinse le dita intorno al pugnale. La cosa la faceva sentire un po' più sicura.

Avvertì un forte cigolio e alzò gli occhi. Il tetto del capannone si stava aprendo, muovendosi su due grosse ruote dentellate che non aveva notato prima, fissate ai vertici delle pareti. Un cielo di un blu assoluto iniziò a occhieggiare dall'apertura. Jamila gettò un nuovo ruggito verso l'alto.

Amhal condusse Adhara di lato al drago, poi batté con una mano sul ventre dell'animale. «Giù, Jamila, giù.»

Lei obbedì, appiattendosi al suolo. Adhara notò i finimenti: una sella metallica, assicurata con grosse cinghie di cuoio, e redini anch'esse di metallo, a maglie piuttosto spesse. Rabbrividì quando vide Amhal salire in groppa con un solo, leggero balzo. Arretrò istintivamente.

«È normale che tu abbia paura, è sempre così la prima volta. Dai, un po' di coraggio.»

Adhara guardò l'animale, il ventre giallo su cui si disegnava il profilo del costato. Rimase ipnotizzata dal moto del respiro, che gonfiava e contraeva quell'enorme cassa toracica. Fissò la mano di Amhal e si fece forza.

La afferrò saldamente, e fu lui stesso a issarla in sella, davanti a sé. Strinse le mani sulle redini e la cinse con le braccia. «Prendi un bel respiro» le consigliò.

Uno schiocco secco delle redini, poi una forte sensazione di vuoto allo stomaco. Adhara strinse gli occhi, mentre il vento le scuoteva i capelli con violenza sempre maggiore.

«Guarda pure» le sussurrò Amhal, e lei aprì un occhio alla volta. Sotto, le baracche di legno rimpicciolivano sempre più, mentre la Torre di Salazar, uno scoglio in mezzo al mare della pianura, veniva loro incontro. Spalancò la bocca per lo stupore; la paura era scomparsa per far posto a una specie di muta commozione che le toglieva le parole.

Guardò anche la torre rimpicciolire, assecondò con i fianchi il movimento sussultorio di Jamila e poi incollò gli occhi al suolo, al velluto della foresta da cui era arrivata, al nastro argenteo del torrente, compagno delle sue peregrinazioni. Comprese quanto grande fosse il mondo e si sentì perduta in quella vastità. Da dove proveniva? Quale ventre l'aveva partorita, tra gli alberi della foresta e il verde dell'erba? Apparteneva davvero a quel mondo?

«Verso Laodamea» gridò Amhal, strappandola alle sue fantasticherie.

Jamila virò, e il viaggio ebbe inizio.

Volarono per un giorno intero senza fermarsi. La pianura si srotolava, verde e sterminata, sotto le ali del drago. Il sole batteva violento, e Adhara dovette coprirsi la testa col cappuccio del mantello di Amhal.

«Quando saremo a Laodamea dovrai comprarti un mantello tuo» osservò lui.

Adhara stette tutto il tempo a naso in giù. Si sentiva sopraffatta dalla meraviglia. Osservò le increspature dell'erba, e si impresse nella mente ogni cambiamento che il panorama subiva durante il volo. Voleva riempirsi gli occhi di quel luogo, farlo proprio, e così cercarne tracce dentro di sé, nella sua memoria martoriata.

Amhal di tanto in tanto le spiegava. Il Saar, l'immenso fiume che si trovava alla loro sinistra, ma che da lì non si poteva vedere: era lui che dava linfa ai torrenti che stavano sorvolando. Le città-torri della Terra del Vento, il paese di cui era capitale Salazar. La pianura, immensa, punteggiata di campi e villaggi.

Nomi su nomi, panorami splendidi, e nulla che le fosse familiare.

Passarono la prima notte all'addiaccio, e tutto sommato fu piacevole. La pianura era battuta da un lieve vento estivo che sapeva di umido e fresco.

Per la seconda sosta Amhal decise che si sarebbero fermati in un villaggio. «Abbiamo appena passato il confine con la Terra dell'Acqua» disse, mentre volavano a rotta di collo, un sole rosso fuoco alla loro sinistra.

Adhara guardò di sotto, e il suo sguardo s'impigliò in una fitta rete di alberi intrecciati tra loro, tessuta su un ordito di torrenti sinuosi.

«È per via dei torrenti?» chiese.

Amhal capì al volo. «Esattamente. C'è un villaggio di umani, poco più avanti, sosteremo là.»

Scesero in una piccola radura. Jamila dovette fare attenzione, perché le sue immense ali ci stavano a malapena.

«Tu purtroppo dovrai aspettarci qua» le disse Amhal mentre le toglieva i finimenti. Poi si girò verso Adhara: «Nella Terra dell'Acqua non ci sono draghi, per questo non sono attrezzati per accoglierli. A Laodamea sarà diverso, ma ora siamo costretti a lasciarla qui.»

Poi fece strada. Lentamente il cielo virava al viola, che pian piano si diffuse tutt'intorno. Adhara si sentiva curiosamente rassicurata, come se si trovasse a casa. Lo fece notare ad Amhal.

«Pazienta fino a Laodamea, lì potrai fare tutte le ricerche che vuoi» disse lui.

Per un po' avanzarono nel bosco. Il viola stemperò in un blu spento, poi sempre più cupo, mentre tra gli alberi si accendevano minuscole luci. Adhara le osservò ammirata.

«Lucciole» le spiegò Amhal. «Sono insetti che fanno luce. Molti, molti anni fa, quando si vedevano delle luci nel bosco, poteva trattarsi di folletti.»

Adhara lo guardò con aria interrogativa.

«Erano creature minuscole, grandi quanto il palmo di

una mano, con enormi occhi colorati, capigliature di mille colori e piccole ali diafane. Di notte emettevano una lieve luce, come le lucciole.»

«Dovevano essere bellissimi...»

«Qualcuno dice che ne è rimasto soltanto uno, nella grande Foresta della Terra del Vento. Vaga da solo, unico superstite della sua gente, condannato a non morire mai. Di notte, la sua luce triste e solitaria segna lenti percorsi nel bosco.»

Adhara pensò alla solitudine dell'ultimo folletto, e ai viandanti che ne seguivano la luce quando si perdevano. Lei era come loro, persa, abbandonata, e Amhal era come quel folletto, la sua triste luce in un mondo di tenebra.

Il ragazzo indicò col dito: «Quelle invece sono le luci del villaggio di Cyrsio. C'è una locanda molto graziosa da quelle parti, e poi conosco la proprietaria. Vedrai, sarà una piacevole serata, e magari stare qui ti farà tornare un po' di memoria.»

Adhara sorrise. C'era qualcosa di magico nell'aria, e forse davvero tutto era possibile.

Seguirono un sentiero in terra battuta, guidati solo dalla luce di una falce di luna e da quel bagliore tremolante che avevano intravisto nel bosco. Il villaggio apparve dopo pochi minuti come un agglomerato di capanne di legno con i tetti di paglia. Si svolgeva intorno a un torrente, e alcune delle case erano palafitte. A Adhara sembrava un luogo incantato immerso in un bosco fatato.

Un senso di gelo iniziò tuttavia a percorrerle le membra man mano che si avvicinavano. Amhal dovette provare la stessa sensazione, perché impugnò l'elsa della spada non appena giunsero alle porte del villaggio.

L'ingresso principale aveva un architrave in legno, piuttosto grezzo ma ben fatto, con due alloggiamenti in metallo per un paio di torce. Uno era occupato, ma l'altro era divelto e giaceva a terra gettando bagliori morenti, gli stessi che avevano intravisto dal bosco. Amhal si fermò e con un braccio bloccò Adhara. Il frinire dei grilli riempì lo spazio attorno a loro. «C'è qualcosa che non va.»

Le finestre di alcune case erano buie, vuote come orbite di teschi; altre erano sprangate.

«Questo posto era pieno di vita l'ultima volta che ci sono stato.»

Adhara portò d'istinto la mano al pugnale. Eppure era tutto così tranquillo, così quieto...

Amhal fece un primo passo, la mano sempre stretta sull'elsa, la lama allentata nel fodero.

Dal villaggio non proveniva alcun suono. Le strade erano deserte, le torce usate per far luce consumate o gettate a terra. Adhara si sentiva osservata. C'era qualcuno, qualcuno che spiava e non voleva essere visto. «Forse sarebbe meglio andare via...» provò a suggerire.

Amhal non rispose. Era teso, e il suo volto aveva assunto la stessa espressione del giorno in cui l'aveva salvata. Lo vedeva muoversi guardingo, ma seguire una strada precisa, come se sapesse esattamente dove stava andando.

Si fermarono davanti a un locale con una graziosa insegna di legno dipinto. LA TANA DEL... e poi qualcosa di illeggibile. Parte dell'insegna era stata divorata dal fuoco.

«Era qui?» chiese Adhara in un soffio. Amhal si limitò ad annuire.

La porta non c'era più, le finestre erano annerite dal fumo e dal fuoco. Non doveva essere accaduto troppo tempo prima, perché si sentiva ancora l'odore acido di bruciato.

Amhal entrò.

«Non credo sia una buona idea...» provò a dire Adhara, ma lui si immerse nel buio. Rimase ancora un istante sulla soglia, poi si decise a seguirlo.

Il salone della locanda aveva le pareti completamente nere. A terra, cenere spessa e tizzoni di carbone. Qualche tavolo si era salvato e giaceva rovesciato. Del bancone restava qualche frammento di legno annerito, mentre sugli scaffali le bottiglie e le pentole erano tutte esplose. Adhara si avvicinò ad Amhal e gli strinse un braccio.

Lui parve riscuotersi. «Forse hai ragione tu, non è stata una buona idea.»

«Meglio il bosco» aggiunse lei.

«Meglio il bosco.»

Uscirono guardinghi, ripercorrendo a ritroso la strada che avevano appena fatto. Deviarono solo perché sembrò loro di aver trovato una via più breve per allontanarsi da lì.

Finirono per sbucare in una piccola piazza. Su un lato c'era un ponte di legno, sotto il quale scorreva un torrente chiocciante. Di fronte, una costruzione sempre in legno, ma più rifinita di quelle che avevano visto fino a quel momento. Il portone era a due battenti, finemente istoriato. Sopra c'era una scritta di qualche tipo. A Adhara parve di decifrare qualcosa simile a Theevar, Thiinar, non era chiaro. Uno dei battenti era appena accostato. Ne proveniva un gemito basso, costante. Sentì brividi gelati percorrerle la schiena. Qualcosa le diceva di andarsene. Ma Amhal non sembrava della stessa idea. A grandi passi si avviò verso la costruzione. Lei gli afferrò un lembo del mantello per trattenerlo.

«Qualcuno sta male, ha bisogno di aiuto» protestò lui.

«Se così fosse, sarebbero usciti di casa per soccorrerlo.»

«Qui non c'è nessuno.»

Adhara gli si avvicinò. «Qui è pieno di occhi che ci guardano» sussurrò.

«E tu come lo sai?» replicò Amhal, quasi beffardo.

«Lo sento.»

Il ragazzo esitò, ma solo per un attimo. Poi girò i tacchi e procedette senza indugio verso la costruzione. Lei si ritrovò a seguirlo suo malgrado, la mano stretta sempre più convulsamente sull'elsa del pugnale.

Dentro era buio, e si sentiva un odore nauseabondo e dolciastro. Entrambi si portarono la mano alla bocca, e Adhara soffocò un conato di vomito. Amhal tirò fuori dal tascapane un acciarino e un'esca e accese quel che restava di una torcia, in un angolo. Ai loro occhi si presentò un'immagine da incubo. Le panche che dovevano aver riempito l'interno erano state ammassate di lato, e a terra c'erano dei corpi, almeno cinque o sei. Erano tutti avvolti in sudari bianchi macchiati di sangue, e giacevano immobili come mucchi di stracci sporchi. Il lamento riempiva l'intero spazio, come se provenisse dal pavimento in terra battuta, o dalla statua rozza di un uomo, in fondo: un uomo con lunghi capelli scossi dal vento, una folgore in una mano e una spada nell'altra, un'espressione benevola sul viso.

Adhara rimase impietrita all'ingresso, la mano premuta sul volto e gli occhi sbarrati. Intuiva che sotto ogni telo doveva esserci una persona, una persona morta. Amhal invece avanzò, chinandosi sui sudari.

«Ti prego, andiamo via...» mormorò lei, ma il compagno sembrava non sentirla. Non si fermò finché non trovò da chi proveniva quel lamento.

«Vieni!»

Adhara rimase immobile, le gambe che sembravano non volerle obbedire.

Amhal si girò. «Avanti!»

Lei si mosse adagio, gli occhi fissi a terra, per non sfiorare i cadaveri neppure con lo sguardo. Alzò gli occhi solo quando fu vicina ad Amhal. Sul pavimento, ai suoi piedi, c'era quella che sembrava una donna, ma i suoi lineamenti erano stravolti, ed era difficile riuscire a stabilirne l'età, o anche solo determinarne con certezza il sesso.

La bocca era un pozzo oscuro da cui emergeva quel rantolo ininterrotto, un respirare affannoso e innaturale, che sapeva già di morte. La fronte era imperlata di sudore e la pelle quasi completamente ricoperta da macchie nere, le stesse che Adhara aveva visto sugli individui che l'avevano aggredita.

Fece qualche passo indietro. «Dobbiamo andarcene.»

Amhal non rispose.

«Quei due che mi hanno aggredito... avevano quelle macchie, uno stava male.»

Amhal fissava il volto della moribonda, il sangue che sembrava trasudare dal suo corpo sofferente.

«Amhal!»

L'urlo finalmente lo riscosse. Si tirò su, gli occhi ancora fissi sulla donna. Fece un paio di passi indietro, quanto bastò a Adhara per agguantarlo e trascinarlo via, fuori di lì.

Corsero nell'aria fresca, tra il gorgogliare del torrente e l'ininterrotto frinire dei grilli. Percorsero senza fiato le strade del paese, decisi a scappare il più lontano possibile.

Furono in due a bloccare loro la via.

Armati uno di bastone, l'altro di una lama arrugginita, erano coperti di stracci e avevano anch'essi parte della pelle nera. In uno i segni della malattia si manifestavano sul collo, nell'altro coprivano mezza faccia. I volti erano stravolti dall'ira.

«Chi siete?»

Amhal, preso alla sprovvista, pose immediatamente mano all'elsa della spada.

«Fermo lì e rispondi!» intimò l'uomo, brandendo la sua arma rosa dagli anni. «Chi siete?»

«Portate il morbo, vero? Siete venuti qua a spargerlo, come quello sciagurato straniero...» aggiunse il suo compare armato di bastone.

«Come le ninfe, le ninfe che non si ammalano... Se bevi il loro sangue, stai bene» aggiunse il primo.

L'altro sputò. «Maledette, maledette...»

«Lasciateci passare» disse Amhal. Adhara gli strinse il braccio. Aveva paura, una paura folle: di quello che avevano trovato nella costruzione di legno, ma anche del ricordo di Amhal che affondava con piacere la lama nel petto del nemico, appena poche sere prima.

«Non si esce» fece quello con la spada. «Il villaggio è in quarantena.»

Adhara sentì distintamente i denti di Amhal scricchiolare, i muscoli tendersi sotto la sua stretta.

«Non costringermi a fare quel che non voglio...»

«I morti stanno con i morti, e voi rantolerete di qui a due giorni. O se siete fortunati vi salverete, come noi. Ma da qui certo non ve ne andrete» aggiunse con un ghigno sdentato il tizio col bastone.

Amhal portò la spada davanti a sé e strinse la presa sull'elsa con entrambe le mani.

«Amhal, no...»

«Ve lo dico per l'ultima volta: fateci passare. Io non voglio farvi del male, ma voi lasciateci passare...»

Adhara avvertì tutta la sua rabbia e la sete di battaglia. Arretrò di qualche passo, ma l'uomo col bastone le fu sopra e la colpì a una spalla, buttandola a terra. Lei fece appena in tempo a vedere il mantello di Amhal roteare le davanti, poi sentì solo il rumore stridulo della sua lama contro le armi dei due uomini.

Li disarmò in un istante, ma non fu abbastanza. Con un grugnito feroce fu sopra uno dei due.

«Amhal, no!» urlò Adhara.

Non servì a nulla, come altrettanto vano fu il grido dell'uomo: «Mi arrendo!»

Amhal gli infilò la spada nel petto, poi la estrasse. Si girò verso l'altro, negli occhi una rabbia feroce e un piacere oscuro.

«Amhal!»

Questa volta il grido disperato di Adhara lo fece tornare in sé. Abbassò la lama, chiuse gli occhi un istante. L'uomo ne approfittò per gettarsi su di lui, cercando di colpirlo col bastone.

Amhal gli afferrò un braccio e glielo torse. «Vattene» sibilò.

Quello lo guardò con occhi di fuoco.

«Vattene e vivi» insistette Amhal con dolore. Gli torse più forte il braccio, facendogli cadere di mano il bastone.

Stringendosi il polso, l'uomo lo guardò con odio. «Tanto sei morto» disse, prima di sgattaiolare via in un vicolo.

6
La regina e il principe

A Makrat splendeva il sole. Una perfetta giornata di inizio estate, con l'aria limpida e una luce pura che definiva i contorni delle cose.

Dubhe era in giardino, come tutte le mattine. Il pugnale stretto in una mano, vestita solo di un'ampia casacca e un paio di brache, si esercitava tra gli alberi, in un luogo riparato della vasta tenuta che circondava il palazzo reale.

C'era stato un breve periodo in cui le era parso ridicolo allenarsi tutti i giorni. Era stato quando aveva cominciato a sentirsi vecchia. Si era stupita di come quella consapevolezza l'avesse presa alla sprovvista. Una mattina si era guardata allo specchio, e aveva notato tutto a un tratto le rughe, l'aspetto stanco del suo viso, i fili grigi tra i capelli. All'epoca aveva cinquantacinque anni, ed era regina da trentasette.

Forse è ora di smettere di allenarmi come fossi ancora una ladra a Makrat.

Per qualche mattina non era più andata in giardino.

Suo marito Learco l'aveva schernita. «Cos'è, hai deciso di appendere il pugnale al chiodo?»

«È solo che sono stanca» aveva risposto lei, ed era vero. In fin dei conti la vecchiaia non è altro che una stanchezza mortale, che pian piano ci trascina verso l'unico riposo possibile.

Ma poi era stato il suo corpo a ribellarsi. Perché le sue membra, le sue gambe ancora agili, le sue braccia muscolose sotto il velo di una pelle appena più flaccida di qualche anno prima, avevano bisogno di quel movimento. E anche la sua testa necessitava di quell'ora, ogni mattina, in cui tutto scompariva all'orizzonte del suo corpo che si muoveva come una macchina. E allora aveva ricominciato, ma scegliendo un nuovo posto dove allenarsi, più nascosto, più segreto. Solo pochi dei suoi uomini sapevano dov'era. In caso avessero avuto bisogno di lei.

Dubhe provò un ultimo affondo e completò il movimento lanciando il pugnale. Era sempre quello, lo stesso da sessant'anni: l'arma che le aveva regalato il suo maestro, Sarnek, che tanto tempo prima l'aveva addestrata alle arti dell'omicidio e le aveva salvato la vita. Ogni tanto pensava ancora a lui, ma senza la disperazione di quando lo amava e si sentiva in colpa per la sua morte. A quel dolore si era sostituita una dolce nostalgia. Gli anni stendono su ogni ricordo una patina di bellezza.

Il pugnale si infisse con precisione in un tronco a svariate braccia da lei. La lama gemette oscillando, a un soffio da un uomo che respirava affannosamente.

Dubhe si tirò su di scatto. «Avresti dovuto avvisarmi. Potevo ucciderti» disse con freddezza, mentre si avviava a estrarre il pugnale dal legno.

L'uomo si inginocchiò abbassando il capo. «Mia regina, voi non sbagliate mai» rispose con voce tremante.

«Alzati» ordinò Dubhe, e lui obbedì.

«La situazione è grave» annunciò subito dopo, lo sguardo pieno di preoccupazione.

Dubhe si adombrò. «Andiamo» disse.

Il quartier generale si trovava nei sotterranei del palazzo. Era stata Dubhe stessa a farlo costruire. Era iniziato come una specie di gioco. Nei primi anni in cui era stata regina, si era sentita fuori posto in quel nuovo ruolo. La vita di corte, fatta di pettegolezzi e di ore che non passavano mai, i vestiti di rappresentanza, gli obblighi noiosi del suo stato, tutto la confondeva. Sentiva bruciante la mancanza d'azione. Così aveva cominciato a spegnersi lentamente.

Era stato Learco a darle l'idea. «Perché non torni a fare quello di cui ti occupavi un tempo? Non c'è solo questo modo di essere regina. Inventane uno tuo che ti soddisfi di più, che non ti costringa a trasformarti in quel che non sei.»

Allora Dubhe aveva deciso di creare un servizio di spionaggio. La Terra del Sole non ne aveva uno. Ci si affidava al lavoro di professionisti prezzolati, che ovviamente erano assai poco affidabili. Dohor aveva fatto ricorso all'alleanza con la Gilda degli Assassini, e per questo il regno era sprovvisto di una vera e propria rete di spie.

«È vero, siamo in pace, ma la pace va preservata, non pensi? È proprio in tempi come questi che fioriscono i complotti» aveva detto a Learco per convincerlo ad approvare il suo progetto.

Ma non aveva dovuto faticare molto. «Se la cosa ti fa star meglio, d'accordo, non ho problemi.»

Così Dubhe si era gettata anima e corpo in quell'impresa. Aveva fatto tutto più o meno in segreto. La scelta dei candidati, la preparazione del quartier generale, che aveva progettato personalmente. Era stato un periodo straordinario. Aveva cominciato a rifiorire: aveva ritrovato la propria dimensione, e allo stesso tempo era riuscita a ridare un senso a tutto quanto aveva imparato negli anni bui in cui aveva vagato cercando se stessa e il suo posto nel mondo. Le sue abilità, che tempo addietro le erano parse così terribili, oscure, ora le tornavano utili per realizzare qualcosa di buono, per garantire un destino luminoso alla sua terra.

Per i primi anni il servizio di spionaggio era servito a poco, e Learco l'aveva considerato nulla più che un passatempo un po' eccentrico della moglie. Ma poi Dubhe gli aveva fornito utilissime informazioni sulla guerra civile strisciante nella Terra dell'Acqua, e le cose erano cambiate.

«Mi sei stata enormemente utile» le disse il marito, quando tutto fu finito.

«Nemmeno io pensavo che la mia idea potesse dare frutti del genere» ammise lei.

Da allora il servizio di spionaggio era cresciuto, aveva stabilito nuove basi in altre zone del Mondo Emerso ed era diventato uno strumento utilissimo nelle mani del re e del Consiglio. A volte Dubhe stessa entrava in azione direttamente. Tornava allora ad essere la macchina efficiente che era stata anni addietro, ma non più per fini meschini o terribili, bensì per scopi più alti.

Nessuno a corte era a conoscenza della sua doppia vita. Persino i suoi uomini – che si vedevano pochissimo in giro per il palazzo ed erano elusivi e sfuggenti come fantasmi – erano un mistero in tutto il Mondo Emerso. Solo Learco e suo figlio Neor sapevano.

Dubhe entrò nella Sala Direttiva. Niente di particolare, solo un salone più ampio degli altri, dalle volte basse, con al centro un grande tavolo in mogano circondato da numerose sedie. Ne occupò una, e il suo uomo, Josar, fece altrettanto.

«Dimmi» tagliò corto lei.

Josar nel frattempo aveva preso fiato, ma non sembrava meno preoccupato. «Vengo dalla Terra dell'Acqua. Sta succedendo qualcosa di inquietante da quelle parti.» Rimase in silenzio per un istante. «Io e Khan ci stavamo muovendo come al solito nei villaggi del Nord. Come ci avete ordinato, controllavamo la situazione tra le due razze, in cerca di eventuali segni di tensione.»

Dubhe si limitò ad annuire.

«Ebbene...» l'uomo deglutì, come esitasse a continuare. «Ci siamo imbattuti in un villaggio... strano.»

«Ninfe e umani stanno di nuovo litigando?» chiese Dubhe con aria annoiata. Non capiva. L'ansia sulla faccia di Josar lasciava presagire qualcosa di davvero grave, ma lui non riusciva ad arrivare al punto.

«No, mia regina... O forse sì, non so. Semplicemente erano tutti morti.»

Dubhe fu scossa da un brivido.

«Era un villaggio di una ventina di persone, umani. Un posto insignificante, che vive soprattutto di pesca. Ci siamo andati perché ci avevano detto che erano un paio di settimane che non ne ricevevano notizie. Quando siamo arrivati... ho capito subito che qualcosa non andava.»

«Come erano morti?»

«Una malattia, mia signora.»

I brividi di Dubhe si trasformarono in una morsa gelida che le strinse le tempie. «Potrebbe essere febbre rossa. Ogni tanto torna, lo sai.»

«Ma non uccide un villaggio intero.»

«Racconta» continuò lei, impassibile. Con gli anni aveva imparato a mettere a frutto la fredda logica che le aveva insegnato il Maestro quando ancora cercava di fare il sicario: non lasciarsi coinvolgere, rimanere lucidi, ragionare senza farsi distrarre dall'emozione.

«È entrato solo Khan, io sono rimasto fuori. Quando è uscito, era stravolto. Mi ha detto che le case erano piene di cadaveri. C'era un disgustoso odore di putrefazione, segno che i morti erano lì da qualche giorno. Uomini, donne, bambini. Sui letti, alcuni a terra. Tutti erano ricoperti di macchie nere.»

Dubhe si appoggiò allo schienale della sedia. La febbre rossa non lasciava macchie scure sul corpo. «Non poteva trattarsi di lividi? Non potevano essere stati picchiati?»

Josar scosse il capo. «Mia regina, erano macchie nere, proprio nere, diverse da qualsiasi livido. E poi c'era sangue. Perdevano sangue dal naso, dalla bocca, dalle orecchie. Ne avevano anche sotto le unghie.»

«E si trattava solo di cadaveri di umani? Neppure una ninfa?»

«No, mia signora. Solo umani.»

Dubhe sospirò, poi scrutò l'uomo. «Che ne è di Khan?»

«L'ho messo in quarantena.»

Si rilassò. I suoi uomini avevano imparato bene.

«L'ho lasciato nella Terra dell'Acqua, provvisto di tutto quanto possa servigli per vivere, e ho cercato comunque di ridurre al minimo i contatti con lui.»

La regina rimase qualche altro secondo in silenzio, a riflettere.

«La situazione che mi descrivi è grave» concluse infine, alzandosi. «Se davvero c'è in giro una nuova malattia, bisogna indagare a fondo, e per farlo Sua Maestà dev'essere interpellato.»

Josar annuì. Capiva, capiva perfettamente.

«Per ora resta dove sei e fatti vedere da un sacerdote. Manderemo messaggi a Khan e faremo controllare anche lui. Ci aggiorniamo domani.»

Josar si alzò e portò la mano chiusa a pugno sul cuore, in segno di saluto. Dopo essersi inginocchiato, si avviò alla porta.

La regina rimase sola. Era abituata a ponderare le cose usando la logica, ma cercava anche di non sottovalutare l'istinto. E il suo istinto le diceva che qualcosa di terribile stava per accadere.

Dubhe bussò delicatamente alla porta. Sapeva che non avrebbe ricevuto risposta, ma era una specie di rito. Bussare prima di entrare, annunciarsi in qualche modo. Attese qualche secondo, poi aprì. Lui era lì, al centro della stanza, seduto al tavolo. Le vetrate gettavano un chiarore ambrato nell'ambiente, e circondavano di luce la sua figura assorta.

Era un giovane di una trentina d'anni, magro, pallido. I capelli lunghi e radi erano di un biondo tanto chiaro da sembrare bianco, ed erano stretti in un codino. I suoi lineamenti erano piuttosto fini, con una nota di sofferenza. Stava seduto su una poltrona munita di rotelle, le gambe abbandonate coperte da un riquadro di pesante panno. Era chino su una serie di fogli che considerava con attenzione, mentre si accarezzava il mento con la piuma che stava usando per prendere appunti.

Dubhe sorrise tra sé e sé. Entrò lentamente, facendo attenzione a non provocare il minimo rumore. Le piaceva contemplare le persone che amava mentre esistevano senza di lei, e con suo figlio questo piacere era ancora più profondo. Sentirlo uguale a sé eppure diverso, ricordarlo bambino tra le sue braccia e osservarlo ora uomo, mentre gestiva gli affari del regno. Era stato un figlio molto desiderato e lungamente atteso. Per anni Dubhe e Learco avevano provato a dare un erede al trono, ma qualcosa non andava: forse la maledizione che Dubhe aveva subito, anni prima, aveva rotto qualcosa in lei, o forse semplicemente non erano destinati ad avere figli. Neor era arrivato quando ormai avevano perso ogni speranza, alle soglie dell'autunno delle loro vite.

L'avevano chiamato come lo zio, che Learco tanto aveva amato e che era morto tragicamente anni prima, giustiziato da Dohor. Era stato come trovare finalmente compimento alla propria esistenza, come giungere in porto dopo un viaggio troppo lungo.

Dubhe si sedette davanti al figlio continuando a guardarlo, e alla fine lui sorrise senza staccare gli occhi dai fogli che stava leggendo. «Guarda che ti ho sentito entrare, e anche avvicinarti, se è per questo.»

Dubhe sorrise intenerita. «Eppure sembravi così assorto...»

Neor era l'erede al trono, ma tutti sapevano che non sarebbe mai diventato re. Le sue gambe paralizzate e la sua salute cagionevole ne facevano un pessimo successore. O almeno, questo era quello che lui pensava. Dubhe per un certo periodo aveva cercato di convincerlo del contrario.

«Per essere re la forza fisica non conta. Contano altre capacità, e tu le hai tutte.»

«Un re guida anche un esercito in guerra. Come credi che riuscirei a farlo, io?»

«Ci sono i Cavalieri di Drago, per questo.»

Ma lui scuoteva la testa. «Il mio non è un corpo da re. E anche la testa» diceva battendosi l'indice sulla tempia «è più quella di uno stratega, di un diplomatico, che di un sovrano.»

Così, nonostante Learco avesse ormai superato la settantina, e Neor fosse più che trentenne, l'erede non era ancora diventato re. Si era però ritagliato un proprio ruolo nella gestione del regno, e a palazzo tutti sapevano che era lui la mente delle scelte politiche della Terra del Sole. Era un fine diplomatico, un uomo dall'intelligenza fredda e acuta, che pian piano, da semplice consigliere del re, si era trasformato in una vera e propria eminenza grigia del regno. Lui e suo padre costituivano quasi due incarnazioni della stessa entità: Learco era il corpo, la forza fisica, Neor la mente. Ed era per questo che sua madre era andata da lui prima ancora che dal marito.

Neor posò i documenti che aveva in mano e la guardò. «Dimmi.»

«Mi sono arrivate notizie inquietanti dai miei uomini» esordì lei con un cipiglio severo.

Neor conosceva bene quegli informatori. Alcune volte aveva persino partecipato alle loro riunioni, e spesso aiutava la madre a gestire l'organizzazione del servizio di spionaggio.

«Vai avanti.»

Dubhe riportò il racconto di Josar il più fedelmente possibile, cercando di non tralasciare alcun elemento. Sapeva che ogni particolare era importante per suo figlio.

Appena ebbe finito, Neor rimase per un attimo in silenzio. Era sempre così quando ragionava: il suo sguardo si faceva assente, perso nel vuoto, sul viso un'espressione che a chi non lo conosceva poteva sembrare sciocca. Era invece in quei momenti che la sua logica si faceva più stringente.

«Ti sei fatta un'idea?» le chiese infine.

«Troppi pochi elementi. Ho solo il racconto di seconda mano di uno dei miei uomini, che mi ha riferito quello che ha visto un suo compagno. Chi ci dice che quella gente sia davvero morta di malattia? Ma allo stesso tempo dobbiamo stare molto attenti a indagare. Se mando lì altri due uomini a controllare e magari si ammalano, quando tornano, se si tratta davvero di una malattia sconosciuta, potrebbero contagiarci tutti.»

Neor sorrise. «Di' la verità, vieni da me solo per trovare conferma alle supposizioni che hai già fatto. O peggio, per far sfoggio della tua logica.»

Dubhe sorrise di rimando, ma subito tornò seria. «Io non mi affido solo al ragionamento. Qualcosa mi dice che questa è una brutta storia. E poi non c'era neppure un cadavere di ninfa. Può essere un caso, ma se non lo fosse? Se ci trovassimo di fronte a una recrudescenza del conflitto tra i due popoli? Ho lasciato Khan in quarantena e ho mandato Josar da un sacerdote. Ma adesso? In che modo credi sia meglio procedere?»

«Come dici tu, bisogna chiarire la cosa» rispose Neor. «E se davvero abbiamo a che fare con una nuova malattia, dobbiamo sentire un sacerdote. A me ne viene in mente uno molto bravo.» Guardò significativamente sua madre.

«Non vorrei scomodare una persona della sua importanza per una questione che potrebbe rivelarsi priva di fondamento» obiettò Dubhe.

«Io mi fido del tuo istinto. E poi non deve andarci di persona. Basta che mandi qualcuno dei Fratelli della Folgore. Saprà come proteggerli da eventuali rischi, no? Senz'altro meglio di quanto sappiamo fare noi.»

«E poi?»

«E poi parlerò con mio padre. Tra un mese c'è il nuovo Consiglio. È il caso che si trasmetta la notizia ai regnanti della Terra dell'Acqua, in modo che possano preparare contromisure per il diffondersi dell'eventuale malattia.

Tu però continua a indagare, soprattutto sui rapporti tra ninfe e umani. È la pista migliore, al momento, e la più inquietante.»

Neor si abbandonò allo schienale della sedia. Dubhe gli appoggiò lieve una mano su una gamba. Non si lasciava mai andare a eccessive manifestazioni di affetto con il figlio; non era così che gli dimostrava il suo amore. I loro rapporti erano quasi privi di contatto fisico, perché entrambi preferivano altre vie per esprimere i propri sentimenti. Ancora una volta pensò a quanto Neor le somigliasse.

«Contenta?» disse lui.

Lei ritrasse la mano. «Soddisfatta.» Si alzò per andare via. «Amina come sta?» aggiunse.

Il volto di Neor fu appena attraversato da una ruga di preoccupazione. «Come sempre. Irrequieta, ribelle e, temo, infelice.» Si passò le mani sul volto. «Ma anch'io ero così complicato da ragazzino?»

«Siamo tutti diversi l'uno dall'altro, Neor. Tua figlia... forse è come me» sospirò Dubhe. «Però è giovane, troverà la sua strada.»

«Non sai quanto vorrei aiutarla... ma le questioni del regno, gli impegni... E poi lei non vuole farsi aiutare, questa è la verità.»

«Sa che le vuoi bene. È già moltissimo.»

Dubhe si avviò alla porta. Come sempre, parlare con suo figlio in qualche modo la calmava. Si sentiva pronta ad affrontare la nuova tempesta che forse si stava addensando all'orizzonte.

7
I volti di Amhal

Camminarono a passo spedito, ma senza correre. Amhal davanti e Adhara dietro, angosciata. Uscirono per la stessa porta da cui erano entrati, e non si fermarono finché non ebbero raggiunto la radura.

«Tu rimani qua» ingiunse Amhal. Adhara provò a protestare, ma lui si volse prima che le riuscisse di dire anche solo una parola.

Rimase da sola, accanto a Jamila. Ripensò al giorno in cui aveva conosciuto Amhal, e a quella sera, al suo modo folle e feroce di combattere. Forse avrebbe dovuto averne paura, forse sarebbe dovuta fuggire finché era in tempo. Eppure non poteva fare a meno di fidarsi di lui. C'era qualcosa che lo divorava, qualcosa di spaventoso, ma che non gli apparteneva, Adhara lo avvertiva con chiarezza. Provava per lui una pena infinita, e uno struggente desiderio di aiutarlo in qualche modo.

Lo vide riemergere dal folto con alcune erbe strette in pugno. Si sedette a terra e cominciò a strappare le foglie dagli steli a una a una. I suoi movimenti erano secchi, bruschi.

«Forse è meglio che ce ne andiamo» provò a dire Adhara, solo per rompere quel silenzio minaccioso che si era stabilito tra loro.

«Siediti.»

Lei rimase in piedi a guardarlo. «Va tutto bene, ti sei solo difeso...»

«Sta' zitta e siediti!» le urlò lui con rabbia. Aveva gli occhi colmi di una misteriosa disperazione.

Adhara obbedì.

«Erano macchiati anche i due tizi da cui ti ho salvata?» le chiese mentre sminuzzava le foglie con le mani.

Lei si affrettò ad annuire. «Li ho visti prima che entrassero nella stanza dove mi trovavo io. Uno stava male, e aveva qualcosa in faccia, qualcosa che gli copriva la pelle, ma in alcuni punti era colato via, e sotto c'erano quelle macchie. Non parlavano la nostra lingua, ma io un po' li capivo.»

Amhal la guardò con severità. «Perché non me l'hai detto?»

«Perché non credevo fosse importante, perché per quanto ne so io di questo mondo, forse è normale che uno vada in giro camuffando le macchie che ha sulla pelle.»

Amhal continuò a guardarla con ira repressa, poi tornò al suo lavoro. «Non ce l'ho con te» aggiunse a mezza voce. «Non con te.»

Adhara lo vide concentrarsi un attimo chiudendo gli occhi, le palme appoggiate alle cosce, poi iniziò a mormorare qualcosa. Le mani gli divennero colorate e calde, e sparsero una luce soffusa sull'erba. Le pose sopra le foglie che aveva sminuzzato e trasmise loro parte di quella luce.

Magia, le suggerì una voce lontana. *Qualcosa che conosci.* Ma non avrebbe saputo dire di che formula si trattasse. Sapeva soltanto che quella luce le infondeva un senso di pace rassicurante, una cosa di cui aveva un disperato bisogno in quel momento.

Amhal infine si fermò. Le mani tornarono quelle di sempre, ma le foglie risplendettero ancora per qualche istante. Ne raccolse un po' e le porse a Adhara. «Mangiale.»

Lei le prese titubante. Lui invece se le infilò in bocca con foga, tutte assieme. Adhara ne assaggiò poche per volta. Avevano un buon sapore, che scendeva fresco e benefico in gola.

«Se siamo stati infettati non basterà, ma quanto meno rallenterà il contagio. Quell'uomo ha detto che fra due giorni ci saremmo ammalati. Forse queste foglie ce ne lasceranno qualcuno in più.»

Adhara si sentì raggelare. «Credi davvero che ci ammaleremo?»

Lui fuggì il suo sguardo. «Non lo so. Ma li abbiamo toccati, e non sappiamo come il morbo si trasmetta. Tu però dici che quei due a Salazar presentavano gli stessi sintomi, ed entrambi siamo stati a contatto con loro. Era quattro giorni fa; se quell'uomo dice il vero, dovremmo già stare male.»

Adhara si portò una mano al petto. Le sembrava che le bruciasse, e il fiato le mancava. Aveva paura, una paura tremenda. «Che facciamo?»

«Aspettiamo» rispose Amhal con un sospiro. Poi allungò una mano. «Dammi il pugnale.»

Glielo diede senza fare domande.

«E la tua mano.»

Adhara indugiò un istante. Ricordava ancora il suo sguardo, poco prima, la sua difficoltà a controllarsi. Gliela porse tremando. Amhal la prese con delicatezza, stringendo le dita attorno al suo indice.

«Farà un po' male» disse, e senza aspettare le punse il dito. Adhara si lasciò sfuggire un lieve gemito. Lui premette la ferita, finché non ne uscì una goccia di sangue rosso, tonda e lucente. La succhiò via. Una strana sensazione di calore avvolse Adhara al contatto delle labbra di lui con il proprio dito. Ritrasse la mano di scatto, turbata.

Amhal chiuse gli occhi, quasi assaporando il suo sangue. «Hai sangue di ninfa» disse, guardandola negli occhi. «Poco, ma ne hai.»

Lei lo fissò senza capire.

«Quell'uomo, al villaggio, ha detto che le ninfe sono immuni. Forse è per questo che non ti sei ammalata.»

Un'ondata di sollievo l'avvolse, ma una nuova stilettata di preoccupazione offuscò quel fugace conforto. «E tu?»

Amhal sorrise amaramente. Si scoprì un avambraccio, vi appoggiò sopra la lama del pugnale e in un colpo solo si incise un taglio profondo nella carne.

Adhara gli afferrò una mano chiudendo gli occhi. «Basta, basta!»

Lui la scostò lievemente e le prese il volto tra le mani. «Guarda.»

Lei aprì gli occhi. Dal taglio fuoriusciva un liquido viscoso, appena rosato, trasparente come fosse acqua. Lo sfiorò. Lasciava sulla pelle una sensazione di freschezza.

«Le ninfe sono creature fatte d'acqua. Sono diafane e bellissime, e nelle loro vene non scorre sangue, ma acqua sorgiva. Mia madre aveva il mio stesso sangue, trasparente e fresco. Era una mezza ninfa.»

Era tornato bambino. Viveva ancora al villaggio, ed era appena accaduto. L'immagine non aveva la consistenza sbiadita dei ricordi. No, era vera, palpabile.

Era stato solo un gioco. Mostrare ai suoi amici il potere che aveva nelle mani, le cose straordinarie che sapeva fare con la magia. Lampi colorati, far levitare a mezz'aria gli oggetti, impartire ordini agli animali. Non sapeva esattamente come fosse successo. Un attimo prima erano lì a divertirsi, lui e i suoi compagni che lo circondavano, che battevano le mani entusiasti. Poi un lampo diverso dagli altri, e la sua mano, che invece di essere puntata verso l'alto, era volta verso un bambino. Il piccolo era caduto a terra esanime, senza un lamento.

Amhal ricordava bene quel giorno. Era stato allora che aveva giurato che non avrebbe mai più praticato la magia. Ricordava gli sguardi attoniti e terrorizzati dei suoi amici, le botte di sua madre, i rimproveri del guardiano che era stato chiamato per soccorrere il bambino.

«Non farlo mai più, o finirai in prigione!»

E adesso era di nuovo lì. Fermo nel cerchio muto dei bambini. Quello che aveva colpito, steso a terra, gli occhi aperti e rovesciati, il volto mortalmente pallido. Solo dopo un po' notò la figura in nero. Sfocata, indistinta. In piedi ai margini del cerchio, priva di volto. Aveva con sé solo una spada nera, bellissima.

La figura si avvicinò a lui, gli mise una mano sulla spalla. «Tu sai che non c'è niente di male. Tu sai che questa è la tua natura.»

Sebbene non ne vedesse il volto, *sentiva* che sorrideva, e il suo sorriso lo rassicurava, lo faceva stare bene. Il senso di colpa a poco a poco svanì, la paura scomparve. Si sentiva improvvisamente in pace.

«Quando ci incontreremo, tutto ti sarà chiaro» disse ancora l'uomo in nero, e sparì lasciando intorno a sé una specie di nebbia scura e pastosa, che pian piano avvolse la scena, sottraendola ai suoi occhi. Ma la sua voce restava.

«Quando ci incontreremo, capirai.»

Amhal si tirò su di scatto. Dove si trovava? Gli occhi si abituarono al buio, e pian piano scorse la radura, Jamila acciambellata in un angolo e Adhara assopita di fronte a lui. Ricordò. Il villaggio, la malattia, gli omicidi. E il sogno. Si mise le mani sul volto.

Non era la prima volta che faceva quel sogno. Ricordava spesso quell'episodio della sua infanzia; del resto, non si dimentica quando si è quasi ucciso un compagno di giochi con la magia.

Senza volerlo. Fu un errore, aggiungeva rapida una voce dentro di lui.

Già. Ma anche quella volta, come sempre, aveva percepito una punta di soddisfazione, che l'aveva indotto a punirsi. Aveva immerso le mani nell'acqua bollente. Sua madre era riuscita a fermarlo prima che si facesse troppo male, ma ugualmente aveva avuto la febbre per giorni.

La novità, da qualche tempo, era l'uomo in nero. Appariva in molti suoi sogni. Non riusciva mai a vederlo in faccia, ma da lui spirava sempre un'aria di pace. C'era qualcosa di rassicurante nella sua figura, qualcosa che lo faceva stare bene. Ricordava solo le sue vesti, nere, e la spada, dello stesso colore.

Se esistesse davvero qualcuno in grado di togliermi questo peso dalle spalle...

Guardò Adhara addormentata. Sorrise. No, certo non lei, che aveva bisogno di tutto. Ma forse era proprio il suo essere così indifesa, così fragile, a far sì che ogni volta che la guardava percepisse uno strano senso di calma, come quando si osserva un bambino dormire.

Si passò di nuovo le mani sulla faccia.

Bel cavaliere che sei. Guarda dove l'hai portata, e guarda cosa diavolo vi è successo.

Ripensò ai morti, al volto sfigurato della donna malata. E all'uomo che aveva ucciso. La disperazione salì di nuovo dalle viscere alla testa, facendola pulsare dolorosamente.

Si sdraiò e fissò il cielo. Pensò alle parole che gli diceva sempre il suo maestro: "Stai combattendo, Amhal, è questa la cosa importante, anche se forse dovrai combattere tutta la vita. Ma tu sei una brava persona, e un gran cavaliere."

Si mise una mano sugli occhi, ricacciando indietro le lacrime.

Maestro...

Adhara si svegliò poco dopo l'alba. Il sole filtrava tra i rami degli alberi, illuminando a scacchi il tappeto d'erba su cui giaceva. Ancora un bosco, come quella prima volta, come la sera prima. Ma nessuna sensazione di benessere, solo ansia.

Si passò un braccio sugli occhi cercando di farsi scudo dalla luce. Cosa aveva visto nel sonno? Avvertiva ancora una sottile inquietudine. Forse aveva sognato qualcosa. Si sforzò di ricordare.

Un luogo buio. Mattoni. Una litania lenta e bassa, continua, simile al lamento della donna morente, ma più ipnotica.

Cercò di ricordare qualcos'altro, ma le affioravano alla mente solo immagini vaghe e confuse, e una sensazione di disagio, che non sapeva bene se attribuire all'esperienza della sera prima o al sogno.

Si girò cercando Amhal. Tutto ciò che vide fu il muso di Jamila appoggiato sull'erba. Il suo ventre enorme si alzava e si abbassava con un ritmo lento e possente. Dormiva ancora.

Adhara si alzò. Le sue cose erano appoggiate in un angolo. Non era scappato. Era da qualche parte.

Si guardò attorno. La consapevolezza di ciò che andava fatto le salì alla memoria spontanea, immediata. Guardare a terra, cercare tracce: orme, foglie verdi staccate dagli alberi, rami spezzati.

Seguì la pista muovendosi piano, guardinga, senza neppure sapere il perché.

Lo vide in piedi in una piccola radura, di spalle. Niente mantello, né il pettorale di metallo che aveva indossato durante il viaggio. Solo la casacca a coprirgli le spalle madide di sudore. Si esercitava con la spada. Un fendente dall'alto verso il basso, poi uno diagonale, di direzione contraria, e infine un tondo di piatto, da destra verso sinistra. Così in un ciclo infinito, senza fermarsi mai. Adhara vide i muscoli delle sue braccia tesi allo spasimo, coperti da un velo di sudore. La ferita all'avambraccio che si era procurato la sera prima doveva essersi riaperta, perché la benda che la copriva era zuppa, completamente tinta del colore dolce e chiaro del suo sangue misto. Anche le mani sanguinavano, coperte da rivoli diafani e viscosi.

Amhal contava. A ogni colpo un numero, mormorato con rabbia. Adhara si sentì invasa da una profonda sofferenza. Fece un passo avanti, e lui si volse con un sussulto, abbassò la spada e arrossì violentemente.

«Che ci fai qua?» disse, forse più brusco di quanto avrebbe voluto.

Lei avanzò ancora. «Basta» disse semplicemente.

Amhal distolse lo sguardo, imbarazzato. Rimase fermo qualche istante, poi sollevò la spada un'ultima volta e la ripose nella custodia che portava sulle spalle. Le passò accanto senza dire una parola.

Mangiarono ancora del pane e un po' di carne secca. Amhal ne prese pochissima. Adhara gli porse un po' della sua.

«Ce n'è dell'altra, non ti preoccupare, è solo che non ho fame» si schermì lui.

La ragazza gettò uno sguardo alle ferite che si era procurato nell'allenamento. Amhal dovette accorgersene, perché cercò di nascondere le mani.

Lei allora si alzò, si tirò fuori dai calzoni la casacca e ne strappò alcune strisce.

«Ma cosa...»

Non volle sentire storie. Gli prese le mani e le bagnò con parte dell'acqua che si erano portati dietro, quindi iniziò a bendarlo. «Perché?» mormorò.

Seguì un silenzio che parve a entrambi infinito.

«È semplicemente il mio dovere. Quando si sbaglia, bisogna pagare.»

Lei continuò ad avvolgergli le bende guardandogli le mani.

«Solo che...»

Adhara sollevò gli occhi.

«Solo che non si paga mai abbastanza.» Amhal distolse lo sguardo. «È come se...» Gli costava fatica, una fatica enorme. Cercò le parole. «Come se ci fosse qualcosa in me di sbagliato, qualcosa che mi porta nella direzione opposta a quella in cui dovrei andare.»

Adhara strinse gli ultimi nodi, poi si tirò un po' indietro, sedendosi sui talloni. «Non c'è niente in te che non vada. Tu mi hai salvato la vita, mi stai aiutando, sei la mia unica guida. Come può esserci qualcosa di sbagliato in una persona che fa una cosa del genere per un'estranea?»

Gli rivolse il sorriso più ampio e sincero che conosceva, e Amhal rispose stancamente. L'ombra era sempre con lui.

«Stanotte ho sognato» disse Adhara, cambiando argomento. Provò a raccontargli le poche impressioni che aveva avvertito quando si era svegliata. «Pensi che possa essere un ricordo di qualche tipo?»

Amhal scrollò le spalle. «È possibile. Forse è segno che la memoria ti sta tornando.»

«Il fatto che io abbia sangue di ninfa... Credi significhi che provengo da questa terra?»

«In verità in te c'è pochissimo della ninfa. Probabilmente si tratta di un lontano antenato. Ad essere sincero, è una cosa che non riesco a capire con chiarezza.»

Adhara guardò a terra. «È sempre tutto così complicato quando si tratta di scoprire chi sono e da dove vengo...»

Amhal si alzò. «Devi solo avere pazienza. In giornata saremo a Laodamea.»

Adhara lo osservò preparare le sue cose, e si offrì di aiutarlo mentre indossava la corazza.

Jamila, dietro di loro, sbuffava, impaziente di riprendere a volare.

Arrivarono a Laodamea nel pomeriggio. Il sole aveva già iniziato la sua parabola discendente e gettava riflessi ambrati sull'oro dei mille fiumi che lambivano la città.

Adhara la osservò con attenzione. Sembrava costruita completamente sui corsi d'acqua. Le case erano in muratura, costruzioni piuttosto massicce, più o meno estese, fatte di mattoni rossicci che mimetizzavano la capitale della Terra dell'Acqua tra i boschi che la circondavano. La costruzione più stupefacente era però un enorme palazzo che si sviluppava sul ciglio della cascata. L'acqua scorreva sotto i bastioni, ma in parte anche sopra alcuni dei contrafforti. Era scolpito direttamente nella roccia grigiastra sulla quale scendeva la cascata. La cosa curiosa era che buona metà del palazzo si sviluppava lateralmente, lungo il ciglio della rupe da cui si gettava l'acqua, ed era di un bianco abbacinante, probabilmente marmo.

«Da quando la Terra dell'Acqua si è riunita in un unico

paese, il regno è congiunto; gli uomini eleggono il proprio regnante e le ninfe fanno altrettanto, e i due governano assieme» spiegò Amhal. «Nessuna decisione può essere presa se entrambi non sono d'accordo. Il fatto rende la politica di questo paese un po' farraginosa, ma in tempi di pace come i nostri non ci sono mai stati reali problemi. Il palazzo è stato costruito aggiungendo un'ala a quello antico, usato solo dalle ninfe. Quello vecchio è abitato dalla regina delle ninfe e dalla sua famiglia, mentre quello bianco, nuovo, dal re degli umani.»

Adhara guardò con attenzione il panorama sotto di sé, cercando di capire se le risultasse familiare o meno. Sperava con tutta se stessa di appartenere a quella terra, ma non c'era nulla in ciò che stava vedendo che le riportasse alle mente anche solo l'ombra di un ricordo.

Atterrarono con Jamila nei dintorni del palazzo reale, nella parte più nuova.

«L'Ordine dei Cavalieri di Drago ha una sua caserma nel palazzo, dove c'è anche l'unico posto in cui sia possibile tenere i draghi. Saremo ospiti lì per stasera, e poi domani partiremo per Nuova Enawar. Prima, però, farò rapporto e andremo da un sacerdote a farci vedere» le disse Amhal.

Si fermarono su una stretta piattaforma di marmo che si affacciava direttamente sulla cascata. Ad accoglierli, un giovane che vestiva una casacca di un pallido azzurro e un paio di brache di tela. Scesero entrambi, e il ragazzo afferrò le briglie di Jamila.

«Trattala bene» raccomandò Amhal.

Sembrava aver assunto un atteggiamento marziale che Adhara non gli aveva mai visto. Indossava la corazza, e non portava più la spada dietro le spalle, ma al fianco, inclinata perché non toccasse terra.

Entrarono in un locale dalle pareti candide, pieno di soldati che andavano e venivano. Amhal si mosse tra loro col petto in fuori e un'espressione di grande dignità. Adhara percepì una certa tensione in lui, che non aveva notato a Salazar. Ora le appariva quasi sfuggente. Non sapeva se tutti gli umani fossero così o se anche lei apparisse tale dall'esterno, ma Amhal cambiava continuamente volto. La sua anima sembrava stratificata, e la maschera che sceglieva di mostrare al mondo mutava ogni volta.

«Amhal, apprendista del maestro Mira» si presentò. «Ho necessità di parlare col generale, urgentemente.»

L'uomo di guardia indugiò un istante su di lui, poi tornò alle sue scartoffie. «Ti aspettavamo» disse seccamente. «Yerav è di là.»

Amhal fece per andare, e Adhara gli si mise dietro.

La guardia la fermò con un'occhiataccia. «Lei chi è?»

«La mia attendente, Adhara» rispose Amhal.

«Gli attendenti fuori.»

«Devo discutere di una questione per la quale è richiesta la sua presenza.»

L'uomo squadrò la ragazza. «Niente armi» concluse infine con disappunto.

Adhara appoggiò la mano sul pugnale. Si rese conto di non avere alcuna voglia di separarsene. Ci mise un po' per trovare il coraggio di togliersi la cintura e consegnarla alla guardia. «Abbine cura. È prezioso, per me» disse.

L'uomo sorrise sprezzante. «Mi hai preso per un ladro?»

Finalmente entrarono.

8

Risposte

La sala era piuttosto spaziosa, dominata da un'ampia finestra aperta sulla cascata. C'era solo una scrivania di marmo, alla quale sedeva un uomo corpulento, senza neppure un capello sul cranio lucido. Era intento a scrivere qualcosa con una lunga piuma d'oca. Amhal batté di nuovo i tacchi e pronunciò un timido: «Signore?» L'uomo alzò distrattamente gli occhi, quindi guardò entrambi senza troppo interesse.

Amhal declinò le proprie generalità e presentò Adhara come la sua attendente.

Yerav posò la penna e si massaggiò la radice del naso. «Vieni pure avanti» disse.

Il giovane obbedì, e Adhara lo imitò.

«Signore, il mio maestro Mira mi ha detto che avevate dei documenti da spedirgli a Nuova Enawar e mi ha mandato a prenderli.»

L'uomo si concentrò per qualche istante, poi sembrò ricordare. «Ah, sì... perfetto. Te li farò avere domattina.»

Amhal abbassò lievemente la testa, poi riprese: «C'è dell'altro.»

Il suo resoconto su quanto avevano visto nel villaggio

fu chiaro e conciso. Man mano che procedeva, Adhara notò che il generale diventava sempre più nervoso.

«Si può sapere perché ti sei presentato qui? Perché non hai avvisato? Avrei mandato un sacerdote per la quarantena!» disse scattando in piedi e arretrando di un passo non appena il ragazzo ebbe finito.

Lui non si scompose. «Ho ragione di credere di essere immune.»

Gli parlò della sua teoria sulle ninfe e di quello che gli avevano detto i due uomini malati. Yerav non parve però tranquillizzarsi. Si sedette, ma continuò a guardarli con sospetto. Suonò una campanella, ed entrò un soldato.

«Fa' scendere nelle celle un sacerdote. Subito!»

Quello batté i tacchi e si avviò rapido alla porta.

«Giù, nelle celle, immediatamente» intimò poi il generale a entrambi.

Amhal chinò il capo, ma prima di uscire aggiunse: «Non vi avrei mai messo in pericolo; se sono qui, è perché sono ragionevolmente sicuro che la situazione sia sotto controllo.»

Yerav annuì frettoloso, ma non sembrava molto convinto.

Rimasero soli in cella per parecchi minuti. Amhal era silenzioso, Adhara si tormentava le mani. Erano in una stanzetta dal tetto basso, i muri coperti di muffa e una parete chiusa da sbarre di ferro. Fuori, una guardia che si teneva a debita distanza e li guardava preoccupata.

«Avevo previsto che sarebbe andata così» disse Amhal sorridendole.

Adhara si girò di scatto. «Potevi avvisarmi...»

Fu allora che entrò. Era un ragazzo, appena più grande di loro. Si fermò sulla soglia, pallido. Indossava una lunga tunica bianca con una striscia di tessuto azzurro chiaro che dal collo scendeva fino ai piedi. Sul petto, il ricamo di un fulmine stilizzato incrociato a una spada. Portava a tracolla un pesante tascapane, che col suo peso lo costringeva a una postura un po' sbilenca.

«Sono il sacerdote mandato a controllarvi» disse con voce tremante.

Amhal presentò entrambi, poi gli fece cenno di entrare.

Adhara lo osservò avanzare a passettini, posare il tascapane a terra e frugarvi dentro con mani nervose. Avrebbe voluto chiedere ad Amhal chi fosse quel tizio, cosa significasse esattamente essere un sacerdote e cosa fosse quel ricamo che aveva sulla tunica. Si sentiva però in imbarazzo a mostrare la propria ignoranza di fronte a un estraneo, e per questo tacque. Lo vide tirare fuori una serie di barattoli pieni di erbe e liquidi strani, un paio di fuscelli frondosi e ciotole varie.

«Da chi comincio?» chiese con lo sguardo sperduto.

Amhal si alzò. «Da me.»

Fu un'analisi piuttosto lunga. Il sacerdote gli fece togliere la casacca, poi prese a palpargli il ventre. Gli guardò in bocca, gli osservò a lungo gli occhi e poi passò a gesti più incomprensibili. Macinò in una delle ciotole un po' delle erbe che si era portato dietro, vi intinse un rametto che aveva sfrondato e iniziò a passarglielo sul corpo recitando una cantilena a occhi chiusi.

Adhara osservò il tutto con un misto di stupore e curiosità. Era magia? Da dove veniva quella specie di preghiera ipnotica? I suoi occhi si posarono sul busto nudo di Amhal. Il disegno dei muscoli delle spalle, l'intrico appena visibile di cicatrici sulla schiena, il ventre piatto e sodo. Si sentì turbata senza capirne il perché, mentre uno strano fuoco le accendeva il ventre. Le piaceva osservarlo, e la cosa allo stesso tempo la faceva stare bene e male.

«Tutto a posto» disse a un tratto il sacerdote, e Adhara fu richiamata alla realtà. Incrociò appena lo sguardo di Amhal, e fu rapida a volgere gli occhi a terra, mentre sentiva le orecchie in fiamme. «Sembra che tu stia bene. Ma raccontami meglio quello che vi è successo.»

Amhal si ritrovò di nuovo a parlare di quella terribile sera.

Il giovane sacerdote ascoltò in silenzio, ma Adhara notò che piccole gocce di sudore gli imperlavano la fronte man mano che la storia procedeva. Non diede però altri segni di preoccupazione. Si batté le mani sulle ginocchia, si alzò in piedi e: «Passiamo a te» disse rivolto a lei.

Le si avvicinò e ricominciò con gli stessi gesti che aveva già compiuto sul ragazzo. Ci fu un momento di imbarazzo quando le chiese di togliersi la casacca. Adhara lanciò uno sguardo preoccupato ad Amhal, che arrossì violentemente.

«Basta anche solo che la sollevi. Devo controllarti il ventre» disse allora il sacerdote, impacciato almeno quanto lei.

Fu strano sentirsi addosso le mani di uno sconosciuto. Aveva un tocco lieve, vagamente tremulo. Adhara non ricordava di essere mai stata toccata prima di allora, o almeno non con quella delicatezza. E la cosa la confondeva. Perché sentiva su di sé, sulla propria schiena magra e sui fianchi acerbi, lo sguardo di Amhal. Era una sensazione fisica, quasi che le dita appoggiate alla sua pelle non fossero quelle del sacerdote, ma del suo compagno di viaggio.

La parte che prevedeva l'uso del ramoscello fu la più complessa. Adhara dovette tirar su le maniche per liberare le braccia e annodare la casacca appena sotto il seno, in modo da lasciare scoperta quanta più pelle possibile. Quando l'operazione fu terminata, trasse un respiro di sollievo.

«Anche tu stai bene» disse il giovane sacerdote. Era evidentemente soddisfatto.

«Posso chiederti un favore?» La domanda di Amhal cadde improvvisa.

«Sì?»

«Avrei bisogno che tu esaminassi ancora un po' la mia amica» si affrettò a spiegare. Poche parole taglienti per raccontare dell'amnesia di Adhara.

La ragazza si sentì messa a nudo, e quasi si vergognò più di quando era stata costretta a scoprirsi. Era umiliante mostrarsi tanto debole di fronte a un estraneo.

«Frugare nella mente di chi non ricorda è una cosa complessa, non so neppure se si può fare...» si schermì il sacerdote.

«Per adesso possiamo accontentarci di cose più semplici» lo tranquillizzò Amhal. «Per esempio, non so, ti dicono qualcosa quei capelli, gli occhi...»

Il giovane prese tra le mani il volto minuto di Adhara. Lei sentì l'impulso di ritrarsi a quel contatto. Quando le fissò gli occhi, fuggì il suo sguardo.

Lui si staccò un istante e cominciò a frugare nel tascapane. Trasse fuori una specie di tizzone piuttosto grezzo, che accese con un acciarino. Ne uscì un vapore aromatico, che produceva un leggero intontimento. Le prese un braccio e cominciò a passare il tizzone a poca distanza dalla pelle. Con stupore, Adhara non ne ricavò alcuna sensazione di calore. Anzi, il fumo che le lambiva la pelle era fresco. Bastarono pochi secondi, e il suo braccio si coprì di simboli strani, fluorescenti, che apparivano non appena il fumo le accarezzava la pelle e scomparivano quando la sensazione di freschezza svaniva. Amhal si alzò e si mise a guardare. Anche lui sembrava sinceramente stupito.

Il sacerdote aggrottò la fronte.

«Cosa...» mormorò Adhara.

Le lasciò il braccio e spense il tizzone. Prese un respiro.

«Ebbene?» chiese Amhal.

Il sacerdote indicò le ciocche azzurre di Adhara e i suoi occhi. «Tratti fisici del genere ogni tanto compaiono spontaneamente, soprattutto in chi ha sangue misto, e questa ragazza sembra averne.»

«C'è una parte di ninfa in lei» affermò Amhal.

«Me ne sono accorto. Però...»

Adhara sentì il cuore sussultarle nel petto.

«È raro che due tratti del genere si presentino naturalmente in una persona. E poi i capelli blu li avevano i mezzelfi, che sono estinti.»

«Cosa significa?» domandò Adhara. Non comprendeva le parole del sacerdote, e non era certa che se anche avesse saputo chi erano i mezzelfi, sarebbe stata in grado di afferrare quello che stava dicendo.

«Caratteristiche fisiche così peculiari a volte si presentano in persone che sono state oggetto di magia.»

«Cosa intendi?» replicò Amhal.

«Il Tiranno compiva esperimenti su creature umane e non, lo sai, vero?»

Adhara vagò con lo sguardo dal sacerdote ad Amhal. Chi era il Tiranno?

«L'ho sentito dire.»

«Applicava Formule Proibite ai loro corpi, per cercare di creare razze nuove. È così che sono nati i fammin. Ebbene, alcuni potevano presentare caratteristiche fisiche di varie razze, dovute proprio al fatto che su di loro era stata applicata la magia. Talvolta gli esiti erano mostruosi.»

«Non capisco» disse all'improvviso Adhara. «Chi era il Tiranno? C'è in me qualcosa che non va?»

Davanti al suo sguardo sperduto, il sacerdote parve in qualche modo intenerirsi. Smise di rivolgersi ad Amhal e la guardò direttamente. «I capelli di questo colore, gli occhi... non li hai così dalla nascita. Qualcuno te li ha dati usando la magia. L'ho verificato prima. Hai visto quel tizzone che ti ho passato sulla pelle?»

Adhara annuì.

«È una forma particolare di rilevazione del magico, in pratica permette di capire se sono state compiute magie su una persona. E su di te ne sono state compiute molte.»

Adhara rimase senza parole.

«Chi può aver fatto una cosa del genere?» chiese poi con un filo di voce, l'unica domanda sensata che le era venuta in mente.

Il sacerdote scosse la testa. «Non ne ho idea. Non so neppure di che magia si tratti. E poi è proibito compiere magie permanenti sulle persone.»

Uscirono di là confusi.

Il sacerdote aveva dato a entrambi una boccetta contenente un liquido azzurrino. «In caso vi sentiate improvvisamente male. È una blanda medicina che cura parecchie infezioni. Può tornare utile.»

Adhara però non riusciva a pensare al morbo. Ogni sua preoccupazione era stata assorbita dalle rivelazioni di poco prima.

«Chiedimi pure quello che non hai capito» le disse Amhal, interrompendo le sue riflessioni.

«Niente» rispose lei sconsolata. «O meglio, ho capito la storia della magia, ma come può questo aiutarmi a comprendere chi sono?»

Amhal la guardò per qualche istante. «Mi spiace» disse infine. «Speravo di poterti essere più utile...»

Lei gli sfiorò un braccio. «Hai fatto già molto. Anche troppo.»

Gli sorrise mesta. E adesso? Adesso era di nuovo sola. Amhal avrebbe preso la sua strada, e lei sarebbe rimasta senza nulla in mano, se non quel nome da presentare al mondo. Il regalo di addio di Amhal.

«Senti» disse lui a un tratto. «C'è ancora qualcosa su cui non abbiamo indagato. Questo» e sfiorò con una mano il pugnale che Adhara aveva al fianco. «Magari lì c'è qualche indizio importante.»

Lei annuì poco convinta.

«È un pugnale strano, con una forma particolare» azzardò Amhal. «Magari appartiene a qualche famiglia importante, conosciuta... Il mio maestro è esperto di armi e di famiglie. È un Cavaliere di Drago.»

Si erano istintivamente fermati, e ora erano uno di fronte all'altra, in mezzo alla strada.

«Dovremmo farlo vedere a lui» proseguì Amhal. «Forse potrà aiutarci a capire chi sei.»

Adhara sentì il cuore accelerare i battiti, ma non volle abbandonarsi a una falsa speranza. «E dov'è il tuo maestro?»

«A Nuova Enawar, la mia prossima tappa. Partirò domani.»

Lei non osò dire altro. Rimase ferma, la mano posata sul pugnale, gli occhi fissi in quelli di Amhal, e nessuna parola sensata sulle labbra.

«Partiremo domani» si corresse lui.

Adhara si diede il tempo di elaborare quella frase, di coglierla nel suo senso più profondo. Poi abbassò lo sguardo. «Grazie» mormorò.

«Non mi devi ringraziare» disse lui riprendendo a camminare. «Piuttosto, è quasi ora di andare a cena.»

Mangiarono nel refettorio, un po' in disparte e in silenzio. Amhal sembrava essersi adombrato tutto a un tratto, e teneva gli occhi fissi sulla sua ciotola. Adhara rifletteva sulle rivelazioni del pomeriggio. In fin dei conti, ora aveva qualcosa in mano. Qualcuno aveva illegalmente usato la magia su di lei, qualsiasi cosa questo significasse. Forse era quella la ragione per cui non aveva memoria. Era un primo passo, un passo significativo. Ora conosceva un piccolo tassello del suo passato.

«Chi era il Tiranno?» chiese a un tratto, decisa a forzare il mutismo del suo compagno.

Amhal sembrò riscuotersi. «Un mago. Un mago potentissimo e terribile. Circa cento anni fa cercò di conquistare tutto il Mondo Emerso usando i suoi poteri magici e le forze militari che era riuscito a costruire. I fammin, come il tizio che si è preso cura di Jamila mentre ero a Salazar, sono creature che lui stesso ha creato con la magia perché fossero guerrieri perfetti e senza anima.»

«E io sarei come loro? Come i fammin?»

Amhal ridacchiò. «Una versione assai più graziosa.»

Lei arrossì. «Sì, ma anche su di me è stata usata la magia, giusto?»

«Così dice quel sacerdote.»

Adhara mandò giù ancora un po' di zuppa. «E il Tiranno? Che fine ha fatto?»

«È stato sconfitto da una grande eroina dei nostri tempi, una guerriera, l'unica donna Cavaliere di Drago: Nihal.»

Fu come ricevere un colpo. Il tempo parve fermarsi, la

stanza girare vorticosamente intorno a Adhara. Nihal. Il mezzelfo. La ragazza con i capelli azzurri e gli occhi viola, maga e guerriera, la Consacrata. La storia le riempì la mente come un fiume in piena, saturandola di immagini, date, suggestioni.

«Aster...»

Amhal si bloccò. «Sì, certo, Aster, il Tiranno.»

Adhara tornò improvvisamente presente a se stessa. «Come, scusa?»

«Hai detto Aster, il vero nome del Tiranno.»

Il cucchiaio di Adhara era fermo a mezz'aria, e gocciava zuppa bianca e cremosa sul tavolo.

«Me lo ricordo...» disse lei con un filo di voce. «Mi ricordo questa storia... Nihal era nata nella Terra dei Giorni, ma era vissuta a Salazar con suo padre, Livon, che l'aveva adottata. Era un mezzelfo, la stirpe sterminata da Aster, mezzelfo anche lui... Me lo ricordo!»

Strinse violentemente un braccio di Amhal, e lui la fissò sorridendo. «Ti sta tornando la memoria?»

C'era una luce di eccitazione nel suo sguardo. Adhara mollò la presa. «Non lo so, ma... questa storia la ricordo! Prima non la ricordavo e ora sì!»

«Be', magari una buona notte di sonno ti aiuterà a ritrovare i pezzi mancanti» disse Amhal allontanando la ciotola della zuppa, ormai vuota.

Adhara era fuori di sé dalla gioia. Finalmente le cose cominciavano a girare nel verso giusto.

Partirono l'indomani mattina poco dopo l'alba. La notte non aveva portato consiglio, ma Adhara era ugualmente di buonumore. Dopo giorni e giorni in cui non era riuscita a ricostruire niente di sé, era felice di avere alcuni indizi, per quanto piccoli. Notò invece che Amhal aveva gli occhi cerchiati. Sospettò che si fosse di nuovo sfinito con gli allenamenti, ma non gli chiese nulla.

Volarono per un giorno intero quasi in silenzio. Sotto di loro, ancora boschi tagliati da nastri lucenti, e acqua dappertutto.

A sera si fermarono in una radura: Jamila accoccolata da un lato, i due ragazzi intorno a un fuoco. Ancora carne secca, ancora pane, ancora silenzio.

Fu Adhara a romperlo. «Com'è questa città dove stiamo andando?»

«Si chiama Nuova Enawar. In verità è una città piuttosto antica, e con una storia travagliata.»

Adhara si dispose all'ascolto. Le piaceva imparare da Amhal, le piaceva guardarlo e sentirlo parlare.

«In tempi antichi, circa centocinquant'anni fa, lì c'era una città chiamata Enawar, che fu poi rasa al suolo dal Tiranno. Te lo ricordi questo?»

Adhara indagò nella propria memoria. Sì, se lo ricordava. «Qualcosa» rispose.

«Perfetto. Dunque, durante il regno di Dohor... te ne ho già parlato, vero?»

Lei annuì. Per la verità si era già dimenticata chi fosse. Quel nome, a differenza di Aster e Nihal, non le diceva proprio niente.

«Be', durante il periodo in cui Dohor cercò di mettere le grinfie sul Mondo Emerso, la zona in cui si trovava Enawar venne lasciata così com'era. All'epoca ospitava i resti della Rocca, il palazzo del Tiranno. Ci pensò il nuovo re della Terra del Sole, Learco, a farla ricostruire. E così è nata Nuova Enawar. Ti dice qualcosa tutto questo?»

Adhara scosse la testa. Era solo una confusa accozzaglia di nomi che le suggerivano molto poco. «Magari quando saremo là mi tornerà la memoria tutto all'improvviso.»

Amhal si sdraiò a terra, la schiena sull'erba.

Lei rimase a guardarlo per qualche istante. «Quanto ci vorrà per arrivare?»

«Tre giorni al massimo.»

La notte si riempì del frinire sommesso dei grilli.

Viaggiarono altri tre giorni. La seconda sera trovarono il coraggio di fermarsi in un villaggio nella Terra dell'Acqua. Non riuscivano a confessarlo l'uno all'altra, ma il ricordo di quanto era accaduto la prima sera che avevano visitato quella terra era ancora prepotentemente in loro, e li teneva lontano da città e villaggi. A volte Adhara, nonostante le rassicurazioni del sacerdote che li aveva visitati, indagava il proprio corpo e si tastava furtivamente la fronte in cerca di eventuali segni della malattia. Un paio di volte scoprì Amhal fare la stessa cosa, ma non si dissero mai nulla. C'era come il tacito accordo di ignorare quell'evento, di cancellarlo dalla loro mente.

La permanenza nel villaggio fu però tranquilla. Jamila li attese nel bosco, e loro due trovarono ospitalità in una piccola locanda. Ci fu solo un attimo di imbarazzo quando si resero conto che c'era soltanto un letto nell'unica stanza che potevano occupare.

«Dormo sul pavimento» si offrì allora Amhal, e Adhara non riuscì a trovare il coraggio di dirgli che sarebbe stata felice di dormire assieme a lui. Così restò tutta la notte a guardarlo – avvolto nel suo mantello, steso sulle assi cigolanti del pavimento – chiedendosi come sarebbe stato dividere lo spazio angusto di quel materasso e sentire il suo respiro tanto vicino.

La sera successiva erano già nella Grande Terra.

Adhara ne ricevette una sensazione piacevole. Erano in un bosco rigoglioso, la terra però aveva un colore smorto, ed era ricoperta da strane venature scure. Ne toccò una, e si ritrovò il palmo ricoperto di sottili pagliuzze nere iridescenti.

«Cristallo nero, il materiale più duro del Mondo Emerso. È ciò che resta della Rocca del Tiranno. A quanto pare, il male in qualche modo rimane.» Amhal indicò il bosco che li circondava. «Tutto quello che vedi qui fino all'avvento al trono di Learco non c'era. Questa zona era brulla e desolata. Fu il nostro re a pensare di farvi crescere un bosco. Ma la terra era sterile. Allora si intervenne con la magia. Fu un lavoro gigantesco, portato avanti da centinaia di maghi, uno sforzo senza paragoni nella storia del Mondo Emerso. E così nacque questo bosco. Per la verità, l'incantesimo va periodicamente rinnovato: la terra è ancora sterile, ci vorranno secoli perché tutto torni come un tempo, ma di anno in anno le cose vanno sempre meglio.»

Adhara si guardò attorno. Eccitata dai recenti successi, provò a frugare tra i propri ricordi circa quel posto. Non trovò nulla, ma non si abbatté. E si godette quella natura che alla fine aveva la meglio sul male.

9

Il Supremo Officiante

L'aria era pregna d'incenso. Si avvolgeva in pigre volute, circondando in un abbraccio sensuale colonne e panche del tempio.

Il Supremo Officiante ne sparse ancora col turibolo, gli occhi fissi in quelli della statua davanti a sé.

Raffigurava un uomo dal cipiglio severo e dalla corporatura imponente. In una mano teneva una spada, nell'altra una folgore. Il suo volto era atteggiato a un'assorta austerità, mitigata però da una qualche saggezza arcana, che ne rendeva i lineamenti meno duri.

Il Supremo Officiante passò l'incensiere alla sorella che aveva accanto, quindi si inginocchiò. Chiuse gli occhi, e ripeté mentalmente quelle stesse parole che da anni salivano alle sue labbra ogni volta che il tempio si riempiva. Ma sebbene fosse così tanto tempo che le conosceva, ancora non erano diventate qualcosa di meccanico. La sua fede era ancora là, viva come il primo giorno, forse anche di più. Perché era passata attraverso la prova del dolore, era stata temprata dagli anni di solitudine e forgiata dalla fatica che aveva dovuto fare per diffondere di nuovo il culto.

Chiese la forza e la pazienza, chiese di essere nient'altro che un mezzo, come sempre, e come sempre l'ultimo pensiero fu per suo padre.

Ovunque tu sia, veglia su di me.

Il Supremo Officiante si alzò in piedi stentatamente. Le sue gambe non erano più salde come un tempo, e tirarsi su era ogni giorno più difficile. La sorella si avvicinò, ma un gesto perentorio della sua mano la fermò. Quando si sentì abbastanza stabile, si volse. Allargò le braccia verso la sala gremita.

«Venite pure a me, uno alla volta, come di consueto, perché tutti sarete curati.»

Un unico movimento animò la calca, percorrendola come onde in un mare in tempesta. Il Supremo Officiante scese dall'altare, e fu dei propri fedeli.

«Anche oggi è stata una buona giornata» osservò la sorella mentre svestiva il Supremo Officiante dei suoi abiti da cerimonia. «Percepivo la fede della folla, la sua partecipazione... Servirvi per me è un onore straordinario.»

Il Supremo Officiante sorrise amaramente. «Spesso penso che vengano da me solo per le mie capacità curative. È una specie di ricatto, se ci pensi: abbiate fede, e io vi curerò.»

«Vostra Eccellenza!» esclamò scandalizzata la sorella.

L'Officiante fece un gesto di noncuranza con la mano. «Non far caso a quel che dico. A volte mi sento vecchia e stanca, e il peso di ciò che ho visto e vissuto mi induce ad essere troppo disillusa.»

La sorella le si mise davanti. Era giovane, fin troppo. I capelli raccolti in una sobria coda alta, il volto pingue di una ragazzina non ancora uscita dall'adolescenza. Lo sguardo serio creava un curioso contrasto con i tratti infantili del suo viso. «Prima di voi il culto era stato gettato nella polvere dalla setta, che aveva infangato il nome di Thenaar e l'aveva piegato ai propri oscuri scopi. Prima di voi la gente tremava quando sentiva il nome del nostro dio. Ma guardate oggi: centinaia di templi in tutto il Mondo Emerso, migliaia di fedeli, il fuoco di una nuova fede che unisce popoli e razze diversi. Ed è solo merito vostro.»

Il Supremo Officiante sorrise. Era bello sapere che parte di quel fuoco che animava ora quella ragazza era dovuto alla sua opera incessante di catechesi e, perché no, anche alle sue conoscenze curative, che per altro non considerava suo esclusivo appannaggio. Tutte le sorelle e i fratelli venivano addestrati alle arti mediche. Certo, nessuno eccelleva come lei, ma non era questo il punto.

Quando si fu cambiata, si sedette pesantemente sulla sua poltrona. «Puoi andare» disse con un sorriso tirato. Aveva voglia di restare sola, dopo quell'orgia di folla, di là, nel tempio.

La ragazza si inginocchiò. «Sempre a vostra disposizione» disse, prima di allontanarsi.

L'Officiante rimase sola. Era difficile godere di un po' di solitudine al tempio: i fedeli che dovevano essere curati, i riti da celebrare, i fratelli e le sorelle da istruire, e poi ancora la gestione amministrativa della Confraternita. Restava davvero poco tempo per se stessi e per la riflessione.

Si guardò nel grande specchio addossato a una delle pareti. Senza le vesti da cerimonia era tornata quel che era stata all'inizio: Theana, la ragazza che credeva in un dio disprezzato da tutti. Ma era passato molto, troppo tempo da allora, e ogni anno trascorso aveva lasciato un segno sul suo corpo. Sebbene i capelli fossero ancora lucenti e avvolti in boccoli vaporosi, non erano più biondi, ma bianchi. E il suo volto da ragazzina aveva lasciato il posto al viso severo di una vecchia, rinsecchito e segnato dalle rughe. Il suo corpo si era appesantito, e le forme che emergevano dalle pieghe della tunica nera che indossava erano sgraziate: i fianchi troppo larghi, le spalle ossute, i seni cadenti.

Ma non ha importanza, ora che non c'è più nessuno a desiderare questo corpo...

Si passò una mano sulla veste scura. Non aveva più smesso il lutto dal giorno in cui suo marito era morto, quindici anni prima. Una malattia lenta e inesorabile, che pian piano gli aveva tolto l'uso degli arti, fino a soffocargli il respiro in petto. Lei non si era risparmiata neppure una tappa di quell'insopportabile sofferenza, e gli era stata accanto fino alla fine. Poi, il nulla. Theana era morta con lui, ed era rimasto soltanto il Supremo Officiante: la fede l'unico supporto, la Confraternita l'unico rifugio.

Appoggiò i gomiti sul tavolo e si mise ad analizzare alcuni documenti. Dispacci, donazioni e complicati atti burocratici che regolavano la vita di quel luogo. Ripensò per un istante alla semplice linearità del culto, alla sua purezza quando c'era solo lei, e la Confraternita dei Fratelli della Folgore ancora non era stata fondata. Il nome di Thenaar allora era odiato, ma la sua fede era più spontanea, forse più autentica. La struttura di potere che inevitabilmente la Confraternita era diventata non rischiava di appannare quel sentimento così semplice e immediato?

Pensieri oziosi, che ogni tanto si concedeva. Forse era solo la vecchiaia.

Scorse i documenti, ne firmò alcuni, accese la candela quando la luce esterna si offuscò. E poi le sue mani si chiusero su uno stralcio di pergamena. Nulla più di un ritaglio smangiato. Li conosceva, quei frammenti. Erano i messaggi che ogni giorno i fratelli dei templi periferici mandavano fin lì con la magia. Ben poche di quelle note arrivavano nelle sue mani. La maggior parte veniva letta dai fratelli responsabili dell'organizzazione del culto nelle varie terre, per finire il più delle volte agli atti, in faldoni dimenticati su scaffali polverosi. Ma quello era giunto fino a lei.

"Al Supremo Officiante" c'era scritto sopra.

Theana se lo rigirò tra le mani. Era breve. Perché era indirizzato a lei?

Lo lesse. Parole vergate rapidamente, con una calligrafia infantile e tremante. Dovette leggere due volte.

La porta si aprì, e la ragazza di poco prima fece il suo ingresso. Theana trasalì.

«Mia signora, non volevo disturbarvi» disse la sorella, abbassando la testa.

«No, Dalia, non temere... Ero soprappensiero. Dimmi pure.»

«Mia signora, una persona vuole parlarvi.»

Theana si massaggiò la radice del naso. «Non è il momento. Sono stanca, e...»

«Mia signora, è la regina» spiegò la ragazza, inchinandosi.

Theana ebbe un lieve moto di stupore. Dubhe non amava mettere piede nel tempio. Forse il ricordo cupo dei tempi della setta, quando Thenaar non era altro che una divinità terribile che si nutriva di sangue umano, o forse il fatto che non voleva arrendersi a credere ad alcun dio, la tenevano lontana da quel luogo. Tutte le volte che si erano viste era stato fuori di lì, a palazzo, magari in occasione di qualche importante cerimonia. Non avevano mai smesso di frequentarsi, memori del legame che le univa quando avevano lottato contro Dohor, ma con gli anni gli incontri si erano diradati. Del resto Theana passava al tempio la maggior parte della sua vita. La stima, l'amicizia e l'affetto che provavano l'una nei confronti dell'altra, però, non erano scemati.

«Allora falla entrare!» si affrettò a rispondere.

Dalia fece un lieve cenno col capo e uscì.

Theana ripose l'appunto sul tavolo, sotto una pila di fogli. Si chiese se dovesse parlarne con Dubhe.

Meglio sentire prima cos'ha da dirmi, decise. Cercò di ricordare l'ultima volta che si erano viste. Non riusciva a rammentarlo con chiarezza. Forse era stato più o meno un anno prima, quando la regina l'aveva fatta chiamare per un improvviso aggravarsi delle condizioni del principe Neor. Rifletté che la maggior parte dei loro incontri, dopo la morte di Lonerin, erano stati in qualche modo imposti dall'etichetta o dettati dalla necessità. Chissà con quale scusa ora veniva a bussare alla sua porta.

Dubhe indossava i suoi vecchi vestiti da ladra; non aveva mai smesso di sentirsi a proprio agio in calzoni e casacca, e quando doveva muoversi per i suoi affari in giro per il Mondo Emerso – e succedeva spesso – amava avvolgersi nel suo vecchio mantello, lo stesso che tanti anni prima le aveva regalato il Maestro.

Theana capì immediatamente che, come aveva sospettato, non si trattava di una visita di cortesia. Si stupì del suo aspetto giovanile. Sì, i capelli erano grigi, stretti in una coda come quando era ragazza, le mani e il collo rugosi. Ma il suo corpo era vigoroso grazie agli allenamenti che, lo sapeva, praticava ogni giorno. La sua pelle aveva ancora un aspetto fresco, il suo modo di muoversi era elegante e furtivo, le sue gambe muscolose, tornite. E i suoi occhi erano come sempre pozzi di oscurità, vivi e inquieti. Erano praticamente coetanee, ma al suo confronto, Theana sembrava decrepita.

Sorrise all'indirizzo dell'amica. «Mi perdonerai se non mi inginocchio, ma le mie giunture non sono allenate come le tue, e mi danno qualche problema.»

Dubhe fece un gesto di noncuranza con la mano mentre si sedeva. «Non ho mai tenuto all'etichetta, lo sai.»

Per qualche secondo scese un silenzio assorto, poi la regina iniziò con qualche domanda di rito. Come va, sei stanca, il culto procede bene... Chiacchiere che non facevano che ritardare il momento in cui sarebbero arrivate al punto.

«Dimmi perché sei qui» disse infine il Supremo Officiante.

Dubhe sorrise furbescamente. «Non posso semplicemente aver voglia di rivedere una vecchia amica?»

Theana la fissò con uno sguardo significativo. «Qui? In questo posto che eviti come la peste?»

«Per me il cielo è sempre stato vuoto, lo sai.» Dubhe sorrise, uno dei pochi sorrisi sinceri e schietti che si concedeva solo con chi amava davvero. «E poi certi brutti ricordi sono duri a morire. Questo posto per me ha sempre odorato di setta.» Poi si rese conto di quello che aveva detto e provò a correggersi: «Non che stia insinuando che il vero culto di Thenaar abbia qualcosa a che fare con quei pazzi. Ma dopo tutto quello che la Gilda mi ha fatto, credo sia normale non riuscire ad avere fede, no?»

Theana si tirò su a fatica dallo schienale della sedia. «Non devi spiegare niente. Ti conosco, e ti capisco. È questa l'eredità più terribile che ci ha lasciato la setta: nonostante gli anni passati e tutto il lavoro che ho fatto, per alcuni il nome di Thenaar ha ancora qualcosa di oscuro. A molti di noi la Gilda degli Assassini ha tolto la fede.»

Per un attimo si perse a contemplare il vuoto davanti a sé. Fu Dubhe a riportarla al presente. «Comunque, hai ragione. Sono qui per un motivo preciso.»

Lei si fece attenta.

La regina le raccontò rapidamente le notizie che le erano state riferite dalla sua spia, assieme al colloquio che aveva avuto con il figlio.

L'espressione di Theana si fece preoccupata, una morsa di paura le strinse le viscere. Le sue dita corsero al faldone di fogli che aveva sul tavolo. Agguantarono il breve appunto, lo porsero all'amica. «Mi è arrivato poco fa. Lo stavo leggendo proprio quando mi è stato annunciato il tuo arrivo.»

Dubhe lesse, e le rughe sulla sua fronte si accentuarono. Perché la storia che quel foglietto raccontava era terribilmente simile a quella che lei aveva appena riferito a Theana.

Fratello della Folgore Damyre, Terra dell'Acqua.
Venticinquesimo giorno del primo mese d'estate.

Analizzati due giovani sospettati di aver contratto una malattia sconosciuta. Raccontano di essersi imbattuti in un villaggio di questa terra, Cyrsio, i cui abitanti erano tutti morti per una strana malattia che causa febbri, delirio, sanguinamento prolungato e macchie nere sul corpo. Ho trovato i due sani. Richiedo ulteriori indagini.

Per la gloria di Thenaar.

«Te n'era giunta notizia?» chiese Theana.

Dubhe ci mise un po' a rispondere. «No, non di questo caso specifico, almeno...»

«Pensi si tratti di una recrudescenza del conflitto tra ninfe e umani?»

«Non ho sufficienti elementi per trarre una conclusione del genere. Comunque sì, è una delle ipotesi. In ogni caso, converrai che la situazione richiede un approfondimento. Sta succedendo qualcosa di preoccupante, di inquietante.»

Un silenzio denso scese nella stanza.

«Ho bisogno di vedere i corpi» disse Theana.

Dubhe sorrise. «Ero venuta a chiederti proprio questo. Ma non c'è bisogno che vada tu. Puoi anche mandare qualcuno dei tuoi. Anzi, te lo consiglio.»

Theana annuì debolmente, il volto tirato e le dita che tamburellavano nervose la scrivania.

«Sei preoccupata?» le chiese Dubhe.

Lei si limitò a guardarla, senza sapere esattamente cosa rispondere. Era una sensazione, e un ricordo, il ricordo di una scelta fatta molti anni prima. Scosse la testa. «Un po'. Ma in ogni caso, vedrai, non sarà nulla di grave.»

«Lo spero. Comunque, a me interessa sapere di cosa si tratta. Ho già attivato i miei uomini per cercare di capire la provenienza di questa eventuale malattia, e spero di saperti dire presto qualcosa. Fa' prendere ai tuoi qualche precauzione, ovviamente.»

Theana annuì. In verità era assai più preoccupata di quanto non desse a vedere.

Dubhe fece per alzarsi. «È sempre un piacere rivederti» disse, e l'amica sorrise del suo atteggiamento marziale e sbrigativo. Gli anni di serenità non erano riusciti a scioglierla, e si trovava ancora in imbarazzo ogni volta che doveva mostrare il proprio affetto a qualcuno. «Vieni a palazzo, qualche volta. Stare qui dentro, in mezzo all'incenso e ai malati, non ti fa bene.»

Theana fece un gesto di noncuranza. «È la mia vita. Ma qualche volta... perché no.»

Con un lieve cenno della testa, Dubhe si avviò alla porta.

Una volta rimasta sola, Theana cercò di convincersi che probabilmente non era nulla di grave, che i suoi le avrebbero spiegato che quella gente era morta di semplice febbre rossa. Ma qualcosa le ricordava quella lontana discussione che aveva avuto anni prima, nel momento più buio della storia della Confraternita.

«È della fine dei tempi che stiamo parlando. Dell'eterno ciclo che governa il Mondo Emerso. Stiamo parlando della guerra totale, definitiva! Come ai tempi di Aster!»

A parlare è un giovane fratello. È fuori di sé, sconvolto da ciò che ha scoperto: un testo elfico che potrebbe rivoluzionare il loro modo di leggere la storia del Mondo Emerso, un libro grande e terribile.

Lei e il ragazzo, Dakara, sono soli nella stanza.

«Cerca di calmarti.»

«No, voi non capite! Eppure tutti noi sappiamo cosa accadde quando l'ultimo Distruttore apparve nel Mondo Emerso. Succederà di nuovo, e stavolta dobbiamo essere pronti.»

«Quello che tu proponi è di sovvertire le regole naturali, forzare il corso di un ciclo sul quale non possiamo comunque avere alcun controllo. L'hai detto tu stesso, da sempre il Mondo Emerso funziona così. Distruttori si alternano a Consacrati, in un circolo eterno al quale le razze di questo mondo sono sempre sopravvissute, indipendentemente da chi abbia vinto lo scontro. È l'essenza del mondo, e va accettata. Nulla è eterno.»

«E quindi voi dite che dobbiamo restare a guardare la distruzione senza fare nulla?»

«Io dico che dobbiamo combattere quando sarà il

momento, e lo faremo, come sempre. È questo il nostro ruolo.»

«Voi credete che siamo burattini nelle mani degli dei? Credete che per questo Thenaar ci abbia creati, perché come marionette recitassimo nello spettacolo che ha scritto per noi?»

Theana scuote la testa. «Ci sono cose al mondo che non si possono cambiare, e vanno accettate. L'alternanza che hai scoperto è una di queste. Non possiamo, non dobbiamo alterare il ciclo. Questo non vuol dire non essere padroni del proprio destino; vuol dire invece saper reagire nel modo corretto a ciò che è inevitabile.»

Ma Dakara non si fa convincere, insiste. E descrive lo scenario futuro, quando il Distruttore tornerà. «Perché tornerà, i testi elfici questo ci dicono! E sarà guerra, morte, distruzione. Malattia.»

Malattia.

Stai delirando. Per quel che ne sai, potrebbe trattarsi di semplice febbre rossa.

Ma da quando Dakara era uscito dai Fratelli della Folgore, Theana era stata ossessionata dall'idea di aver sbagliato. Forse aveva ragione lui, forse bisognava davvero cercare di prevenire l'avvento del Distruttore. Si era ripetuta a lungo che i ragionamenti del giovane l'avevano condotto a esiti folli, che aveva compiuto orrori con la scusa di voler salvare il Mondo Emerso dall'inevitabile. Ma non poteva impedirsi di dubitare. Era il suo modo di credere, di aver fede.

E se davvero quei morti nella Terra dell'Acqua fossero segno dell'avvento della fine dei tempi?

10
Confessione

Nuova Enawar si mostrò loro come una macchia colorata nel verde del bosco che la circondava. Apparve con un variegato miscuglio di colori nel cielo terso del tramonto. C'erano zone che dall'alto apparivano marroncine, altre di un bianco abbacinante, alcune rustiche, altre raffinate. Nel mezzo della città, si elevava un edificio spropositatamente alto, irto di pinnacoli e di guglie, tutto di vetro, che ogni tanto gettava nei loro occhi riflessi di fuoco. Qua e là, come funghi da un tappeto diseguale di foglie, si alzavano palazzi vasti e imponenti. Amhal li indicò a Adhara.

«Quello è la sede del Consiglio del Mondo Emerso, in cui siedono i re delle varie terre e i maghi eletti dal popolo, mentre quello è il Palazzo dell'Esercito Unitario, e quello è il Tribunale Plenario.»

Adhara vagava con lo sguardo dall'uno all'altro, inciampando in fregi pomposi, tetti dorati, cupole elaborate.

«Perché non c'è una zona uguale all'altra?» chiese frastornata.

«Perché a costruirla sono stati chiamati architetti da tutto il Mondo Emerso, e ognuno ha messo in ciascuna zona qualcosa che gli ricordasse la propria terra di provenienza. Sì, hai ragione, alla fine è venuto fuori un vero guazzabuglio» sorrise Amhal.

Adhara non seppe che dire. Rispetto all'eleganza di Laodamea, Nuova Enawar faceva una ben misera figura, ma anche confrontata con la massiccia e rustica imponenza di Salazar perdeva il confronto. Eppure quella era la capitale del Mondo Emerso, la sede di tutti gli organi più importanti che lo reggevano.

«È una città nuova, senza storia» osservò Amhal, intuendo i pensieri della compagna. «Non è nata lentamente, dal desiderio di costruire una comunità della gente che pian piano l'ha popolata. È stata costruita per cancellare il passato, perché fosse la bandiera di un nuovo ordine. La gente è stata incentivata ad andarci a vivere. È un posto artificiale, un luogo senza memoria.»

Amhal si zittì di colpo. Si rese conto di quello che aveva detto, ma era tardi per rimediare.

Una città come me, la mia città, pensò Adhara, desolata.

Jamila cabrò, mentre i palazzi scorrevano rapidi sotto le sue ali spalancate. Atterrarono su un'ampia piattaforma in terra battuta, davanti a uno dei grandi palazzi che avevano visto dall'alto. Sollevarono nubi di polvere, e Adhara vide brillare in esse piccole pagliuzze nere.

Forse non è tanto una città senza passato. Forse è solo un luogo che non riesce a dimenticare le proprie macerie.

L'ennesimo attendente si prese cura di Jamila, e Amhal saltò giù dalla groppa impaziente. Adhara lo vide guardarsi attorno eccitato, cercare qualcuno nelle vicinanze o sotto gli archi che si intravedevano in fondo.

Quello era il Palazzo dell'Esercito, una costruzione

massiccia, più larga che alta, la cui struttura era ulteriormente appesantita da tutta una serie di fregi che la adornavano, dalla greca sotto il tetto spianato alle figure scolpite sotto il portico. C'erano altri draghi, intorno. Adhara li osservò mentre seguiva distratta Amhal, che continuava a muoversi con una certa frenesia. Draghi verdi, rossi, alcuni piccoli, con ali diafane e corpi molto allungati, blu; nessuno però era come Jamila, nessuno aveva le ali nere.

«Ancora cerchi le sottane della mamma? Dovresti aver imparato a cavartela da solo. Per questo ti ho spedito in viaggio.»

Era una voce aspra, roca. Amhal trasalì, voltandosi nella direzione da cui proveniva. «Maestro!» esclamò, e gli volò incontro.

Sotto i portici c'era una figura in ombra, il cui corpo mandava vaghi bagliori, avvolto com'era in quella che doveva essere un'armatura.

L'ombra inghiottì Amhal, e Adhara riuscì a malapena a intuire che l'amico stava abbracciando qualcuno e che quel qualcuno gli stava battendo con vigore una mano sulla schiena.

Si avvicinò lentamente, torturandosi nervosa una ciocca di capelli tra le dita. Era la prima volta che tra lei e Amhal si intrometteva davvero qualcuno, e la cosa le faceva uno strano effetto. Si sentiva vagamente infastidita.

I suoi occhi si abituarono pian piano all'ombra, e riuscì a distinguere la figura di un uomo piuttosto imponente che la guardava. Man mano che si avvicinava, i particolare andavano chiarendosi: era ricoperto da un'armatura tirata a lucido ma dalle forme essenziali. Sul petto era inciso un simbolo: l'immagine di un cerchio con inscritti altri circoli più piccoli, ciascuno a circondare una pietra di un colore differente. Dalla corazza emergevano un collo taurino e una grossa testa pelata. Era un uomo immenso, che doveva avere una forza straordinaria. A dispetto del cranio rasato, il volto era coperto da una fluente barba e da un paio di baffoni biondi. Gli occhi, cerulei, quasi scomparivano sotto sopracciglia folte e severe.

A Adhara Amhal era sempre sembrato gracile, ma tutto sommato alto, ben piazzato. Accanto a quell'uomo appariva minuto e fragile. Gli occhi gli brillavano mentre lo guardava.

«Lei è Adhara» disse indicandola.

La ragazza si fermò, le mani incrociate dietro la schiena e la terribile sensazione di non saper cosa fare del proprio corpo.

L'uomo la osservava con sguardo penetrante, quasi la stesse studiando. «Non ti avevo mandato in giro a fare incetta di belle ragazze» obiettò.

Amhal scoppiò a ridere. «Maestro, è una storia lunga...»

«Me la racconterai mentre pranziamo» replicò lui con semplicità. Poi si rivolse alla ragazza: «Io sono Mira, piacere di conoscerti, Adhara.»

Lei rimase a guardarlo imbambolata.

«Sei un po' timida, eh?» disse Mira abbozzando un sorriso.

«Ve l'ho detto, maestro, è una storia lunga» ripeté Amhal.

L'interno del Palazzo dell'Esercito era austero. Volte rigorosamente a botte con mattoni a vista, ampi saloni senza neppure una decorazione, eccetto una serie di statue assai severe, non più di una per stanza. Si trattava per lo più di guerrieri in posa ieratica, o con la spada levata verso il cielo. Qualcuno aveva in testa una corona.

«Re particolarmente simpatici» sussurrò Amhal in un orecchio a Adhara, notando la sua confusione.

La sala della mensa era sterminata e pullulante di gente. Armature ovunque, rumore di spade e di cucchiai che affondavano in piatti di coccio. E poi chiacchiericcio, risate e il suono tintinnante di qualche brindisi. Quasi tutti erano in armatura, ma anche chi non la indossava portava cucito sul petto un simbolo assai simile a quello inciso sui pettorali degli altri.

Adhara non era mai stata in mezzo a così tanta gente e in un posto tanto grande. La confusione di Salazar le parve poca cosa al confronto del bailamme che regnava là dentro.

Lei, Amhal e Mira si sedettero in un angolo. Furono serviti da un giovane con una casacca di tela, i cui occhi scintillarono quando servì Mira. Lo guardava con ammirazione e gli si riferiva con un ossequioso "mio signore".

«Altra zuppa, mio signore? Altro pane, mio signore?»

Mira rifiutò gentilmente. Poi si avvicinò ad Amhal, chinandosi sul tavolo. «Ti dirò, a volte è imbarazzante tutta questa deferenza.» Scoppiò in una risata, e Amhal rise con lui, felice come un bambino.

Più volte Adhara si era chiesta se ci fossero mai momenti in cui l'ombra abbandonava Amhal, se accadesse mai che fosse contento di qualcosa, senza pensieri. Ecco, quello era uno di quei momenti. Guardava il proprio mentore con un'ammirazione forse meno evidente di quella del giovane inserviente, ma certo più profonda; sembrava che fosse finalmente tornato a casa. Adhara si morse il labbro. Si diede della sciocca, ma si rammaricò che Amhal non si fosse mai dimostrato così quando era con lei.

Non puoi competere, è il suo maestro, si conosceranno da un sacco di tempo.

Intanto Amhal stava aggiornando Mira riguardo alla missione. Parlò del viaggio fino a Salazar, che a quanto pare era servito a scortare fin lì un criminale, poi si dilungò sui documenti che aveva raccolto a Laodamea.

«E la fanciulla qui presente?» chiese Mira.

Amhal raccontò per sommi capi quanto era accaduto, tralasciando i particolari più scabrosi del salvataggio di Adhara. La conversazione però si spostò quasi subito sulla malattia. Mira lo fissò con attenzione per tutta la durata del racconto.

«Eri stata attaccata da quei tizi?» chiese, quando si passò a parlare del modo in cui i due giovani si erano conosciuti.

Adhara riuscì solo ad annuire, e fu Amhal a spiegare in vece sua le stranezze dei due aggressori.

Mira prese ad accarezzarsi la barba con fare pensoso.

«Secondo voi, chi erano?» domandò Amhal.

Mira tacque per qualche secondo. «Non ne ho idea» rispose alla fine «ma la faccenda non mi piace. C'è un ovvio collegamento col villaggio infestato dal morbo.»

«Sì, ma la malattia a quanto pare c'è solo là, e sembrava una specie di febbre rossa... cioè, è una cosa già nota... credo.»

Mira continuava ad accarezzarsi la barba. «Non lo so... Mi farò mandare il rapporto dell'esame dei cadaveri e ne parlerò con Feo. Ma dovremo tenere d'occhio la situazione.»

Amhal annuì. Era evidentemente fiero di sé: aveva appena portato al maestro notizie interessanti.

«In ogni caso» riprese Mira «ora sono curioso di saperne di più di questa bella fanciulla.»

Lei avvampò. Quell'uomo la metteva in imbarazzo. Amhal cominciò a raccontare dal principio. Adhara si limitò a finire la zuppa con rapide cucchiaiate. Le faceva uno strano effetto sentire parlare di sé davanti a uno sconosciuto. Istintivamente la sua mano sinistra si mise a giocherellare con l'elsa del pugnale.

Mira ascoltò tutta la storia, lanciandole di tanto in tanto occhiate penetranti. Lei continuò a tenere gli occhi bassi.

«Ho pensato che potesse provenire da queste parti. Sono quindici giorni di cammino da qui a Salazar, e a sud i boschi sono folti» concluse Amhal.

Mira riprese a tormentarsi la barba. Faceva sempre così quando rifletteva su qualcosa. «Potrebbe darsi, ma se anche tu trovassi il posto da cui viene, non so... cosa avresti risolto? Del prato lei si ricorda bene, giusto?»

Adhara annuì.

«Se la mia ipotesi è esatta, lei abitava da queste parti» insistette il ragazzo.

«Non è detto» osservò il suo maestro. «Mi hai riferito che indossava una casacca bianca, noto poi che ha i polsi segnati, come fosse stata legata a lungo.»

Adhara si guardò istintivamente i polsi. I segni rossi andavano sbiadendo, e si erano trasformati in pallidi cerchi biancastri.

«Questo indurrebbe a credere che si tratti di una galeotta.»

Amhal fece per insorgere, mentre Adhara sentì un tuffo al cuore. Una criminale? Tutto quel viaggio, tutto quello spasimare, per scoprire di essere una criminale?

Mira alzò una mano. «La cosa spiegherebbe anche le sue doti: il saper combattere, ad esempio, oppure la sua abilità con le serrature.» Le rivolse uno sguardo ambiguo, e Adhara si sentì offesa.

«Maestro, francamente...»

«Ma nessuna prigione del Mondo Emerso usa casacche bianche come divisa. Nella Terra del Sole si opta per tuniche di lino grezzo, nella Terra del Vento si veste i prigionieri di rosso. Qui nella Grande Terra vanno per la maggiore brache e camicie di tela verde. E poi i ceppi a mani e piedi sono stati aboliti dal Consiglio dieci anni fa, e qualcosa mi dice che la tua amica ha anche le caviglie segnate.»

«È vero...» si lasciò sfuggire lei con ammirazione, mentre Amhal guardava Mira con stupore.

«Non fare quella faccia! Si gratta con la punta dello stivale, non mi dirai che non l'avevi notato.»

Amhal distolse lo sguardo, e Mira si permise un lieve sorriso.

«No, io penso che sia stata rapita. Il che spiegherebbe anche l'amnesia. La paura, il ricordo della brutta esperienza... Forse qualcuno l'ha liberata, ma allora l'avrebbe condotta con sé. Più probabile che si sia liberata da sola e si sia trascinata per qualche lega fuggendo, sia finita stremata nel prato e lì si sia addormentata. L'indomani mattina, puf! Via tutti i ricordi.»

Amhal e Adhara lo contemplarono a bocca aperta.

«Ma quindi, maestro, ho ragione io, non si è spostata di molto e viene da Nuova Enawar.»

Mira alzò un dito. «Fammi finire. Forse era tenuta qui a Nuova Enawar, ma da dove proviene non si può dirlo. Magari da molto lontano. La schiavitù è stata abolita su pressione di Sua Maestà Learco, ma ti ricordo che il traffico di schiavi è ancora molto intenso. Non è raro che prelevino fanciulle dalle loro case e poi le vendano a ricchi signori che ne godono nei modi che preferiscono. Potrebbe essere una di loro.»

Amhal si abbandonò sulla sedia. «Quindi può provenire da qualsiasi posto.»

Mira scrollò le spalle. «Però c'è qualcosa di interessante.» Alzò un dito e indicò gli occhi di Adhara. «Non ci sono molti occhi così, e men che meno capelli di quel tipo.»

Amhal si batté una mano sulla fronte. «Maestro, ho dimenticato la cosa più importante!» E gli raccontò dell'incontro col sacerdote e delle rivelazioni che aveva fatto loro.

«Questo non fa che avvalorare la mia teoria del rapimento» replicò Mira, senza smettere di accarezzarsi la barba. «Ma per qualche scopo ancora peggiore della schiavitù.»

Adhara sentì un fremito percorrerla.

«Fagli vedere il pugnale» disse allora Amhal.

Lei si volse come intontita. «Ah, sì» disse, e lo slacciò dalla cintura gettandolo sul tavolo.

«Ce l'aveva quando l'ho trovata. Dice che è con lei fin dal risveglio.»

Mira lo prese in mano. Per la prima volta Adhara osservò attentamente quel pugnale. Fino ad allora l'aveva considerato una semplice appendice del suo corpo, ed era così abituata a sentirselo pendere al fianco che non l'aveva mai guardato davvero.

Eppure era un'arma particolare. L'elsa era foggiata a forma di un corpo di serpente bicefalo avvolto su se stesso. Le due teste erano una bianca e una nera. La guardia era piuttosto semplice, nulla più di una barra di metallo dritta, ricurva verso il basso alle estremità. La lama invece era saettante, ondulata e affilatissima. Lungo la parte superiore, era inciso qualcosa che Mira analizzò con attenzione.

«Conoscete qualcuno che usa armi del genere?» gli chiese Amhal, ansioso.

«È elfico...» mormorò lui, stringendo gli occhi. «Peccato che non sappia leggerlo» aggiunse, poggiando il pugnale sul tavolo. «No, non ho mai visto armi del genere» concluse.

Adhara osservò con più attenzione le incisioni. Strinse gli occhi, poi compitò: «*Thenaar*... dice "Thenaar".»

Tanto Mira che Amhal la guardarono stupiti.

«Conosci l'elfico?»

Adhara li guardò interdetta.

«Non... non lo so. Quella scritta dice "Thenaar". È importante?»

Mira si prese qualche istante per rispondere.

«Non necessariamente. Non è un uso poi così raro invocare Thenaar nelle incisioni sulle lame.»

Adhara riprese lentamente fiato. Amhal sembrava deluso.

«Non fare quella faccia. Non è che conosca tutte le armi di questo mondo. Una buona ricerca in biblioteca potrebbe darci le risposte che cerchiamo.» Mira si rivolse a Adhara. «Sai leggere?»

«Sì.»

«Bene, cercare in biblioteca mi sembra un ottimo inizio. Il pugnale è tutto ciò che possiedi, quindi io concentrerei le ricerche su quello.»

Lei annuì.

«Domani non dovrei avere troppo da fare. Ti ci posso portare io.»

Adhara si sentì di nuovo avvampare.

«Maestro, ci sono io che...»

«Tu andrai da chi ti dico io. Conosco alcuni informatori che possono darci notizie circa il traffico di schiavi da queste parti. Cercherai su quel fronte. Non che mi aspetti molto, ma gironzolare un po' nei bassifondi ti sarà comunque utile. Sei stato bravo con la missione che ti ho affidato, ma è ora che cominci a muoverti da solo, senza starmi sempre alle calcagna.»

«Sì, maestro» rispose Amhal.

Adhara cercò di rassegnarsi all'idea di trascorrere una mattina intera con un emerito sconosciuto, che la intimidiva e le ispirava anche un'istintiva antipatia. Doveva però ammettere che da quando si era svegliata nel prato, era la prima volta che si facevano concrete ipotesi sulla sua provenienza.

«Devo avvisarti, però» aggiunse l'uomo guardandola direttamente negli occhi. «L'unica vera speranza è che ti torni la memoria. Potresti provenire da qualunque posto, e le mie potrebbero essere semplici teorie: ci sono altre spiegazioni per i segni sui tuoi polsi. Potrebbe essere una ricerca inutile.»

Adhara deglutì. «Finora non ho fatto altro che muovermi in un mondo che non conosco, affidandomi completamente ad Amhal. Meglio cercare e non trovare nulla piuttosto che continuare a brancolare nel buio.»

Mira sorrise. «Mi piaci. Vedrai che qualcosa troveremo» aggiunse in tono quasi paterno.

Per un istante, Adhara sembrò capire cosa ci trovava in lui Amhal.

La sera procurarono una stanza per Adhara in una locanda. Mira e Amhal avevano i loro alloggi nel Palazzo dell'Esercito, ma agli estranei non era permesso usufruirne. Amhal però decise di prendere pure lui una camera alla locanda.

«Non mi va di lasciarla sola» disse al maestro.

Mira sorrise. «Sei proprio un bravo cavaliere, eh?»

Amhal avvampò fino alla radice dei capelli.

Andarono assieme alla locanda, vagando per i vicoli di Nuova Enawar spopolati dalla notte. Parlarono del più e del meno, e quando fu ora di separarsi, Mira fece qualcosa di inaspettato.

«Tu puoi andare su» disse a Adhara. «Io e Amhal restiamo un po' qui a parlare di lavoro.»

Lei guardò entrambi perplessa, ma aveva sonno, per cui si avviò verso la sua stanza senza replicare.

«Ti raggiungo subito» la rassicurò Amhal, e la guardò salire le scale, minuta e indifesa.

«Vieni fuori» disse brusco Mira.

Il ragazzo non aveva idea di cosa dovessero parlare, però era contento di riuscire a rimanere qualche minuto con il maestro. Gli piaceva discutere alla fine delle missioni che svolgevano insieme, e cogliere nei suoi occhi un lampo di approvazione.

«Ti piace?» tagliò corto Mira appena furono fuori dalla locanda, seduti sul bordo di una piccola fontana.

«Maestro!» insorse Amhal.

L'uomo rise di gusto. «Sei giovane, Amhal, e le ragazze devono far parte della tua vita! Sei sempre troppo serio, ti ci vuole proprio una fanciulla simpatica e carina.»

Amhal si fissò la punta degli stivali. Le donne non facevano per lui. La sua vita era troppo complicata, occupata da dilemmi ben più profondi e dolorosi che non quelli causati da problemi di cuore.

«Aveva bisogno di me e l'ho aiutata. Questo fanno i cavalieri» sentenziò.

Mira gli sorrise paterno. «La vita va presa anche con un po' di leggerezza, Amhal, o non è degna di essere vissuta. Ti piace sì o no?»

In un lampo Amhal rivide Adhara così come gli era apparsa alla bancarella, quando avevano comprato i vestiti nuovi. Il seno piccolo e sodo stretto dal corpetto, i glutei fasciati nel camoscio dei calzoni aderenti. Deglutì. «Forse... ma non è questo il punto!»

Mira rise di nuovo, e il ragazzo sentì quel riso scendergli nel cuore fresco come un balsamo. Gli era mancato, in quei giorni di pellegrinaggio solitario.

«Perfetto, diciamo che non è questo il punto... E allora qual è, Amhal?»

Il maestro si era fatto serio, tutto a un tratto. La serenità di poco prima svanì.

«Perché è successo qualcosa durante il tuo viaggio, qualcosa che non vuoi dirmi, giusto?»

Amhal non riuscì a sostenere il suo sguardo. Sentì la confessione urgergli in gola, come un bolo acido che premeva per uscire.

«Hai le mani piene di vesciche, e quel taglio sul braccio...»

«Ho ucciso tre uomini.» Glielo urlò in faccia, come se la sua bocca non fosse più in grado di trattenere l'orribile verità di quelle parole.

E poi fu facile. Il racconto di quanto era successo, e il desiderio di non nascondere nulla della furia, del piacere dell'omicidio. Amhal si sentì annientato, come sempre, e distrutto. Ma provava anche un oscuro sollievo: era come liberarsi dei propri peccati, e ricercare un'impossibile assoluzione.

Mira lasciò che si sfogasse, poi gli mise una mano sulle spalle. «È la lotta, Amhal, l'essenza di questa vita che ci è toccata in sorte. E tu stai lottando, questo devi dirti quando stai male, che stai lottando. La caduta fa parte della battaglia, e devi saperti perdonare.»

«Non lo so, maestro, è come... come se ci fosse qualcosa di sbagliato in me, come se...» non riuscì a continuare.

Mira lo strinse più forte, e la guancia di Amhal finì sul cuoio del suo farsetto, là dove il cuore batteva il tempo, forte e vigoroso.

Il ragazzo chiuse gli occhi e pensò a suo padre. Dov'era? Era stato lui a piantargli quel seme di violenza nel cuore? Quell'essere spregevole che aveva abbandonato sua madre, che neppure aveva voluto conoscerlo, lasciandolo solo a un destino di reietto, gli mancava terribilmente. E quando Mira lo stringeva a sé così, senza dirgli una parola, allora desiderava disperatamente che potesse essere lui suo padre, il buco nero che aveva inghiottito tanta parte della sua vita.

Il dolore si fece dolce, e pian piano allentò la presa. Le lacrime scesero grosse e silenziose, a imperlare le sue guance e il farsetto di cuoio di Mira.

Rimasero così, sotto una luna spietatamente brillante.

11
L'incontro

L'uomo in nero si svegliò che era una splendida giornata di sole. Entrava a fiotti dalla finestra della locanda in cui aveva trovato alloggio.

Il bel tempo lo irritava. Odiava l'estate e il caldo, preferiva le uggiose giornate invernali, con la loro aria immobile e calma, i loro cieli di un grigio uniforme, e il freddo che penetrava attraverso il mantello fino a consumarti le ossa. L'inverno era la cosa che gli era mancata di più, lontano dal Mondo Emerso. Orva era il luogo della perenne primavera, insopportabile, infinita. E ora che finalmente era tornato in un posto in cui c'erano inverni lunghi e rigidi, gli toccava battere quella terra in estate.

Si tirò su in collera col mondo. Si vestì rapidamente, e quando ormai stava per uscire, colse il luccichio rossastro dell'ampolla sul tavolino accanto al letto. Stava dimenticando il regalo che gli aveva fatto il suo amico, qualche sera prima.

La collera si trasformò in ira sorda. Non voleva ammettere con se stesso che era quella la vera ragione della sua rabbia. Non voleva ammettere che nonostante il tempo trascorso, nonostante le scelte fatte e la consapevolezza di ciò che in realtà era, il pensiero di uccidere quell'uomo gli faceva male.

Afferrò rapido l'ampolla e con altrettanta foga scese le scale. Gettò quanto pattuito sul bancone del locandiere e uscì senza pronunciare neppure una parola.

L'incontro avvenne in una locanda, il posto migliore per chi vuole mimetizzarsi tra la folla, e l'uomo in nero aveva bisogno di anonimato come dell'aria che respirava. Era l'ora di pranzo, e aveva avuto cura di cercare un luogo pieno di gente, nel quale nessuno badasse troppo al suo volto perennemente coperto.

Aveva passato gli ultimi due giorni a battere quella maledetta città alla ricerca della donna, Gherle, senza cavare un ragno dal buco. Non aveva indizi su di lei, e persino le visioni avevano smesso di visitarlo.

Allora aveva deciso di scavalcare quell'ostacolo e dedicarsi a lui, a Marvash. Un ragazzo. A cavallo di un drago. Un drago particolare, per altro.

Il tizio arrivò e si fermò davanti a lui. «Sei tu Mayar?» chiese, squadrandolo.

L'uomo in nero annuì senza neppure voltarsi. Mayar, il nome che aveva scelto per muoversi in quel posto. Fino a quando non si fosse sentito abbastanza sicuro da usare quello vero.

L'altro si sedette e chiamò la cameriera. «Del sidro e della carne» ordinò.

Mayar osservò il suo interlocutore, un uomo magro, vestito con una casacca lercia e un paio di brache malandate. Aveva pensato fosse meglio parlare con qualcuno di basso livello: avrebbe fatto meno domande su chi fosse e perché volesse quelle informazioni, e il suo silenzio si poteva comprare. La cosa gli permetteva anche di non avvicinarsi troppo al Palazzo dell'Esercito, un posto che per lui scottava.

Rimasero in silenzio finché non arrivarono il sidro e la carne. Poi l'uomo si mise a mangiare con voracità.

«Ti aspetti che te lo paghi?» chiese Mayar.

L'altro alzò appena lo sguardo dal cibo. «Questi erano i patti.»

L'uomo in nero si guardò attorno infastidito. «E allora comincia a guadagnartelo.»

«Non parlo mentre mangio.»

Gli toccò osservarlo che si infilava in bocca pezzi di carne sanguinolenta, uno dopo l'altro, e li masticava pigramente, assaporandoli. Avrebbe voluto sbattergli la faccia nel piatto, e premerla finché non avesse smesso di respirare.

L'uomo si pulì la bocca con la manica della casacca. «Ebbene?»

«Mi dicono che sei attendente al Palazzo dell'Esercito.»

Il tizio annuì. «Lavoro alla mensa.»

Mayar si chiese se non stesse parlando con uno di livello troppo basso per conoscere certe cose. «E cosa sai dei cavalieri dell'esercito?»

«Quello che mi basta per servirli a tavola. Che mangiano come porci e non mi degnano mai di uno sguardo.»

«Ciò che voglio sapere è se conosci quelli che lavorano lì, i cavalieri che prestano servizio da quelle parti. Sai chi sono?»

L'uomo affondò il naso nel boccale di sidro. «Gli do da mangiare, mica faccio il censimento. Comunque, mi pare che tu non abbia ben presente come funziona là dentro.»

Mayar incrociò le braccia, infastidito. «E come funziona?»

«Funziona che l'Esercito Unitario per la verità non esiste. Esistono Cavalieri di Drago distaccati, che in caso di guerra intervengono, ma che non vivono fisicamente qui a Nuova Enawar. Ci devono stare solo un certo numero di giorni all'anno. E poi in questo periodo, quando c'è Consiglio, quel posto si riempie di cavalieri e soldati vari che scortano i regnanti. Per cui, amico, dire chi presta servizio qui non è esattamente facile.»

Mayar guardò il viso stolido dell'uomo, i suoi occhi porcini e il mezzo sorriso ebete, e sentì aumentare il desiderio di violenza. Strinse le dita sul tavolo. «Allora te la faccio semplice. Sto cercando un ragazzo, non so il suo nome. È un Cavaliere di Drago, e cavalca un drago con le ali nere.»

L'uomo si infilò un'unghia tra due denti, cercando di togliere un pezzo fibroso di carne. Poi vi passò sopra la lingua e rimase zitto.

Mayar perse la pazienza. Fu silenzioso e rapido. Estrasse il pugnale, afferrò il tizio per la casacca, sotto il tavolo, e gli punzecchiò una coscia con la lama. Poi avvicinò il volto a quello di lui.

«Mi hai stancato. Ci metto un attimo a farti vomitare tutto quello che hai ingurgitato, chiaro? Lo conosci o no?»

Gli occhi dell'uomo, fissi nei suoi, si fecero grandi. Così da vicino, forse aveva visto sotto il cappuccio ciò che l'uomo in nero celava fin da quando aveva messo piede nel Mondo Emerso.

«Chi sei?» chiese tremante.

Mayar strinse la presa e premette con forza il pugnale sulla carne, incidendo la stoffa. «Lo conosci o no?»

Quello chiuse gli occhi, terrorizzato. «Ogni tanto viene un drago così, ma non so a chi appartenga. Io non servo nelle stalle, e non so che cavalcatura abbiano quelli a cui do da mangiare. Qui ci viene, ma non so chi sia, lo giuro!»

Mayar mollò la presa. Con tranquillità rimise il pugnale al suo posto. Si alzò e gettò sul tavolo qualche moneta. «Fattele bastare» disse secco.

«Tu... tu sei...»

Mayar batté le mai sul legno. «Io sono io. E tu non sei tenuto a conoscere la mia identità.»

Poi prese la via della porta.

Era fuori di sé. Un buco nell'acqua. Un fallimento. Giorni e giorni passati in quella città per ritrovarsi con in mano un pugno di mosche. Cosa doveva fare, adesso? Appostarsi alle stalle e attendere che il moccioso salisse sul suo drago rosso e nero? Sempre che fosse lì.

Pensò al suo patto con Kryss, pensò alle umiliazioni cui si stava sottoponendo pur di tener fede a quel giuramento, pur di raggiungere il proprio obiettivo. E maledisse se stesso, come faceva ormai da anni, per quei giorni di follia, tanto tempo prima, che l'avevano condotto a quel punto.

Poi un rumore. Indistinto, alle sue spalle.

Hai scelto un brutto momento, concluse in un lampo.

Si volse e scagliò il pugnale, poi si lanciò sul nemico, inchiodandolo al muro per la gola.

Un ragazzo. Terrorizzato. La lama aveva infisso una parte del suo mantello ai mattoni dietro di lui.

L'uomo in nero la svelse e gliela puntò alla gola. «Ebbene?»

Il ragazzo alzò le mani e cercò aria per parlare. «Sono qui per aiutarti...» disse con voce strozzata.

Lui lo guardò negli occhi, colmi di terrore. Allentò la

presa, ma continuò a tenerlo sotto tiro. «E cosa ti fa credere che io ne abbia bisogno?»

Il ragazzo sembrò riprendere colore e coraggio. «Ti ho sentito, prima, alla locanda...»

«Origliavi?»

«No, no! Ero solo seduto vicino a te, non potevo fare a meno di sentire!»

Mayar pensò di essersi divertito abbastanza, e forse quel ragazzo aveva davvero qualche informazione utile. Abbassò il pugnale, ma non lo rinfoderò. «Vedi di sbrigarti.»

Il ragazzo si massaggiò il collo, poi si fermò un istante. «Sì, ma il tizio alla locanda l'hai pagato...»

L'uomo sorrise con ferocia e alzò di nuovo il pugnale. «Ma ti sei accorto che non mi ha dato grandi informazioni. Facciamo così. Tu dimmi quel che hai da dire, e poi vediamo se sarai stato tanto bravo da meritare la ricompensa.»

«Ho sentito che stai cercando un ragazzo che fa il cavaliere e ha un drago dalle ali nere. Io lo conosco, ma non è proprio un cavaliere.»

Mayar avvertì una vaga vertigine, segno che era vicino alla verità. «Chi è?»

«Un mio vecchio compagno di corso in Accademia.»

«Sei un cavaliere?»

Il ragazzo ci mise qualche secondo per rispondere. «No, ho smesso... Comunque, non c'entra. Lui studiava con me e, a quel che ne so, adesso si sta addestrando con un cavaliere.»

«Come si chiama?»

«Chi?»

«Il ragazzo, chi altri?»

«Amhal.»

Amhal. Un nome comune, banale, che nascondeva chissà quali abissi di potere e corruzione. Amhal, il suo simile, l'oggetto della sua ricerca, Marvash. Seppe col cuore che era lui, lo sentì, e una strana calma lo pervase.

«Non so esattamente che stia facendo ora, o dove sia, ma in genere i cavalieri e i loro apprendisti se ne stanno nella Terra del Sole, o qua.»

«È un bastardo, vero? Un bastardo con sangue di ninfa» disse Mayar, un ampio sorriso ferino che gli si apriva sul volto.

Il ragazzo non riuscì a interpretare quel ghigno. «Sì... sì... In Accademia tutti lo prendevano in giro per questo.»

Mayar proruppe in un riso soffocato e trionfante. Il ragazzo, davanti a lui, si faceva sempre più piccolo. Gli batté una mano sulla spalla. «E bravo il nostro ragazzino.»

Frugò nel tascapane e ne trasse alcune monete, che gli mise in mano.

«Tu non mi hai mai visto, e non ci siamo mai parlati.»

Il ragazzo deglutì, ma doveva essere davvero una piccola serpe, perché trovò il coraggio di controbattere: «Per questo ci vuole un supplemento.»

Mayar portò fulmineo il pugnale alla sua gola, incidendo appena la carne. Sentì sotto la mano stretta su quel collo il pulsare convulso della giugulare. «Non tirare troppo la corda. Potrei ammazzarti qui, e avrei il silenzio garantito.»

Il ragazzo respirava con affanno, terrorizzato. «Sto zitto, sto zitto! Non so neppure chi sei!»

Chissà, forse invece lo sai... pensò divertito Mayar. Sentiva la furia percorrergli le vene e infondergli un bruciante desiderio di morte. Ma un cadavere abbandonato là a marcire sarebbe stato un problema, e in ogni caso ultimamente si era già sfogato abbastanza. Lasciò andare il ragazzo, che cadde a terra in ginocchio, tossendo.

«Vattene e dimenticati di me» gli disse.

Poi si immerse nelle ombre.

Due giorni. Tanti gli furono necessari per trovarlo. Bastò farsi amico uno degli attendenti delle stalle. Poche carole, e gli disse che sì, il drago dalle ali nere era lì. Amhal era a Nuova Enawar. L'uomo in nero fremette.

«Ma tra un paio di giorni se ne andrà, perché Sua Maestà Learco torna a Makrat, e il suo maestro, Mira, fa parte della guardia personale del sovrano.»

Un paio di giorni. Aveva un paio di giorni per prendere contatto con lui e portarselo via. Ma era la cosa più intelligente da fare? Chi gli garantiva che l'avrebbe seguito?

È un apprendista cavaliere, segno che sta cercando di combattere contro la sua vera natura.

Preferì indagare. Non era un uomo che amasse la logica e i complotti. Era fatto più per l'azione, e per questo dovette forzarsi per non fare irruzione dove si trovava il ragazzo e prenderlo con sé. Ma quella che si apprestava a combattere era una battaglia complessa, dal cui esito sarebbe dipeso ciò che più desiderava al mondo, lo scopo per il quale aveva speso lunghi anni della sua esistenza.

Chiese in giro. Della sua infanzia, di ciò che faceva adesso. Andò a ripescare il giovane che gli aveva dato le informazioni. Non fu facile ritrovarlo. Quando lo vide, il ragazzo cercò di scappare, e gli toccò riacchiapparlo per la collottola in un vicolo.

«Non ho detto niente a nessuno, lo giuro!»

«Non è per questo, stupido. È per il tuo amico bastardo. Voglio saperne di più di lui.»

Alla fine lo uccise. Dopo avergli promesso ancora salvezza e avergli messo in mano qualche moneta d'oro.

«Per il disturbo.»

Gli aveva tagliato la gola. Perché la furia non si poteva trattenere a lungo, perché il desiderio di uccidere per lui era una droga.

Come per Amhal.

Lo andò a vedere. Ora sapeva chi era e sapeva dove trovarlo. La locanda era anonima. Si arrampicò lungo il muro esterno, in un vicolo in cui non c'era nessuno. La luna era candida in cielo e gettava ombre nette. L'uomo in nero non aveva bisogno di sapere in quale stanza si trovasse. Lo *percepiva*. Ora ne era certo. Era lui il suo simile, l'essere destinatogli dal fato, la porta che l'avrebbe condotto alla realizzazione dei suoi sogni. Saltò sulla finestra, aperta per il caldo, e rimase lì, in bilico.

Dormiva. Lo spadone appoggiato ai piedi del letto, un pugnale a portata di mano, da bravo combattente. Vestito solo dei calzoni, il corpo madido di sudore, teneva un braccio sulla testa, e dormiva un sonno inquieto.

L'uomo in nero si soffermò a guardarlo. Un ragazzino. Proprio come se l'era immaginato. La piccola ruga tra le sopracciglia gli parlava di un essere tormentato, esattamente come gliel'avevano descritto. Una creatura sperduta, confusa tra gli impulsi che sentiva premergli ai margini della coscienza e il folle desiderio di essere una persona normale.

Ma io e te non siamo normali, e mai lo saremo. Io e te siamo fatti per cose più grandi.

Poi sentì la testa girargli, e una sensazione di vuoto attanagliargli lo stomaco. Il mondo intorno scomparve, dissolvendosi in una densa oscurità.

Erano in un luogo desolato. Rovine, fiamme in lontananza, odore di bruciato. A terra, corpi, sangue e alberi abbattuti. Cenere che vorticava intorno a loro, impalpabile.

Amhal e l'uomo in nero. E l'uno percepiva la presenza dell'altro. L'uomo in nero poteva finalmente vedere il volto del suo simile, il Marvash che aveva inseguito per tutto quel tempo, che l'aveva riportato in quel luogo dove non avrebbe mai più voluto rimettere piede.

Amhal invece vedeva solo una figura indistinta, un uomo vestito di nero dai contorni sbiaditi e senza volto. «Chi sei?»

L'uomo percepì la sua paura. «Te.»

Amhal portò mano allo spadone, lo sguainò e si mise in posizione d'attacco. «Chi sei?» ripeté.

L'uomo in nero stavolta si limitò a sorridere. «Stiamo per incontrarci, e allora, col tempo, capirai.»

«Smettila di ossessionarmi» insistette Amhal, la voce che tremava. «Cosa vuoi da me, e cos'è questo posto?»

«Il luogo cui siamo destinati» rispose l'uomo in nero.

Finalmente tutto era chiaro, la visione limpida.

«Capirai» aggiunse «come capii io, molti anni fa, e accetterai.»

Amhal gli si avventò contro. L'altro lo fermò afferrando la spada con una mano. La lama non fu in grado di tagliargli la carne.

«Sei tu che mi tormenti? Sei tu che mi cresci nel petto, e ci pianti dentro la furia che mi divora?» Il ragazzo parlava a denti stretti.

«In un certo senso.» L'uomo in nero gli torse la spada tra le mani, riuscendo a gettarla a terra. «Quando ci vedremo, Amhal, fidati di me. Io sono la risposta.»

Poi la cenere che turbinava intorno a loro li avvolse, confondendo la scena.

L'uomo in nero si ritrovò ansimante sulla finestra, una mano che artigliava convulsa il muro. Gli ci volle un po' per tornare in sé e ricordarsi dov'era: la locanda, la finestra, Amhal che dormiva.

Era stata una visione. Una visione nitida, palpabile. Un gemito, e vide Amhal girarsi nel letto, inquieto. Di certo l'aveva avuta anche lui. Per un istante, in sogno, si erano incontrati.

Era tempo di andare.

Fece a ritroso il percorso che aveva seguito per salire fin lì e, quando fu in strada, si appoggiò con le spalle al muro. Era agitato. Stentava a crederlo, ma la visione l'aveva colpito.

Guardò in alto, verso la finestra. Era stata comunque un'esperienza utile. Perché adesso sapeva. Amhal era ancora lontano da lui, e prenderlo ora, condurlo con sé, non sarebbe servito a nulla.

No, doveva combattere per la sua anima, doveva convincerlo delle proprie ragioni, e solo allora portarlo via, quando lui stesso lo avrebbe implorato di farlo.

Sorrise. Sì, adesso sapeva cosa fare.

12

Indizi per una nuova vita

Amhal si risvegliò con uno strano turbamento. Aveva dormito poco e male, forse per colpa del caldo. Ma c'era dell'altro. Si sentiva inquieto, e gli ci volle un po' per ricordare.

La visione affiorò alla sua coscienza lentamente, in modo confuso. L'immagine dell'uomo in nero fu la prima a comparire, infondendogli un ambiguo senso di gelo e di sicurezza. Temeva quell'uomo, ma allo stesso tempo si sentiva attratto da lui.

Si tirò su con impeto. Voleva togliersi di dosso quel miscuglio di sensazioni, e il modo migliore per farlo era mettersi in azione. Si vestì e si preparò per la missione che l'aspettava quel giorno.

Quando Mira venne a bussare alla sua porta, era già pronto, camuffato come lui gli aveva detto. «Ansioso di cominciare?» gli chiese il maestro con un sorriso.

Amhal ricambiò. «In un certo senso.»

Adhara li stava aspettando seduta sul letto. Mira insistette perché si coprisse bene. «Il tuo aspetto dà nell'occhio, è meglio che ti muovi in incognito.» Si volse verso Amhal: «Tu potresti fare qualcosa, al riguardo.»

Il ragazzo fece finta di non capire.

Mira gli si avvicinò. «La tua avversione per la magia mi lascia sempre più perplesso. Ti ho già detto che è una risorsa preziosa e che dovresti farne tesoro, invece di nasconderla.»

Amhal arrossì lievemente, poi si accostò a Adhara. Le mise una mano sugli occhi e mormorò qualche parola. I capelli della ragazza si tinsero di un uniforme colore corvino, e i suoi occhi divennero di un celeste intenso.

«Una magia di camuffamento...» disse lei, quasi tra sé e sé.

«Come?» chiese Amhal.

Adhara parve riscuotersi. «La magia che hai applicato su di me... la conosco... istintivamente. Non durerà più di qualche ora.»

«Sei piena di risorse!» esclamò Mira con un sorriso, mentre si avviavano all'uscita.

Adhara lo guardò quasi allarmata, e Amhal per la prima volta si chiese seriamente chi fosse quella ragazza che gli era caduta tra le braccia.

«Ne terremo presente in biblioteca» tagliò corto il maestro. Quindi, rivolto ad Amhal, aggiunse: «Tu intanto va' per la tua strada. Stasera mi riferirai cos'hai scoperto.»

Il giovane abbassò il capo in segno di assenso, poi si perse tra la folla. Sperò che quel nuovo compito gli togliesse il senso di inquietudine che lo pervadeva, e che le strane capacità di Adhara, chissà perché, avevano acuito.

Nuova Enawar era piena di gente, soprattutto militari. Mira spiegò a Adhara che la città appariva così solo in occasione delle sedute del Consiglio, quando i regnanti accorrevano lì col proprio seguito. In quei giorni non era diversa da qualsiasi altra grande città del Mondo Emerso; sembrava un posto abitato per davvero, animato dal dolce caos della vita.

«Quando poi ognuno torna a casa, si svuota. Queste strade ritornano il deserto che sono di solito: niente passanti in giro, solo polvere, polvere nera ovunque.»

Mira appoggiò la mano su un muretto e la mostrò a Adhara: sul palmo, miriadi di schegge nere.

«La verità è che questo posto doveva essere lasciato alla memoria; un deserto desolato, che ricordasse in eterno la follia del Tiranno, la follia del Mondo Emerso. E invece si è cercato di soffocare il passato, di piantare una finta città sul luogo di una vera tragedia. Ma i ricordi ritornano a reclamare il loro posto nel presente, e la polvere nera spira dal bosco fin qui e ricopre ogni cosa.»

Adhara si guardò attorno e si accorse che ce n'era ovunque. Si chiese come fosse quel posto prima, quando era il mausoleo di un luogo in rovina. Ma non riusciva ad andare oltre ciò che vedeva: palazzi imponenti, larghe vie alberate, l'ordine fittizio di una città artificiosa.

Si mossero di quartiere in quartiere, sempre lungo strade ampie e rettilinee. Adhara non ne sapeva molto di città, la sua esperienza si limitava a Salazar e Laodamea. Ma sentiva qualcosa di forzato in quel luogo. Innanzitutto, il fatto che ogni quartiere avesse un suo stile architettonico: era bizzarro passare all'improvviso da palazzoni squadrati a case rustiche in legno e paglia, da costruzioni in pietra a edifici in marmo. E poi quel senso di allegria eccessiva, di una vita fittizia, che sembrava avvolgere tutto.

Ha ragione Amhal, manca la storia.

Le venne da pensare alla propria memoria desolata, al suo essere stata partorita dal nulla. Una forma di vita artificiale, una creatura in qualche modo costruita, ecco cos'era.

«Non ricordi proprio nulla?» chiese Mira, quasi leggendole nel pensiero.

Adhara fece segno di no. «Il mio primo ricordo è quel prato. Ogni tanto vengono fuori informazioni sparse, e capacità che non so di possedere, ma nessun vero ricordo. Persino il nome me l'ha dato Amhal.»

Mira sorrise. «Che ne pensi di lui?»

Era una domanda diretta, che la prese alla sprovvista. «È il mio salvatore» rispose, eppure le sembrò che la semplicità di quella dichiarazione non potesse raccogliere l'universo di sentimenti che provava per lui.

«È bello che tu dica questo. Amhal ha cercato così a lungo qualcuno che salvasse lui... E a volte penso che non l'abbia ancora trovato.»

Adhara avrebbe voluto dire che lo sapeva, che lo *sentiva*, ma le sembrava quasi un sacrilegio parlare di Amhal con un uomo che lo conosceva tanto meglio di lei.

Che ne sai tu? Solo perché hai condiviso con lui i giorni di questo viaggio pensi di poterlo giudicare?

«Io credo in lui» aggiunse Mira, come perso in elucubrazioni solitarie. «Ci ho sempre creduto, e vorrei essere la sua forza. Mi rendo conto di non riuscirci sempre. Ma è una persona di animo nobile, non sei d'accordo?»

«Lo è sicuramente» rispose Adhara, cercando di dare certezza alla propria voce.

La biblioteca si stagliò davanti a loro all'improvviso, enorme e inattesa. Appariva soffocata da molte altre costruzioni che la stringevano dappresso. Per questo forse sembrava ancora più alta e imponente. Era il palazzo di vetro irto di guglie e pinnacoli che Adhara aveva visto all'arrivo. Era fatta completamente di vetro satinato, che lasciava appena intravedere l'interno. Dentro, si scorgevano figure sfocate, piccole macchie di colore che salivano e scendevano, o semplicemente stavano immobili a contemplare qualcosa. La luce era libera di uscire pura soltanto attraverso alcune aperture coperte da un vetro trasparente: finestre ogivali ritagliate nella costruzione generale.

Adhara la osservò dal basso verso l'alto, la sua compattezza e al tempo stesso la sua vertiginosa altezza, l'intrico ordinato delle guglie, che si avvolgevano verso il cielo in forme spiraleggianti.

«Bella, no? Ce l'hanno regalata quelli di Zalenia» spiegò Mira. Di fronte al silenzio assorto della ragazza, si batté una mano sulla fronte. «Certo, tu non sai... È gente che vive sotto il mare, in specie di enormi ampolle di vetro. Costruiscono molte cose col vetro. Anche il palazzo del loro re è così. Siamo stati nemici a lungo, e adesso ci regalano addirittura dei palazzi, pensa un po'.»

Ridacchiò, ma Adhara non riusciva a smettere di ammirare quel posto.

Mira dovette spingerla delicatamente sulla schiena. «Ti assicuro che all'interno è anche meglio» le sussurrò divertito.

Li accolse un alto portone, che sembrava una ferita da taglio inferta al corpo smisurato di quella costruzione, e furono dentro.

La biblioteca era tutto un alternarsi di corridoi e ampi spazi per la consultazione. I libri giacevano su enormi scaffali di ebano, il cui colore scuro creava uno strano contrasto con la luminosità dell'ambiente. Erano protetti da vetri, a volte da grate, e per la maggior parte non erano direttamente consultabili. Dovettero chiedere a uno dei tanti bibliotecari, ciascuno addetto alla cura di una sezione, che prendeva i tomi richiesti e stabiliva per quanto tempo potessero essere letti. A Adhara parve un uomo consumato dal proprio lavoro. A furia di stare in mezzo ai libri, aveva assunto il colore della pergamena, e le sue dita, fragili e magre, sembravano adatte solo a sfogliare delicatamente le pagine ingiallite dagli anni.

«Quasi tutto quello che vedi è dovuto alla costanza di un unico uomo, Lonerin, un personaggio quasi leggendario da queste parti» le spiegò il maestro, mentre prendevano i volumi di cui avevano bisogno. «Ha avuto una parte molto importante nella caduta di Dohor. Ebbene, è stato lui a raccogliere molti dei libri conservati qui, soprattutto i testi elfici o vergati dal Tiranno. Peccato che la sua opera sia stata interrotta troppo presto.»

«Che gli è successo?»

«È morto, circa quindici anni fa. Una malattia incurabile che l'ha risucchiato pian piano verso la tomba. Sua moglie ha cercato di continuare la sua opera, ma in realtà è molto più assorbita dalla religione. È il Supremo Officiante della Confraternita della Folgore.» Mira si interruppe un istante, poi si rese conto che quell'appellativo, assai noto nel Mondo Emerso, a Adhara non doveva dire nulla. «È la religione che va per la maggiore adesso. Adorano un dio che si chiama Thenaar.»

Un brivido percorse Adhara. Quel nome le risvegliava qualcosa nel profondo, un senso di calore, o forse un ricordo. «Shevraar...» mormorò.

Mira si girò di scatto. «Che hai detto?»

Adhara lo guardò frastornata. «Non so, un nome... un nome che ricordo. Forse il mio?» chiese speranzosa.

«Shevraar è l'antico nome elfico di Thenaar.»

Ma a quella rivelazione non seguì nient'altro. Era una fiammella accesa nel buio, che gettava luce solo per uno spazio ristretto intorno a sé.

Mira chiese in prestito una mole smisurata di volumi. Liste di simboli araldici, tomi storici e religiosi, elenchi di armi. Dovettero fare varie volte la spola verso un tavolo per impilarli tutti.

«Ma siete sicuro di potermi dedicare tutto questo tempo?» chiese Adhara quando si furono seduti.

«Oggi non sta a me garantire la sicurezza intorno al Palazzo del Consiglio; sai, facciamo dei turni.»

«Siete comunque troppo gentile.»

«Forse non lo faccio per te, ma per il mio allievo. Ho l'impressione che tu susciti in lui un certo effetto, e gli dei sanno quanto ne ha bisogno.»

Adhara si sentì avvampare. Sarebbe stato bello essere davvero utile ad Amhal in qualche modo.

«Questi sono per te» disse Mira, spostando verso di lei un paio di pile di volumi «e gli altri per me.»

Adhara ne prese uno, e la polvere che ne venne fuori la fece starnutire. «Cosa cerchiamo, esattamente?»

«Il tuo pugnale. Credo sia un'arma particolare, che appartiene a qualche famiglia o gruppo armato specifico. Quindi, non leggere tutto, ma soltanto ciò che può interessarci in tal senso, chiaro? Abbiamo solo oggi, domani si parte.»

Adhara aprì il libro che aveva davanti. La scrittura minuta la spaventò, ma non si arrese. Prese un respiro e si mise al lavoro.

Fu snervante. Dopo un po' le parole presero a ballarle davanti agli occhi, facendole girare la testa. Date e dati, calligrafie diverse, ora minute e ordinate, ora quasi illeggibili, e poi disegni, appunti, schemi... Adhara annegò tra tutti quei segni neri. Mira, stoico, era immerso nella lettura, e non dava alcun segno di cedimento.

È per me tutto questo lavoro, devo resistere.

La luce che filtrava da finestre e pareti cambiò colore, e gli occhi di Adhara ormai bruciavano terribilmente, quando: «Vieni qui» la chiamò Mira.

Lei sollevò la testa e si alzò. Il maestro aveva un libro aperto davanti a sé; gli andò alle spalle. Ci volle un po' perché i suoi occhi stanchi mettessero a fuoco l'immagine. Quando lo fecero, trasalì.

«È lui!»

«Esattamente» disse Mira con calma.

«Cos'è?»

«Un pugnale rituale, usato per i riti iniziatici di una setta chiamata dei Veglianti.»

Adhara sentì il cuore battere forte. Le diceva qualcosa quel nome? Lo ricordava?

«Qui però non c'è scritto altro al riguardo.» Mira si volse verso di lei. «Lascia perdere tutti quei libri, non ci servono più. Dobbiamo cercare qualcosa su questi Veglianti.»

Si alzò e tornò dal bibliotecario, col quale confabulò per un po'.

Adhara rimase sola di fronte al disegno del pugnale. Lesse le righe di commento. Nulla più di quanto le aveva detto Mira. Nessuna informazione sulla setta.

Veglianti...Veglianti...

"Verrò a riprenderti."

Rimase impietrita. Quelle parole le erano tornate alla mente così, chiare, cristalline. E ora la riempivano. Percepì una sensazione di sofferenza estrema.

Era buio. Ed ero sola.

Il rumore dei nuovi tomi posati sul tavolo dal maestro la riscossero. «Che c'è?» le chiese lui.

Adhara lo guardò sgomenta. «Ho come... una specie

di ricordo. Ma non so cosa sia... Una voce, che mi dice che verrà a prendermi.»

«Forse ti sta tornando in mente qualcosa. Avanti, continuiamo.» Mira si sedette. «Mi raccomando, cerca solo informazioni su questi Veglianti.»

Adhara tornò al proprio posto.

Dovettero praticamente cacciarli.

«La biblioteca chiude.»

Mira stava leggendo le ultime righe dell'ultimo volume, Adhara ne aveva davanti un altro paio.

«Mi spiace, ma dovete proprio andarvene» insistette il bibliotecario.

A malincuore furono costretti a uscire. Adhara era stremata.

Si incontrarono con Amhal al Palazzo dell'Esercito, nel refettorio. Anche lui era stanco.

«Trovato niente?» gli chiese Mira.

«Niente, maestro, niente. Ho fatto come mi avete detto, ho cercato di essere discreto. Nessuno sa sulla. Non ci sono schiave scappate, né rapimenti di sorta. Il crimine prospera da queste parti, oggigiorno. E voi?»

Mira si stiracchiò, poi raccontò l'esito delle ricerche.

Amhal parve rinfrancarsi. «Mi sembra un'ottima cosa!»

Adhara ritrovò l'entusiasmo in quello di lui. Era così stanca da non essersi resa conto che aveva aggiunto una nuova tessera al mosaico del suo passato.

«Un buon punto di partenza» osservò Mira. «Ma perché lei ha quel pugnale? Apparteneva ai Veglianti, chiunque fossero? È stata rapita da loro?»

«Bisogna cercare ancora» disse Amhal.

Mira gli lanciò un'occhiata. «Domani torniamo a casa.»

Quella frase lapidaria gelò la conversazione. Adhara fu investita da un'ondata di sconforto.

«Ma... non ci possiamo fermare» obiettò Amhal. «Non adesso che siamo a buon punto.»

«Certo. *Lei* non deve fermarsi. Ma noi abbiamo i nostri impegni.»

Adhara vagava con lo sguardo dall'uno all'altro. Aveva imparato ad apprezzare quell'uomo, durante la giornata che aveva speso per lei. Cos'era stato, una specie di gioco crudele?

«E allora perché l'abbiamo aiutata?»

«Perché ne avevamo l'occasione. Ma abbiamo anche dei doveri.»

Amhal appoggiò la schiena alla sedia. Era rimasto a corto di argomenti.

Mira si girò verso Adhara. «Hai visto come si fa, no? Domani puoi tornare in biblioteca e cercare nei libri che non abbiamo ancora consultato.»

Lei lo fissava allibita. Doveva rimanere da sola in quella città? E dove avrebbe abitato? Dove avrebbe preso i soldi per vivere?

«Finisce dunque qui?» mormorò.

Amhal fece per parlare, ma Mira lo anticipò. «Non ti sto dicendo questo.»

Adhara si morse le labbra. «È passato parecchio tempo da quando mi sono svegliata in quel prato, e da allora la situazione non è minimamente migliorata. Ho ricordato cos'è un cucchiaio e come si usa, ho ricordato come si scassina una serratura e che il nome elfico di Thenaar è Shevraar. Ma non ricordo niente di me, della mia faccia, di quel che sono. E adesso che intravedo un primo barlume, una traccia...»

Affondò il cucchiaio nella minestra.

«È come non esistere» ripeté, come aveva fatto qualche sera prima con Amhal. «È come non essere nessuno. Io ho bisogno di sapere chi sono.»

Mira rimase impassibile di fronte a quello sfogo. «Abbiamo fatto il possibile.»

Quell'affermazione così brusca, e la verità che conteneva, la fecero vergognare. Ma sentiva che nessuno la capiva davvero, che nessuno comprendeva a fondo il suo dramma.

«Non ti sto dicendo di mollare. Ti sto dicendo di trovare la tua strada. Io e Amhal abbiamo la nostra vita, e tu? Certo, il passato è importante, ma anche costruirsi un'esistenza nel presente è fondamentale. E tu dovresti iniziare a farlo. Noi dobbiamo andare, ma tu puoi scegliere cosa fare: trovarti un lavoro e continuare a cercare. È ora di uscire dal limbo in cui ti trovi. Non esisti perché ancora non ti sei costruita una tua identità.»

Adhara abbassò gli occhi sul piatto. Come fai a costruire qualcosa quando intorno a te ci sono solo macerie?

Consumarono il resto del pasto in un silenzio ostile.

Amhal non riusciva ad addormentarsi. Un po' la sensazione sgradevole della notte prima, con quel sogno inquietante, un po' l'agitazione per la partenza l'indomani... Ma il punto focale della sua ansia era Adhara. Il giorno dopo si sarebbero detti addio. E gli faceva uno strano effetto. Avevano condiviso cose importanti in quei giorni di viaggio, e lei era... Non sapeva dire cosa fosse. Fresca. Pura. Soprattutto, aveva bisogno di lui.

Si alzò, si infilò in fretta e furia i calzoni e uscì. Indugiò un istante davanti alla sua porta. Poi bussò.

Lei gli aprì quasi subito, gli occhi rossi e i capelli in disordine. Amhal provò una travolgente ondata di tenerezza. L'avrebbe abbracciata, se non si fosse sentito uno stupido.

«Posso?»

Lei si limitò a fargli spazio.

«Lui non lo fa per cattiveria. Qualsiasi cosa dica, ha sempre un senso, capisci? E se lo dice, è per aiutarti. Fa così anche con me.»

Adhara si torceva le mani seduta sul letto. Alzò il capo. «Gli vuoi davvero bene...»

«È come un padre per me» affermò orgoglioso Amhal. L'immagine della sera prima, sulla fontana, tornò prepotentemente. «Lui vuole soltanto che tu trovi la tua strada.»

Un lampo di rabbia le passò negli occhi, quegli straordinari occhi che erano tornati del loro inquietante colore. «E cosa dovrei fare? Non ho un soldo e non so combinare niente, mi sento catapultata in un mondo sconosciuto, e lui mi dice "cavatela da sola". Cos'ho fatto finora, nel bosco e a Salazar? Ma da sola non ce la faccio!»

«Allora vieni con noi.» Gli venne alle labbra istintivo, e fece calare una cappa di silenzio su entrambi.

Lei lo guardò a occhi spalancati.

«Ci sono buone biblioteche a Makrat. Non quanto questa, ma buone. Nel palazzo reale, quella del principe è molto fornita. E a corte c'è possibilità di trovare lavoro.»

Lei rimase ancora in silenzio qualche istante.

«Dici davvero?» sussurrò alla fine.

Amhal annuì convinto. «Per te non è un posto meno sconosciuto di questo, ma almeno ci saremmo noi... ci sarei io.»

Si sentì uno stupido. Non c'era nulla che lo legava a

quella ragazza, nulla. Le aveva salvato la vita, e con ciò? In fin dei conti era il suo compito. Ma allora perché ci teneva a lei, perché la voleva accanto?

Perché lei ha bisogno di te.

Adhara continuava a torturarsi le mani. «Non darò fastidio?»

«Affatto.»

Ancora silenzio, che a lui parve eterno.

Poi: «A che ora, domattina?»

Amhal sorrise sollevato. «Verrò a svegliarti io.»

Seconda parte

La dama di compagnia

13

La famiglia reale

Adhara lo vide apparire in lontananza. Amhal gliene aveva già parlato.

«Può mettere un po' di soggezione, le prime volte, ma ti assicuro che è una persona straordinaria. In ogni caso, attieniti al protocollo. Quando arriverà a non più di dieci passi da noi, tutti si inginocchieranno. Tu sei una donna, per cui appoggerai entrambe le ginocchia a terra, le mani davanti a te e la testa china. Non alzarla finché non te lo dirà lui. Non rivolgergli la parola, ma aspetta che sia lui a farti le domande, e comunque non aprire bocca prima che io ti abbia presentata. Chiamalo sempre Vostra Altezza.»

La ragazza era frastornata da tutte quelle prescrizioni. Aveva un'idea piuttosto vaga di cosa fosse un re, ma il tono deferente e vagamente preoccupato con cui Amhal le aveva detto quelle cose le metteva addosso una certa ansia.

È da quest'uomo che dipende il mio futuro. Se mi accetterà, starò ancora accanto ad Amhal, altrimenti dovrò tornare sulla strada. Da sola.

Guardò quella figura ingrandirsi pian piano, circondata

da molte altre. Mira era accanto a lei. Non sapeva come Amhal gli avesse comunicato la notizia che sarebbe andata con loro. Da parte sua, il maestro non aveva fatto nessuna osservazione e l'aveva salutata come le altre mattine.

Adhara aguzzò la vista, nella bruma dell'alba. Erano su una vasta piattaforma di marmo, all'interno del Palazzo dell'Esercito. Tutto intorno, porticati cingevano quello spazio ovale conducendo alle stalle. Era lì che venivano tenuti i draghi. Jamila era già pronta, le briglie metalliche trattenute da un attendente. C'era anche un altro drago, di un marrone che stingeva nel rossiccio, piuttosto grosso e con il muso circondato da una spessa cresta coriacea, più grande e imponente di quella di Jamila. Aveva il ventre marrone chiaro e zampe tozze, dotate di grossi artigli. Sulla sua groppa era montato un enorme baldacchino dorato, coperto da pesanti tendaggi di velluto rosso. Intorno, altri draghi blu, più piccoli e irrequieti.

Adhara si portò un braccio sulla fronte. L'aria sembrava infiammata dai riverberi del primo sole. Faceva caldo. Sarebbe stata una giornata afosa.

La figura andò definendosi: un uomo alto e magro, si sarebbe detto, coperto da un mantello rigido e pesante, sotto il quale di certo sudava copiosamente. Man mano che si avvicinava, era sempre più evidente la sua andatura leggermente claudicante, quasi incerta. Intorno a lui, altre figure si muovevano rapide, premurose.

Adhara strizzò gli occhi. *Un vecchio? Era questo il famoso re?*

Tutti caddero in ginocchio, e lei fece altrettanto, con un lieve ritardo che Amhal le rimproverò gettandole uno sguardo severo. Fissò i massi del lastricato. Ora sentiva i passi del re e della sua corte. Ebbe la tentazione di sollevare lo sguardo.

I passi si fermarono.

«In piedi, in piedi, non c'è bisogno di tutte queste formalità, tanto più che di qui ai prossimi dieci giorni ci ritroveremo a sudare fianco a fianco e a condividere la branda.»

Una voce sottile, affaticata. Pian piano tutti si alzarono. Adhara si chiese se potesse finalmente sollevare la testa e guardare re Learco.

«Tutto pronto?»

Doveva essersi rivolto a Mira, perché fu lui a rispondere. «Tutto pronto, Vostra Altezza. Per questo viaggio userete Dragona.»

«E la mia cavalcatura?» Una nota di stupore e di preoccupazione in quella voce sottile.

«Belog è affaticato. Non si è ancora ripreso del tutto dalla malattia. Lo cavalcherò io, col vostro permesso.»

La curiosità la vinse. Adhara alzò timidamente il capo. Il re teneva un braccio appoggiato su quello di Mira, e al suo confronto appariva come un vecchio malaticcio. Aveva capelli ondulati che gli scendevano sulle spalle, a lambire la stoffa rigida e pesante del mantello. Erano di un candore abbacinante. Sulla fronte, una fascia d'oro rosso lavorata, probabilmente quella che Amhal, la sera prima, aveva chiamato corona. Non portava la barba, e il volto era asciutto, segnato da poche rughe, ma profonde. Due solchi sulla fronte, uno al centro delle sopracciglia sottili, bianche anch'esse, due segni incisi ai lati della bocca. Occhi verdi, come quelli di Amhal, ma di un colorito più smorto, aperti su pupille dai riflessi lattescenti. Sorrideva.

Un vecchio, nient'altro. Adhara era delusa. Il grande re, Learco il Giusto, che da cinquant'anni manteneva la pace sul Mondo Emerso, l'eroe che aveva combattuto contro il suo stesso padre per la salvezza di innumerevoli anime, era solo un vecchio affaticato.

«Ma certo. Non lo affiderei a nessun altro che a te, lo sai.»

Mira sorrise.

Il sovrano si avvicinò quindi a Dragona, il grosso drago addobbato col baldacchino.

«Vostra Maestà...» Amhal si fece avanti, scendendo sul ginocchio sinistro.

Il sovrano si voltò. «Amhal, avanti, non c'è bisogno...»

Gli mise una mano sulla spalla, una mano diafana, segnata dai percorsi bluastri di vene in rilievo. La stretta però era salda, perché costrinse il ragazzo in piedi. Il mantello del sovrano si aprì su un semplice pettorale di metallo stretto intorno a una casacca rossa. Sotto, brache gialle e stivali di cuoio. Un abbigliamento insolitamente sobrio, pensò Adhara.

«Vostra Maestà, vorrei presentarvi qualcuno...»

La sua voce tremava leggermente. Adhara si chiese se dovesse aiutarlo facendo un passo avanti, se fosse il caso di presentarsi da sola. Fu il re a rompere gli indugi. Passò rapidamente in rassegna la piccola folla assiepata intorno a lui, e il suo sguardo si appuntò subito su di lei. Aveva occhi insolitamente penetranti. Adhara ricordò le raccomandazioni di Amhal, e subito abbassò lo sguardo.

«In effetti c'è qualcuno che non conosco...»

«Il mio maestro è già al corrente di tutto, la vostra sicurezza è garantita, e...»

«Non nutrivo alcun dubbio in proposito» lo interruppe il sovrano, con un sorriso che aveva un che di paterno. Guardò di nuovo Adhara. «Ebbene? Vuoi presentarmi la nuova arrivata?»

Amhal cercò di essere conciso e disse solo che era una

ragazza senza memoria che lui aveva aiutato, e che ora stava cercando di ricostruirsi una vita. Il re ascoltò in silenzio, l'ombra di una vaga partecipazione nascosta in fondo agli occhi, tra le pieghe immobili del viso.

«Ho quindi pensato che Sua Eccellenza il Supremo Officiante potrebbe esserle d'aiuto, e dunque vorrei chiedervi il permesso di condurla con noi.»

Amhal tacque, come se si fosse tolto un peso dal cuore. Di sicuro non era abituato a trattare direttamente col sovrano.

«Guardami.»

Adhara alzò gli occhi, e li fissò in quelli del re. Per un po' semplicemente si osservarono, poi Learco sorrise con una certa tenerezza. «C'è chi passa una vita intera a fuggire dai ricordi, e tu invece brami di averne almeno uno cui aggrapparti...»

«Una vita senza ricordi è una vita a metà» disse Adhara deglutendo. Le facevano tutti quel discorso. Un posto pieno di rimpianti, il Mondo Emerso...

«Sai, un po' di tempo fa... be', troppo tempo fa, direi...» aggiunse il re con un sorriso «mi trovai a fare una scelta simile. Davanti a me c'erano due persone bisognose di aiuto, e io, da ragazzino avventato, feci una follia e le portai con me a palazzo. Allora ero solo un principe spaventato. Una di loro, come me, si trascinava un pesante fardello di memorie. Neppure un anno dopo era mia moglie.»

Il sovrano guardò Mira, e lui ricambiò con un sorriso. Ricordi condivisi, esperienze che forse erano ben note a tutti, là in mezzo, tranne che a lei.

La gente parla una lingua che non capisco, che non posso capire, la lingua della memoria.

«Faccio volentieri di nuovo quella scelta» sentenziò

il re. «La mia corte è grande, il palazzo una macchina infernale che ha bisogno di molta gente per funzionare. Sarai la benvenuta.» Sorrise ancora, poi si voltò. «Se vogliamo andare...»

Mira gli porse il braccio e lo condusse verso Dragona.

«È fatta» sussurrò Amhal a Adhara in un orecchio. «Tempo un mese, e avrai il tuo incontro col Supremo Officiante, e vedrai che lei saprà aiutarti.»

Poi le fece cenno e si avviò verso Jamila.

Makrat apparve loro gravata da una cappa di nuvole minacciose, dieci giorni dopo la partenza. Faceva un caldo umido e soffocante, e prometteva tempesta, un temporale estivo che lavasse via l'afa.

Adhara la guardò con attenzione, mentre Amhal le spiegava che era la capitale della Terra del Sole, una città antica, e si dilungava a parlare diffusamente del suo aspetto caotico, dei suoi palazzi pieni di fregi e preziose decorazioni. Lei, invece, si lasciò solo trasportare dalle suggestioni e dal panorama che la circondava. E vedeva una città di fuoco. La luce, intensa sebbene filtrata dalle nuvole, incendiava i tetti piatti e bassi, le cupole dorate, i profili delle statue. Le case si ammassavano le une sulle altre, i vicoli e le piazze si aprivano ineguali, confusi, sbilenchi. Una città viva e complessa, a differenza di Nuova Enawar. Sul fondo, il profilo di un grande palazzo dalle ampie cupole tonde. Il palazzo reale di certo.

Sorvolarono bassi la città; Adhara ne scrutò il profilo, ancora una volta cercò un'immagine di quel luogo dentro di sé.

Neppure questa è casa mia.

Due lampi segnarono il contorno delle nuvole, un paio di tuoni squarciarono l'aria.

«Speriamo di riuscire almeno a metterci al riparo» osservò Amhal, guardando il cielo livido.

Atterrarono su un'ampia terrazza tonda in mattoni. Si apriva come una bocca sul lato del palazzo reale. Uno dopo l'altro, i draghi posarono gli artigli sui pietroni del selciato. Amhal saltò a terra, Adhara fece lo stesso, guardandosi attorno incuriosita.

In fondo, coperto da un baldacchino di velluto rosso, c'era un gruppo di persone. Una, piuttosto bassa, se ne staccò rapida.

«Nonno!» urlò, coprendo il grido di qualcuno che cercava di richiamarla.

Il re si volse, aprì le braccia, e la figurina si lanciò nel suo abbraccio. Il sovrano quasi perse l'equilibrio. Una seconda figura, bassa anch'essa, avanzava a passo spedito, tenendo sollevata la lunga veste.

«Amina, quante volte devo dirti di non essere così irruente!»

Era una donna che arrivava a malapena al petto del re; c'era qualcosa di tozzo nella sua figura, di leggermente sproporzionato. Aveva lunghissimi capelli neri, acconciati in una treccia morbida, occhi azzurri e lineamenti marcati. Dalla sua figura spiravano forza e vigore. L'abito viola – una tunica che le scendeva fluida sul corpo – sebbene assai femminile non mitigava quel po' di androgino che spirava dalle sue fattezze.

Abbracciata al re c'era una ragazzina. Condivideva le stesse proporzioni della donna, sebbene fosse un po' più alta e slanciata. I capelli erano neri ma corti, e gli occhi chiari, di un colore indefinibile che a seconda della luce a volte appariva verde, a volte azzurro. A quel richiamo, sbuffò.

La donna batté un piede a terra, afferrò Amina per un braccio e la tirò via dalla stretta del re, che invece sembrava divertito. «Avanti, Fea, lasciala fare, non sono ancora così rammollito.»

«Non è questo...» provò a controbattere lei, ma Amina e Learco già si sorridevano con aria complice.

«Fea è uno gnomo, una delle razze di questo mondo, ed è la nuora del re. E quella è Amina, sua figlia» sussurrò Amhal all'orecchio di Adhara.

Lei assorbì quelle informazioni, assieme alle altre che le snocciolò man mano che il resto della famiglia reale si faceva avanti. La regina Dubhe, dal portamento marziale; il principe Neor, paralizzato dalla vita in giù a causa di una caduta da cavallo avvenuta quando aveva vent'anni; un altro ragazzino – la versione maschile di Amina – Kalth, suo fratello gemello; e una genia di persone i cui nomi Adhara non sarebbe mai riuscita a ricordare: attendenti, ministri, cortigiani.

Ma era la famiglia reale che attirava la sua attenzione, il modo in cui si rivolgevano l'uno all'altra, la consuetudine dei loro gesti, i sorrisi aperti e spontanei. Era la prima volta che vedeva una famiglia, e si chiedeva se anche lei ne avesse una, da qualche parte, se suo padre e sua madre avessero avuto per lei gesti simili, in passato, e come avesse potuto dimenticarli.

Un nuovo lampo squarciò il cielo plumbeo.

«Vostra Maestà, forse è il caso di entrare» osservò Mira, e tutti si affrettarono verso l'ingresso.

Adhara seguì gli altri: stava per raggiungere quella che sarebbe stata casa sua per chissà quanto tempo. La pioggia la sorprese poco prima di varcare la soglia, incollandole i capelli al viso. Quando fu dentro, assieme ad Amhal, vide che ciascuno si avviava in una diversa direzione. Rimase ferma dov'era, nel mezzo del corridoio. A terra, un tappeto rosso; sulle pareti dai pietroni squadrati, tripodi di bronzo che gettavano una calda luce all'interno. Amhal prese un corridoio e lei gli andò dietro.

Mira era davanti a loro. «Va' in camera e cambiati, stasera staremo in Accademia» disse brusco ad Amhal. «Ti aspetto giù fra mezz'ora.»

Lui si limitò ad annuire e imboccò delle scale anguste che conducevano verso il basso. Adhara continuò a seguirlo.

Scesero di un paio di piani, in una zona del palazzo molto più modesta, priva di qualsiasi orpello: camminamenti piuttosto stretti e semplici torce alle pareti. Amhal andò spedito verso una porta di legno.

«E io?» chiese Adhara.

Il ragazzo la guardò come se si fosse dimenticato di lei, ma si riprese subito. «Stasera starai qui nella mia stanza. Non credo ci saranno problemi. Domani ti porterò da chi saprà trovarti un lavoro.»

Aprì la porta. Era una camera piuttosto piccola, con una cassapanca consunta ai piedi del letto, una semplice brandina militare, e un fantoccio sul quale presumibilmente andava appoggiata l'armatura.

«Ma io non sono la tua attendente?»

Amhal sorrise impacciato. «È quel che ho detto mentre eravamo in giro per evitare problemi, ma in realtà io non ho diritto ad alcun attendente, almeno fino a quando non sarò cavaliere.»

Adhara lo guardò muoversi per la stanza.

«Dobbiamo cercarti un altro lavoro, e qui a corte lo troverai di sicuro. Questo palazzo è gigantesco, la corte conta qualche centinaio di inservienti...»

Adhara sentiva una vaga inquietudine riempirle il cuore. Sicché sarebbe stata sola in quell'enorme palazzo. Fu tentata di protestare. Poi guardò Amhal preparare le sue cose, sicuro come al solito, mentre le parlava di quando l'avrebbe condotta dal Supremo Officiante per farle ritrovare la memoria, e non ebbe il coraggio di dire altro. Pensò invece alle parole di Mira qualche sera prima, a Nuova Enawar, che tanto l'avevano ferita. Ne capì improvvisamente il senso, come una folgorazione. Era tempo di procedere da sola, di staccarsi dall'ombra protettiva di Amhal o di chiunque altro. Non esisteva solo il suo passato perduto, che con tanto accanimento stava cercando di ricostruire. C'era anche il suo presente, la strada che d'ora in avanti avrebbe percorso con le proprie gambe, decidendo lei chi sarebbe stata. Cercò di farsi forza e posò a terra il piccolo involto con le sue poche cose.

«Solo per stasera» sentì che aggiungeva Amhal guardandola.

«Non temere, me la saprò cavare» disse lei, fingendo una convinzione che non aveva, ma che desiderava terribilmente.

Il giovane sorrise prendendo la sacca. «A domani, allora.» Rimasero imbambolati l'una di fronte all'altro, senza che nessuno dei due avesse il coraggio di rompere l'equilibrio che si era creato. Poi fu lui, a sorpresa, ad abbassarsi verso di lei e a stamparle un bacio su una guancia. Adhara ebbe appena il tempo di avvertire la morbidezza delle sue labbra sulla pelle, che già si era staccato.

«Buonanotte» mormorò, e fu fuori.

Adhara rimase immobile al centro della camera.

Il buio era sceso rapido sulla Terra dell'Acqua. O forse era solo l'impressione che aveva avuto Jyrio, Fratello della Folgore, in missione speciale in quel territorio per conto del Supremo Officiante. Si era mosso in luoghi terribili, in quei giorni, tra il fetore dei morti e i rantoli dei malati. Il cielo azzurro e limpido sopra la sua testa, e i boschi rigogliosi attorno a lui creavano uno stridente contrasto con lo spettacolo di morte cui era costretto ad assistere quotidianamente.

Aveva paura. Una paura folle che gli stringeva le viscere, gli toglieva il sonno la notte. Paura di ammalarsi, mentre con le mani protette da blandi incantesimi frugava nei corpi. Ma quello era il compito che gli era stato assegnato, e doveva obbedire. Quando era entrato nella Confraternita, sapeva che sarebbe stato così: i malati prima di tutto, prima della sua stessa vita. E adesso era giunto il momento di tenere fede a quel patto che aveva stipulato appena due anni prima.

Davanti a lui c'era una donna vestita di pelle. Armata fino ai denti, lo stava conducendo in un luogo sotterraneo, discosto. Non sapeva esattamente chi fosse e cosa ci facesse da quelle parti, ma era sufficiente la lettera che gli aveva mostrato appena si erano incontrati: c'erano la firma della regina e il suo sigillo. «Sono in missione per conto della corona, e credo di avere qualcosa di interessante da farti vedere» aveva detto. Jyrio l'aveva seguita.

La puzza di morte si fece più intensa. Il suo stomaco protestò violentemente, un sudore freddo gli coprì la fronte. Inutilmente provò a portarsi una mano alla bocca e al naso.

«Resisti, ci siamo quasi.»

Era una grotta, con un paio di rozze nicchie scavate nella pietra. Una era occupata da un corpo.

«L'ho trovato che rantolava in un bosco poco distante. Ho provato a portarlo da un sacerdote, ma è morto prima che arrivassimo.»

Jyrio si avvicinò lentamente. L'odore era insopportabile. «Quando è successo?»

«Ieri mattina. Ci ho messo un po' a trovarti» lo prevenne lei. Poi gli porse un fazzoletto. «Non serve a molto, ma dovrebbe aiutarti.»

Jyrio si coprì la bocca e il naso.

Contemplò il cadavere. Era giovane, e aveva strane proporzioni. Era molto magro, braccia e gambe insolitamente lunghe. Il corpo era coperto di macchie nere, e c'era sangue vicino alla bocca, al naso, alle orecchie e persino sotto le unghie.

Rimase immobile alcuni istanti. C'era qualcosa che non gli tornava, ma non riusciva a capire cosa.

Sollevò una delle palpebre del cadavere. Rabbrividì. A fissarlo senza sguardo fu un occhio di un viola intenso. Aprì anche l'altro. Stesso colore. Le dita gli tremarono. Si mise a studiare i capelli. Erano palesemente tinti, opachi e appiccicosi. Jyrio frugò convulsamente nel proprio tascapane. Ne tirò fuori un liquido trasparente, che versò sul fazzoletto che aveva in mano, togliendolo dalla bocca. Poi lo passò sulla chioma del morto. Si tinse quasi subito di marrone. I capelli del cadavere tornarono del loro colore originario: verdi.

Jyrio fece un paio di passi indietro, poi si rivolse alla donna: «Aveva qualcosa indosso?»

«Nulla di nulla. Soltanto i suoi vestiti. E un'ampolla vuota.»

«Dov'è?»

Lei gli indicò una nicchia accanto al corpo. Jyrio si avvicinò, ma non osò toccarla. Nulla più di una boccetta di vetro che doveva aver contenuto un qualche liquido colorato, ancora in parte incrostato alle pareti.

Si tirò su. La testa gli girava.

«Allora?» gli chiese la donna, le braccia conserte e un'espressione decisa sul viso.

«Non lo so» mormorò lui. «Non è un uomo, non è un mezzelfo, non ho idea di chi sia e da dove venga. Questo uomo non appartiene al Mondo Emerso.»

«Come temevo» disse la donna, impassibile.

Ma come fa? si chiese Jyrio, che non riusciva a trattenere il tremito convulso delle mani.

«Non è l'unico» aggiunse lei. «Altri due sono stati ammazzati da un ragazzo parecchi giorni fa, a Salazar. I primi casi di contagio sono apparsi due giorni dopo quell'omicidio.»

Jyrio strinse i pugni sulla tunica. «Sono loro... sono loro che la portano...»

14
Amina

Adhara si svegliò all'alba. La luce entrava con prepotenza dalla finestra della sua stanza. Le imposte erano ben chiuse, ma la parte alta della bifora era traforata da un disegno geometrico. I raggi di sole filtravano nei fori, fino a colpirle gli occhi sul cuscino. Si arrese subito. Già era stato difficile addormentarsi la notte prima, figurarsi riassopirsi ora, il primo giorno della sua nuova vita.

Si vestì con cura. Si chiese se i suoi abiti fossero adeguati, se non sarebbe stato meglio usare vesti femminili, là dentro, ma poi decise che si sentiva più a proprio agio in quei panni che almeno attenuavano il suo spaesamento. Indugiò un istante solo sul pugnale. Fu allora che bussarono alla porta.

Amhal! pensò d'istinto, e corse ad aprire. Davanti a lei vide un ragazzo che indossava una casacca candida. Doveva essere più giovane di lei, eppure la guardava con una certa aria di superiorità.

«Sua Altezza il principe Neor chiede di vederti. Mi ha mandato a dirti che ti attende sui bastioni del palazzo.»

Adhara rimase di stucco. Cercò di far mente locale. Neor

era quello sulla sedia con le ruote, il più strano della famiglia. Cosa poteva volere da lei?

«Non so dove sono i bastioni...» disse confusa.

Il ragazzino si permise un sorriso vagamente canzonatorio. «Infatti ho l'ordine di condurti io.» E le voltò le spalle, attendendola fuori dalla porta.

Adhara si legò i capelli con un nastro e si avviò.

A mano a mano che si inoltrava nel palazzo, l'ambiente intorno a lei cambiava. Dai muri macchiati di muffa del piano in cui aveva dormito, all'intonaco semplice ma pulito del piano subito superiore, agli stucchi e alle sfarzose decorazioni dell'ala nobile. Arazzi alle pareti, candelabri d'oro, tappeti rossi ovunque, e mosaici sul soffitto. Oro dappertutto, in un'atmosfera quasi soffocante.

Forse sa qualcosa di me? Forse appartengo a questo posto? Oppure mi ha riconosciuta, e vuole farmi arrestare perché sono una criminale?

Una ridda di ipotesi confuse le riempiva la testa, facendogliela pulsare dolorosamente.

Entrarono in una sala ampia, piena di luce. Una parete era coperta di specchi attorniati da fregi dorati, ma quella di fronte all'ingresso era costituita soltanto da vetrate. In basso, il vetro era bianco e lasciava che la luce penetrasse purissima all'interno; la parte superiore invece era istoriata, composta da molti vetri colorati congiunti insieme da fili di piombo a formare figure: draghi in lotta tra loro, cavalieri, eserciti schierati in battaglia. Adhara si lasciò ammaliare da quelle figure e dovette correre quando si accorse che il ragazzo era già uscito.

Fuori si apriva un balcone immenso, lungo almeno una ventina di braccia. Era circondato da un parapetto di mattoni decorato da fregi di vario tipo, traforato, e sotto si estendeva un immenso giardino, il cui verde acceso creava un piacevole contrasto col bianco lattiginoso del cielo estivo. Neppure il temporale della notte era riuscito a scacciare l'afa.

Neor era seduto a un tavolo coperto da una tovaglia candida. Sopra c'erano un cesto colmo di frutta, un paio di grossi pezzi di formaggio, del pane appena sfornato, il cui profumo riempiva l'aria, e due ciotole.

Il paggio fece un profondo inchino e andò via, lasciando Adhara trafitta dalla luce del giorno, al limite estremo della balconata.

«Vieni pure avanti» disse il principe con un cenno.

Lei avanzò impaurita. Dov'era Amhal? Persino la presenza di Mira l'avrebbe aiutata in quel frangente. A qualche passo dal principe si ricordò dell'etichetta e fece per inginocchiarsi.

Ma Neor la fermò. «Non c'è bisogno. Siamo soli.»

Adhara si tirò su impacciata. Il suo sguardo si soffermò sull'uomo che aveva davanti. Doveva avere una trentina d'anni, e il volto era quello di un giovane. Il suo corpo però era scheletrico, abbandonato quasi senza forza nella poltrona. In particolare le sue gambe, appena visibili sotto la lunga tunica che indossava, erano magrissime.

Il principe sorrise. «Allora è vero che non ricordi niente...»

Adhara lo guardò sconcertata.

In risposta, lui le indicò una sedia. «Siedi. Sarai affamata.»

Lei obbedì. Non aveva idea se si stesse comportando bene, se fosse opportuno o meno mangiare col principe. Lui prese del pane e lo spezzò con le mani pallide e ossute. Aveva belle dita, lunghe e affusolate. Portò alla bocca un piccolo boccone. «In tredici anni che sono seduto qui sopra, sei la prima persona che mi guarda in quel modo.»

Adhara avvampò. Aveva sbagliato, ne era certa.

«Ma è una cosa positiva» si affrettò ad aggiungere Neor. «In genere tutti evitano di guardarmi, convinti di farmi un torto se mi osservassero con troppa curiosità. Così mi sono abituato ad essere invisibile; la gente, se proprio deve, mi guarda solo in faccia, sempre un po' imbarazzata, e durante le cerimonie preferisce fissare l'attenzione sui vestiti della regina, o il sorriso di mia figlia, piuttosto che soffermarsi sul mio corpo malato.»

Adhara abbassò gli occhi. Davanti a lei c'era una ciotola colma di latte caldo. Il suo profumo, con quello del pane fresco, le mettevano in subbuglio lo stomaco.

«Ma tu mi guardi le gambe, ti chiedi cosa sia questa poltrona, e anche ieri non hai avuto paura di appuntare la tua attenzione su di me.»

«Mi dispiace di essere stata scortese. Io, davvero, non volevo...»

Il principe alzò una mano. «A me fa piacere. Essere oggetto di curiosità, voglio dire. Essere guardato non con pietà, ma con semplice interesse, come una persona qualsiasi. Ti ho notato proprio per questo.» Si mise in bocca un altro pezzetto di pane. «Mangia pure.»

Adhara strinse lentamente le mani attorno alla ciotola e bevve un sorso. Dolce, piacevolmente caldo, saporito. Era ottimo.

«Ho chiesto di te a Mira ieri sera, prima che andasse via, e mi ha spiegato la situazione.»

Adhara si pulì le labbra col dorso della mano, poi timidamente prese un po' di pane.

«Mi ha raccontato la tua storia, mi ha detto che cerchi lavoro, mentre indaghi sul tuo passato.»

Lei continuò a osservarlo. Aveva begli occhi, di un verde piuttosto scuro, la perfetta fusione tra quelli della madre e quelli del padre. Ma andando oltre il suo corpo fragile, si notavano in lui molte cose che a un primo sguardo – forse allo sguardo di tutti quelli che sulla sua figura non osavano indugiare – sfuggivano. Le ciglia lunghe, gli occhi grandi, la bocca sempre atteggiata a un mezzo sorriso.

«Nutro grande interesse per le persone che non hanno alcun condizionamento da parte della società. Sono diverse, sono fuori, come me» proseguì Neor in tono rassicurante.

Adhara prese il coltello e si tagliò un pezzo di formaggio. Lo portò alla bocca e masticò con gusto.

«Così ho pensato di affidarti io stesso un compito, un lavoro che trovo adeguato per una ragazza come te.»

Un colpo al cuore, e Adhara deglutì rumorosamente. «Grazie...» abbozzò, sperando fosse la cosa giusta da fare.

«Credo che ieri tu abbia notato Amina, mia figlia.»

La ragazzina "irruente", come l'aveva chiamata sua madre. Adhara annuì.

«Sai, anche lei è fuori. Forse ha preso molto dalla nonna, forse la sua è una reazione al mio carattere pacato, alla mia forzata immobilità, ma non riesce ad adattarsi alle regole di questa corte. Si muove come un pesce fuor d'acqua, e poiché non si sente capita da nessuno, finisce per ribellarsi nei modi peggiori.»

Adhara si chiese cosa avesse a che fare tutto ciò con lei.

«È una persona sola, Adhara, e non è bello essere soli a dodici anni. Sua madre... be', sua madre è una donna splendida, ma è troppo legata all'etichetta... E io sono sempre molto impegnato. Né io né Fea rappresentiamo ciò che cerca e di cui ha bisogno.»

Adhara buttò giù un altro boccone.

«Potresti esserlo tu.»

Il boccone le andò di traverso.

«Mio signore» si chiese se fosse la formula giusta «io non so niente di corti, a dire il vero non so niente di niente, e non vedo come...»

«Tu sei poco più grande di lei. Tu non sai nulla del mondo, appunto, tu non appartieni a questo posto. Tu sei come lei.»

«Francamente, mio signore...»

«Non ti chiedo nulla di complicato. Sarai la sua dama di compagnia.»

Adhara posò il coltello sul tavolo. «Io non so neppure cosa significhi essere una dama di compagnia!»

Neor sorrise. «Appunto.»

Adhara lo guardò come se fosse matto. Era in assoluto la persona più strana che avesse mai incontrato da quando si era svegliata sul prato. Tutti gli altri, persino Amhal, potevano essere in qualche modo incasellati, definiti, ma lui...

«Starle vicino» aggiunse il principe facendosi serio. «Giocare con lei. Parlare. Imparare da lei, anche. Non ti chiedo altro.»

Non sembrava difficile. Ma... «Io non sono una principessa. Per quanto ne so, almeno.»

«Proprio per questo.»

«Vesto da uomo.»

«Lei lo trova adorabile.»

Adhara insistette. «Voi neppure mi conoscete. Mi avete visto ieri, e adesso mi invitate qua, mi date da mangiare, e mi affidate vostra figlia.»

Neor sorrise con furbizia. «Stare alla finestra della vita insegna a osservare. Io osservo tutto il giorno, tutti, e capisco. Mi è bastato vedere il modo timido in cui sei avanzata verso di me, la sfacciataggine da bambina con cui mi hai studiato, il modo stesso in cui hai impugnato il coltello e hai tagliato il formaggio, per capire che sei la persona adatta. So molte più cose ora io di te di quante ne sappia tu stessa.»

Adhara era sempre più attonita.

«La paura di un mondo nuovo, la tua incapacità di definirmi, di capire quello che ti chiedo e quello che ti dico, il tuo amore per Amhal e la gelosia verso Mira.»

Adhara si fece di tutti i colori.

Neor batté le palme sui braccioli della poltrona. «Proprio perché il mio corpo giace qui, la mia mente non si ferma mai, e studia, indaga...»

Lei rimase immobile, mentre il principe ricominciava a mangiare come se nulla fosse.

Finì il pane, poi la fissò. «Non era mia intenzione metterti a disagio. Sto solo cercando di convincerti.»

Adhara guardò il giardino inondato dal sole, la tavola imbandita, e quell'uomo che le stava dando una fiducia che non riteneva di meritare. «Non credo di essere all'altezza.»

«Prova. Sarò io a decidere se lo sei o meno.»

Avvertì prepotente il desiderio di fuggire.

«Hai solo paura. Paura di confrontarti con la gente, di scoprirla e scoprirti. Ma non c'è nulla di male ad essere deboli, e tu lo sei assai meno di quanto credi.»

Fissò il cesto di frutta. Ma in fin dei conti, aveva davvero scelta? Almeno, rimanendo lì, avrebbe potuto vedere Amhal quando voleva. «Proverò.»

«Bene. E ora mangia. Ti presenterò a lei appena avrai finito.»

Adhara lo guardò bere dalla scodella, e solo quando

ebbe terminato trovò il coraggio di finire anche lei di fare colazione.

Lo seguì stando un passo dietro la sua sedia. Si muoveva spinto solo dalla forza delle braccia magre, una fatica cui sembrava essere abituato.

Forse dovrei aiutarlo, spingerlo... Quasi non lo conosceva, ma sapeva che lui non avrebbe voluto.

Si mossero attraverso una serie di sale stuccate in oro, impreziosite da specchi, affrescate. Adhara perse l'orientamento quasi subito, abbagliata dalla tappezzeria di broccato cangiante, confusa dall'opulenza degli addobbi. Poi un lungo corridoio ornato da massicci candelabri. Infine, una porta bianca. Neor si affiancò allo stipite e tirò un cordoncino. Un campanello suonò. Nessuno però dovette udirlo, perché dall'interno proveniva il suono confuso di voci concitate che si sovrapponevano.

Il principe si girò verso Adhara con un sorriso. «Direi che possiamo entrare. Devo chiederti di aprire la porta.»

Lei si fece avanti, appoggiò la mano sulla maniglia dorata e spinse il battente.

A prima vista era una stanza identica alle altre, ma molto luminosa. La tappezzeria era color panna, i decori sul soffitto erano costituiti da semplici motivi floreali e le finestre erano enormi.

Vi regnava però una confusione incredibile. Il letto, un baldacchino di legno chiaro, era a soqquadro, le lenzuola di raso metà per terra. Sul pavimento, giocattoli, pergamene e vestiti.

Amina era in piedi in mezzo a quella baraonda, con indosso una camicia da notte corta, che le lasciava scoperte le gambe ossute. Davanti a lei c'era una cameriera visibilmente alterata, e in un angolo Fea, i pugni stretti.

Tutte e tre si girarono all'ingresso di Neor.

Amina gli volò in grembo. «Diglielo tu che alla prova del vestito non ci voglio andare» lo investì.

Neor le strinse un braccio intorno alle spalle minute e guardò interrogativo la moglie.

Lei alzò gli occhi al cielo. «Le solite storie, quei capricci da ragazzina che a tua figlia piacciono tanto!» esclamò in tono stizzito. E rivolta ad Amina, aggiunse: «Dici sempre che vuoi essere una persona adulta, e allora smettila di comportarti come una bambina! Gli adulti capiscono che ci sono obblighi, doveri...»

«Odio quel sarto! Mi punge con gli spilli e ci mette un sacco di tempo, mentre io devo stare là impalata. Ma poi a cosa serve un altro vestito, ne ho a bizzeffe!»

Fea stava per controbattere, ma Neor la prevenne. Guardò Amina negli occhi. «Lo sai che non funziona così...» L'espressione della ragazzina si indurì all'istante. «Tua madre ha ragione, ci sono obblighi cui attenersi, e quello dei vestiti nuovi per le cerimonie è uno di questi.»

«È un obbligo stupido.»

«Forse sì, ma prenderà solo un'ora del tuo tempo. Te lo prometto.»

Amina sbuffò. «Tu dici sempre che l'aspetto non conta. E allora perché non posso andare in giro con i vestiti che piacciono a me?»

«Se l'aspetto non conta, perché fai tutte queste storie per un vestito?»

La ragazzina rimase senza parole, e Neor fu rapido a inserirsi in quel silenzio.

«Facciamo così: io dirò al sarto di non metterci più di mezz'ora, e tu in quella mezz'ora farai la brava e ti lascerai prendere le misure. Affare fatto?» Sorrise, e allungò una mano verso la figlia.

Amina ci pensò qualche istante, poi anche lei allungò la mano e strinse quella del padre.

«Adesso però vestiti, perché io e te dobbiamo parlare.» Il principe si volse verso la moglie e la cameriera: «Da soli.»

L'operazione non fu del tutto senza intoppi. Fuori dalla porta, Adhara colse l'eco dell'ennesima lite sul vestito da indossare, ma alla fine Fea e la cameriera uscirono, scure in volto, e lei e il principe entrarono di nuovo.

Amina era seduta sul letto, in una tenuta decisamente insolita; indossava una camicia da donna, piena di pizzi e crinoline, stretta da un corpetto a maniche lunghe. Sotto, però, portava un paio di brache. Neor soffocò un sorriso e avanzò.

Adhara lo seguì lentamente. Studiò la ragazzina, e il coraggio le venne meno. Che cosa avrebbe dovuto fare? Assecondare quella furia? Parlarle? Aiutare Fea a convincerla a vestirsi da donna e attendere ai suoi obblighi di principessa? La guardò, minuta com'era, il corpo nervoso, sempre pronto a scattare, gli occhi mobili, e ne ebbe quasi paura.

Lei, di rimando, le piantò in faccia uno sguardo carico di sospetto.

«Che cosa volevi da me?» chiese, spostando gli occhi sul padre.

«Soltanto presentarti una persona. Questa è Adhara.»

Amina la squadrò per qualche istante, poi tornò a concentrarsi sul padre. «E quindi?»

«Mi piacerebbe che tu la aiutassi.»

Amina si fece più attenta.

Suo padre le spiegò la situazione per filo e per segno. Le raccontò che quella ragazza non ricordava niente e le parlò delle esperienze che aveva vissuto nell'ultimo mese. Poiché gli amici di Mira mi sono molto cari, vorrei che tu la istruissi un po' e le fossi amica» concluse.

In cuor suo, Adhara non poté fare a meno di ammirarlo. Aveva volto la situazione a proprio vantaggio in modo egregio, e adesso Amina la guardava con gli occhi che le brillavano.

«È sola in terra straniera, e fino a quando il Supremo Officiante non avrà tempo per lei, mi piacerebbe che tu le stessi accanto e la facessi sentire meno sola. Pensi di poterlo fare?»

La ragazzina aveva la risposta scritta in faccia, e Adhara si chiese quanto si sentisse sola, se era così pronta ad affidarsi a una perfetta estranea, pur di rompere il proprio isolamento.

Lei fece comunque la preziosa. «Non lo so... Mia madre non mi dà pace con tutte quelle lezioni di storia, e di buone maniere, e gli addestramenti a cavallo... Quando avrò un momento per lei?»

«Non fare la tragica, hai tutto il tempo che vuoi.»

«Ma se tu potessi evitarmi qualche lezione...»

«Non tirare troppo la corda. Ti ho sempre detto che ognuno deve compiere il proprio dovere. Su, ti chiedo solo di dedicare un po' del tuo tempo a Adhara, non mi sembra una cosa impossibile.»

Amina sorrise come chi sta facendo un grosso sacrificio, e se ne compiace. «Ci proverò.»

«Bene» disse Neor, soddisfatto. «Vi lascio sole, allora. Più tardi penserò a farla istruire sui tuoi orari e i tuoi obblighi. Probabilmente seguirà anche qualche lezione con te.»

Si avviò alla porta, e Adhara lo seguì con lo stesso sguardo con cui un naufrago vede allontanarsi la nave da cui è appena caduto.

La porta non fece neppure in tempo a chiudersi.

«Ma davvero non ti ricordi niente? E come mai ti vesti così? Il tuo pugnale è fantastico! Sai combattere? Io sto imparando, ma di nascosto da mia madre. Ma che razza di occhi hai? È per via di un incantesimo? È stata una malattia? E capelli? Li hai colorati?»

Adhara fece istintivamente due passi indietro. Si sentiva sopraffatta.

«Sì... mi piace... qualcosa...» Poi rinunciò persino a rispondere.

Amina andò avanti per una decina di minuti buoni, mentre si muoveva per la stanza come un uragano. La aggiornò sul fatto che le sue lezioni di spada procedevano bene, che combattere le piaceva un sacco, che sua madre era assillante, che scriveva poesie ma non le faceva leggere a nessuno, e che suo fratello era di una noia mortale.

«Vieni fuori con me?»

Adhara era confusa. «Fuori... dove?»

Amina rise, una risata piena e di cuore. «Ma a nasconderci da quell'insopportabile istitutore, ovviamente!»

15

Amiche

Amina andò diretta verso la porta, l'aprì adagio e guardò fuori.

«Io non credo sia una buona idea...» provò a dire Adhara, disperata.

La ragazzina si volse di scatto tenendo un dito sulle labbra. «Seguimi e basta.»

L'afferrò per un polso e la trascinò fuori. Percorsero il corridoio con le spalle rasenti il muro, finché non arrivarono nei pressi di un arazzo. Amina si guardò intorno circospetta, poi lo sollevò. Dietro c'era una porticina di legno. L'aprì e si infilò nel buio.

Adhara rimase inchiodata al proprio posto.

La faccia di Amina sbucò di nuovo dal buio. «Muoviti, avanti!»

La tirò dentro, e furono in un corridoio piuttosto stretto, illuminato da un paio di fiaccole.

«Lo usa qualche volta la servitù. Porta direttamente al giardino. Lì c'è il mio posto segreto, te lo faccio vedere.»

Adhara si sentiva perduta. Era certa che quando il principe le aveva detto di badare a sua figlia, non intendeva affatto una cosa del genere. «Senti, io credo che dovremmo... Tuo padre ha detto che dovevi seguire le lezioni, e...»

«Pensa che ho costruito persino una casetta sull'albero! Cioè, me l'ha fatta Mira parecchio tempo fa, però io l'ho abbellita.»

Era come parlare al vento.

Finirono nel giardino, che in quel punto sembrava un vero e proprio bosco. Amina avanzava tra cespugli e felci con passo sicuro, il polso di Adhara saldo nella propria stretta. A nulla valsero le raccomandazioni, gli inviti alla cautela.

Avrei dovuto dire di no!

La casa c'era davvero. Una capanna di legno abbarbicata ai rami spessi di un grosso platano. Aveva un aspetto solido, un grazioso tetto spiovente e una specie di porta coperta da un drappo rosso sgualcito. Era collegata a terra da una scala che per contro sembrava piuttosto traballante. Amina ci si arrampicò tra mille scricchiolii, e Adhara la seguì riluttante.

L'interno era costituito da un solo locale; c'era una finestra, sul lato opposto alla porta, chiusa da un altro drappo più leggero, in modo che la luce potesse agevolmente filtrare, ma lacero e sporco anche più del primo.

Amina, però, aveva cercato di mitigare l'aspetto austero dell'ambiente col suo particolare gusto artistico. Appoggiate a una parete c'erano due spade arrugginite; a terra, tappeti polverosi e quelli che sembravano scampoli di broccato. C'erano poi un arco giocattolo con una faretra, alcune pergamene e svariati libri, una mappa malandata appesa a una parete e, seduta in un angolo, una sola bambola, vecchia e impolverata.

«Le spade erano del mio bisnonno, le ho trovate nella

stanza della bisnonna; non ci entra mai nessuno, è una specie di magazzino, e ci infilano dentro di tutto. L'arco è di Kalth, ma quello scemo non ci gioca mai. Pensa di averlo perso. I libri sono le mie storie preferite. Uno parla dei tempi elfici, ma il più bello è quello rosso, che racconta di Nihal e Sennar.»

Adhara fissò lo sguardo sul libro. Se lo ricordava, o quanto meno lo conosceva.

È stato scritto da Sennar prima di partire per le Terre Ignote, pensò, sebbene non sapesse esattamente cosa fossero queste terre. Non si stupì: era già consapevole che il passato del Mondo Emerso le era meglio noto del presente.

Amina dovette fraintendere, perché seguì il suo sguardo perso nel vuoto, e si accorse che puntava sulla bambola. Arrossì. «Quella ce l'avevo quando ero piccola. Così l'ho conservata» tagliò corto.

Adhara si riscosse. «Senti, qui... qui...» non aveva idea di che termini usare, di come rivolgersi a quella ragazzina. «Qui è bello» concluse. «E mi fa piacere che tu mi ci abbia portata, ma quando ci sono le lezioni...»

«Piantala!» La principessa aveva messo il broncio, e i suoi occhi mandavano faville. «Se devi essere noiosa come mia madre, allora vattene. Io non ti voglio aiutare, se fai così.»

Era peggio che muoversi in un territorio sconosciuto senza mappa. Improvvisamente Adhara comprese perché quel compito le pesava tanto. Non aveva idea di come si gestissero i rapporti con i suoi simili. Con Amhal era diverso, riusciva a capirlo, lui le veniva incontro, ma gli altri... Gli altri erano enigmi, e Amina più di tutti, perché passava dalla gioia alla rabbia senza ragione, confondendola.

Non la convincerai mai. Fai buon viso a cattivo gioco.

«D'accordo. Però solo per oggi.»

«Questo lo decido io. Tu sei la mia allieva, e mi devi obbedire. Vuoi ricordare o no?» Negli occhi di Amina passò un lampo di perfidia.

Adhara annuì, sperando fosse la cosa giusta.

«E allora farai quello che ti dico.»

E fare quello che diceva lei significava sfinirsi in giochi sfrenati.

Rimasero un po' nella capanna. Poi Amina insistette per prendere l'arco e andare a caccia.

Strisciarono tra l'erba alta per un'ora buona, il fango dell'acquazzone della notte precedente che inzaccherava loro le vesti.

E io non ho un cambio... pensò Adhara con disperazione.

Tirarono a un paio di uccelli, e quando li mancarono, Amina l'accusò di essere troppo rumorosa.

Poi Adhara dovette farle da bersaglio.

«Tanto le frecce sono spuntate» insistette la ragazzina, quando lei si mostrò riluttante. Ma visto che Adhara era troppo agile perché potesse colpirla, alla fine la mise impalata davanti al tronco di un albero e iniziò a tirarle addosso intimandole di stare ferma. E le frecce erano sì spuntate, ma arrivavano a una certa velocità, e facevano male quando colpivano la pelle. Adhara cercò di non lamentarsi. Le sembrava che l'unica cosa da fare fosse assecondare la principessa. Del resto, lei doveva solo essere una compagna, no? Era per questo che il principe l'aveva presa. E questo sarebbe stata: una compagna accondiscendente e di poche parole, che si sarebbe lasciata martirizzare in silenzio.

Una volta finito con quel gioco, Amina ebbe la bella idea di prendere le spade.

«Così combattiamo!» disse battendo le mani.

«Guarda che quelle hanno il filo, non è roba per giocare. Rischiamo di farci male seriamente.»

Amina scrollò le spalle. «Staremo attente» ed era già sfrecciata verso la capanna.

Quando Adhara vide una figura alta e austera che interrompeva la sua corsa, quasi le scappò un sospiro di sollievo.

«Quindi è qui che ti eri cacciata.» Non poteva che essere l'istitutore, un uomo alto e allampanato, canuto e dal volto severo. «Credevo che tuo padre e tua madre fossero stati chiari circa i tuoi doveri.»

Amina rimase senza parole un attimo soltanto. «È stata colpa di Adhara. Mi ha detto lei di non venire a lezione.»

Adhara la fissò incredula, ma la ragazzina non ci fece caso.

L'istitutore le indirizzò uno sguardo accigliato. «Vedremo. Intanto tutte e due andrete a ripulirvi, e poi ci metteremo al lavoro come tutti i giorni.»

«Ma è colpa sua» insistette Amina. «Io non c'entro!»

Non ci fu nulla da fare. Dovettero tornare entrambe a palazzo.

Amina scomparve dietro una delle molte porte, mentre Adhara rimase sola nel corridoio, una servetta più o meno della sua età al fianco.

«Puoi farti il bagno giù da noi, se vuoi» disse quella guardando i suoi vestiti.

Adhara si osservò i calzoni inzaccherati e la camicia rovinata. Ebbe solo la forza di annuire debolmente.

Si lavò rapida. L'acqua calda lì sotto non c'era, e quello che la serva aveva chiamato bagno era semplicemente un locale con dei pozzi da cui attingere l'acqua con le carrucole. A terra, una serie di chiusini permettevano il riflusso. Si gettò addosso qualche secchiata gelida, poi, rabbrividendo nonostante il caldo, scelse un paio di abiti dal mucchio che le domestiche le avevano indicato. Di nuovo dovette indossare vesti che non erano della sua misura, come qualche giorno prima a Salazar.

Guardò afflitta i suoi abiti. Tutto sommato ci teneva, erano la sua seconda pelle, e non aveva idea di come pulirli.

Si presentò nella stanza accanto tenendoli in mano, uno sguardo imbarazzato sul viso.

Era la lavanderia, ed era piena di donne chine sui lavatoi. L'odore di sapone era acre.

Adhara si avvicinò a quella che le sembrava più giovane. Si schiarì la voce un paio di volte per attirarne l'attenzione, ma il frastuono era tale che dovette prenderla per una spalla.

«Be'?»

«Hai idea di come possa pulirli?» chiese, mostrando gli abiti.

Con mosse rapide ed esperte la serva si mise ad analizzarli. «Ma come hai fatto?»

Sono la conseguenza del fare da dama di compagnia alla principessa, pensò, ma preferì restare sul vago. «È una lunga storia... Si possono recuperare in qualche modo?»

«Be', puoi provare con la liscivia, e poi strofinare bene col sapone, ma ce ne vorrà di olio di gomito.»

La serva fece per tornare al suo lavoro, e Adhara rimase lì impalata. *Liscivia?*

«Perdonami, io davvero non ho idea di cosa tu stia parlando, se per favore riesci a spiegarmi meglio...»

Si sentiva sciocca, sciocca e indifesa. Pensò con rancore ad Amhal che l'aveva lasciata lì, e ad Amina che l'aveva costretta a quel gioco stupido.

La ragazza invece le sorrise. Con un gesto secco le prese di mano i vestiti. «Be', intanto che impari le faccende di casa, te li lavo io.»

Le fece l'occhiolino, e sebbene Adhara non sapesse esattamente cosa quel gesto significasse, sorrise con sollievo.

«Sei davvero gentile. Ti giuro che imparerò.»

La serva alzò le spalle e indicò i mucchi di panni intorno. «La vedi tutta questa roba? Cosa vuoi che cambi se lavo anche la tua? Non ti preoccupare. Vieni a riprenderli dopodomani.»

Incontrò Amina che usciva dalla porta della sua stanza, scura in viso. Invece degli abiti maschili, indossava una veste semplice ma di ottima fattura. Appena incrociò il suo sguardo, abbassò gli occhi e si affrettò lungo il corridoio.

Adhara non seppe dire da dove prese il coraggio, ma qualcosa le si rimescolò nello stomaco. Accelerò il passo, raggiunse la ragazzina e la bloccò afferrandola per una spalla.

Lei provò a divincolarsi. «Lasciami, che vuoi?»

«Non era colpa mia» disse semplicemente, cercando di dare al proprio sguardo la durezza necessaria. Forse non ne sapeva molto di rapporti umani, ma se sei gentile con una persona dovresti attenderti lo stesso in cambio. «Io ti ho assecondata, sono stata con te e ho fatto ciò che volevi, e cosa ne ho ricavato? I vestiti rovinati e un'accusa ingiusta.»

Amina era arrossita, ma il suo sguardo fiammeggiava

di nuovo. «Se non ti va bene, vattene. Non sei obbligata a stare con me.»

Adhara allentò un po' la presa. «Non volevo dire questo...» Ma poi si rese conto che non doveva cedere. Aveva ragione, ed era giusto mettere in chiaro le cose. «Voglio solo dire che non mi va che mi usi per coprire i tuoi sbagli. Se dobbiamo essere amiche, allora mi devi rispetto.»

Amina abbassò gli occhi, e Adhara ebbe la netta sensazione che stesse per mettersi a piangere. Ma quando rialzò lo sguardo, aveva l'espressione fiera e sprezzante di sempre. «Se non avessi fatto tutto quel rumore, non ci avrebbero trovate.»

Si divincolò definitivamente e se ne andò rapida per il corridoio, battendo con forza i piedi a terra.

Amhal quella sera non venne. Adhara lo aspettò invano sulla grande terrazza che dava sul giardino esterno. Rimase sola, la testa appoggiata al palmo, a studiare il sole che calava sulla città e l'oro dei tetti che pigramente stingeva nel rosso e nel viola. Andò via soltanto quando era ormai buio, delusa. Perse la strada un paio di volte, prima di riuscire a ritrovare il suo alloggio. C'era uno strano silenzio nel palazzo. Si era attesa che Neor la facesse chiamare, magari che la sottraesse alle grinfie della principessa dicendole chiaro e tondo che non aveva fatto un buon lavoro. Forse le avrebbe anche fatto piacere. Sarebbe stata libera di tornare da Amhal, e avrebbe trovato un modo per stare con lui nonostante tutto, lontano da quel palazzo soffocante. Di nuovo lei e Amhal soli, come i primi tempi. Amore, l'aveva chiamato il principe Neor. Il sentimento che legava lui a sua moglie, e Dubhe a Learco, che li aveva tenuti assieme per tutti quegli anni.

Adhara non lo conosceva, non ne capiva il significato,

ma se era qualcosa che univa tanto strettamente, allora era contenta di provare amore per Amhal. Perché, nonostante i propositi di appena una sera prima, aveva ancora bisogno di lui.

Il sole entrava a fiotti nella sala. Ancora una splendida giornata d'estate. Ma i volti attorno al tavolo erano tirati: Learco, Neor, Dubhe e Theana, giunta in fretta e furia dal tempio, con ancora indosso le vesti che usava per celebrare.

Era stata lei a chiedere quell'incontro. Aveva pensato di chiamare Dubhe al tempio, ma la regina le aveva detto di andare a palazzo, e poi aveva convocato tutti gli altri.

«È ora di discutere assieme la faccenda» aveva detto, e Neor non aveva potuto che concordare.

Il principe aveva lungamente sperato che la storia della malattia si sgonfiasse. Che si scoprisse che si trattava di febbre rossa, o che erano di fronte a pochi casi isolati. Speranze vane. Del resto, se lo sentiva dentro, e anche la logica era dalla sua. C'era una tempesta in arrivo.

«Ebbene?» disse Learco con aria stanca. Gli anni erano stati inclementi con lui, e negli ultimi tempi era di frequente spossato. Neor lo sostituiva in quasi tutte le decisioni, lasciandogli solo la gestione degli impegni pubblici.

Theana si sporse in avanti. «Non ho buone notizie» esordì. «Il fratello che avevo mandato nella Terra dell'Acqua a indagare mi ha mandato un rapporto preoccupato. Lui e una delle spie della regina hanno recuperato il corpo di uno straniero morto per la malattia. Non si tratta di un uomo, né di una ninfa, né di alcuna altra razza conosciuta qui nel Mondo Emerso.»

Le facce si fecero più scure, e tutti ebbero la sensazione che nella stanza la luce fosse calata.

«Nessun segno di riconoscimento, nessuna arma. Era

camuffato, si era tinto i capelli. Aveva gli occhi viola e i capelli verdi.»

Neor capì immediatamente. Aveva letto e studiato molto nella sua vita; era un modo per sottrarsi agli impedimenti di quel corpo malato. Liberare la mente, coltivarla alla stregua di un muscolo da allenare, e così viaggiare, sapere, conoscere.

«Un elfo» disse, e la parola cadde tra gli astanti pesante come un macigno. «Ne ho letto parecchio. E ho visto qualche vecchio affresco.»

Theana si volse al resto dei presenti. «Concordo col principe. Quell'uomo era un elfo. E non era l'unico. Un ragazzo del vostro seguito, Maestà, svariati giorni fa ha ucciso due uomini che avevano importunato una ragazza a Salazar. Secondo alcune testimonianze, anche loro avevano le stesse caratteristiche del corpo che il fratello ha analizzato. Erano elfi. Ed erano malati. A Salazar due giorni dopo si sono avuti i primi casi della malattia.»

Il silenzio che seguì parve infinito.

La mente di Neor si riempì di domande. Che ci facevano lì gli elfi? Per quel che ne sapevano, quando gli uomini e le altre razze avevano iniziato a colonizzare il Mondo Emerso dal deserto, gli elfi si erano ritirati sdegnati nelle Terre Ignote, e nessuno li aveva più visti. Perché erano malati? Semplice coincidenza? E perché si camuffavano?

«La portano loro» disse infine. Sentì gli sguardi di tutti puntati su di lui. «Stanno portando la malattia.»

«Mi sembra una conclusione un po' azzardata...» osservò Learco.

«Tre elfi, a quanto ne sappiamo. Tutti e tre malati. Camuffati, perché nessuno possa riconoscerli. Appaiono a Salazar, e dopo pochi giorni la malattia arriva lì. Vogliamo chiamarle coincidenze?»

«Non si sa neppure se gli elfi siano ancora vivi, potrebbe trattarsi di qualcun altro...» provò a insistere Learco.

«Sono elfi. I testi non mentono» dichiarò deciso Neor.

«Potrebbero comunque essere coincidenze» intervenne Dubhe, pensosa.

«Sicuramente. Ma non credi ci sia materiale a sufficienza per indagare?»

Di nuovo silenzio.

«La priorità è cercare una cura» disse ancora il principe.

«Non è una cosa semplice. Ci vogliono laboratori, uomini...» accennò Theana.

«Non sto dicendo che sia semplice. Ma quante sono a tutt'oggi le terre colpite?» Neor si girò verso la madre.

«La Terra dell'Acqua e del Vento, a quanto dicono i miei uomini.»

«Se sono gli elfi, la malattia si estenderà. Dobbiamo fermarla.»

«Al Consiglio nessuno ne ha parlato» replicò Learco. «Nessuno ha detto niente.»

«Nella Terra dell'Acqua pensano sia colpa delle ninfe, e vogliono lavare i panni sporchi in casa. Nella Terra del Vento temeranno la paralisi dei commerci» rispose Neor. La sua mente lavorava a pieno ritmo. «Bisogna portare la situazione a conoscenza del Consiglio. Mandare messaggi e cavalieri. Nel frattempo dobbiamo pensare a noi. Più controlli sugli scambi e alle frontiere. Senza allarmare nessuno. Non ha senso avvisare la popolazione ora, diffonderemmo solo il panico.» Poi si volse verso la madre. «E occorre andare alla fonte.»

Bastò uno sguardo, e Dubhe capì.

«È un viaggio lungo, fino alle Terre Ignote, io l'ho fatto. E gli elfi non li ho visti.»

«Darai ai tuoi uomini un drago e la consegna di trovarli a qualunque costo. Dobbiamo capire se è colpa loro, e in caso sia giusta la mia intuizione, perché lo stanno facendo.»

Dubhe acconsentì. «Manderò qualcuno.»

«E di' ai tuoi di tenere d'occhio i movimenti degli stranieri. Se ci sono altri elfi in incognito, li voglio. Vivi.»

Fu come se un vento gelido avesse percorso l'assemblea. Neor era così: freddo e spietato quando elaborava i suoi piani. Dubhe si limitò ad annuire.

«Se non c'è altro, direi che possiamo aggiornarci tra una settimana, o prima, se ci fossero novità.»

Gli altri si alzarono a uno a uno. Fuori, il sole splendeva sui magnifici giardini del palazzo. Eppure qualcosa era all'opera, sotto la fragile crosta di quei cinquant'anni di pace. Neor aguzzò la vista. Nel parco, distinse la figura della figlia. Era a cavallo, assieme al suo istitutore e a Adhara. Una stretta dolorosa gli fece balzare il cuore nel petto. Si avvicinava il tempo in cui avrebbe dovuto prendere decisioni terribili, il momento in cui tutto ciò che aveva contribuito a costruire sarebbe stato messo in discussione.

Ricordò le ultime parole vergate da Sennar nel suo libro, prima di abbandonare il Mondo Emerso.

Torneranno la pace e la speranza, e poi ancora il buio e la disperazione.

Per cinquant'anni si erano illusi di aver rotto quel circolo che periodicamente conduceva il Mondo Emerso sull'orlo della catastrofe. Per cinquant'anni avevano dimenticato cosa fosse la guerra. Ma forse ora la bestia reclamava di nuovo il suo pasto.

Cosa sta accadendo là fuori?

16

Il ritorno

Per Adhara era stata una settimana intensa: sette giorni nelle mani della tirannica principessa, che non ne voleva sapere di fare quello che le veniva detto e finiva sempre per cacciarla nei guai.

Si incontravano la mattina, ed era una lotta per convincerla a studiare. Ogni volta Amina cercava di svicolare, ma ben presto Adhara imparò che con lei bastava stringere dei patti.

«Se vai a lezione, ti prometto che dopo pranzo giochiamo con le spade.»

«Se fai il tuo addestramento a cavallo, ti presto il mio pugnale per tutto il giorno.»

Le trattative erano estenuanti, ma finivano spesso con la vittoria di Adhara. Un paio di volte, però, le toccò letteralmente trascinare via Amina dal giardino per portarla dall'istitutore di turno. La ragazzina non tentò più di scaricare la colpa su di lei come aveva fatto il primo giorno. Brontolava, si ribellava ai rimproveri degli insegnanti, ma alla fine si metteva al proprio posto e faceva il suo dovere con la faccia più annoiata che riusciva ad assumere.

Adhara invece viveva quei momenti di studio con tutt'altro spirito.

La prima volta aveva pensato bene di allontanarsi: studiare le sembrava roba da signori, non da fanciulle povere e ignare come lei.

«Il principe dice che se volete potete assistere anche voi.»

Adhara si era bloccata sull'uscio. Innanzitutto perché era la prima volta che le davano del voi, e le faceva uno strano effetto, e poi perché non pensava ci si potesse riferire proprio a lei per una cosa del genere.

«Io?» disse confusa, indicandosi il petto con l'indice.

L'istitutore si era sistemato gli occhialetti sul naso senza fare una piega. «Proprio voi.»

Adhara si era seduta confusa e si era disposta all'ascolto. Non capiva tutto. Amina studiava da un bel po' di anni, quindi sapeva molte cose che a lei erano completamente ignote, ma in ogni caso le nozioni che le venivano insegnate la interessavano. Era un modo per capire quel mondo in cui si era ritrovata catapultata, per cercare il suo passato per altre vie.

Inoltre, in questo modo aveva accesso alla biblioteca, dove poteva riprendere le sue ricerche. Aveva infatti chiesto licenza di consultare i volumi.

«Alla sera, quando Amina si ritira» aveva risposto l'istitutore.

Così Adhara vi andava spesso, e là si consumava la vista sui libri. Leggere non le riusciva difficile, segno che evidentemente aveva ricevuto una buona educazione nel suo misterioso passato.

Non sempre era sola, in biblioteca. La prima volta che lo vide, rimase bloccata sull'uscio. Kalth. Era seduto al tavolo, la schiena dritta, la fronte appena aggrottata. Leggeva da un grosso tomo, alla luce della candela. Fu colpita dalla straordinaria somiglianza con la sorella. Eppure l'espressione sul suo volto era del tutto differente da quella dell'indomita principessa: Kalth aveva un viso sereno, improntato a un'assorta concentrazione, la fronte spianata, gli occhi acuti. Un adulto infilato nel corpo ancora acerbo di un bambino. Adhara ebbe la straniante sensazione di trovarsi di fronte al corpo di Amina posseduto da un'anima diversa. Stava per andarsene.

«La biblioteca è grande, basta per entrambi» disse il ragazzino senza alzare gli occhi dal libro.

Anche la voce era quella di un adulto.

«Non vorrei disturbarvi...»

Kalth finalmente sollevò la testa e le sorrise. C'era molto del padre, in lui. La stessa calma rassicurante, lo stesso fuoco sopito dietro gli occhi.

«Penso che tu sia venuta qui solo per leggere, no? E poi dammi del tu, sei più grande di me.»

Scostò appena la sedia, quasi a farle posto. Adhara entrò titubante.

Provò a fare come le altre sere. Prese il libro che aveva lasciato a metà e si mise diligentemente a leggerlo. Ma la presenza di Kalth al suo fianco, immobile come una statua di cera, in qualche modo la metteva a disagio. Ogni tanto girava una pagina, e a tratti prendeva appunti su una pergamena con uno stilo lungo ed elegante.

Lei lo guardava di sottecchi, e confrontava la sua calma misurata con la furia che sembrava agitare di continuo sua sorella.

«È stata lei?» chiese a un tratto Kalth.

Adhara si riscosse. Poi vide che il ragazzino stava indicando qualcosa sul suo braccio. Era un livido piuttosto esteso, una delle prime "ferite di guerra": era stato mentre giocavano con le spade di legno, un colpo stizzito della principessa.

«È stato un incidente» rispose.

Kalth ridacchiò. «Quando eravamo bambini, giocavamo spesso insieme. Ma a me i suoi giochi violenti non sono mai piaciuti. Una volta mi lanciò addosso dell'acqua bollente...» Si tirò su una manica e mostrò un'ampia macchia chiara sull'avambraccio. «Era solo per scherzo... ma da allora non giocammo mai più.»

Seguì un lungo silenzio, che Adhara non fu in grado di riempire.

«Tu però non ti arrendere» le disse Kalth, e c'era una nota di dolore nei suoi occhi. «Lei ha bisogno di te.» Poi chiuse il libro e sorrise. «Sono stanco» sentenziò con un sospiro. «Buonanotte!» E, silenzioso, si avviò alla porta.

Dopo quella sera, Adhara lo incontrò un altro paio di volte. Si scambiavano poche parole, ma per qualche ragione era contenta quando lo trovava al suo posto, intento a studiare in solitudine. La sua figura le ispirava una grande calma, che le faceva bene, dopo le giornate sfrenate con Amina.

E intanto la sua ricerca continuava. L'aveva ripresa là dove l'aveva interrotta, dai misteriosi Veglianti. Aveva cercato ovunque, macinando libri su libri, e imparando al contempo molte cose nuove sul posto dove abitava. Ma senza successo. A volte, alla sera, finiva per addormentarsi su quei volumi, perché il pomeriggio era interamente consacrato ai giochi. Sempre scatenati, pericolosi, assurdi. Amina godeva a dominare la sua dama di compagnia, a imporle tutto il peso della propria autorità. Cambiava umore improvvisamente, un momento era gentile e amichevole e quello dopo dispotica e intrattabile, ed esigeva che Adhara facesse tutto ciò che le diceva.

All'inizio lei pensò che assecondarla fosse la cosa migliore. Era una principessa, meglio non farla arrabbiare. Ma ben presto qualcosa la indusse a ribellarsi, come era accaduto quando era stata accusata ingiustamente. L'istinto le diceva che era la cosa giusta, non solo per salvarsi dai suoi capricci, ma anche per il bene di Amina stessa. Perché sotto la sua arroganza, il suo carattere impossibile e le sue bizze, c'erano una specie di stupore verso la vita e il mondo, e un senso di solitudine nei quali Adhara si riconosceva. Neor aveva visto molto lungo quando le aveva messe insieme, perché si somigliavano davvero.

Era come se anche Amina stentasse a capire e a trovare il proprio posto nel mondo. E allora semplicemente si ribellava, in un disperato tentativo di rendere la realtà più simile ai suoi desideri. Adhara provava per lei un'istintiva simpatia che neppure i suoi atteggiamenti irritanti riuscivano a dissipare. Ed essere più salda, meno remissiva, era un modo per portare su un altro livello il loro rapporto.

Un giorno, dopo molte insistenze, Amina riuscì a ottenere che si esercitassero con le spade.

Adhara aveva provato a dissuaderla in ogni modo. «Sono affilate, ci faremo male.»

«Staremo attente.»

«Non sono giocattoli.»

«Due minuti solo, ti prego! Tanto io mi sto già allenando con una spada vera, lo sai. E poi abbiamo combattuto con quella di legno, non cambia molto.»

Si erano messe l'una di fronte all'altra, e Adhara aveva deciso che non avrebbe fatto altro che parare. Non ricordava di aver ricevuto un addestramento militare, in passato, ma la naturalezza con cui strinse la presa sull'elsa la indusse a credere di non essere del tutto inesperta.

Amina aveva uno sguardo di fuoco. Scattò in avanti con furia, col dichiarato intento di fare sul serio.

Adhara si mosse con naturalezza, e come sempre lasciò che fosse il corpo a reagire per lei, mentre si guardava spostarsi qua e là con fluidità ed eleganza. Parata laterale, in alto, in basso, schivata.

Amina insistette con più forza, e presto i suoi movimenti persero di coordinazione. Voleva solo sfogarsi, accanirsi per il gusto di farlo, fino a sfinirsi. Aveva gli occhi rossi, e quando Adhara parò il suo ultimo colpo facendole sfuggire la spada di mano, si mise a gridare stizzita e a battere un piede a terra. Poi rimase immobile, i pugni stretti e il volto abbassato, a piangere in silenzio, un pianto di rabbia e frustrazione.

Adhara capiva. Al di là di tutto quanto le divideva, al di là persino della sua inesperienza del mondo, capiva a un livello profondo e viscerale. Lasciò che si sfogasse, e non cercò di abbracciarla o consolarla, perché Amina l'avrebbe giudicato un affronto.

Da sola si strappò le lacrime dalle guance con un braccio, quando fu stanca di piangersi addosso. Poi alzò su Adhara uno sguardo di fuoco. «Non lo dirai a nessuno che ho pianto» ringhiò.

Lei sorrise con dolcezza. «No, certo che no.»

Solo allora le andò accanto e le mise semplicemente una mano sulla spalla. Amina la guardò con meno rancore.

«In ogni caso» aggiunse Adhara «qualche giorno fa tuo padre mi ha detto che non c'è niente di male ad essere deboli, ogni tanto. Non te ne devi vergognare.» Si morse un labbro. «Io lo sono così spesso.»

«Mio padre...» sputò fuori Amina. «Lui dice sempre tante belle frasi, dice che sta dalla mia parte, e io lo penso davvero, però...»

Adhara aspettò che trovasse da sola le parole.

«Però poi lascia che viva in questa prigione dorata. Appoggia mia madre quando mi fa fare quelle cose noiose, tipo provare i vestiti e roba del genere. Io non voglio fare quello che fa lei, io voglio qualcosa di diverso...» Sospirò. «Sono sempre così arrabbiata! E invece vorrei solo stare tranquilla, e fare quello che mi piace... O anche semplicemente trovare qualcuno che stia con me. Invece mio padre non c'è mai, e mia madre non capisce niente.»

Adhara scrollò le spalle. «Consolati. Anch'io mi sento come te. Perché non capisco dove sono, chi sono, come mai so combattere. E l'unica persona che mi stava davvero vicino» arrossì lievemente «be', sembra proprio scomparsa.»

Amina la guardò accorata. «Io voglio davvero che tu sia mia amica.»

Adhara sentì qualcosa sciogliersi nello stomaco. Forse era lo sguardo, o il modo in cui aveva detto quelle parole. Ma per la prima volta le sembrò di trovare un piccolo posto in quel mondo che non comprendeva. Lei era l'ancora, instabile e minuscola, di quella ragazzina, il suo fluttuante punto fisso. Strinse la presa sulla sua spalla. «E allora saremo amiche per davvero, vedrai.»

Per i primi giorni di quella settimana, Amhal si immerse completamente nei suoi compiti di apprendista cavaliere. Allenamenti la mattina, servizi di ronda e guardia durante il pomeriggio, cene in Accademia la sera. Aveva bisogno di recuperare il rapporto con Mira. Gli era mancato molto, in quei giorni in cui era stato costretto a muoversi da solo. Soprattutto si era reso conto di quanto si sentisse perduto senza di lui. Appena la sua ombra scompariva, la furia che avvertiva in corpo tornava, con la sua corte di fantasmi del passato. Combatterla gli sembrava impossibile, e tutto scivolava nel caos. Nonostante l'impegno e la fatica, non era ancora un cavaliere, e si domandava se mai lo sarebbe stato.

Adhara passò in secondo piano, e i giorni trascorsi con lei sbiadirono. La routine della sua vita prima di incontrarla lo avvolse, e dimenticò di andarla a trovare.

La nostalgia di lei tornò prepotente a metà di quella settimana. Il ricordo della piacevole sensazione di esserle utile si portò dietro uno strisciante senso di colpa per non averla aiutata come le aveva promesso. Decise allora di andare da lei.

Si recò da Mira, chiedendogli il permesso di poter mangiare fuori.

«Appuntamento galante?» disse lui, facendogli l'occhiolino.

Amhal avvampò. «Vado solo a trovare un'amica.»

La trovò appoggiata al parapetto del giardino, pensosa. Non riuscì a fare a meno di immaginare che lo stesse aspettando e, con una stretta al cuore, capì quanto sola, quanto abbandonata doveva essersi sentita in quel posto.

Si trovarono l'uno davanti all'altra, incapaci di dirsi alcunché.

Fu lei a rompere il silenzio. «Sono contenta che tu sia venuto.»

Amhal si sedette di fronte a lei e la guardò a lungo. C'era una nuova consapevolezza nei suoi occhi. Le sorrise. «E allora, come va?»

Adhara gli guardò le mani: piagate dagli allenamenti, fiaccate dalle punizioni che continuava a infliggersi ogni volta che sbagliava. Lui cercò di nasconderle intrecciandole.

«Continui a farti del male?»

«Non è niente, solo l'allenamento.»

«Anche questo?»

Col dito gli sfiorò una cicatrice rossastra, appena bagnata dal suo sangue gelatinoso.

Lui trasalì. «Sì.»

«Che avevi fatto, stavolta?»

Amhal non riuscì a sottrarsi a quella domanda. I suoi occhi vagarono intorno per qualche istante, ma poi si fissarono di nuovo in quelli di lei. «È la solita storia. La foga... Ho sbagliato, come sempre, del resto. Ho attaccato briga con uno. E allora... allora mi sono allenato di più.»

Adhara lo fissò con un misto di rimprovero e pena.

Non c'era nessuno che lo guardasse così all'Accademia, neppure Mira, che quando scorgeva i segni sulle sue mani semplicemente si arrabbiava e gli diceva di non farlo più. E quello sguardo era dolce, e prometteva una pace che Amhal non conosceva.

«Devi smetterla. Ti fai solo del male, e le cose non migliorano. Non è punendoti che risolverai i tuoi problemi.»

«Non conosco altre soluzioni.»

«Vieni da me quando non ce la fai, quando hai bisogno di aiuto.»

Lui le strinse le mani con forza. «Sei cambiata, Adhara, sei cresciuta. Ma adesso dimmi di te. Com'è andata questa settimana?»

Chiacchierarono per tutta la sera. Adhara si accorse che raccontare era più facile del previsto. Spiegò dell'incarico che le aveva affidato Neor e parlò di Amina, del suo carattere assurdo, della sua solitudine. Si rese improvvisamente conto che tutte le esperienze di quella settimana si erano accumulate in lei e avevano finito per comporre una geometria confusa, nella quale fino a quel momento le era parso impossibile mettere ordine. Ma ora che parlava con Amhal tutto andava a posto, e raccontando si liberava di quei fatti, e al contempo li capiva davvero.

«Mi dispiace averti lasciata sola.»

Lei scrollò le spalle. Della rabbia di tutti quei giorni trascorsi in solitudine non era rimasto più niente. «L'importante è che d'ora in poi tu non mi lasci più, e che ogni tanto venga a trovarmi.»

Lui le strinse ancora una volta le mani. «Certo, certo. Verrò di sicuro.» Poi prese un grosso respiro. «In ogni caso non è che non volessi venire. Stanno succedendo cose gravi.»

Il resto della serata fu assai meno piacevole.

Amhal raccontò che l'Accademia era stata allertata, ed erano stati tutti molto impegnati. Il villaggio colpito dal morbo nel quale si erano imbattuti all'inizio del loro viaggio non era affatto un caso isolato. Le notizie filtravano poco e con difficoltà, ma si vociferava che tutto il Sud della Terra dell'Acqua fosse in preda alla malattia.

«È simile alla febbre rossa, per certi versi, ma molto più aggressiva. Si contano già centinaia di morti.»

Non finiva lì. Salazar era stata messa in quarantena, e assieme ad essa altri villaggi, soprattutto quelli vicini al Saar. Anche nella Terra delle Rocce la situazione non era buona. Sempre in vicinanza del Saar alcuni villaggi erano già infetti. Ma era nella Terra dall'Acqua che la situazione si presentava più grave.

«Da quelle parti non c'è neppure una ninfa che sia ammalata, nemmeno una.»

Era come avevano sospettato fin da quella terribile sera: il morbo sembrava non colpire chi aveva sangue di ninfa nelle vene.

«La cosa sta creando scompiglio. I rapporti tra umani

e ninfe non sono mai stati dei migliori, e adesso in molti da quelle parti pensano che sia tutto un complotto delle ninfe per riprendere il completo possesso della Terra dell'Acqua. Il che è ovviamente assurdo. Voglio dire, si stanno avendo casi anche in altre terre... Ma la tensione è alle stelle, c'è il rischio di una guerra civile.»

Alcuni villaggi erano isolati, i viveri a sud iniziavano a scarseggiare. Per questo molti cavalieri erano stati spediti da quelle parti. Altri, invece, erano stati mandati in missione con il compito di far rispettare la quarantena nelle zone colpite.

«E tu?» sussurrò Adhara.

«Io rimango.» Lei tirò un respiro di sollievo. «Mira continua a occuparsi dell'addestramento delle guardie di palazzo, ma mancando molti cavalieri è stato incaricato anche dell'ordine pubblico qui a Makrat, e io lo aiuto.»

Amhal rimase un attimo pensieroso.

«Mi sembra di essere tornato ai primi tempi dell'addestramento: mi consumo gli stivali dalla mattina alla sera sulle vie di questa dannata città acchiappando per le orecchie i ladri e sedando le risse. Un lavoro molto poco cavalleresco.»

Risero entrambi, ma la tensione che si era materializzata tra loro non scomparve.

«Cosa sta succedendo?» chiese lei a bruciapelo.

«Non lo so. È qualcosa di brutto, temo» riprese Amhal. «Ma stiamo facendo di tutto per combatterlo» aggiunse con sicurezza. «E vedrai che ce la faremo.»

E a Adhara sembrò di poterci credere davvero.

Lo accompagnò fuori, fino al cancello che separava il palazzo dalla città. «Allora buonanotte, e non ti dimenticare di me» sorrise.

«Io non mi sono mai dimenticato di te» replicò Amhal, serio. «Ogni passo che faccio per Makrat mi ricordo di te. Perché ancora non ti ho restituito quanto ti appartiene.»

Per la prima volta Adhara pensò al proprio passato come a qualcosa di tutto sommato ininfluente. Il suo presente, quella sera con Amhal, erano vividi, veri. Cosa poteva esserci nel suo trascorso di altrettanto tangibile?

«Mi sto dando da fare per portarti dal Supremo Officiante, ma non è facile. È una persona molto impegnata. Ma spero di ottenere un appuntamento il prima possibile.»

Del resto, era come aver barattato il passato per quel presente. Era stata proprio la sua memoria vuota a condurla fino ad Amhal. E allora Adhara pensò che era un prezzo che pagava molto volentieri. «Intanto promettimi che proverai a ritagliarti ogni tanto un po' di tempo per me.»

«Verrò ogni sera.»

«Non prendere impegni che non potrai mantenere.»

«Non è un impegno. È una promessa.»

Rimasero in silenzio un istante, poi Adhara si sporse verso di lui, si alzò sulle punte e lo baciò su una guancia. La barba le fece il solletico sulle labbra, ma sotto sentì il morbido della sua pelle. Non aveva mai baciato nessuno. Quel contatto le trasmise una corrente strana. Si staccò dopo qualche secondo.

«A presto, allora» disse, e non gli diede il tempo di rispondere. Scappò nella notte, infilandosi nel portone degli alloggi della servitù.

La serata trascorsa con Adhara, e quel bacio che lei gli aveva dato sulla guancia quando si erano salutati, gli avevano messo addosso una particolare sensazione. Amhal si sentiva come frastornato, ma la cosa non gli dispiaceva.

Si addormentò in preda a una gradevole agitazione, e la sua mente iniziò a vagare tra sogni confusi e strani.

Ricordi del passato si saldavano a immagini paradossali del suo presente. Sentiva il corpo agitarsi nel letto, incapace di trovare requie.

E poi lui. La figura in nero senza volto, la spada che brillava al suo fianco e il mantello che schioccava al vento. L'uomo era lì davanti, ed entrambi si trovavano in un deserto desolato, battuto da raffiche violente. La polvere si alzava in turbini scuri; c'erano schegge di cristallo nero in quella terra.

«L'ultima volta è stato qui» disse l'uomo.

«Chi sei?» gli chiese Amhal.

Lui lo ignorò.

«E sarà da qui che riprenderemo. Arriverò presto, molto presto, e ti porterò quella salvezza che cerchi da troppo tempo.»

«Chi sei?» urlò ancora Amhal. Ma sebbene quella figura in qualche modo lo inquietasse, ne sentiva spirare una sensazione rassicurante, che lo invitava a fidarsi delle sue parole.

Per la prima volta fu in grado di vedere qualcosa del volto dell'uomo. Un sorriso, ferino e al tempo stesso schietto.

«Lo saprai presto.»

La visione si dissolse, gettando Amhal in un buio assoluto. Si sentì precipitare verso il basso, e urlò con tutto il fiato che aveva in gola.

Si svegliò che era seduto sul letto: stava ancora urlando. Era di nuovo nella sua stanza. Tremava. Fuori, la luna aveva percorso un buon tratto in cielo. Aveva dormito per qualche ora.

La lieve eccitazione che aveva provato grazie a Adhara era svanita, e ora si sentiva di nuovo solo e sperduto. Si passò una mano sulla fronte.

L'uomo in nero arrivò la mattina seguente. L'afa attanagliava Makrat, il sole incendiava tetti e cupole, picchiava sui mattoni dei palazzi e sulle schiene di chi percorreva la città.

Si fermò davanti al portone principale e si rivolse all'attendente che era di guardia. Disse il proprio nome, ma nessuna comprensione illuminò il volto del soldato.

È troppo giovane per sapere.

«Annunciami pure a Sua Maestà, sono certo che mi aspetta» disse San con un sorriso.

Poi si dispose all'attesa.

17

L'eroe

Learco avanzò nel corridoio col cuore in gola. Erano passati cinquant'anni dallo scontro, quello in cui avevano debellato i piani di dominio e distruzione della Gilda degli Assassini e di suo padre Dohor. Era stato sul campo di battaglia polveroso, tra le macerie del tempio e le ceneri dei fuochi appiccati dai draghi, che l'aveva visto per l'ultima volta.

Ido glielo aveva affidato prima di morire. "Porta il ragazzo in un posto sicuro." Poche parole, le ultime che gli aveva sentito pronunciare.

Se si concentrava, Learco poteva ancora percepire la sensazione della spalla minuta di San sotto la stretta della sua mano. All'epoca il ragazzo aveva dodici anni.

Sì, l'aveva portato al sicuro, ma poi era corso a salvare Dubhe. In quel momento era la sola cosa che gli interessava.

Quando avevano frugato tra le macerie, San non c'era più. Il corpo di Ido era stato composto a terra, ma tra le sue braccia non c'era la spada che aveva usato per la sua ultima battaglia, quella di cristallo nero di Nihal, e non c'era traccia neppure del drago che aveva cavalcato.

Per qualche tempo lui e Dubhe lo avevano cercato. Learco si sentiva in colpa: quel ragazzino gli era stato affidato, Ido gliel'aveva messo tra le mani, ed era suo dovere accudirlo. Ma c'erano stati gli strascichi della guerra, e il Mondo Emerso da riorganizzare. Così aveva dovuto abbandonare l'idea di rintracciarlo. E quel bambino era rimasto il più grande rimpianto della sua vita.

E ora qualcuno si presentava alla porta come se niente fosse, dicendo di essere San, ritornato da chissà dove, dopo tanti anni.

Il re si ritrovò a correre per i corridoi sotto lo sguardo scandalizzato di servi e cortigiani. Ma non poteva attendere. Doveva andare da lui, vederlo, e punirlo, se si trattava di un impostore.

Ma come farò a saperlo? Sono passati cinquant'anni, cinquanta!

Spalancò la porta con le braccia, e si ritrovò nell'ampia sala d'attesa, decorata con arazzi degli eroi del Mondo Emerso.

Lui era al centro della stanza. Alto, completamente vestito di nero, il mantello e gli stivali impolverati come dopo un lungo cammino. Al fianco, la sagoma inconfondibile di una spada: di cristallo nero, con un unico punto bianco – la testa di un drago scolpita sull'elsa – la guardia a forma di ali di drago, l'impugnatura ritorta. Learco sentì il fiato mancargli. Era la spada di Nihal.

L'uomo si girò. Orecchie appena appuntite, capelli ingrigiti, ma con un'inconfondibile sfumatura bluastra. E poi gli occhi: occhi da mezzelfo, viola, gli occhi di sua nonna e di suo padre.

«Sei davvero tu...» mormorò il re.

San sorrise. «Vedo che ti sei dato da fare in mia assenza.»

Learco lo strinse a sé con foga, soffocando sul suo petto un singhiozzo. «Sei davvero tu...»

Parlarono da soli, all'inizio, cercando di riannodare le fila del discorso interrotto tanti anni prima.

«Ti ho cercato a lungo. Le parole di Ido mi tormentavano, sapevo che era mio dovere prenderti con me, ma la guerra, il matrimonio, e poi questo maledetto mondo che non ne vuole sapere di stare in pace, di darsi un ordinamento duraturo...»

San alzò una mano guantata. «Non ti biasimo. Hai fatto quel che potevi, e comunque io non volevo farmi trovare.»

Learco non smetteva di guardarlo. Era incredibilmente giovanile. Merito del sangue mezzelfico che gli scorreva nelle vene. Poche rughe sul volto, un paio ai lati della bocca, qualcuna a segnare il profilo degli occhi. Il suo corpo era asciutto, allenato, vagamente imponente, un corpo da guerriero. Tra i lineamenti del viso, si poteva intravedere il bambino che era stato. Perché i suoi tratti avevano ancora qualcosa di delicato e infantile che emergeva sotto la scorza di uomo, come se qualcosa in lui non fosse mai cresciuto. Ed era bello, sì, Learco non poteva fare a meno di pensarlo, e ne era orgoglioso, quasi quell'uomo fosse suo figlio.

«Ma dov'eri finito? Provai a cercarti tra le macerie, e mandai un mio uomo sulle tue tracce, mentre con Dubhe rimettevamo insieme i cocci del Mondo Emerso.»

San scrollò le spalle. «Volevo stare in solitudine. Avevo bisogno di riflettere sulla morte di Ido, e sulle mie colpe.»

Ido.

«Non hai nessuna colpa» disse con convinzione Learco. «Eri un ragazzino, e come tale ti comportavi.»

Una scintilla di rabbia si accese nello sguardo di San. «Non sarei mai dovuto andare al tempio per affrontare la setta da solo. Sì, ero potente, ma avrei dovuto capire che non lo ero a sufficienza per annientare centinaia di uomini con la sola forza della mia magia.»

Learco gli mise una mano sul braccio. «Non è stata colpa tua» ripeté.

San si guardò le mani. Indossava pesanti guanti di pelle nera. Poi si riscosse. «Comunque, ho viaggiato a lungo, prima per il Mondo Emerso, e poi oltre, al di là del fiume. Sono tornato a casa di mio nonno, mi sono dedicato agli studi. Per cinquant'anni non ho fatto altro che vagare.» Sorrise con stanchezza. «E tu?» chiese poi. «Ho sentito grandi cose su di te.»

«Io e Dubhe abbiamo lavorato una vita intera per la Terra del Sole e il Mondo Emerso» rispose Learco. «Questo posto ha finalmente la pace, da molti anni. E ora mi sto adoperando perché quando me ne andrò le cose continuino come adesso. Ti farò conoscere mio figlio.»

«Ho sentito che ti chiamano il Giusto.»

«Esagerano» replicò il re, imbarazzato.

«Ma tu hai davvero costruito un nuovo mondo.»

Learco si alzò. «È ora che anche gli altri ti vedano. Mi perdonerai, ma avevo bisogno di incontrarti da solo; dovevo essere sicuro che fossi proprio tu.»

San sorrise comprensivo. «Ti capisco perfettamente.» Portò una mano alla spada, ne sollevò l'elsa verso la luce. «Ma suppongo che questa valga più di mille parole, per non dire di questi» e indicò occhi e orecchie.

Learco rise e gli batté una mano sulle spalle. Erano vigorose, forti, spalle di combattente.

«Manderò a chiamare gli altri, ma andiamocene di qua. Hai diritto a un benvenuto con tutti gli onori, in una sala degna di accogliere un evento come il tuo ritorno.» E si avviò verso la porta.

San rimase per un istante a contemplare gli arazzi: la distruzione del tempio, la Bestia alle prese con gli Assassini, il trionfo di Nihal sul Tiranno.

E poi, in un angolo, lui. Un drago di un rosso splendente. Si avvicinò. Sollevò le dita fino a sfiorare il tessuto. Ido. La barba folta da gnomo, il corpo tozzo e vigoroso, la furia dipinta sul volto e negli occhi. Era immenso, bellissimo, potente. Tra le mani, la stessa spada che ora stringeva lui.

Accarezzò quei lineamenti, li guardò rapito. Il suo maestro.

«San, non vieni? Questo palazzo è un labirinto, da solo non riusciresti mai a trovare la strada.»

Si riscosse. Chiuse gli occhi un istante, scacciando le lacrime.

Poi si girò. «Eccomi.»

Era pronto.

Amina e Adhara stavano studiando, come ogni giorno. Adhara era china su un libro che parlava di religioni; come al solito, neppure una parola sui Veglianti. La porta si aprì all'improvviso, facendo trasalire sia lei sia Amina e l'istitutore.

«Non si bussa più?» fece l'uomo, togliendosi dal naso gli occhialetti tondi che indossava sempre quando leggeva.

Sulla porta si trovava una servetta affannata. Fece una riverenza. «Perdonatemi, ma... ordini del re.» Poi si rivolse ad Amina: «Sua Maestà vuole vedervi immediatamente.»

La principessa guardò l'istitutore e Adhara.

«Se è il re a chiederlo, dovete andare» dichiarò lui.

«Voglio Adhara con me» disse Amina per tutta risposta.

Percorsero i corridoi frettolosamente.

«Si può sapere cos'è successo?» chiese la principessa, che a stento riusciva a star dietro alla servetta.

«Una cosa straordinaria» rispose quella, senza però darle alcun particolare.

Adhara le seguiva perplessa.

Si ritrovarono davanti a un'ampia porta. La servetta si fermò. «Entrate pure» disse con l'ennesima riverenza.

Fu Amina ad aprire. Davanti a entrambe si spalancò lo spettacolo di una sala piuttosto grande, con le pareti ricoperte di specchi. Ampie finestre si affacciavano sul giardino, riempiendo il locale della luce forte del mezzogiorno.

C'erano tutti: Learco, Dubhe, Neor, Fea. E un uomo che Adhara non aveva mai visto, un uomo completamente vestito di nero. Aveva tratti somatici particolari, che lo rendevano differente dagli altri, come se appartenesse a un'altra razza. Tutti erano contenti, quasi commossi.

«Venite pure avanti» disse Neor.

Adhara poteva percepire la confusione di Amina; del resto, anche lei non capiva. Guardò meglio lo sconosciuto, e notò qualcosa che a prima vista le era sfuggito: aveva i capelli di una sfumatura azzurra.

Un mezzelfo, le disse la sua voce interiore.

Entrarono lentamente, e l'uomo le guardò entrambe.

«Amina, ho l'onore di presentarti una persona famosa, di cui hai sentito parlare molto nei tuoi studi: quest'uomo è San, tornato a noi dopo un'assenza troppo lunga.»

Gli occhi della principessa si fecero grandi per lo stupore. Rimase bloccata dov'era.

Fu l'uomo in nero a prendere l'iniziativa. Avanzò di qualche passo e le sorrise. «È un piacere incontrarti.»

Poi volse lo sguardo su Adhara. I suoi occhi la indagarono in un modo che la turbò, quasi le frugassero dentro, alla ricerca delle sue emozioni più riposte. Percepì la grandezza di quell'uomo, ma non riuscì a capirne la sorgente.

«Lei è Adhara, la dama di compagnia di mia nipote» la presentò Learco.

Finalmente San sorrise anche a lei. Adhara si chiese chi fosse, e perché l'avesse colpita tanto.

Dopodiché San venne inghiottito di nuovo dai festeggiamenti del resto della famiglia. Amina lo guardava incantata, fuori di sé al pensiero di trovarsi accanto a una tale personalità, ma incapace di spiccicare parola.

Quando furono fuori di lì, ancora eccitata per la sorpresa, svelò a Adhara chi era quell'uomo e perché il suo arrivo era stato salutato con tanto entusiasmo. «Ha conosciuto Ido, ti rendi conto? E ha combattuto per la salvezza del Mondo Emerso! È un eroe!» esclamò rossa in viso.

Adhara pensò alla sensazione strana che aveva provato a guardarlo. Non si trattava solo dei suoi trascorsi eroici o della sua forza fisica. C'era dell'altro in lui, qualcosa che affascinava chiunque gli stesse vicino. E, stranamente, la cosa le fece venire in mente Amhal.

La notizia si diffuse rapida per il palazzo, e da lì filtrò fuori, serpeggiando per la città, finché non fu sulla bocca di tutti. San, l'eroe, il ragazzino che aveva avuto parte nell'ultimo grande conflitto che aveva scosso il Mondo Emerso, era tornato.

Per un attimo tutto venne dimenticato, e persino a corte Neor, Dubhe e Learco si concessero di non pensare al morbo e alle preoccupazioni che li avevano tenuti impegnati in quegli ultimi tempi. Era il momento di festeggiare.

Dubhe sorrideva più spesso, Neor guardava il nuovo venuto con un misto di ammirazione e bonaria invidia, persino Kalth era rapito. Addirittura il Supremo Officiante venne a palazzo per salutarlo.

Adhara assistette all'incontro. Vide l'anziana donna abbracciare strettamente San, commuoversi sulla sua spalla. Lui stesso sembrava provato.

«Avrei dovuto starti più vicino...» disse Theana.

«Sei stata sempre nei miei pensieri» sorrise lui di rimando.

Ben presto la fila di persone in qualche modo interessate a conoscere e incontrare San divenne incontrollabile, e si decise di organizzare una festa pubblica.

Learco era tra tutti colui che aveva vissuto con maggior gioia il ritorno di quell'uomo. Per questo fu anche la persona che più si prodigò perché l'evento venisse celebrato al meglio. Decise di conferire a San il titolo di Cavaliere di Drago onorario. A quanto sembrava, aveva vissuto tutta la vita in simbiosi col drago di Nihal, Oarf, col quale aveva condiviso i suoi pellegrinaggi. Questo fino a quando il drago non era morto di vecchiaia, e San si era legato a un nuovo animale, una specie di drago privo di zampe anteriori appartenente alle viverne, una razza che prosperava nelle zone a sud delle Terre Ignote, oltre il Saar.

Adhara non aveva ben chiara la situazione, ma quanto meno capiva che gli veniva tributato un incredibile onore, un onore che nessun altro fino ad allora aveva mai avuto nel Mondo Emerso.

La cerimonia si tenne sotto un sole cocente, nell'arena scoperta dell'Accademia. C'erano quasi tutti i Cavalieri di Drago, ciascuno col proprio animale, gli apprendisti e gli studenti. Amhal aveva trovato posto accanto a Mira, mentre Adhara aveva preferito restare in disparte, tra la folla.

Amina l'avrebbe voluta al suo fianco, ma lei aveva rifiutato. «Io non ho nulla a che fare con i reali, preferisco seguire la festa da una posizione più defilata.»

Era stata una cerimonia interminabile. Le parole del Supremo Generale, un uomo calvo e panciuto, che aveva rievocato le immagini della battaglia di cui San era stato testimone da ragazzo; e poi il racconto del re, che aveva parlato del legame che lo univa al nuovo Cavaliere di Drago.

Infine era stata la volta di San. Era accanto alla sua viverna, un animale che in qualche modo inquietava Adhara. Aveva molto del drago, ma il suo muso era più schiacciato, con un che di malvagio. Sia la testa sia il corpo ricordavano quelli dei serpenti per forma e proporzioni, e su quel corpo allungato e viscido si innestavano ali sproporzionatamente grandi.

San era sceso dalla sua cavalcatura e aveva preso la parola.

«Torno in questo luogo dopo lunghi anni di esilio volontario. Ho lasciato il Mondo Emerso per mondarmi dalle mie colpe e ritrovare me stesso. Ho viaggiato per anni senza raggiungere la pace, ho cercato a lungo un posto in cui riposare. Ebbene, quel posto è questo: la terra che mi ha generato, per la quale mia nonna combatté e il mio maestro diede la vita. La lasciai in rovina, sofferente, e la ritrovo prospera, in pace. Ora la vedo come l'ho sempre sognata: un luogo pieno di sole e di vita, un luogo in cui finalmente trovare quiete. Per questo mondo ora io sono pronto a combattere e dare la vita. E per quanto provato e debole possa essere questo pugno, io devolverò la sua forza residua a difendere ciò che costruì colui che mi salvò la vita. Al Mondo Emerso, lunga prosperità.»

La folla esplose in un grido di giubilo, e Adhara si sentì coinvolta dall'eccitazione di tutta quella gente. Anche lei batté le mani con vigore, e sorrise nel sole.

Dopo la cerimonia, fu servito un sontuoso banchetto nel palazzo reale. Nel giardino vennero disposte bevande e cibarie per tutti i cittadini di Makrat che avevano assistito all'evento, mentre nelle sale interne venne allestito un pranzo per le autorità: la famiglia reale e il suo seguito, e molti dei più alti vertici dell'Accademia. San si sedette al tavolo dei sovrani, ma non disdegnò di accostarsi agli altri approntati nelle sale adiacenti. Si comportava come un ospite perfetto, discutendo con tutti, e tutti affascinando. Cortigiani, ministri, nobili di varia estrazione si lasciarono incantare da lui e dalle sue storie. Per ciascuno, San aveva un aneddoto, un racconto o anche solo un complimento.

Amhal lo seguiva con lo sguardo mentre si muoveva fra le centinaia di invitati. Era seduto al tavolo col suo maestro, piluccando quanto gli veniva messo davanti dai servitori. La figura di San lo ammaliava. Mira gliene aveva parlato come di un mito; del resto, era così che lo percepivano tutti nel Mondo Emerso: un personaggio leggendario, che ora usciva dai libri di storia per mostrarsi alle folle adoranti.

Certo, anche Amhal subiva quell'aura da eroe che San si portava dietro, ma non si trattava solo di quello. C'era altro ad attrarlo in lui. Non riusciva a staccargli gli occhi di dosso, senza capire esattamente il perché. Quando se lo trovò accanto, a un certo punto del pomeriggio, non riuscì a fare a meno di sussultare.

«Voi dovete essere Mira» disse San con un sorriso.

Il maestro rispose con altrettanta cordialità. «Lieto di sapere che mi conoscete.»

«Uno dei più brillanti Cavalieri di Drago dell'Accademia, responsabile della sicurezza della famiglia reale, nonché impegnato più volte a portare la pace tra ninfe e uomini nella Terra dell'Acqua... Come non aver sentito parlare di voi?»

«Credo che vi saranno affidati compiti simili ai miei, nella vostra nuova vita nel Mondo Emerso.»

«Ritengo di sì. Ma forse mi occuperò più specificamente della sicurezza della città. Un lavoro da vigilante, se vogliamo.»

«Be', in ogni caso un compito molto importante.»

San alzò immediatamente una mano. «Non fraintendetemi. Sono onorato del mio nuovo incarico. Del resto tutti sanno che mantenere la pace è assai più complesso e faticoso che vincere una guerra, e non è certo un'occupazione meno onorevole, anzi. Ho giurato che proteggerò questo luogo, e vegliare su Makrat è un ottimo inizio, non trovate?»

Mira alzò la coppa. «Come potrei dissentire?»

San brindò con lui, ed entrambi trassero un lungo sorso di vino. Poi Mira posò una mano sulla spalla del suo apprendista. «Forse di lui invece non avete ancora sentito parlare, ma ne sentirete in futuro: il mio allievo, Amhal.»

Il ragazzo avvampò. Aveva desiderato quell'incontro, e al tempo stesso l'aveva temuto.

San lo fissò con interesse. «E invece circolano già voci su di lui. Sei un giovane promettente, mi dicono...»

Amhal abbassò lo sguardo. «Troppo buoni.»

«Quando la gente parla bene di qualcuno, la maggior

parte delle volte lo fa a ragion veduta» replicò San facendogli l'occhiolino e brindando al suo boccale.

Come tutti i militari, Amhal era abituato a dar peso alla gerarchia, e per questo tendeva a provare una certa soggezione nei confronti di chi gli era superiore di grado; ma questa soggezione non sconfinava mai nel fanatismo che altri cadetti dell'Accademia mostravano verso gli alti vertici. Quell'uomo invece lo affascinava profondamente, e questo lo metteva in difficoltà. Non riuscì a dire altro, e San passò al tavolo successivo, con stampato in volto lo stesso sorriso che aveva rivolto a Mira.

«Non c'è bisogno di essere così in imbarazzo» disse allora il suo maestro.

«Perdonatemi, non so che mi ha preso» rispose Amhal, sorseggiando ancora un po' di vino.

«Non ti sto rimproverando. Ho trovato solo il tuo atteggiamento... buffo, tutto qua» aggiunse Mira ridendo.

Le pietanze si susseguirono, i vini si avvicendarono, le chiacchiere si fecero più sciolte e il sole scese basso all'orizzonte. Gli invitati cominciarono a ritirarsi verso il tardo pomeriggio, e a sera se ne vedevano pochi che gironzolavano sperduti per il giardino, in preda ai fumi dell'alcol.

Amhal si avviò all'uscita. Adhara era scomparsa da un po'; aveva provato ad aspettarla, ma probabilmente quella sera era impegnata con Amina. Mira invece era stato chiamato per una riunione improvvisa. Così l'aveva lasciato solo al tavolo. Dopo un'attesa snervante, Amhal aveva deciso che era tempo di tornarsene in Accademia.

Lo incontrò davanti al grosso cancello del palazzo, nei suoi vestiti neri, l'arma di Nihal che gli pendeva al fianco.

«Guarda chi c'è» disse San con un sorriso.

Amhal si irrigidì e fece un breve inchino.

«Ti stai ritirando?»

«Sì, mio signore. In teoria per quelli come me c'è il coprifuoco, anche se non credo che stasera qualcuno avrebbe da ridire se rientrassi più tardi.»

«Ti spiace se vengo con te? È la prima sera che dormo in Accademia, mi farà di sicuro comodo qualcuno che la conosca, o rischio di non trovare il mio alloggio» ridacchiò.

«Certo, signore.»

Camminarono per le vie deserte di Makrat, abitate solo dal caldo soffocante di quella notte estiva. Amhal si sentiva a disagio. Cosa poteva dire a un suo superiore, che incidentalmente era anche un eroe?

Fu San a rompere il ghiaccio. «Dimmi un po' di te: che cosa fai in Accademia?»

Amhal gli raccontò delle prime missioni, degli incarichi che Mira gli affidava, del suo lavoro come guardia scelta a palazzo.

«E da quant'è che sei apprendista?»

«Due anni.»

«Un tempo piuttosto lungo...»

«Un tempo giusto. Non mi sento ancora un cavaliere.»

«Già... Ma, sai, non conta tanto quel che senti tu, quanto la tua reale preparazione. Voglio dire, non si è buoni giudici di se stessi. E, in ogni caso, due anni sono molti, e se il tuo addestramento fosse andato bene dovresti già essere cavaliere.»

Amhal sentì una fitta al cuore. «Forse non sono abbastanza bravo...» disse tra i denti.

San esplose in una sonora risata. «Smettila di essere

così insicuro. La spavalderia è una dote, e assai ricercata, per un cavaliere. No, quello che intendevo dire è che forse il tuo addestramento ha avuto qualche pecca, qualche mancanza...»

«Mira è un ottimo maestro» replicò Amhal.

«Lo so» si affrettò a dire San. «Ma a volte un solo maestro non basta... A volte occorre apprendere da più persone.»

Erano giunti di fronte all'Accademia. San venne immediatamente riconosciuto e trattato con tutti gli onori. Uno degli attendenti di guardia si offrì di accompagnarlo al suo alloggio.

«Non c'è bisogno» rispose lui. «C'è Amhal qui con me.» E gli batté una mano sulla spalla.

Si diressero lungo i corridoi deserti.

«Ti piacerebbe allenarti ogni tanto con me?» chiese San a tradimento.

«Certo!» La risposta gli venne fuori così immediata e piena d'entusiasmo che Amhal arrossì.

San sorrise. «Non che voglia rubarti al tuo maestro, beninteso. Solo per divertirci un po'...»

«Sì, va bene.»

Si fermarono davanti a una porta.

«È qui.»

«Be', allora ci vedremo in giro» disse San.

Amhal lo salutò, imboccando a ritroso il corridoio che avevano percorso. Quando arrivò alla fine, si girò un istante, e vide San armeggiare con la serratura ed entrare. Fu allora che un'illuminazione lo colse, e si diede dello sciocco per non averci pensato prima.

L'uomo senza volto dei suoi sogni. Era abbigliato esattamente come lui, e ne portava persino la spada.

Si immobilizzò, folgorato da quella rivelazione. San

scomparve dietro la porta e il corridoio fu di nuovo deserto.

Il fascino che quell'uomo esercitava su di lui, l'ammirazione che provava nei suoi confronti, erano gli stessi che aveva percepito in sogno.

Era stata una premonizione, o cosa?

«Ah, sei qui.»

Amhal si volse. Mira.

«Che ci fai immobile qua davanti?»

«Niente, stavo solo... andando a dormire.»

«Domattina puntuale nell'arena alle otto, d'accordo?»

Amhal fece segno di sì. Poi si avviò verso la sua stanza. Erano solo sogni. E coincidenze. Non c'era altro da capire.

Ma quella notte, ancora una volta, dormì un sonno agitato.

18

Rapporti

Pian piano anche l'eccitazione per il ritorno di San scemò. Ciascuno tornò alle proprie occupazioni, e la vita riprese a scorrere come prima.

Il ritmo delle giornate di Adhara era intenso come sempre. La novità era che Amhal veniva spesso a trovarla alla sera. Cercava di ritagliarsi qualche attimo dopo cena per passeggiare con lei nel giardino e chiederle conto delle sue giornate. Era un momento che Adhara aspettava con ansia.

Il suo ruolo di dama di compagnia tutto sommato le piaceva. Amina poteva essere tirannica e capricciosa, ma dietro i suoi comportamenti c'era un fondo di sofferenza in cui lei si riconosceva. Per questo si trovavano bene assieme; si davano forza l'una con l'altra.

E poi occuparsi di Amina la faceva sentire più responsabile. Il suo orizzonte si era allargato: ora non c'era più soltanto il suo io incerto e senza passato, c'era anche un'altra persona, che di lei aveva bisogno e che a lei si appoggiava. E aiutare qualcuno, essere la sua ancora, voleva dire anche aiutare se stessa. Era questo che Adhara pian piano capiva. Così, l'angoscia per il suo passato perduto stemperava nella dolcezza della nuova vita che stava costruendo.

Ma di tutte queste sensazioni diventava consapevole solo la sera, quando riusciva a parlarne con Amhal. Era lui che dava consistenza alle sue scoperte, che la aiutava – semplicemente ascoltandola – a mettere chiarezza tra sentimenti e pensieri.

Da parte sua, le raccontava delle missioni e degli incontri con San. L'eroe del momento sembrava averlo preso in simpatia.

«Lui coordina la sicurezza in città, ma ogni tanto ha un po' di tempo libero, e non gli dispiace passarlo con me.»

«E che fate?» chiese Adhara una sera, mentre un vento fresco risollevava Makrat dalla prostrazione di un'estate troppo calda.

«Ci alleniamo. Tiriamo di spada. È uno spadaccino davvero straordinario, usa tecniche che non conoscevo. Imparo parecchio da lui. E poi mi consiglia qualche buona lettura... È un uomo fuori del comune.»

Sì, anche Adhara ne era convinta, lo percepiva nel profondo del suo animo. Poi, cambiando argomento, gli parlò delle sue ricerche sui libri, tutte senza esito.

«Forse il Supremo Officiante sa anche di quei misteriosi Veglianti» disse Amhal. «È molto impegnata, per questo ho difficoltà a organizzare un incontro. È pur sempre la più alta autorità religiosa di questo paese.»

Parlarono ancora, vane chiacchiere così piacevoli, che scendevano dolci dalle orecchie al cuore. La luna percorse il suo arco in cielo, finché non venne l'ora di salutarsi.

Amhal si sporse in avanti per baciarla sulla fronte, come faceva ogni volta.

Adhara si avvicinò, ma quella notte qualcosa le incendiava il cuore. Le venne naturale. Si sollevò sulle punte, appena un po'. Forse non sapeva neppure cosa stava facendo, ma c'era un istinto in lei che la guidava lungo quel percorso, come se la strada fosse già segnata, e non seguirla fosse impossibile.

Le labbra di Amhal le si offrirono morbide, e restarono inerti sotto le sue per pochi secondi appena di stupore. Fu lui a dischiuderle, e a baciarla per davvero. Adhara non pensò a nulla, se non al calore che dalla bocca le riempiva il corpo e il ventre, al languore che sembrava scioglierle le membra. Comprese tutto a un tratto il legame che la univa a lui, che li aveva avvinti dal primo momento in cui si erano incontrati. Sentì forte la voglia del suo corpo. Strinse le braccia intorno ai suoi fianchi, e su per la schiena, lungo il profilo appena accennato dei muscoli.

Fu lui ad allontanarsi. C'era un languore strano nei suoi occhi, e qualcos'altro che Adhara non riuscì a comprendere.

«A domani» tagliò corto Amhal, e fuggì nella notte, lasciandola sola davanti al cancello.

Il giorno dopo Amina non si fece trovare al solito appuntamento. Adhara dovette setacciare tutto il palazzo, le inservienti impazzite al suo seguito e Fea a un passo da una crisi isterica.

Non era nella sua stanza, né in giardino e neppure nella casa sull'albero. La trovarono infine vicino a una delle fontane del parco, con una canna da pesca in mano, vestita con uno dei suoi abiti di gala e immersa fino alla cintola nell'acqua stagnante.

A quella vista, poco mancò che Fea svenisse.

«Perché non mi hai aspettato nella tua stanza?» chiese Adhara avvicinandosi. «Oppure perché non mi hai presa con te in questa nuova... avventura?» Le rivolse un sorriso complice. Era contenta. La bella serata trascorsa le aveva messo addosso una sensazione di benessere.

«Non devo mica dirti tutto quello che faccio» fu la risposta sgarbata di Amina.

Per il resto della giornata fu intrattabile. Qualsiasi cosa Adhara suggerisse di fare veniva bocciata e derisa, e tutti i giochi che Amina proponeva prevedevano puntualmente che Adhara si facesse in qualche modo male.

Alla sera, quando si separarono, la ragazzina neppure la salutò.

Per tutta la durata della cena, Adhara si domandò cosa avesse fatto di sbagliato. Aveva ancora una certa difficoltà a decifrare i comportamenti delle persone che aveva vicino, e stavolta Amina le sembrava imperscrutabile. Pensava che dopo il pomeriggio in cui l'aveva vista piangere le cose si fossero appianate tra loro. E invece...

Decise di andare all'attacco.

Salì al piano nobile quando la notte era scesa da alcune ore. C'era ancora qualcuno in giro, perché in quel periodo il re e Neor lavoravano spesso fino a tardi.

Si mosse furtiva. La cosa la divertiva. Scivolare di corridoio in corridoio, camminare in punta di piedi, accostarsi alle pareti e respirare piano, ascoltando il rumore di eventuali passi. Era il suo corpo che si metteva all'opera e le sgombrava la mente, riempiendole le membra di un senso di benessere.

A volte sembra che io sia nata per questo, pensò.

Arrivò alla stanza ed entrò.

Amina era seduta accanto alla finestra, un libro in mano e le ginocchia al petto. Si accorse di lei solo quando Adhara si richiuse la porta alle spalle.

Sobbalzò. «Chi è?» strillò, scattando in piedi.

Adhara si portò un dito alle labbra. «Io.»

Lo sguardo di Amina, prima preoccupato, si velò immediatamente di ostilità. «Cosa vuoi?»

Adhara si fece avanti e si sedette anche lei vicino alla finestra. C'era solo la luce della luna che filtrava dal vetro. Amina aveva il coprifuoco due ore dopo il tramonto, e Fea non tollerava che lo violasse anche solo per mettersi a leggere. Per questo non accendeva candele, ma si metteva accanto alla finestra, nelle notti in cui la luna era più brillante, a leggere i suoi libri preferiti.

«Perché ce l'hai con me?»

Amina rimase in piedi. «Che cosa dici? Io non ce l'ho con te.»

«Stamattina mi hai piantato in asso, hai combinato una delle tue solite follie e stasera non mi hai nemmeno salutato.»

«Non è che penso a te tutto il giorno.»

«Dovresti» fu lapidaria Adhara. «Siamo amiche.»

Amina sbuffò. «Belle amiche. Tu non mi dici niente di te.»

«E che dovrei dirti? Io non ricordo niente, e di quello che è successo da quando mi sono svegliata nel prato ti ho già raccontato.»

La ragazzina strinse la presa sulla copertina del libro, e le nocche le sbiancarono. «Guarda che ti ho visto ieri sera.»

Adhara sussultò. Ieri sera. Quella sera. Il ricordo delle labbra di Amhal le riempì la mente. «Cosa?» esclamò confusa.

«Sei stata via tutta la sera. E ti sei incontrata con *quello*.»

Adhara arrossì improvvisamente.

«Tu hai altri amici e nemmeno me lo dici» aggiunse Amina, tagliente.

Adhara iniziò a balbettare. «No, lui... io...»

Non capiva perché facesse tanta fatica a spiegare. Era tutto chiaro e limpido.

Forse ne sei innamorata?

«Lui è la persona che mi ha salvato» disse infine.

«E tu scappi da lui appena puoi. Era lui che aspettavi tutte le sere sulla balconata?»

«Ma che fai, mi spii?»

Stavolta fu Amina ad arrossire. «Ci stavi sempre, difficile non vederti.»

«Ti ricordi che mentre vagavo in cerca di qualcuno che mi aiutasse, un ragazzo mi salvò la vita a Salazar?»

Amina annuì con fastidio.

«Si tratta di lui. Si chiama Amhal, forse te l'ho già detto.»

Amina strinse il libro al petto. «Quando due sono amiche stanno sempre vicine. E si vogliono bene. Non c'è posto per altra gente. Essere amiche vuol dire che non ci sono estranei di mezzo.»

Adhara fu colta alla sprovvista. «Ma lui è una cosa diversa, lui...»

Lui lo amo, finì la sua mente per lei.

«Tutte scuse. La verità è che tu non vuoi essere mia amica. È mio padre che ti costringe. Ma sai che ti dico? Vai pure da quello là e lasciami in pace! Stavo tanto bene senza di te!»

Amina aveva finito per urlare, e Adhara dovette farle segno di abbassare la voce.

«Ma che vengano pure, mio padre e mia madre, a vedere come mi infastidisci di notte» replicò lei.

«Amina, senti, tu non hai solo me, o sbaglio? Tu vuoi bene anche a tuo padre.»

«Che c'entra? È diverso.»

Adhara scosse la testa. «Amhal per me è come un padre, una madre, un fratello, tutto insieme. Lo sai perché mi chiamo Adhara?»

Amina era ancora irritata, ma la sua corazza sembrava dare i primi segni di cedimento. Scosse la testa controvoglia.

«Me l'ha dato lui questo nome. Lui mi ha dato la vita, in un certo senso.» Adhara sorrise. «E non è vero che ti sono amica per via di tuo padre. O meglio, è lui che mi ha mandata da te, ma tu mi piaci.» Aveva difficoltà a trovare le parole giuste, ma le cercò: «Io e te siamo simili, te l'ho detto, vediamo il mondo allo stesso modo. Ci piace anche vestire alla stessa manicra, no? Tu mi hai aiutato, Amina. Io sono cambiata, in questo poco tempo che ci conosciamo, ed è stato grazie a te. Noi siamo amiche per davvero.»

Le labbra di Amina tremavano, e Adhara si accorse che stava facendo un grande sforzo per non piangere.

«Ho sonno. Va' via» disse infine.

«Dimmi che abbiamo fatto pace.»

«Voglio andare a letto.»

Adhara incrociò le braccia. «Non me ne vado se non mi dici che abbiamo fatto pace.»

Amina alzò gli occhi al cielo. «Sì, dannazione, sì. Però va' via, che se ti trovano qui finisce male.»

Adhara sorrise e si avviò alla porta. «Lui è un'altra cosa. E io e te siamo amiche» sussurrò sull'uscio.

Fu mentre cercava il sonno rigirandosi nel letto che Adhara ebbe l'improvvisa intuizione. Era esattamente ciò che era accaduto a lei con Mira. Come si chiamava? Gelosia. Era stata gelosa di Mira. E adesso Amina era gelosa di Amhal. Ma a lei era passata quando aveva avuto modo di parlare a quattr'occhi con il maestro. Avrebbe funzionato allo stesso modo anche con la principessa.

San venne a bussare alla sua porta. Quando Amhal aprì e se lo trovò davanti, era già pronto per andare a letto, e la cosa lo imbarazzò enormemente.

«Perdonatemi, io...» farfugliò.

«Immagino che tu non abbia voglia di allenarti un po'» disse San con un sorriso.

Non seppe dirgli di no. Si vestì rapidamente, prese lo spadone e si avviò con lui lungo i corridoi deserti dell'Accademia.

Dalla sera in cui Adhara l'aveva baciato, era inquieto. Non aveva mai avuto molto a che fare con le ragazze, troppo assorbito dalla carriera di cavaliere. Certo, gli era piaciuto. Ma quel fuoco che si era sentito crescere dentro mentre premeva le sue labbra su quelle di lei l'aveva spaventato. Perché era così simile alla furia che sperimentava in battaglia, la sua eterna nemica, altrettanto incontrollabile e dirompente. Era scappato perché sentiva che il desiderio di lei era così vivo e reale da fargli perdere la testa.

Aveva l'impressione, esaltante e sconvolgente al tempo stesso, che la vita lo stesse travolgendo. Da quando aveva trovato Adhara, le cose erano cambiate a un ritmo vertiginoso. Doversi occupare di lei, i sentimenti che provava nei suoi confronti, e poi quella malattia di cui nessuno sapeva nulla, e infine l'arrivo di San... Faceva tutto parte di un unico turbine che lo confondeva.

«In guardia» gli disse San. Iniziarono a combattere.

Meno male che c'era la spada. Nella spada ogni preoccupazione scompariva, e la mente si annullava nella pura meccanicità del suo corpo che combatteva. L'orizzonte si schiariva di ogni nuvola, e Amhal ricordava perché aveva deciso di fare il cavaliere.

Con San, per qualche ragione, non aveva mai paura di perdere il controllo. Era come se una parte di lui avesse sempre atteso quell'uomo, e da sempre lo conoscesse. Parata, attacco, affondo, tondo. Ancora, e ancora. Finché non riuscì a mettere San all'angolo. Un'ondata di eccitazione lo avvolse; era la prima volta che succedeva. Alzò la spada per puntargliela alla gola e segnare la fine del duello, quando la sua arma si infranse contro una barriera argentata. Amhal percepì un inconfondibile ronzio alle orecchie: magia. Si staccò immediatamente, arretrando di qualche passo.

San sorrise. «Be', in battaglia tutto è permesso, no? E la magia è un'ottima alleata.»

Amhal ricordò. Il ragazzino a terra, colpito dal raggio uscito dalle sue mani, l'orribile sensazione che si era sentito addosso quando aveva creduto che fosse morto. E il senso di potenza, insinuante, strisciante, che aveva provato. *No. No!*

«Amhal, va tutto bene?» chiese San avvicinandosi.

«Forse... forse è ora che torni a letto» balbettò lui, sconcertato. «Avrei il coprifuoco.»

«Sei con me, non c'è problema.»

«Sì, ma... sono stanco» aggiunse, arretrando ancora.

San lo afferrò per un braccio, e Amhal sentì una specie di corrente che lo inchiodò dov'era.

«Che hai?»

Glielo disse. Una cosa che aveva raccontato solo a pochissime persone, e sempre con grande vergogna. Dirlo a San gli venne naturale, e la cosa quasi lo spaventò. Gli parlò dell'incidente di quando era bambino, e della promessa di non usare mai più la magia. E mentre lo faceva, era come se si purificasse dei suoi peccati, come se si liberasse di un peso.

San lo ascoltava comprensivo.

«Non hai mai ricevuto un addestramento alla magia?» chiese alla fine.

«No!» rispose Amhal scandalizzato.

«Avresti dovuto. Quanto è accaduto è dipeso dal fatto che eri un bambino e non riuscivi a controllare i tuoi poteri. L'addestramento ti avrebbe insegnato a farlo.»

Amhal guardò a terra. Non si trattava solo di quello. «Sì, ma io... ho provato piacere» mormorò.

Gli parve di intravedere un mezzo sorriso di trionfo sul volto di San, un'impressione fugace, che scomparve in un battito di ciglia.

«Eri un bambino, è normale. Amhal, la magia non è una nemica.»

«Non lo so, io...» Non voleva svelargli anche quell'ultimo segreto, non voleva parlargli della furia, di quella smania di morte che si sentiva in cuore e che da sempre era la sua più grande nemica. Ma davanti a quell'uomo non aveva difese.

Lui è come me, si andava ripetendo senza alcuna ragione. E allora le parole trovarono la via, e uscirono, smozzicate, ma uscirono. Una confessione in piena regola, che alla fine lo lasciò svuotato, e sollevato.

San tacque per qualche istante.

«Non devi aver paura di queste sensazioni.»

Amhal si volse di scatto. «Ma sono terribili! Voglio dire, io sono un cavaliere, non combatto per ammazzare.»

«Eppure, se devi farlo, uccidi.»

San lo guardò intensamente, e Amhal si perse in quegli occhi.

«La furia che tu senti è una compagna. È semplicemente il desiderio di battaglia, la foga necessaria per fare quel che facciamo.»

«Ma mi induce al male...»

«Pensaci: cosa ti ha indotto a fare? Uccidere due uomini che stavano per aggredire una ragazza indifesa. Ammazzare un disperato che ti stava minacciando di morte. È male, questo?»

Amhal era sconcertato. Il discorso di San aveva un senso, c'era qualcosa di attraente in quella spiegazione. «Io...»

«Tu sei confuso. Perché hai grandi poteri. Perché sei *diverso, speciale*. E questo ti rende solo. Credimi, io lo so. Anch'io ero speciale, da bambino, anch'io mi sentivo tra le mani un potere immenso col quale non sapevo fare i conti. Ma i tuoi sono doni, Amhal, doni che vanno sviluppati.»

Amhal si guardò le mani. Sarebbe stato bello poter credere che quella furia che lo spaventava in realtà fosse solo una manifestazione delle sue capacità. Che non ci fosse nulla di sbagliato in lui.

«Ho dei libri» disse San. «Libri sulla magia. Il primo passo è addestrarsi alla magia.»

«Non sono sicuro di volerlo fare.»

«Devi. O non sarai mai libero dall'angoscia che ti senti dentro. E tu vuoi essere libero, giusto?»

«Più di ogni altra cosa.»

«Non c'è nulla di male nella magia in sé» proseguì San. «C'è qualcosa di male piuttosto nel non sfruttarla, nel lasciare il tuo potere libero di provocare danni. Ma tu lo incanalerai, imparerai a usarlo, e allora non ti farà più paura.» E aggiunse: «Vieni, te ne darò subito uno.»

Percorsero a ritroso la strada di prima. Amhal si sentiva stranamente leggero, pacificato. La vicinanza di quell'uomo gli faceva bene, era una forza salutare.

Quando arrivarono agli alloggi di San, lui gli porse un vecchio libro polveroso. «Leggilo e dimmi che ne pensi.»

Amhal lo soppesò tra le mani, combattuto tra paura e curiosità.

«Se vorrai, d'ora in poi la sera potrò addestrarti un po' alla magia, che ne dici?»

«Io...» Era difficile vincere le resistenze di anni e anni di paura.

«Pensaci» insistette San, come se avesse capito. «E per ora non dire niente a Mira. Non che abbiamo qualcosa da nascondere, ma tu sei il *suo* allievo, e potrebbe pensare che io ti stia portando via da lui.»

«No, non credo che il maestro...»

«Per ora» si affrettò ad aggiungere San. «Solo per ora.»

Amhal tornò nella sua stanza, il libro sotto il braccio. Lentamente si spogliò. Contemplò per qualche secondo il volume che aveva posato sul letto.

Poi lo prese tra le mani, accarezzandone il profilo. Infine si decise ad aprirlo.

Dubhe avanzò rapida.

«L'abbiamo messo al sicuro, abbiamo chiamato tre maghi.»

«Hanno detto che la barriera regge?»

«Ce l'hanno assicurato più volte. Vostra Maestà, non l'avrei portato qui se non fossi stata sicura.»

La donna, uno dei suoi più fidati collaboratori, la precedeva lungo il corridoio, il passo affrettato, il volto eccitato. Dubhe non condivideva quell'esaltazione. Era invece preoccupata.

Era stata svegliata nel cuore della notte. Galaga, che ora la stava conducendo dal prigioniero, era inginocchiata ai piedi del letto.

«Che c'è?» aveva chiesto la regina, immediatamente presente a se stessa.

«Ne abbiamo preso uno. È al quartier generale.»

Si era vestita rapidamente ed era andata.

Svoltarono un paio di volte, poi Galaga si fermò. «È qui.»

«Resta fuori» le disse Dubhe, poi avanzò. Si voltò di nuovo. «Hai fatto un buon lavoro.»

Un sorriso grato passò sul viso della donna. Abbassò il capo. «Grazie, Vostra Maestà.»

Dubhe entrò nella cella, piccola e asfittica. Una di quelle chiuse dalle grate, che usavano per gli interrogatori. Davanti, tre uomini: uno abbigliato come i Fratelli della Folgore, due come semplici maghi. Dubhe si tenne a distanza. I tre non si mossero.

«Perdonate se non vi tributiamo i dovuti onori, Maestà, ma stiamo mantenendo l'incantesimo.»

Lei alzò una mano in un cenno che voleva significare che capiva perfettamente. «È sicuro?»

«Ragionevolmente, ma non durerà a lungo. Per ora, però, siete al riparo, e con voi il resto dell'edificio.»

Dubhe osò avanzare ancora di qualche passo, fino ai limiti della barriera che i maghi stavano sostenendo. Dietro, c'era lui.

Respirava a fatica, il petto si alzava e si abbassava con affanno. La pelle, bianchissima e diafana, era coperta da un lieve sudore e segnata da orribili macchie nere. Le unghie erano rosse di sangue. Avevano già provveduto a togliergli di dosso ciò che lo camuffava, e i suoi occhi viola erano chiaramente visibili, così come il verde acceso dei capelli. Orecchie appuntite e una corporatura snella e filiforme completavano il quadro. Era uno di *loro*.

L'avevano catturato in un vicolo di Makrat. Rantolava, e l'avevano portato fin lì. Non aveva risposto a nessuna delle domande che gli avevano rivolto.

«Chi sei?»

Le rispose solo un respiro affannato. L'uomo la guardava fisso negli occhi con un odio profondo.

«Tacere non ha senso» proseguì Dubhe. «Sappiamo già molte cose di voi.»

Il malato non diede segno di aver inteso. Continuò a guardarla con lo stesso implacabile odio.

«Ad esempio sappiamo che sei un elfo. Sappiamo che ce ne sono altri come te nel Mondo Emerso, sappiamo che siete voi a portare la malattia.»

Ancora silenzio, ostinato.

Dubhe insistette. «Se anche non parli, parla per te il tuo corpo. Finirai dai sacerdoti, lo sai? Analizzeranno ogni centimetro della tua pelle, scaveranno in ognuna delle tue piaghe per capire come curare questo flagello. Non sarà piacevole. E, soprattutto, non potrai farci niente.»

L'elfo sorrise spavaldo.

«Hai poco da ridere» aggiunse Dubhe. «Chi ti manda? Cosa volete?»

«Ordina pure che frughino tra i miei intestini» disse l'elfo. Parlava con un forte accento, e pronunciava ogni parola come se la sputasse fuori dalla bocca a forza, con disprezzo. «Tanto siete già tutti morti.»

«Questo lo credi tu. Vi abbiamo scoperto in tempo.»

L'elfo sogghignò. «Siete degli stupidi. E siete finiti. Come avrebbe dovuto essere secoli fa. Ma quei tempi torneranno.»

La regina avanzò ancora. «Chi ti manda?»

L'elfo la guardò con sdegno. «*Aravahr damer trashera danjy.*» Poi sputò a terra.

Dubhe digrignò i denti. «Chiamate il Supremo Officiante. Ditele che abbiamo qualcuno che può darle le risposte che cerca. E non permettete a questo verme di ammazzarsi, è chiaro? Ci serve vivo.»

Si voltò per uscire. Nelle orecchie, quell'ultima frase. In elfico.

Il nostro tempo sta per tornare.

19

Una giornata particolare

Neor si massaggiò la radice del naso. Suo padre era seduto davanti a lui, nell'ampia sala nella quale erano soliti riunirsi. In genere lo facevano assieme ai ministri una volta alla settimana. Adesso erano soli.

«È l'unico?» chiese infine con un filo di voce.

Learco annuì. «Tua madre ha parlato con lui ieri sera.»

«Che le ha detto?»

«Niente, ovviamente. Se non che il loro tempo sta per tornare. Gliel'ha sputato in faccia in elfico. Ora lo stanno analizzando alcuni fratelli.»

Neor guardò fuori. Il sole faceva brillare gli alberi del giardino. Una giornata radiosa, splendida, benedetta persino da una lieve brezza.

Eppure qualcosa covava sotto la cenere, una minaccia strisciante e sconosciuta, che invadeva lenta il Mondo Emerso. Due giorni prima avevano avuto notizia di un villaggio contagiato alla frontiera con la Terra del Mare.

«Bisogna chiudere i confini» disse infine il principe.

Era una decisione terribile. Perché in quel momento c'erano molti Cavalieri di Drago in missione fuori dalla Terra del Sole. Significava non lasciar loro scampo.

«Ci sono i nostri uomini, là. Li stai condannando a morte?»

«La loro missione dura un mese. Resteranno fino alla fine del mandato. Poi bisogna prevedere una quarantena. Ma nessuno dovrà più passare indisturbato dalla Terra dell'Acqua a quella del Sole.»

Learco si alzò in piedi, e Neor lo vide misurare a grandi passi la stanza, mentre il sole che filtrava dalle finestre lo illuminava a tratti.

«Non possiamo fare una cosa del genere ai nostri soldati.»

Neor sospirò. «L'abbiamo deciso quando li abbiamo spediti laggiù. Sapevano a cosa andavano incontro.»

«Ma qui hanno le loro famiglie, i loro cari...»

«È la loro missione.»

Learco si fermò e fissò intensamente il figlio. «La tua logica a volte mi raggela.»

Neor si concesse un sorriso stanco. «È proprio per questa mia fredda logica che mi hai voluto al tuo fianco, o no? Se fosse stato per te, sarei addirittura re.»

Learco guardò a terra.

«Dobbiamo impedire il contagio, e al tempo stesso trovare una cura. Raduniamo i sacerdoti, i maghi, i sapienti. E intanto evitiamo che ci siano altri morti.»

«Qualche vita sacrificata perché non ne muoiano molte di più...»

«Esatto.»

Neor pensò ai soldati, a Garavar che era partito alla volta della Terra dell'Acqua per la sua prima missione, a Nitta che invece c'era andato appena prima di congedarsi. Strinse gli occhi. Quante vite dipendevano dalla sua decisione? E quante sue decisioni avevano condotto alla morte i sudditi di suo padre?

«E poi occorre battere la città alla ricerca di questa gente. Sono in mezzo a noi, e sono ovunque.»

«Gli uomini di tua madre lo stanno già facendo.»

«Falli aiutare anche dalle guardie.»

Un'altra pausa, pesante.

«E poi bisogna indire un Consiglio d'emergenza. Subito. Oggi stesso.»

Learco lo guardò stancamente. «Già fatto. Ho inviato i messaggeri. Conto di partire fra tre giorni al massimo, e portare con me tutte le notizie che possediamo riguardo a questa minaccia.»

Neor sorrise mesto. Era una corsa contro il tempo.

«Cosa diremo al popolo?» chiese infine il re.

«Il minimo indispensabile» rispose il principe. «Non dobbiamo diffondere il panico. Ma manderemo qualche soldato di ronda nei villaggi, a tenere d'occhio la situazione.»

Tacquero per qualche istante.

«Come al solito, mi sei indispensabile» sorrise Learco.

Neor pensò a quanto avrebbe preferito essergli meno utile, ma non dover compiere scelte come quella che aveva appena fatto.

Fu il primo a uscire dalla stanza, e trovò Adhara in attesa lungo il corridoio. C'era qualcosa nel suo portamento che gliela faceva sembrare diversa, più sicura, forse. Dalla mattina in cui le aveva affidato l'incarico, non l'aveva più vista, eppure sapeva tutto del cambiamento del suo rapporto con Amina. Aveva ordinato a una serva di tenerlo aggiornato sugli sviluppi, e lei lo faceva, raccontandogli ogni sera la giornata della principessa. Era un modo vigliacco di starle accanto, ma l'unico che conoscesse. Tutto il suo tempo se ne andava in consigli, riunioni e obblighi di governo. Le poche volte che riusciva a cenare con la famiglia, la rigida etichetta che Fea imponeva a tutti gli impediva di lasciarsi andare con sua figlia. A volte Neor si sentiva più il padre della moltitudine sconosciuta dei sudditi di Learco che di Amina e Kalth.

Sorrise a Adhara. «Cercavi me?»

Lei si limitò ad annuire.

Gli spiegò tutto con chiarezza e in poche parole. Neor la trovò cresciuta; la prima volta che l'aveva vista era solo una ragazzina sperduta, ora invece era una persona che pian piano stava costruendo la propria identità. Con una punta d'orgoglio non poté fare a meno di pensare che fosse merito di Amina.

«E quando vorresti fare questa cosa?»

«Quando deciderete voi. Il tempo di organizzare il tutto.»

«Fea di certo non sarà d'accordo» obiettò Neor.

«Be', non è detto che lo debba per forza sapere» replicò Adhara.

Il principe rise di gusto. «Mi hai convinto» disse. «Prepara la cosa come meglio credi. Hai il mio permesso.»

Il sorriso di Adhara fu aperto e sincero, e Neor pensò una volta di più che aveva visto giusto. Adhara e Amina non potevano che aiutarsi a vicenda.

Adhara irruppe nella stanza di Amina prima di colazione. La principessa era ancora a letto, la faccia assonnata premuta sul cuscino e il corpo avvolto nelle lenzuola.

«Sveglia! Oggi è un gran giorno.»

Amina si tirò su. «Che novità è questa?» biascicò con la bocca impastata.

«Una bella novità» rispose Adhara.

La fece vestire da uomo, la tenuta che in genere usavano per i loro giochi, e Amina non riuscì a nascondere il proprio buonumore. «Ma quindi oggi niente lezioni?»

«Almeno non quelle solite.» Adhara amava fare la misteriosa. La curiosità, l'eccitazione, la gioia che si facevano man mano strada sul viso della ragazzina erano tutte cose che assaporava con lentezza, e le infondevano un senso di benessere.

Le fece bere solo una scodella di latte, poi le preparò un tascapane con dentro un po' di cibo: carne secca, pane e formaggio fresco.

«Ma quindi andiamo in giro?»

«Vedrai...»

La condusse verso l'ingresso, sul vialone del giardino, e il suo cuore iniziò a battere più forte. Certo, aveva organizzato la sorpresa per Amina, ma tutto sommato anche per se stessa. Entrambe avrebbero gradito quella giornata, anche se in modo diverso.

Adhara lo vide fermo al centro del viale, l'elsa che gli spuntava tra le scapole. Amina, davanti a lei, si irrigidì.

«E lui?» chiese, tagliente.

Adhara fece un cenno ad Amhal, che si fece avanti.

«Amina, ti presento Amhal.»

Il ragazzo fece un inchino e le sorrise in un modo irresistibile. Adhara si sentì orgogliosa di lui.

Amina restò gelida. «Lo so chi è. Fa parte della guardia di mio nonno. Che vuoi?» gli chiese in modo sgarbato.

Amhal non si scompose. «Niente di particolare. Adhara mi ha detto che ti piace combattere, e ha pensato che per te potesse essere interessante trascorrere un giorno assieme a me. Alla mattina andremo in Accademia e ci alleneremo con la spada, e nel pomeriggio faremo la ronda in città. Che ne dici?»

Adhara poté percepire distintamente l'intima esultanza di Amina, l'eccitazione che il programma delle attività della giornata le procurava, anche se soffocò il sorriso che le saliva istintivo alle labbra e cercò di fare la sostenuta. «Se almeno così potrò saltare le lezioni...»

Amhal guardò interrogativo Adhara, ma lei gli fece l'occhiolino. Passò allora alla seconda parte del piano. «Però, se vogliamo fare tutte queste cose, forse è il caso di attrezzarsi» disse, e mostrò qualcosa che fino ad allora aveva celato dietro la schiena. Il volto di Amina si illuminò non appena scorse il fagotto che le stava porgendo, perché la forma era assolutamente inequivocabile. Glielo strappò di mano, lo svolse e la vide: una spada. Non era nulla di particolare, una comune arma da allenamento, un pezzo che anche il più mediocre armaiolo avrebbe saputo forgiare. Ma lei non la pensava così.

«È... mia?»

«Almeno per oggi sì» rispose Amhal. «Poi, se mi dimostrerai di saperla usare, te la lascerò per sempre.»

La ragazzina si girò a guardare Adhara. C'erano miriadi di cose nel suo sguardo: gratitudine, ammirazione per quella spada, impazienza. Adhara le godette a una a una, e pensò con orgoglio che era stata lei a suscitarle, che aveva visto giusto, che era la prima volta che si sentiva davvero utile, importante per una persona. «Allora, si va?»

La principessa annuì con convinzione.

All'inizio Amina rimase comunque sulle sue. Insistette per allenarsi solo con Adhara e si tenne a una certa distanza da Amhal. Lui si fece cavallerescamente da parte, assistette ai primi scontri e fece qualche pacato commento, quasi tutti all'indirizzo di Adhara.

«Forse dovresti muovere di più le gambe.»

«Lì sarebbe stato meglio fare un affondo.»

Si trovavano in una vecchia palestra in disuso dell'Accademia. Era polverosa e malmessa ma ben attrezzata, e risultava particolarmente affascinante agli occhi di Amina, che amava tutto quanto aveva una vaga aria cospiratoria. Adhara e Amhal avevano deciso così per la sua sicurezza: portarla in mezzo agli altri soldati avrebbe gettato scompiglio tra le reclute e rovinato il divertimento.

Amina ascoltò i commenti di Amhal in silenzio, poi, all'ennesimo assalto, davanti a un'Adhara sudata e affaticata, sbottò: «A parlare sono bravi tutti. Vorrei vederti a combattere.»

Amhal si alzò dalla panca e sciolse la spada dai legacci che gliela assicuravano alla schiena. «Io sono pronto» disse con spavalderia.

Adhara pensò che era davvero straordinario; doveva vedersela con l'istintiva antipatia che Amina provava per lui, eppure non sbagliava mai: sapeva esattamente quali corde toccare per far breccia nel cuore della principessa.

La ragazzina mise giù la spada. «Non vorrei sembrarti pedante, ma io sono alta la metà di te e uso la daga. Non ho speranze con uno con lo spadone a due mani.»

Amhal scrollò le spalle. «Adhara, il tuo pugnale, per favore.»

Lei gli si avvicinò sguainando l'arma e porgendogliela. Poi mise una mano sull'elsa della sua spada. Le fece uno strano effetto. Era come toccare una parte di lui.

Si sedette in un angolo e vide Amhal passarsi il pugnale da una mano all'altra, saggiandone la presa. «Va meglio?»

Amina sorrise quasi con ferocia. «Direi» e scattò in avanti come una furia.

Amhal fu impeccabile. Combatté con eleganza, e senza dare mostra di trattenersi. Eppure a Adhara era chiaro che stava calibrando le proprie forze su quelle di Amina. Si limitava a parare, e i suoi affondi erano poco efficaci. Lo guardò rapita. Tutto in lui la infiammava. Il modo in cui combatteva, il movimento guizzante dei suoi muscoli, la cautela con cui si confrontava con Amina, persino l'ombra che gravava sempre su di lui, quella specie di oscura maledizione che ogni tanto se lo portava via. Notò con disappunto un paio di segni rossi sulla sua schiena. Ancora punizioni autoinflitte, ancora dolore che avrebbe voluto togliergli dalle spalle e prendere sulle proprie.

Alla fine Amhal mise Amina al muro, dopo uno scambio di colpi abbastanza lungo da darle l'illusione di aver perso con onore.

«Ti arrendi?» le chiese con espressione concentrata. Sapeva rendere quel gioco una cosa terribilmente seria.

Amina aveva il fiatone, e gli rispose con uno sguardo fiero. «Solo perché sei un maschio e sei più grosso di me» disse tra i denti.

«Ovviamente» convenne lui senza neppure una punta d'ironia. Poi la lasciò libera.

Si concessero qualche altro svago prima di pranzo. Provarono a combattere con le lance, e alla fine scovarono un'armatura ammaccata e impolverata. Dalle dimensioni sembrava fosse appartenuta a uno gnomo; era perfetta per la taglia di Amina, che ovviamente volle subito provarla.

Gliela fecero indossare non senza fatica, e lei mosse qualche passo, finendo per inciampare nei propri piedi e rotolare a terra con un frastuono terribile. Adhara accorse preoccupata. Da quell'ammasso di ferro provenivano gemiti soffocati. Quando però tolsero l'elmo, scoprirono Amina senza fiato per le risate.

«Ma è assolutamente impossibile muoversi con questa roba addosso!» esclamò, quando riuscì a smettere di ridere.

«Ci vuole un addestramento solo per quello» spiegò Amhal, sollevato.

Mangiarono in una locanda di infimo ordine, con un oste con la faccia da galeotto e una perenne cortina di fumo sopra le teste. Amina ne fu a dir poco entusiasta, e volle persino bere un po' di sidro.

«È alcolico, non dovresti» cercò di dissuaderla Adhara.

«Tu avrai al massimo cinque anni più di me, e lo bevi senza problemi.»

Adhara si trovò a riflettere sulla propria età, sulla quale in effetti non si era mai interrogata.

Amhal non le diede certo man forte. «Io la prima volta l'ho bevuto a nove anni» ammise.

E fu quindi sidro per tutti.

«Non sei poi tanto male» si lasciò sfuggire Amina guardandolo di sottecchi. Lui rispose con un vago sorriso, e Adhara si congratulò con se stessa per il felice esito del suo piano.

Il pomeriggio fu dedicato alla ronda. Amhal era riuscito a strappare solo la mattina di permesso, e il pomeriggio avrebbe dovuto fare il solito giro per la città. Sapeva che era contro il regolamento portarsi dietro una ragazza e una bambina mentre svolgeva il suo compito, ma si fidava dell'istinto di Adhara e delle sue doti di combattente; per questo non disse nulla ai superiori e permise a entrambe di andare con lui.

Amina era eccitatissima e giocherellava di continuo con l'elsa della spada. «Devo ammettere che forse mi sono sbagliata sul tuo conto» disse a Adhara mentre battevano le vie affollate del centro di Makrat. «Insomma, sono stata ingiusta quando ti ho accusata di non voler essere mia amica.»

Lei sorrise tra sé e sé. «Te l'avevo detto.»

«Già... Ma mio padre sostiene sempre che le cose vanno dimostrate, più che dette, e tu... be', oggi mi hai dimostrato che ti piace divertirti con me.»

«L'intenzione era quella.»

«A parte stare col tuo prezioso Amhal.»

Adhara divenne viola. «Ma che dici?» Gettò uno sguardo preoccupato verso il ragazzo, che camminava davanti a loro.

«Stai tranquilla, non ci sente» la rassicurò Amina, ma ugualmente abbassò il tono di voce. «Hai buon gusto, è proprio carino.»

Adhara si sentì terribilmente a disagio. Non si era mai trovata in condizioni di parlare con qualcuno di argomenti del genere. Prese a tormentarsi le mani. «Volevo solo che lo conoscessi meglio e capissi che non è un tuo nemico...»

«Certo, certo... E poi anche a me piace uno, un soldato della guardia, pensa un po'. Abbiamo gli stessi gusti riguardo ai ragazzi» aggiunse Amina con sguardo malizioso.

Fu allora che Amhal schizzò in avanti, senza dire una parola. Adhara e Amina, prese alla sprovvista, rimasero per un istante bloccate, ma Adhara decise rapidamente cosa fare.

Afferrò la compagna per un polso, la strinse a sé e mise la mano sul pugnale. Era pronta a ogni evenienza.

La folla si aprì davanti a loro, mentre da un vicolo poco oltre provenivano i rumori di una lotta.

Amina si divincolò. «Voglio andare a vedere!» esclamò, sfuggendo alla presa.

Adhara si lanciò in avanti come un fulmine, il pugnale nella mano, e la riagguantò tirandola a sé all'ingresso del vicolo. Sul fondo, il brillio di una lama.

Amhal si muoveva con la solita eleganza e la consueta forza. La spada roteava rapida, disegnando sinuose geometrie intorno al suo corpo. L'avversario, un ladruncolo munito di una spada mezzo arrugginita, non resistette più di un paio di parate, poi la sua arma volò via, scivolando a terra per qualche metro.

E allora Adhara la vide. Il mondo parve fermarsi, l'aria raggelare. La furia. La solita, antica furia con cui Amhal faceva i conti tutti i giorni, che cercava di soffocare nel dolore e nell'esercizio fisico estenuante. Gliela vide apparire negli occhi. La brama di completare quell'ampio movimento del braccio, di terminare il tondo sul collo dell'avversario, di spillarne il sangue. Ma non lo fece. Si bloccò, ruotò la spada e fermò la punta sul petto del ladro. Per un istante parve combattere con quel suo istinto atavico.

«Sei in arresto» mormorò alla fine con voce strozzata.

Adhara riprese a respirare normalmente.

«Ahi! Mi fai male!» strillò Amina infastidita.

Senza accorgersene, aveva rafforzato la presa sulle sue spalle. «Scusa, ho avuto paura che tu...» disse, allentando la stretta. Amhal nel frattempo stava legando i polsi al ladro.

Amina si volse verso di lei. «Ma hai visto che cosa fantastica!? La spada quasi non si vedeva! E come l'ha disarmato!»

Adhara annuì, ma la sua mente era altrove. Osservava Amhal, e quando lui finalmente sollevò gli occhi su di lei, gli regalò uno sguardo pieno di ammirazione. Aveva vinto.

Amina fece un sacco di storie per tornare a casa, ma quando trovò suo padre ad attenderla sul cancello, in qualche modo si convinse.

«Magari a tua madre non dire del ladro, va bene?» le consigliò Adhara lievemente preoccupata.

Amina le fece l'occhiolino, poi le buttò le braccia al collo e la baciò su una guancia. «Grazie» sussurrò, e corse dal padre.

Così Adhara fu libera di riprendersi dalle fatiche della giornata assieme ad Amhal. Trascorsero la serata in Accademia. «Sei stato bravo, oggi» gli disse.

«Be', sì, non l'avrei immaginato. Non ho mai avuto a che fare con fratelli o sorelle, è un miracolo che sia riuscito a trovare il modo di trattare con la principessa...»

«Non mi riferivo a quello.» Adhara mise una mano su quella di lui. «Pensavo al ladro.»

Gli occhi di Amhal parvero incupirsi. «Sono vittorie momentanee» tagliò corto.

«È pur sempre una vittoria. Dovresti pensare a momenti come quello di oggi, quando ti punisci per i tuoi errori.»

Lui preferì cambiare discorso. «Sai, continuo ad addestrarmi con San. Mi ha insegnato parecchie cose.»

Adhara sorrise. «Ti sta aiutando?»

«Sì, credo di sì.»

Dalla sera del bacio non avevano più parlato di quanto era successo. Adhara si domandava se non fosse stata solo la follia di un momento: splendida, ma pur sempre solo follia. Il giorno dopo si erano comportati come se nulla fosse, poi entrambi erano stati assorbiti dai preparativi per la giornata che avevano appena vissuto. A un tratto pensò di affrontare l'argomento, ma poi non ne ebbe il coraggio.

Così chiacchierarono del più e del meno per il resto della serata, e alla fine Amhal l'accompagnò fino all'ingresso dell'Accademia. Più oltre non poteva andare. «Mi spiace che tu debba tornare da sola, ma oggi non ho il permesso di uscire.»

Adhara scostò il mantello e gli mostrò il pugnale. «So come difendermi» disse con un sorriso.

«Quasi mi dimenticavo» aggiunse Amhal, battendosi il palmo sulla fronte. «Ho ottenuto udienza dal Supremo Officiante. Tra una settimana andrò a spiegarle la situazione, e poi sarà lei a dirci quando potrà visitarti.»

Per Adhara non aveva più molta importanza. Ora aveva un presente pieno di avvenimenti, un presente nel quale Amhal la baciava e passava splendide serate assieme a lei.

Lui le strinse le mani. Rimasero di nuovo fermi, incerti su cosa fare. Adhara lo abbracciò senza dargli il tempo di ritrarsi e, col cuore in gola, prese l'iniziativa. Aveva capito che spesso baciare è più facile che parlare.

La bocca di lui si aprì, e fu di nuovo miele e calore. Le sue mani scesero a disegnarle il contorno dei glutei, e strinsero, con foga, fin quasi a farle male. Adhara sentiva il suo corpo premere contro di lei, e i denti serrarsi sulle sue labbra. Quando le afferrò un seno, ebbe paura, una paura folle e irrazionale di quelle mani, di quella passione che aveva un che di violento.

Finì all'improvviso. Amhal si staccò di colpo, ansimando. La guardò sconvolto, e nei suoi occhi Adhara vide la furia, la stessa del primo giorno in cui si erano incontrati.

«Scusa, io...»

«No, sono stata io...» provò a ribattere lei, avvicinandosi di nuovo.

Ma Amhal fece un passo indietro, terrorizzato. «Buonanotte» mormorò, e corse via.

Trovò San fermo davanti alla sua porta, come quasi tutte le sere da quando avevano cominciato ad allenarsi assieme.

Amhal era fuori di sé. Avvertiva ancora sotto le mani

la sensazione della carne di Adhara, e quel folle desiderio di afferrarla, morderla, dilaniarla. Il vago presentimento che lo aveva colto la prima volta che l'aveva baciata era sfociato in qualcosa di terribile e tangibile. La furia non era più qualcosa di relegato all'ambito della battaglia. Era una presenza ossessiva che stava lentamente divorando pezzi della sua vita, che si infilava persino tra gli affetti più cari, ad avvelenare i sentimenti più puri.

San dovette accorgersi del suo turbamento. «Qualcosa non va?»

Amhal scosse la testa, più che altro per scacciare le orribili sensazioni di poco prima. «Mi cercavate per allenarci?»

«Come sempre.»

«Prendo la spada e vengo.»

Era quello che gli ci voleva. Moto. Annegare la furia nella spada. Perché quando era con San, nulla gli faceva paura, e persino le pulsioni più terribili stemperavano e trovavano un senso. Neppure con Mira gli era mai accaduto qualcosa di simile. San aveva il potere di calmarlo.

Gettò un occhio al libro che gli aveva dato. Era sulla cassapanca, aperto a metà. La prima volta che l'aveva letto ne aveva avuto paura.

«Parla di Formule Proibite» aveva detto, quando San gli aveva chiesto che ne pensasse.

«Certo» aveva risposto lui tranquillamente.

Amhal era rimasto sconcertato. «La Magia Proibita è male!»

«La Magia Proibita è un'arma di cui ciascuno dispone a proprio modo. Ma va conosciuta, o non si è maghi completi.»

San gli aveva poi tessuto una convincente apologia delle Formule Proibite. Amhal percepiva vagamente che nei suoi insegnamenti, nel suo modo di vedere la magia, c'era qualcosa di sbagliato e oscuro, eppure al tempo stesso le sue tesi erano seducenti. Sentiva il desiderio di accoglierle, pur avendone paura.

Da allora, guardava a San con un misto di ammirazione e sospetto. Era come per la furia che gli cresceva in petto: era male, lo sentiva, ma in essa c'era anche qualcosa di allettante, quasi di positivo. Allo stesso modo San era qualcuno cui non poteva dire di no, qualcuno di cui aveva timore, ma che sentiva di dover seguire.

Uscì, la spada in mano. «Andiamo» disse quasi con disperazione.

San sorrise, un sorriso da lupo.

20

Il tempio

Mira e San non si frequentavano molto. Restavano in qualche modo elementi disgiunti della vita di Amhal. Mira era il maestro che di giorno lo iniziava alle arti dei cavalieri, gli insegnava a frenare gli impulsi e gli mostrava un mondo solare, in cui non c'era spazio per l'orrore, e se c'era, era comunque qualcosa di controllabile, che la ragione era sempre in grado di fugare.

San era invece la notte, la seduzione dell'oscurità, il maestro occulto che gli parlava di un mondo in cui le sfumature tra bene e male erano molto sottili, un posto in cui persino la furia perdeva i propri contorni per stemperare in qualcosa di indefinito, di attraente e pericoloso.

Se capitava, si parlavano, amichevolmente. Ma non si conoscevano. E Mira ignorava gli allenamenti notturni.

«Ti vedo stanco, in questi giorni» diceva ad Amhal, durante l'addestramento.

«È un periodo intenso. Ho qualche difficoltà a dormire» rispondeva lui. Ma quando Mira si congratulava per i suoi riflessi migliorati o per qualche nuova mossa, si sentiva orgoglioso. E pensava che il maestro sarebbe stato contento di sapere di quegli allenamenti con San, anche se non aveva ancora trovato il coraggio di parlargliene.

Così si stupì quando una mattina Mira lo convocò.

«Abbiamo un Consiglio d'emergenza. Dobbiamo partire subito.»

Amhal annuì. Era pronto.

«Ma tu non verrai.»

Rimase interdetto. «Maestro...»

«La situazione in città è preoccupante» spiegò Mira. «C'è tensione, e questa malattia sembra ormai alle porte di Makrat. Bisogna vigilare. Per questo è stato deciso che parte delle truppe rimarranno qui. Learco e Neor si muoveranno con un seguito ristretto.»

«Maestro, preferirei in ogni caso venire con voi...»

«Sei migliorato» lo interruppe lui «e molto. Non posso più permettere questo attaccamento eccessivo che hai nei miei confronti. Sei pronto a spiccare il volo, e questo significa che devi iniziare a cavartela da solo. Per questo rimarrai.»

Orgoglio e paura si alternarono nel petto di Amhal.

«In ogni caso, San ti terrà d'occhio.»

Amhal non seppe cosa dire. Era la prima volta che Mira e San interagivano in qualche modo. Alla fine, i due mondi tra i quali era rimasto sospeso in quel periodo si toccavano.

«Ve l'ha chiesto lui? Di farmi restare, intendo.»

Mira lo guardò senza capire. «E perché avrebbe dovuto? No, no. Il re ha ordinato che alcuni uomini rimangano qui. San lo farà, e io ho pensato a te. E poi mi pare di capire che tu lo ammiri profondamente, e lui ti ritiene un giovane promettente. Per questo gli ho chiesto di vigilare su di te.» Gli batté una mano sulla spalla. «Non è più tempo di avere paura. Sei forte, Amhal, più di quanto credi, e presto sarai cavaliere. Prendila come una delle ultime prove.»

Qualcosa si smosse nell'animo del giovane, e un groppo gli salì in gola. «Proverò a non deludervi» disse, cercando di trattenere il tremito della voce.

Sui bastioni, Amhal guardò il maestro partire in sella al suo drago, insieme alle altre guardie scelte. Con lui, Learco.

San era al suo fianco, e osservava la scena con aria grave. Poi si voltò. «Be', per un po' avremo più tempo per allenarci, che ne dici?»

Amhal sorrise, inquieto.

A corte, le notizie della malattia filtravano poco e in modo confuso. Adhara ne coglieva ogni tanto vaghi accenni. Un malato al confine con la Terra del Mare, forse un caso sospetto nella Terra del Sole. Ma l'atmosfera era tesa, e una sensazione di tragedia imminente gravava sulla città.

Per un po' i suoi pensieri erano stati completamente assorbiti dalla sua nuova vita. Con Amina le cose procedevano bene. Era diventata in qualche modo più calma, più riflessiva e meno capricciosa. Nei suoi gesti intravedeva di continuo segni d'affetto, e lei stessa le si era legata più di quanto avesse creduto possibile. Aveva persino smesso di cercare in biblioteca; improvvisamente non era poi così importante sapere chi fossero i Veglianti, o quale fosse il suo passato. Perché adesso era Adhara, la dama di compagnia, e la ragazza che una sera aveva baciato Amhal davanti al cancello dei giardini.

Ma proprio questo era il suo cruccio. Cosa stava accadendo tra lei e Amhal? Dopo quell'ultima sera, era letteralmente scomparso. Non sapeva cosa pensare. Non riusciva a capire con chiarezza cosa fosse accaduto tra loro, ma sentiva ancora le sue mani sul seno, e la cosa un po' le faceva paura, un po' la eccitava. Sì, la furia si era insinuata tra loro, ma forse l'amore era questo, era anche violenza, era anche desiderio impellente.

Amhal però non si faceva vedere. Le aveva mandato solo un laconico bigliettino.

"Sono molto impegnato. Verrò prima che posso. A presto."

E a lei non era rimasto che attendere. Che Amhal tornasse, che la vita, come al solito, facesse il suo corso. Perché questo era la sua vita: un quieto lasciarsi trasportare dalla corrente, in attesa che il fato lavorasse per lei. Fino a quel momento aveva funzionato.

E infine Amhal venne. Adhara si precipitò da lui eccitata. Lo trovò fermo all'ingresso del giardino, la spada sulle spalle e il mantello a coprirlo quasi completamente.

«Sono solo di passaggio» disse quasi senza salutarla.

«Ah!» fece lei, fermandosi a qualche passo da lui. Rimasero immobili per un istante.

«È che mi sto allenando molto» si scusò Amhal. «Però non mi dimentico di te» aggiunse con un sorriso tirato.

Restarono a parlare a tre passi l'uno dall'altra, come temessero persino di sfiorarsi. Adhara sentiva il suo corpo chiamarla, ma al tempo stesso non era in grado di infrangere la barriera che si era creata tra loro. Lo ascoltava fingendo interesse, quando avrebbe solo voluto chiedergli cosa fosse successo in tutti quei giorni.

Lui le disse che aveva visto il Supremo Officiante e che era riuscito a farle avere un'udienza.

«Per domani pomeriggio» puntualizzò. E le spiegò dove si trovava il tempio e come presentarsi all'ingresso.

Adhara sentiva che avrebbe dovuto essere felice, che avrebbe dovuto essergli grata. Ma non ci riusciva. Era passato il tempo in cui da lui desiderava in dono il proprio passato; ora era altro che voleva dalle sue mani e dalla sua bocca.

«Verrai con me?» gli chiese.

Lui rimase in silenzio per qualche secondo.

«No. Sono di guardia.» Dovette percepire la sua delusione, perché si affrettò a precisare: «Ma verrò alla sera per sapere com'è andata, te lo giuro.»

«Amhal, che c'è?» disse lei d'impulso. «Non vieni più, e adesso sei elusivo, e...» *E che ne è dei baci che ci siamo dati*, finì la solita voce dentro di lei. Ma le parole non furono capaci di uscire dalla sua bocca.

Amhal fece un passo indietro. «È solo che sono molto impegnato con gli allenamenti. Tutto qua. Ma ti assicuro che domani sera ci vedremo, e magari allora saprai chi sei!»

Le sorrise, però c'era qualcosa di falso, di artificioso in fondo a quel sorriso.

La salutò senza sfiorarla, con un semplice cenno della mano, e Adhara fu di nuovo sola con i propri dubbi.

L'indomani seguì le indicazioni che le erano state date. Si mosse per Makrat disorientata. Dopo i lunghi giorni trascorsi nell'ambiente ovattato del palazzo, quella città caotica la spaventava. Tutti la guardavano con sospetto, e c'era un'aria strana tra i vicoli e gli ampi viali. Si chiese se fosse la malattia, che aveva già iniziato a mietere vittime con la paura. Si muore in molti modi, prima che il cuore cessi di battere. Affrettò il passo, e infine fu davanti al tempio.

Era un'immensa costruzione di marmo bianco. Aveva pianta circolare, e un'ampia cupola piuttosto schiacciata fatta di vetro. Vi si accedeva tramite un'enorme porta a sesto acuto, decorata da un rosone traforato. Non c'era nessuno. Era il primo pomeriggio, e il sole faceva risplendere l'intera costruzione di un bianco abbacinante.

Adhara si percepì piccola come un insetto, ed ebbe l'istintiva paura di rimanere schiacciata dalla mole di quel tempio. Qualcosa le diceva di andare via. Lì non c'era nulla che potesse davvero interessarle. Poi pensò che lo doveva ad Amhal, che aveva fatto tanti sforzi per permetterle di vedere il Supremo Officiante.

Dentro era immenso. La statua del dio era in fondo, gigantesca, e davanti c'era un altare sopraelevato. Tutto intorno, panche distribuite in ampi semicerchi. Il rosone esterno ora appariva multicolore; era decorato da una vetrata dai toni sgargianti e proiettava a terra il disegno di un uomo, quello della statua, circondato da una moltitudine di figure adoranti. Le pareti laterali erano interrotte a intervalli regolari da finestre alte e strette, anch'esse decorate da vetrate. Il risultato era che il pavimento appariva quasi completamente chiazzato da macchie di vari colori. A stento si intravedeva il mosaico di marmi policromi che lo ricopriva, e che andava a disegnare un complesso fregio geometrico. Adhara avanzò lentamente in quell'immensità. La cupola era di vetro satinato, nel quale erano stati inseriti pezzi di cristallo nero a comporre figure stilizzate, decori astratti.

«Vieni pure avanti, Sua Eccellenza ti aspetta.»

La voce proveniva da qualche parte alla sua sinistra. Adhara si voltò e notò la figura di una ragazza vestita di una lunga tunica azzurrina che le lasciava le braccia scoperte. Avanzò verso di lei. Sorrideva e, quando le fu abbastanza vicino, si inchinò.

«Il mio nome è Dalia, Sorella della Folgore. Sei la benvenuta.»

Adhara chinò appena il capo. Dalia le fece cenno di seguirla.

La condusse dietro l'altare, attraverso una porta piuttosto angusta che portava in un corridoio rivestito di marmo.

«È un vero onore che Sua Eccellenza ti riceva in udienza privata. In genere non accetta visite di questo tipo, ma si è detta profondamente interessata a te.»

Adhara si limitò a camminarle dietro. Non sapeva che dire. Cosa poteva trovarci in lei una persona così importante?

Finirono in una piccola sala austera. La volta era a botte, le pareti spoglie. Dalia si inchinò appena entrata, e Adhara si affrettò a imitarla. C'erano due sedie nella stanza, una occupata. Vi sedeva una donna anziana, il corpo appesantito, il volto serio e un po' affaticato.

«Lasciaci sole» disse. E Dalia si alzò in piedi, silenziosa varcò l'uscio e si chiuse dietro la porta.

Adhara rimase chinata a terra. Alzò appena lo sguardo sul Supremo Officiante. Aveva già avuto modo di vederla un paio di volte prima di allora, ed era sempre rimasta stupita dal suo aspetto stanco. Era anche lei una vecchia, l'ennesima, che reggeva nelle proprie mani le sorti del mondo.

Adesso, abbandonata pesantemente nel proprio scranno, trasmetteva anche un'idea di fragilità che Adhara trovò quasi commovente. Tanto potere, tante responsabilità, su spalle così provate, così sottili.

«Alzati.»

Aveva una voce roca, ma venata da una certa autorità. Adhara obbedì, fermandosi impacciata al centro della stanza.

Theana lasciò vagare lo sguardo sul corpo della ragazza. I suoi capelli lisci e neri, striati da quelle insolite ciocche azzurre.

C'è sangue di mezzelfo in lei, pensò.

I suoi occhi di due colori diversi.

Un effetto secondario di qualche incantesimo.

Il fisico minuto, il corpo magro, la posa che tradiva tutto il suo imbarazzo.

Sorrise. «Siediti, non c'è ragione che tu resti lì impalata.»

La ragazza obbedì. Theana sentiva qualcosa provenire da lei, qualcosa di rassicurante e oscuro. La fece parlare.

«Il tuo amico mi ha già accennato la tua storia, ma mi piacerebbe sentirla dalla tua bocca.»

Adhara prese fiato, poi iniziò a parlare con voce tremante. Era agitata. Le raccontò del prato, del senso di smarrimento, della sua memoria priva di qualsivoglia ricordo. Theana smise di ascoltarla quasi subito. La sua storia non era importante. Contava invece la corrente che sentiva provenire da lei, l'aura enigmatica che la circondava. Strinse gli occhi, si concentrò. C'erano sigilli magici su di lei. Qualcuno aveva usato la magia, Formule Proibite con ogni probabilità, ma l'aveva fatto in modo strano. Non riusciva a capire di che incantesimo si trattasse. Eppure, sotto quella sorta di aura malefica che la circondava, c'era qualcosa di puro, di santo e di potente.

«Conosci la magia?»

Adhara rimase a bocca aperta. Il Supremo Officiante l'aveva interrotta improvvisamente.

«Sì, credo di sì, la percepisco e la riconosco, ma non l'ho mai usata.»

«Vieni qui.»

La ragazza si alzò e le si mise davanti, in piedi. Theana le strinse un polso. Fu come essere attraversata da una forte corrente. Se ne sentì avvolta e sopraffatta. Percepiva una pace immensa, un meraviglioso senso di appagamento. Ma c'era qualcosa di terribile, di fasullo, in quella sensazione. Solo con difficoltà riuscì a staccare le dita. Si accasciò sulla sedia, sfinita.

«State bene?» chiese incerta Adhara.

Mio dio, cos'è questa ragazza?

«Sì, io... sto bene.»

Strinse un paio di volte gli occhi per cercare la lucidità, poi la guardò.

«Qualcuno ha usato su di te la magia» disse. «Ti ha imposto potenti sigilli, incantesimi che possono essere rotti solo da chi li ha creati, o da maghi straordinariamente dotati. Non so dirti però con esattezza di che tipo siano questi sigilli.»

Adhara annuì. «Me l'ha detto un vostro confratello che mi ha visitato nella Terra dell'Acqua. Credete siano stati questi... sigilli ad avermi fatto perdere la memoria?»

Theana scrollò le spalle. «Non lo so.»

Valutò se fosse il caso di parlarle delle strane sensazioni che le suscitava. Decise di tacere. Aveva sempre avuto la capacità di percepire la forza magica con straordinaria vividezza. Ma il suo dono si fermava lì. Poi non era in grado di spiegare quella forza, di capire da dove provenisse e dove avrebbe condotto, o anche solo di comprenderne il senso. Era il suo limite di maga. In Adhara c'era qualcosa di strano, una forza magica potente e inquietante, ma non avrebbe saputo dire cosa questo significasse.

«Ma voi siete in grado di trovare i miei ricordi? Di ridarmeli?»

La voce della ragazza si era accesa di una nota di speranza.

Devo indagare. «Forse.»

Theana si alzò con difficoltà e ordinò a Adhara di rimettersi seduta. Doveva tentare. Cercare i suoi ricordi. Forse lì stava la chiave di tutto. Perché di nuovo un timore oscuro le avanzava nel cuore, il ricordo dell'ora più buia che il culto di Thenaar avesse vissuto dai tempi della Gilda degli Assassini, la setta che ne aveva pervertito la natura.

Andò verso un armadio, lo aprì e cercò il necessario. Erbe, polveri, un recipiente. Prese un ramo dalla fascina di betulla che era appesa all'anta interna e cominciò a pregare in silenzio. Continuò a farlo mentre preparava l'occorrente, miscelando la mistura che avrebbe usato. Avvertiva la perplessità di Adhara, la sua preoccupazione. Non smise di pregare fino a quando non sentì che la forza del dio la pervadeva. A quel punto era tutto pronto.

Prese la scodella e il ramo di betulla e si sedette accanto alla ragazza.

«Tenterò un incantesimo per esplorare i tuoi ricordi. Tu semplicemente rilassati e lasciami fare. Ti fidi?»

«Sì.»

Per un istante Theana percepì un legame con quella ragazza, qualcosa di profondo, che aveva a che fare con Thenaar, ma l'impressione si dissolse rapida com'era venuta.

«Porgimi le braccia.» E lei obbedì.

Iniziò con la cantilena rituale, una lenta litania ipnotica, intinse il fuscello nella mistura e con la punta iniziò a tracciare disegni sulla pelle di Adhara. Partì dal polso, diafano, e seguì il tracciato bluastro delle vene. Prima ne marcò il percorso fino ai gomiti e più su fino alle spalle, poi cominciò a tesservi intorno delle figure. Nel frattempo, la sua mente si apriva a quella della ragazza.

Passò al secondo braccio, rafforzando il legame mistico che aveva appena stretto con lei. Quando giunse all'ultimo fregio, sulla spalla sinistra, emise una nota acuta e vibrante. Il mondo scomparve dall'orizzonte della sua percezione, e ci fu solo la mente di Adhara. Un luogo denso di impressioni nette, di percezioni violente, tutte risalenti al passato più immediato. Theana non poteva vedere chiaramente quei ricordi, ma avvertiva le sensazioni ad essi connesse. Si immerse più a fondo, scendendo oltre la superficie della coscienza. Là regnava una distesa bianca, piatta e sconfinata, un deserto scevro di sentimenti e memorie. Come la mente di un neonato, come se davvero non ci fosse nulla da ricordare.

Possibile che sia nata là, in quel prato?

Poi qualcosa di malvagio, un moto di odio profondo, e dolore, dolore intenso, terribile. Sangue, paura, disperazione. E un urlo, incessante, mostruoso, infinito. Theana se ne sentì risucchiata, e sprofondò senza appigli, dominata da un terrore arcano.

Quando si riebbe, era sdraiata a terra, e nel suo campo visivo c'erano solo la volta della sua stanza e il volto preoccupato di Adhara.

«State bene?»

Si tirò su lentamente, guardandola con preoccupazione.

«Sì» disse dopo qualche secondo. «Sì, sto bene.»

Accanto a lei scorse Dalia.

«Vi ho sentita urlare e sono accorsa.»

«Vi giuro, io non ho fatto niente!» ripeteva Adhara.

Theana sentì il braccio di Dalia cingerle le spalle, sollevarla. «Mia signora...»

«Va tutto bene, non è colpa sua» disse, poi guardò Adhara. «Mi spiace, la magia non ha funzionato.»

Lei la fissò a bocca aperta. Dopo qualche secondo di attonito silenzio, trovò il coraggio di parlare: «Che vuol dire?»

«Che non ho trovato nulla da portare a galla.»

«Ma...» C'era delusione nei suoi occhi, una punta di rabbia, forse. «Non capisco... Perché urlavate?»

«Per il vuoto che ho visto nei tuoi ricordi.»

«Sì, ma...»

«Mi dispiace» tagliò corto Theana. «Non c'è nulla che possa fare per te.»

Adhara, inginocchiata, continuava a fissarla sconvolta.

«Mi dispiace...»

Fu Dalia a prendere in mano la situazione. Appoggiò la schiena di Theana alla sedia, poi prese per le spalle Adhara. «Vieni con me.»

«Ma sono qui anche per chiedervi dell'altro!» insistette la ragazza.

Dalia si bloccò un istante. Theana la guardò, in attesa.

Adhara si divincolò, le andò vicino e sguainò il pugnale. Dalia scattò in avanti atterrita, ma lei volse subito l'elsa verso il Supremo Officiante.

«Quando mi sono svegliata, c'era questo con me.»

Theana impallidì e prese a tremare. Scostò la mano che reggeva il pugnale e distolse il viso. «Non ho altro da dirti.»

Dalia si avvicinò di nuovo e strinse con più vigore le spalle di Adhara.

Lei oppose resistenza. «Chi sono i Veglianti?»

«Non pronunciare quel nome qui dentro» sibilò Theana.

Dalia spinse Adhara fuori, ma lei insistette. «Chi sono i Veglianti?»

Poi la porta si chiuse alle sue spalle.

L'Assemblea dei Fratelli della Folgore veniva riunita raramente. Da quando avevano ricostituito il culto di Thenaar, era accaduto solo in occasione del tradimento dei Veglianti.

Theana guardò preoccupata i fratelli e le sorelle, capi delle comunità religiose delle varie terre.

«Credete che sia opera dei Veglianti?» chiese uno.

«Ha il loro pugnale, e su di lei è stata imposta la magia.»

«Erano soltanto pochi sbandati...» osservò un'altra.

«Certo, ma c'erano fuoriusciti dalla setta, e gente pronta a tutto. Erano fanatici» obiettò Theana.

«Chi ritenete sia la ragazza?»

Il Supremo Officiante sospirò. «Non ne ho idea. Ma conoscete anche voi le profezie. Questa strana malattia che avanza, gli elfi che tornano dal buio di secoli perduti, e poi il segno dei Veglianti... Temo che i tempi siano giunti.»

Un silenzio gravido, oscuro.

«Cosa proponete?» ebbe infine il coraggio di chiedere un fratello.

«Nient'altro che tenere la situazione sotto controllo. E indagare sui Veglianti. Forse non siamo riusciti a disperderli completamente, forse si sono riuniti e continuano a operare nell'ombra. E bisogna studiare la ragazza» disse Theana con voce salda.

Molte teste annuirono.

«Voi siete il Supremo Officiante, voi siete la guida.»

Era la formula ufficiale che ratificava ogni delibera, e fu pronunciata da ciascuno degli otto membri.

«Credete davvero che i tempi siano giunti?» chiese allora una voce tremante.

Theana trattenne il fiato. «Posso solo sperare di no.»

21
I Veglianti

Arrivò una mattina. Il sole era alto, il cielo azzurro e nessuna nuvola all'orizzonte. L'uomo si accasciò davanti alla porta di casa.

Ad accorrere fu un vicino che passava di lì. «Herat, stai bene?» urlò, scuotendolo per una spalla.

Lo girò delicatamente, mettendolo supino. E le vide. Nere e terribili, diffuse sul collo, si arrampicavano verso il viso. Le macchie della morte.

Si tirò su di scatto e si allontanò urlando: «Il morbo! Il morbo!»

Toccò a Neor prendere tutte le decisioni. Quarantena per il villaggio colpito e per altri dieci villaggi nei dintorni. Impossibilità di spostarsi da un luogo all'altro senza un permesso scritto rilasciato dalle autorità. Drappelli di soldati in ogni paese la cui popolazione superasse le mille anime. Controlli a tappeto. Makrat chiusa dal tramonto all'alba.

La Terra del Sole sprofondò nell'incubo. Proprio ora che il re era lontano, e che a palazzo c'era solo lo storpio.

«È una manovra per prendere il potere. Lo sappiamo

tutti che è a quello che mira, che è quello che ha sempre voluto...»

«Neor è sempre stato un ottimo consigliere.»

«Neor aspettava solo il momento buono per fare il colpo.»

Le notizie presero a circolare ingigantite, e il sospetto si diffuse ovunque. Una ninfa linciata a sud della città: l'accusavano di diffondere il morbo. Un vecchio salvato per miracolo dal rogo della sua casa: i vicini avevano appiccato il fuoco perché era malato; un banale raffreddore, appurarono i sacerdoti.

Ma la gente non voleva sentire ragione, aveva paura, non sapeva dove nascondersi per sfuggire a quel pericolo invisibile e terrificante, che passava attraverso l'aria, superava ogni difesa, poteva colpirti col volto delle persone che amavi e conoscevi da una vita.

Ma Neor non si fece prendere dal panico. Non ascoltò le dicerie, ignorò la diffidenza di quel popolo cui aveva sacrificato tutto se stesso per lunghi anni. Sapeva che era giunto il momento di dimostrare chi era, e lo fece.

Dubhe moltiplicò le spie in giro per Makrat, e lui stesso fece organizzare nuove ronde. Impiegò tutti i cavalieri in quella nuova missione. Convocò San.

«Ho bisogno di te.»

Lui chinò il capo, un ginocchio e un pugno poggiati a terra. «Io sono sempre con voi.»

«Sono gli elfi» disse Neor.

Le spalle di San ebbero un lieve moto, appena percettibile. L'ombra di un sorriso, celato sotto il capo chino, gli attraversò le labbra.

«Si possono riconoscere anche se sono camuffati.»

«Ho letto i testi, so come sono fatti. Le loro proporzioni sono diverse dalle nostre.»

Neor deglutì. «Li hai mai visti nelle Terre Ignote, durante i tuoi viaggi?»

San indugiò un istante appena prima di rispondere. «No. Non mi sono mai spinto tanto lontano.»

Neor lo guardò. «Ma sai riconoscerne uno?»

San annuì.

«D'ora innanzi la città sarà battuta da pattuglie formate da una guardia e un sacerdote; assieme, cercheranno gli elfi. L'ordine è di catturarli vivi e impedire loro di nuocere. Non sappiamo quanti ce ne siano in giro, ma li cercherete. Organizza tu i turni.»

«E la sicurezza del palazzo?»

Neor pensò alla moglie, ai figli. «Tre soldati per la mia famiglia. Non uno di più. Questo è un problema secondario.»

Amhal venne preso dal turbine. Assistette alla prima riunione, durante la quale San dettò i nuovi ordini.

«Tu farai coppia fissa con me» gli disse.

Amhal esultò. Ogni altra cosa scomparve dal suo orizzonte. Adhara, che per lunghe notti aveva riempito la sua mente con i ricordi dolci e terribili di quei due baci; la dolcezza delle sue labbra e l'orrore di quando le sue mani l'avevano quasi ferita. Mira, lontano, perduto. Persino la sua furia, che continuava a tormentarlo giorno e notte invitandolo a dar sfogo alla sete di sangue. Tutto scomparve, e rimase solo San.

Battevano la città dalla mattina alla sera, fianco a fianco. Agivano come un'unica persona. Non c'era bisogno di parole tra loro: i corpi si muovevano in sincrono, la spada nera e lo spadone a due mani danzavano all'unisono quando si trattava di punire un ladro o fermare un assassino. Perché la città era in subbuglio. Un senso di morte l'avvolgeva, la stringeva nelle proprie spire e pian piano la soffocava. E nell'imminenza della fine, ciascuno si rivelava per ciò che davvero era. Atti di eroismo e di inaudita crudeltà si alternavano per i vicoli della capitale. Omicidi, stupri, furti, ma anche solidarietà verso gli stranieri perseguitati, le ninfe braccate, i malati.

E Amhal si immergeva in quel magma. A guidarlo, solo gli insegnamenti di San, le parole che spesso gli ripeteva, alla sera, quando si ritrovavano per allenarsi.

«Uccidere non è necessariamente un male. Dipende da chi uccidi.»

«Noi abbiamo un potere, Amhal, un potere che nessun altro possiede. E non dobbiamo mortificarlo abbassandoci a seguire le leggi dei mortali. Noi siamo *altro*, Amhal, la tua furia lo è.»

Un mondo oscuro, a cui lui aveva cercato di resistere. Ma quando Mira era andato via e Makrat era scivolata nella follia, il confine tra lecito e illecito, tra bene e male, era sfumato ai suoi occhi. San era apparso come l'unica certezza, e le sue parole gli erano sembrate sempre meno minacciose e sempre più dolci, suadenti. Tra le sue mani, la furia appariva innocua, *giusta* persino, e lui imparava a farci i conti, a lasciarla fluire lentamente. Come quella sera nel bosco, quando aveva provato una nuova formula proibita che aveva portato devastazione e morte intorno a lui. Corpi carbonizzati, tronchi divorati dal fuoco. E nessun senso di colpa. Finalmente...

L'unico cruccio era Adhara. Aveva ancora voglia di lei. Nel marasma della sua nuova vita, appariva a sprazzi, come un ricordo doloroso. Rammentava la pace dei primi giorni insieme, e la desiderava. Ma aveva paura di lei. Di quello che stava per farle l'ultima volta.

Le aveva promesso che sarebbe andato a chiederle del

suo incontro col Supremo Officiante. Non lo fece. Per una settimana intera lasciò che fosse solo la missione a riempire le sue giornate. La missione e il suo nuovo rapporto con San. Ma sapeva che qualcosa lo legava a lei, qualcosa di misterioso e profondo, che lo spaventava e lo attraeva.

«Io credo che un cavaliere non possa concedersi il lusso dell'amore» gli disse una sera San, quando lui gli parlò di Adhara.

«Ido però amava Soana» replicò Amhal.

San parve irritato. «Ido era al di là, Ido era più di un cavaliere, lui...» Si interruppe, poi riprese con più calma: «Io parlo di te. Di questo momento della tua vita. Io capisco i tuoi... bisogni.»

Amhal arrossì violentemente.

«Ma l'amore... l'amore ti renderebbe debole. Se vuoi, divertiti con questa ragazza, ma nulla di più.»

«Ho paura di farle del male» mormorò lui.

San sorrise. «E allora dimenticala, o fanne cibo per la tua furia.»

Adhara sentiva il mondo scivolarle via dalle dita. Tutto era cambiato in un istante. Attese Amhal per l'intera sera, sperando che almeno lui l'aiutasse a capire l'enigmatico incontro col Supremo Officiante. Ma Amhal non venne. E non venne neanche la sera successiva, e neppure quella dopo. E intanto Makrat scivolava nel caos. Le voci allarmanti che circolavano, il coprifuoco, il divieto tassativo per chiunque di mettere piede fuori dal palazzo.

Finì rinchiusa in quella prigione dorata assieme alla principessa. La vita sembrava scorrere come al solito, ma Amina non riusciva a mascherare la propria paura e Adhara la propria angoscia.

Cosa aveva visto il Supremo Officiante? Perché non voleva dirle dei Veglianti? Dal nulla del suo passato emergevano di nuovo mostri, si celavano presagi oscuri, misteri insondabili. Non poteva fingere che non avesse importanza, come aveva fatto fino a quel momento.

E Amhal che non c'era, Amhal si era scordato di lei.

All'inizio pensò fosse tutta colpa della prostrazione in cui era precipitata da quando aveva incontrato Theana. Si sentiva seguita. Come se qualcuno la spiasse, ricalcasse i suoi passi ovunque andava.

Ma poi intravide qualcuno, nel bosco, mentre giocava con Amina.

«L'hai sentito?»

«Cosa?»

«Un fruscio» disse Adhara, e si guardò attorno.

«Ti prego, non farmi paura...» implorò Amina, sfiorandole un braccio.

Adhara non le disse di aver visto qualcosa di nero muoversi tra gli alberi.

La sera successiva fece un giro per il palazzo, mentre tutti dormivano. Un giro ozioso, lento. Colse alle spalle l'eco indistinta di passi. Vagò ancora, finché non si trovò in una zona abbastanza buia. Si fermò, attese che il rumore, felpato e furtivo, si spegnesse. Poi chiuse gli occhi e lasciò spazio alla memoria del corpo.

Sguainò il pugnale, scattò verso il fruscio. Si stupì della propria rapidità, e altrettanto fece il suo nemico. Lo afferrò per la gola con una mano, mentre con l'altra gli puntava il pugnale al petto.

Come se fossi nata per fare questo, come se non avessi fatto altro nella vita, pensò, e si chiese ancora una volta da dove venissero quelle capacità.

«Chi sei?» mormorò. «Chi ti manda?»

La figura tremava sotto le sue mani. «Non sono qui per farti del male» rispose una voce soffocata.

«Cosa vuoi?» insistette Adhara, fingendo una crudeltà e una freddezza che non le appartenevano.

«Sono un fratello» disse lui, e allora Adhara allentò un poco la stretta sul suo collo. «Mi manda il Supremo Officiante, ma ti giuro, non lo so perché, mi ha detto solo di tenerti d'occhio!»

Adhara si appoggiò al muro e si passò una mano sulla fronte. «Io voglio conoscere la verità» disse disperata. «Cosa vuole da me quella donna? Cos'ha visto nella mia testa?»

Il fratello ansimò nel buio. «Non ti posso aiutare, mi dispiace...»

«Vattene, e non tornare mai più» disse allora Adhara, riponendo il pugnale. «Di' a tutti di lasciarmi in pace.»

Il giorno dopo, Dalia in persona si presentò durante le lezioni di Amina. Fece un breve inchino davanti a Adhara. «Il Supremo Officiante desidera vederti.»

«Non voglio avere nulla a che fare con la Confraternita» rispose lei, stringendo i denti.

Dalia sorrise. «Sua Eccellenza ti offre la verità, questo mi ha detto di dirti.»

Adhara sussultò. «Non posso uscire da palazzo. Ordini del principe» obiettò, dubbiosa.

«Con la mia scorta puoi farlo» replicò Dalia.

Theana la ricevette nella stessa stanza del loro primo incontro. Le fece cenno di sedersi, la guardò con dolore. Adhara cercò di sopire ogni forma di compassione. Doveva essere inflessibile con quella donna che l'aveva usata e che le teneva nascosta la verità.

«Devi perdonarmi, ho fatto un errore» esordì il Supremo Officiante.

Adhara si concesse una risata amara. «Dite così solo perché ho scoperto la vostra spia.»

«Non è questo. Mi riferisco all'averti nascosto la verità.»

La ragazza fu presa alla sprovvista. Non immaginava che sarebbero arrivate al punto così in fretta.

«Tu però sembri uscita dai miei peggiori incubi, e mi ricordi tempi... oscuri, che ho cercato di dimenticare» continuò Theana, accarezzandosi la fronte. «In ogni caso, hai diritto alla verità. Tu non hai colpe.»

Adhara rimase immobile. «Chi sono?» chiese in un soffio.

«Non lo so, Adhara, non lo so...»

«Basta! Perché mi avete chiamato? Voi giocate con me!» esplose lei, scattando in piedi. «Mi promettete la verità, poi dite che non la conoscete, e...»

«Ti dirò quello che so sui Veglianti» la interruppe Theana senza scomporsi. «Siediti e abbi pazienza.»

Adhara non poté far altro che obbedire.

I Veglianti. Un gruppo di idealisti, si definivano.

«Folli» sentenziò Theana. «Folli che forse avevano iniziato la loro opera guidati da giusti principi, ma che presto persero il lume della ragione.»

Si erano formati circa vent'anni prima, quando dall'analisi di antichi testi ritrovati durante la costruzione di Nuova Enawar erano emerse storie arcane. Si trattava di libri elfici della biblioteca del Tiranno, volumi che erano entrati in possesso della Confraternita dei Fratelli della Folgore, che con gran fatica li traducevano e li interpretavano.

Era stato un giovane, un ragazzo erudito e molto versato nelle arti sacerdotali. Si raccontava fosse accaduto una notte, durante una lunga sessione di studio. Il testo era complesso, astruso, ma il significato fin troppo chiaro.

Esiste nel Mondo Emerso una lotta millenaria, che secolo dopo secolo si rinnova e si protrae. Ebbe inizio con l'origine dei tempi, e da allora avvolge nelle spire del proprio ciclo questo mondo, segnandone la storia e tracciandone il destino.

Il primo fu l'Elfo, il cui nome venne dimenticato, distrutto, cancellato. Egli inventò la Magia Proibita, facendo entrare il male nel mondo. Contro il desiderio di vita, contro l'afflato al bene degli dei, egli opponeva la propria sete di distruzione. Perché se gli dei potevano creare e gli elfi no, egli allora voleva quanto meno avere il potere di distruggere. Venne detto Marvash, il Distruttore, e fu il primo. Davanti alla potenza del suo male, che minacciava di distruggere il Mondo Emerso, gli dei, e Shevraar primo fra tutti, inviarono sulla terra Sheireen, la Consacrata, destinata a spegnere l'odio di Marvash, ad annientare la sua opera e ricacciarlo nell'ombra da cui proveniva.

Il primo scontro condusse alla sconfitta di Marvash. Ma la sua morte diede frutti oscuri. Non senza progenie egli si spense, e gettò un seme nel mondo, un seme di morte che avrebbe dato una messe nefanda.

Le stagioni passarono, la pace si stabilì, ma il male non era stato sconfitto. Di nuovo dalle tenebre emerse un essere assetato di morte e distruzione, e rivendicò per sé il nome di Marvash. Di nuovo gli dei condussero nel Mondo Emerso Sheireen, e di nuovo la lotta tra i due scosse la terra fino alle radici. Fu il trionfo di Marvash, cui seguirono lunghi secoli di buio.

Da allora, periodicamente, appaiono al mondo uno o più distruttori. Creature votate al male, dotate di straordinari poteri, esseri tenebrosi che godono della morte, che solo nella strage trovano il loro appagamento. Ad essi si oppongo le consacrate, Sheireen, ugualmente potenti, ma mosse dal bene, pervase da una benefica forza purificatrice. Eternamente lo scontro si ripete, e l'esito è sempre incerto. Nelle varie epoche, a volte fu l'oscurità a vincere, altre la luce. L'unica certezza è la lotta stessa, il perpetuo rinnovarsi del ciclo del bene e del male, della serpe che morde la coda alla fenice e della fenice che becca il corpo della serpe, in una sequenza infinita che solo la ricomposizione degli estremi potrà interrompere.

«Il giovane rimase sconvolto dalla scoperta, e venne da me a raccontarmi tutto» continuò Theana.

La storia del Mondo Emerso appariva sotto una nuova luce. Tutti sapevano che Nihal era Sheireen, la Consacrata; Aster non poteva che essere il Distruttore. Quando sarebbero apparsi i prossimi, e come sarebbe finito lo scontro?

Si aprì il dibattito all'interno della Confraternita. Perché c'era chi diceva che bisognava prepararsi, e chi semplicemente riteneva che bastasse prendere atto dell'esistenza di quell'alternanza che regolava la vita del Mondo Emerso, e ad essa piegarsi.

«Dakara, che aveva fatto la scoperta, disse che il prossimo scontro avrebbe potuto annientarci. Non sempre vince Sheireen. Ci sono stati secoli in cui ha dominato

Marvash. Ci chiese di immaginare un mondo assoggettato al dominio di uno come il Tiranno, di figurarci le lande desolate, le foreste devastate, tutti gli esseri ridotti in schiavitù. E disse che occorreva trovare Sheireen per primi, e addestrarla, darle le armi per trionfare.»

Lei però si era opposta.

«Lo scontro va avanti di generazione in generazione. È il Mondo Emerso che è fatto così, che si regge su questa eterna alternanza tra bene e male, tra pace e sofferenza. Noi non possiamo e non dobbiamo alterare questo equilibrio. La consapevolezza dell'esistenza del male ci rende vigili della pace, ci permette di godere intensamente della serenità guadagnata. La certezza del ritorno del bene illumina i momenti bui, ci dà la forza di sopravvivere, di combattere. Lottare contro questo avvicendamento è un inutile atto di presunzione, è arroganza nei confronti di Thenaar. Sheireen arriva in ogni caso, che lo vogliamo o no, e alla lunga trionfa. Il male non è eterno, ce lo dice la natura stessa dell'alternanza. Questo sostenni, e in questo credo ancora.»

Discussioni, estenuanti dispute, e la votazione finale. I Fratelli della Folgore non avrebbero cercato Sheireen. Avrebbero rispettato la natura dell'alternanza senza interferire.

Dakara si era opposto, non aveva accettato quella decisione. Amava troppo il Mondo Emerso per assistere al suo scempio. E così erano nati i Veglianti. Una setta collaterale, formatasi da uno scisma, che avrebbe cercato *a tutti i costi* Sheireen.

Theana si interruppe un istante, guardando il sole splendente fuori dalla finestra del suo studio. Da quanto non pioveva sulla città? Quanto sarebbe durato ancora quel caldo soffocante?

«In qualche modo accettammo lo scisma. Continuammo la nostra vita, e i Veglianti la loro. Ma poi...» Chiuse gli occhi. «Cominciarono a uccidere.»

Adhara trasalì.

«Ragazzini. Bambini dalle spiccate capacità magiche. I Veglianti erano convinti di aver trovato il modo per individuare Marvash prima che sviluppasse del tutto le sue capacità. E ammazzavano chi ritenevano sarebbe potuto diventarlo.»

Adhara deglutì. E lei? Come si inseriva in tutto questo?

«Re Learco li fece arrestare e dichiarò la loro setta fuorilegge. Vennero spazzati via diciotto anni fa. E da allora non sono più tornati.»

Un silenzio pesante calò sulla piccola stanza.

«E io?» mormorò Adhara.

«Non lo so» sorrise Theana. «Hai con te il loro pugnale rituale, segno che esistono ancora. L'altro giorno non ho trovato nulla nella tua mente. Solo i ricordi che hai da quando ti sei risvegliata nel prato. Ma ho visto qualcosa di terribile, prima di quel momento. Dolore, un dolore insopportabile.»

Adhara sentì la testa girarle. Un vaghissimo ricordo. Pietre coperte di muffa. Uno stretto cunicolo. E dolore... Ma durò un istante appena. Poi la realtà ebbe il sopravvento.

«Cercavano Sheireen. Anche quando uccidevano i presunti Marvash, continuavano a cercarla. Tu potresti essere una di loro, o chissà... Non lo so, Adhara, non lo so proprio.»

Si alzò in piedi e andò alla finestra.

«Percepisco una forza in te, però non ne riconosco il segno né il senso. Ma ho paura. Perché, è vero, i Veglianti erano folli, ma se avessero avuto ragione? Se i tempi fossero vicini?»

Si girò di scatto, e Adhara notò nei suoi occhi una vena di delirio che la spaventò.

«Sono gli elfi a portare la malattia, lo sai? Non l'abbiamo detto a nessuno, ma sono loro. La malattia, e i Veglianti che ritornano dall'oblio in cui speravamo di averli relegati... E se Sheireen e Marvash stessero di nuovo per scontrarsi?»

La domanda rimase sospesa nell'aria.

«Ma voi non sapete chi sono né da dove vengo...»

Theana parve tornare in sé. «No» disse, sedendosi di nuovo. «No. Ti ho fatta seguire per cercare di capirlo. Se tu fossi una Vegliante forse potresti rispondere alle nostre domande, o se fossi stata in qualche modo loro ostaggio...»

Le sue parole si persero.

«Cosa volete da me?» chiese infine Adhara, con un moto di fierezza.

Il Supremo Officiante sostenne il suo sguardo, poi sorrise. «Indagare. Sul tuo passato, su di te.»

«Sapete già tutto quello che so io, e di più non posso dirvi.»

«Già, lo credo anch'io» mormorò Theana. Poi si alzò e andò verso una libreria colma di boccette. Ne prese una bianca, l'appoggiò sul tavolo. «Sono erbe. Una mistura inventata da me. Ho già frugato nella tua mente, e non credo ci sia altro, ma... prendila. Ogni mattina. E una volta alla settimana vieni da me.»

Adhara sollevò la boccetta e se la rigirò tra le dita. «A che serve?»

«Potrebbe aiutarti a ritrovare la memoria. Ogni settimana ripeterò su di te l'incantesimo del nostro primo incontro. Chissà che non riusciamo a venire a capo di questa storia.»

Adhara si alzò, la boccetta stretta tra le mani.

«Perdonami» aggiunse Theana «per averti fatto seguire, per averti trattato come avrebbe fatto un Vegliante. Ho sbagliato.»

Adhara si sforzò di sorridere, ma non ci riuscì. Se ne andò, ancora una volta senza passato né identità.

22
Confusione

«Non puoi chiedermi questo.»

Dubhe era in piedi nella stanza del figlio. Era stato lui a convocarla, di notte, all'insaputa di tutti.

Neor la guardò con espressione dura. «È necessario.»

Il silenzio che seguì fu gravido di sottintesi.

«Ma stiamo parlando di un eroe, un uomo che tuo padre venera, che tutta Makrat ha accolto con i maggiori onori, e che in questo momento ha in mano la sicurezza della città.»

«Lo so perfettamente. Per questo devi farlo seguire.»

Era stato il giorno in cui il principe gli aveva affidato Makrat. Non aveva mai avuto grandi contatti con San. Del resto, lo conosceva più che altro grazie a quanto gli avevano raccontato i suoi, e per le leggende che circolavano sul suo conto. Si limitava a prendere atto che era un figura per certi versi mitica, e cercava di capire in che modo poter sfruttare questa sua caratteristica. Ma, per il resto, si erano parlati poco.

Prima di quel giorno non avevano mai avuto una vera conversazione faccia a faccia.

«Esattamente di cosa sospetti?» chiese Dubhe.

Neor non lo sapeva. Era stata una sensazione. Il lievissimo imbarazzo con cui aveva risposto alle sue domande, quell'attimo di incertezza prima di dire che no, non aveva mai visto gli elfi.

«Quell'uomo ha passato quarant'anni nelle Terre Ignote, e dice di non aver mai visto gli elfi.»

«Mi sembra plausibile. Anch'io non li ho visti, non so neppure dove siano.»

«Tu ci sei stata un paio di mesi, e non eri certo in viaggio di esplorazione. Ma lui... lui era là per viaggiare. Sennar li ha visti, ci ha parlato, è impossibile che San non abbia avuto modo di incontrarli.»

«Magari se n'è tenuto volontariamente a distanza.»

Non gli quadrava. C'era qualcosa di strano in quell'uomo tanto amato. Forse era solo l'eccessivo ascendente che aveva su tutti a renderglielo sospetto.

«Non ti sto chiedendo niente di sconvolgente, non lo sto accusando di nulla. Ti consiglio solo di mettergli dietro uno dei tuoi.»

Dubhe continuava a tentennare. «Vuol dire distogliere qualcuno dall'indagine sugli elfi.»

«Non essere assurda. Si tratterebbe di una persona sola.»

Lei si sedette, la fronte appoggiata a una mano, pen sierosa.

«In ogni caso, cosa sai di lui?» insistette Neor. «Te lo ricordi bambino, un bambino strano, a quanto mi raccontavi. Quel bambino non esiste più; è passato attraverso cinquant'anni di avventure di cui non conosciamo nulla, è diventato un uomo, un estraneo.»

«È per tuo padre» confessò infine Dubhe. «Lui si fida.»

Neor si sporse appena dalla sedia. «E di me, ti fidi?»

Si guardarono intensamente negli occhi, e bastarono pochi secondi per ritrovare la profonda complicità che li aveva sempre uniti.

Dubhe si alzò in piedi. «Un uomo solo. E per due settimane. Se in questo tempo non scopre niente, giurami che lo lasceremo in pace.»

«Sta bene» rispose Neor. Poi sorrise. «Vedrai, magari è solo una mia sensazione» aggiunse, senza esserne molto convinto.

«Ho troppa fiducia nel tuo istinto per crederci» replicò lei, seria, prima di allontanarsi.

E poi il re tornò. Pallido, stanco, il viso tirato. Mira, al suo fianco, non era da meno.

Amhal guardò il maestro scendere dal drago, e per qualche strana ragione si sentì quasi in imbarazzo a correre da lui. Lo attese immobile, e faticò a ricambiare il suo abbraccio.

Alla sera, Mira, Amhal e San cenarono assieme. C'era stato un rapido Consiglio, nel pomeriggio, e Mira aveva il volto scuro.

«La malattia si diffonde. C'è voluto un po' perché i vari regnanti ammettessero i casi di contagio, ma alla fine sono stati tutti costretti a scoprire le carte. La Terra dell'Acqua è in subbuglio, quella del Vento pure, e casi si sono avuti più o meno ovunque, tranne che nella Terra dei Giorni e in quella della Notte. Si sono prese decisioni drastiche: non ci sarà più libera circolazione da una terra all'altra. Le zone dove la malattia imperversa sono state messe in quarantena. Le frontiere sono pattugliate. La Terra del Mare fa quel che può, ma sono stati lenti a chiudere, e contano già i primi casi. I villaggi malati saranno isolati. Spetterà all'esercito pattugliarli e verificare che la quarantena sia rispettata. È la fine del Mondo Emerso per come lo conosciamo.»

«Siete troppo pessimista» replicò San. «È un fuoco di paglia. Del resto non avevamo già a che fare con la febbre rossa? Sono sicuro che la prima volta che abbiamo dovuto fronteggiarla le cose erano più o meno come ora. Ogni volta che si presenta una nuova malattia all'inizio è dura, ma le cose poi migliorano.»

Mira lo guardò dubbioso. «La febbre rossa ora è endemica, e comunque il suo grado di mortalità non è così alto. Io ho sentito la gente parlare, i sacerdoti raccontare di morti atroci, di febbri che consumano i malati in due, tre giorni, e li portano alla tomba.»

«Ripeto, forse anche la febbre rossa all'inizio era così.»

«Non dobbiamo abbatterci» osservò Amhal scuotendo la testa. «È una tempesta, ma passerà. E noi faremo il nostro dovere.»

Ma Mira rimaneva preoccupato. «È facile dirlo per te, che sei immune... Ma vallo a raccontare ai Fratelli della Folgore che dovranno lavorare gomito a gomito con i malati per cercare una cura... Il Supremo Officiante ha aperto i templi ai malati, si è messa lei stessa a disposizione, e ha già iniziato i suoi studi. E che dire dei soldati che saranno mandati a pattugliare terre che sono già in fiamme? Lontano dalle famiglie, soli in posti dove la malattia imperversa, senza difese.»

«Lo sappiamo quando ci arruoliamo» rispose Amhal «che la nostra vita non ci appartiene, che la mettiamo al servizio di un bene più grande.»

Mira sorrise amaramente. «Quanta sicurezza, nessun dubbio... Ma la via di un Cavaliere di Drago è anche compassione, comprensione delle ragioni degli altri, e non rifiuto del dubbio, bensì rinnovo quotidiano della propria scelta attraverso l'accettazione delle nostre incertezze.»

Amhal arrossì.

«Siete troppo severo. La gioventù è fatta di forti convinzioni e grandi ideali» obiettò San, buttando giù un sorso di birra.

«Solo la gioventù sciocca va avanti senza indecisioni, senza mai mettere in dubbio le proprie incrollabili certezze.»

Un'aria di gelo percorse il tavolo. San però non ribatté.

Fu Amhal a rompere gli indugi. «Noi cosa faremo? Voglio dire, dove saremo distaccati?»

San guardò di sottecchi Mira, ma lui non parve accorgersene. «Pattugliamento della città» rispose secco. «Per ora la priorità è salvare Makrat.»

Quella sera San si ritirò da solo, e Mira e Amhal presero assieme la via delle loro stanze. Il giovane avvertiva un vago malessere. Non riusciva a spiegarselo, ma durante l'assenza del maestro era successo qualcosa che aveva innalzato tra loro una barriera. Forse erano le lunghe ore di allenamento trascorse con San, forse il fatto di sentirsi in qualche modo diverso, come se in quei giorni di lontananza qualcosa in lui fosse morto, e al suo posto fosse nato qualcos'altro. Mira gli parlava, e lui riusciva a rispondere solo a monosillabi.

«Sei strano» osservò a un tratto il maestro.

«Solo stanco.»

«E con Adhara?»

Quel nome gli fece esplodere il petto. Adhara. Dov'era? Cosa faceva? Come stava?

«Sono stato molto impegnato, è un po' che non la vedo» rispose, imbarazzato.

Mira lo guardò a lungo. «Le amicizie vanno coltivate.»

Amhal sentì un groppo in gola, e uno strisciante senso di colpa nello stomaco. «Io...»

Mira si fermò. «Lavori troppo» gli disse. «Ti trovo... consumato. Prenditi mezza mattinata, Makrat non crollerà per questo, e va' da lei. Sono certo che ti aspetta.»

Gli sorrise, e Amhal la immaginò ferma nel giardino del palazzo, come l'ultima volta che l'aveva vista, e il cuore gli diede una stretta di dolore e piacere.

«E adesso vai a dormire, ne hai bisogno» aggiunse Mira, appoggiandogli una mano sulla spalla.

Amhal sentì le lacrime salirgli agli occhi, lacrime che non sapeva neppure spiegarsi, ma che gli stringevano le viscere in un nodo di nostalgia.

Si avviò verso la propria stanza, avvolto dalla terribile sensazione di aver perduto qualcosa.

Quando una servetta la venne a chiamare dicendole che era attesa, Adhara *sapeva* che era lui, lo sentiva.

Corse per i corridoi terrorizzata all'idea che fosse solo un'illusione, ma quando lo vide, avvolto nel suo mantello, il volto tirato acceso da un timido sorriso, la preoccupazione si sciolse, e sentì impellente il desiderio di piangere. Volò tra le sue braccia, incurante di tutto, del corpo rigido di lui sotto il suo abbraccio, di tutto quanto era accaduto tra loro. Soffocò il pianto sul suo collo e: «Mi sei terribilmente mancato» gli disse.

Parlarono di quanto era successo nel tempio. Si sedettero sull'erba in giardino, sotto un albero. Lei gli raccontò tutto, del primo incontro con Theana e dei Veglianti.

Amhal si mostrò interessato. «Quindi forse eri loro prigioniera...»

«Oppure ero una di loro. In fin dei conti, ne so quanto prima.»

«Le erbe che ti ha dato il Supremo Officiante funzionano?»

Adhara lo guardò scuotendo la testa.

«Forse le prendi da troppo poco tempo.»

Lei alzò le spalle. «Non è davvero importante» mormorò. «Il mio passato» aggiunse «non conta più.»

Amhal provò a protestare: «Ma è il punto di partenza da cui cominciare, e...»

«Il presente è più importante» lo interruppe lei, prendendo il coraggio a due mani.

Lo fissò a lungo, e lui fu costretto ad abbassare lo sguardo.

«Amhal, che succede? Avevi detto che saresti venuto, e non l'hai fatto. Mi hai abbandonato, e neppure mi tocchi più, come se avessi paura di me.»

«Ce l'ho!» Era stato quasi un urlo, disperato.

Adhara rimase impietrita.

Amhal prese a tormentare l'erba. «L'ultima volta... Adhara, la furia non va via, la furia c'è sempre, è parte di me.»

«Ma tu la combatti. E in ogni caso non vedo cosa...»

«Stavo per farti del male» disse, gli occhi verdi accesi di un'angoscia profonda che colpì Adhara con la forza di un pugno. «E io non voglio. Io non posso occuparmi di te, perché non so neppure occuparmi di me... e... è un periodo strano. Sta cambiando qualcosa, molte cose, io sto cambiando e sto capendo. E...»

Lei gli prese il volto tra le mani. Strinse per impedirgli di sfuggirle, e lo guardò dritto negli occhi. «Tu non mi farai mai del male. Io questo lo so.»

Avvicinò la bocca a quella di lui, lo baciò con foga, ma durò poco.

Amhal si staccò da lei, arrossato e confuso. «Non posso, Adhara, non posso.»

«Questo è quello che credi tu, ma la verità...»

«Non ora» tagliò corto lui. «Devo prima trovare me stesso, poi potrò dedicarmi a te. Perché io non voglio appoggiarmi a te, io voglio proteggerti, io voglio...» Sospirò.

«Non capisco» mormorò Adhara. «Io voglio stare con te. Non so cosa questo significhi, se si chiama amore o cosa, ma voglio stare con te. E tu?»

Amhal non riuscì a sostenere il suo sguardo. «Non ora» ripeté, e a Adhara sembrò che il mondo le si sgretolasse intorno. Lui allungò la mano per sfiorare la sua, ma lei la scostò bruscamente. «Devi darmi tempo.»

«Io non ne ho bisogno.»

«Ma io sì.» Amhal riuscì a prenderle una mano e la strinse con forza. «Non credere che io non... non ti voglia bene» sussurrò.

Adhara si sentì pervadere dall'ombra di una speranza, cui però non voleva abbandonarsi. «E allora?»

«Allora voglio solo essere sicuro di non costituire una minaccia per te. Perché non potrei mai, mai sopportare di farti del male.»

Lei guardò a terra. Tutto era troppo complicato, incomprensibile. Si chiese perché non potessero tornare alla semplicità dei primi tempi, quando tra loro non c'erano muri di sorta. Ma quelle due persone non esistevano più.

«Non ti lascerò più sola.»

«Lo dici sempre...»

«Te lo giuro.» Le teneva ancora la mano. «Per me sei importante» si lasciò sfuggire.

Si abbracciarono, senza che le loro labbra trovassero la via per un altro bacio. Ma c'era molto, in quella stretta, più di quanto avrebbero voluto.

«Quando tornerai?» chiese lei.

«Appena avrò un po' di tempo.»

Adhara lo vide allontanarsi, e percepì con chiarezza che tra loro si era scavato un solco.

Nei giorni seguenti, Amhal cercò di riprendere la solita vita. Vedeva San meno di frequente, anche se, quando non era di pattuglia, lui veniva a chiamarlo. Si inoltravano allora nel bosco poco fuori città, e lì si allenavano. Magia e spada.

Ma l'incontro con Adhara, i sentimenti che provava per lei e non riusciva a sopprimere, il ritorno di Mira, tutto lo confondeva.

Fu messo a pattugliare le mura. Nel resto della Terra del Sole la malattia si stava diffondendo rapidamente, nonostante le quarantene e i controlli. Così Makrat appariva agli occhi di tutti come il porto sicuro, l'unico bastione che riuscisse a resistere agli attacchi del morbo.

Ogni notte, quando entrava in vigore il coprifuoco, qualche disperato cercava di entrare in città. Amhal li vedeva, ombre scure che si assiepavano sotto le mura a chiedere pietà, oppure si arrampicavano come insetti. E ogni notte lottava contro quei disgraziati, e li vedeva morire, in una strage senza senso. Una volta ne aveva parlato con San, e lui era stato subito pronto a dispensare sicurezze.

«È l'unico modo, Amhal. Se quelli entrassero, quanta gente morirebbe, qui in città? Tutta Makrat sarebbe perduta, e con essa l'intera Terra del Sole. È per un bene superiore, credimi.»

E Amhal voleva crederci, per dare un senso a quel compito che lo inquietava, e che non faceva altro che stuzzicare la furia che gli abitava il cuore.

Da quando Mira era tornato, svolgeva con lui quell'incombenza. Misuravano a passi stanchi il perimetro delle mura, gli occhi fissi nell'oscurità.

Fu una sera che accadde. Nubi nere di tempesta riversavano sulla città una pioggia fitta. Ai loro piedi, la piana che preludeva a Makrat era un'enorme distesa di buio pastoso. Scrutavano entrambi la notte, ma la pioggia copriva ogni rumore, e le nubi che occultavano le stelle li rendevano pressoché ciechi.

Fu forse il lontano brillio di qualcosa di metallico alla luce gelida di un lampo. L'occhio di Amhal lo colse appena, ma i suoi muscoli furono rapidi a reagire. Fece un semplice gesto a Mira, poi sguainò la spada. Si acquattò nell'ombra, e pian piano si avvicinò all'origine di quella luce. Il maestro era dietro di lui.

Un nuovo lampo illuminò un rampino, a qualche decina di braccia da loro. Amhal avanzò ancora. Poi lo sentì, lo spostamento d'aria proprio dietro di sé. Si voltò ed ebbe appena il tempo di vedere un'ombra nera calare su Mira. Poi il colpo, impreciso e tremante, e il dolore dietro la schiena. Urlò, fece roteare la spada, si voltò. Un ragazzino. Un ragazzino con in mano qualcosa di corto, un pugnale con ogni probabilità.

Lo vide gettarsi giù per la scala di una delle torrette di guardia. Scattò al suo inseguimento. Ogni falcata gli procurava fitte lancinanti alla schiena, ma in lui era più forte l'istinto del cacciatore, e quelle parole: "È per un bene superiore."

Se le ripeteva come una preghiera, e avevano il potere di annullare qualsiasi altro pensiero, lasciando viva in lui solo la furia, quella forza che con San aveva imparato ad apprezzare.

Vide il ragazzino saltare gli ultimi gradini e sgattaiolare nel primo vicolo. Accelerò il passo, la pioggia che gli frustava il viso, la schiena che urlava.

Gli fu sopra con un balzo. Il pugnale scivolò a terra, lontano. *È disarmato*, pensò, ma la sua mente dimenticò quasi subito quell'informazione. Perché le dita gli formicolavano, e la foga era più forte di tutto.

Sentì il corpo contorcersi sotto la sua presa, lo sentì sgusciare via. Fu rapido a balzare in piedi e a colpirlo. Un semplice affondo. Il ragazzino andò a terra con un lamento strozzato, che gli ricordò il guaito di un animale.

Ma nonostante fosse ferito, scivolò lentamente lungo la strada, a cercare ancora la salvezza, mentre si aggrappava con le dita al lastricato.

Amhal si alzò con calma, avanzò verso di lui, sollevò la spada.

Un "no!" perentorio risuonò troppo lontano. Calò il colpo. E fu di nuovo solo il frastuono della pioggia.

«Maledetto!»

Qualcuno gli fu addosso e prese a tempestargli il petto di pugni, a graffiargli la faccia. Mugolava con un verso inumano. Fu Mira a staccarglielo di dosso.

Era una donna.

«Sta' buona» disse il maestro, mentre cercava di bloccarla, ma quella si divincolò e si lanciò sul ragazzino steso a terra, esanime. Nonostante la pioggia, si sentiva odore di sangue.

«Che hai fatto?» Mira era fuori di sé.

Una donna e suo figlio. Ecco chi erano gli intrusi. Aveva ammazzato un ragazzino. La consapevolezza non portò con sé alcun senso di colpa.

"È per un bene superiore."
«Il mio dovere» rispose Amhal.
Il colpo arrivò bruciante. Un manrovescio.
«Tu li devi fermare! Fermare e arrestare! Era poco più che un bambino!»
Amhal rimase immobile sotto la pioggia, a riflettere sull'enormità di quanto era accaduto. Mira non l'aveva mai colpito.
Perché non ho mai fatto una cosa del genere.
Prima di conoscere San non si sarebbe mai comportato così. Perché allora teneva la furia sotto controllo, la mortificava punendosi ogni volta che si impossessava di lui.
Non si arrese. «Maestro, sarebbe scappato, anche da ferito continuava a strisciare a terra... Avrebbe contagiato tutti!»
Mira lo guardava fremente di rabbia. «C'è un posto per la quarantena, là fuori, o te lo sei dimenticato? Li mettiamo lì, dannazione! E poi ti sembrava malato?»
Amhal stringeva e rilasciava i pugni ritmicamente. Dietro di lui, il lamento acuto e insopportabile della donna.
Mira si avvicinò. «Che ti succede, Amhal? Sei cambiato da quando sono partito.»
Il ragazzo sentì la guancia pulsargli, là dove il maestro l'aveva colpito. Non rispose. Avrebbe avuto molto da dire, ma i pensieri non ne volevano sapere di concretizzarsi in parole, mentre quel senso di colpa opprimente che gli aveva tenuto compagnia per una vita pian piano si prendeva il suo petto.
«Domani sei consegnato in Accademia. E non metterai piede fuori finché non ti sarai calmato» disse Mira. Poi andò a soccorrere la donna.

23
Nubi all'orizzonte

San rideva seduto al tavolo con altri soldati. In mano aveva un boccale di birra, e davanti a sé i volti adoranti delle reclute. Mira avanzò lento, misurando lo spazio che li separava e prendendosi il tempo di osservarlo, di studiarlo. Quando era arrivato, non aveva provato per lui alcun sentimento particolare. Era un vecchio amico del suo re, e questo glielo faceva rispettare, ed era uno che aveva assistito a eventi storici straordinari. Ma finiva lì. Persino adesso la sua figura non gli ispirava né simpatia né antipatia.

Poi però il suo pensiero tornò ad Amhal, alle sue parole della sera prima, davanti al cadavere del ragazzino, e a quello che gli aveva detto dopo, quando lo aveva rivisto in Accademia. "Potrebbe esserci un'altra strada, non credete? Una strada che non prevede questo eterno limitarsi, questo trattenere le proprie forze. Maestro, in questi giorni con San mi sembra di aver capito delle cose, su me e sulla mia vita. E sono cose belle, che mi fanno stare bene."

Mira dovette prendere un respiro.

«Perdonatemi se vi interrompo» disse secco, quando

fu vicino al gruppo. San si girò subito, un sorriso bonario sul viso e il rossore diffuso dalla birra sulle guance. «Vorrei parlarvi a quattr'occhi.»

«È una cosa urgente?»

«Sì.»

«Signori miei, il dovere mi chiama» disse allora San, rivolto ai presenti. «Mi perdonerete se rimando la fine della storia a domani sera.» Terminò la sua birra in un sorso e si alzò in piedi. «Sono tutto vostro» aggiunse allegramente.

Si recarono nella sua stanza, semplice ma ampia, una delle migliori dell'Accademia, considerò Mira.

San si sedette alla scrivania e gli indicò una sedia appoggiata al muro. Poi incrociò le mani sul petto. «Ebbene?»

«So che avete fatto amicizia col mio allievo.»

Il volto di San rimase improntato alla stessa bonomia. «Un ottimo ragazzo. Credo sia il più dotato degli allievi di quest'anno. Forte, coraggioso, per di più ha la magia dalla sua...»

«Già, lo penso anch'io. Un ragazzo forte, retto e sensibile. Un ragazzo che ieri ha ucciso a sangue freddo un ragazzino poco più giovane di lui che cercava di entrare a Makrat.»

San smise di ridere. «Una triste storia. Ma sono i tempi ad essere tristi.»

Mira tacque qualche istante, guardando l'uomo che aveva di fronte.

«Non credo voi sappiate di Amhal. Non credo sappiate che da anni lotta con la sua forza, che vive come una condanna. Non credo sappiate che la sua croce è questa furia che lo prende in battaglia, un desiderio di morte che cerca di soffocare da quando era bambino. E non sapete nemmeno dei suoi progressi, delle strategie che ha appreso per reprimere la sua sete di sangue, o delle punizioni che si infligge ogni volta che sgarra.»

San ora era assolutamente serio. «Ebbene?»

«Ebbene, non so chi voi siate, quali allievi abbiate avuto, o cosa conosciate dei Cavalieri di Drago. Ma quello che Amhal ha commesso ieri, e per cui stamane si è già punito, una nuova cicatrice che va ad aggiungersi alle innumerevoli altre che ha sul corpo, è un enorme passo indietro per lui.»

San lo guardò con ferocia. «Siamo uomini di mondo, e questo gioco mi ha stancato. Che volete?»

Mira gli puntò l'indice contro. «State lontano da Amhal. So cosa gli avete detto, e questo non è quello che insegniamo in Accademia.»

San rimase immobile un istante, poi azzardò una risata.

«Non c'è niente da ridere, e io non scherzo.»

«Io faccio parte dell'Accademia esattamente come voi» replicò San. «E sono un Cavaliere di Drago, lo sapete bene. Eravate presente anche voi alla mia investitura...» E aggiunse con aria grave: «Siete voi che state rovinando quel ragazzo. Voi non sapete chi è, gli avete detto di soffocare la sua natura, gli avete detto di non praticare la magia. E se soffre non è a causa mia, ma dei vostri schiocchi insegnamenti.»

«I miei insegnamenti sono il credo dei Cavalieri di Drago da secoli.»

«C'è chi si innalza sopra le definizioni e i limiti, persino sopra i Cavalieri di Drago.»

Questa volta fu Mira a ridere con sarcasmo. «E voi sareste uno di questi?»

«Forse. Amhal di sicuro.»

Seguì un silenzio pesante.

«Il re vi apprezza e vi ama, ed è solo per questo che sono qui a parlarvi e non là fuori a farvi capire a colpi di spada ciò che intendo. Ma ve lo ripeto per l'ultima volta: Amhal è mio discepolo, è stato affidato a me, e non vi voglio vedere ronzargli intorno.»

San rimase impassibile. «Provate a tenerlo lontano da me, se ci riuscite.»

«Mi basta che siate voi a stargli lontano.»

San alzò le braccia sorridendo. «Non toccherò più il vostro pupillo. Ma, credetemi, sarà lui a cercarmi, perché a differenza di voi io ho capito esattamente chi è e cosa vuole.»

Mira si alzò in piedi. «Voi gli proponete una via facile e attraente, e io so dove conduce quella via. E lo sa anche Amhal. Lo stimate davvero poco, se pensate che continuerà a darvi credito.»

«Già... Ma se non erro siete venuto voi a intimarmi di stargli lontano.»

Mira strinse i pugni davanti al suo sorriso imperturbabile. «Ricordate solo quanto vi ho detto» sputò infine tra i denti.

«Lo farò» rispose San con tranquillità.

Per un paio di sere, Amhal dovette rimanere consegnato in Accademia. Restò nel suo letto a fissare il soffitto. Non sapeva cosa pensare. Improvvisamente non c'era più alcuna certezza. I giorni passati con San, che gli erano parsi così pieni, che lo avevano fatto sentire così bene, a un tratto erano avvolti da un'aura di ambiguità. Chi era quell'uomo? Era lui che aveva sognato? Perché aveva mostrato tanto interesse nei suoi confronti? E cosa doveva fare dei suoi insegnamenti?

Non sapeva più chi seguire: San e la sua promessa di

serenità e potere, o Mira e le sue teorie sulla responsabilità e il sacrificio.

Il primo giorno San non venne. Amhal ne fu quasi sollevato. Non era nello spirito di discutere con lui.

Ma la seconda sera, nel cuore della notte, qualcuno bussò alla porta. Amhal era certo che fosse lui.

«Mi aspettavi?» chiese San senza preamboli.

Amhal lo fece entrare.

«Ho saputo di quanto è successo. Hai la mia piena solidarietà.»

Il ragazzo non si mostrò stupito. Conosceva quell'uomo, sapeva cosa aspettarsi da lui, e sapeva come l'avrebbe pensata riguardo al suo gesto. «Non è stata una bella cosa» disse.

«È stata necessaria. A cosa serve altrimenti il coprifuoco? Quante vite avresti messo in pericolo?»

Amhal si girò. «Perché vi interessate tanto a me?»

«Perché sei speciale.»

Amhal guardò a terra. Poi prese la decisione. Gli raccontò dei sogni.

«Io e te siamo legati» disse San, alla fine.

«Francamente non capisco. Vedo solo che i vostri insegnamenti mi hanno allontanato dal maestro e da Adhara.»

«Perché tu sei diverso da loro. Amhal, loro non appartengono al tuo mondo. È la nostra condanna. Noi siamo oltre, siamo differenti.»

«Me lo dite sempre, ma non mi spiegate in che senso. E io... io non lo so se voglio essere diverso.»

«Non si tratta di scelte. Tu *sei* diverso, che tu lo voglia o no. E non posso dirti tutto perché c'è un tempo per ogni cosa. Ora è il tempo dell'allenamento, poi verrà quello delle rivelazioni.»

Amhal lo guardò, e pensò ai tanti momenti che avevano trascorso assieme, ai suoi insegnamenti. Doveva decidere.

«Non so se voglio continuare su questa strada. Ho avuto paura di quello che ho fatto.»

«Che significa?»

«Significa che forse non dovremmo più allenarci insieme.»

Il silenzio che seguì pesava come piombo.

«Ti ho mai costretto?»

«No, non è questo...»

«Ti ho mai obbligato a fare cose che non desideravi, che non volevi già fare senza di me?»

«No, ma...»

«Non ti sei sentito sereno in questi giorni, in pace?»

«È di questa pace che ho paura.»

San lo guardò, e Amhal fu spaventato dal gelo dei suoi occhi. Vi intravide assenza di pietà, e furia, la stessa che attanagliava le sue viscere. Ma fu un attimo.

San sorrise tristemente e tornò l'uomo di sempre, l'uomo di cui Amhal si fidava. «Tutto ciò che ho fatto l'ho fatto sempre per te. Ma se tu hai bisogno di tempo, va bene, non c'è problema. Hai tutto il tempo che vuoi. E se lo desideri, scomparirò. Sarà un male, perché lo so, ti conosco, ma lo farò, se è quello che vuoi.»

Amhal sentì qualcosa di dolce in fondo al petto. «Non è questo che intendevo... Solo un po' di tempo, per riflettere.»

«Come vuoi. Io non sono il tuo maestro, io non ti sono superiore. Io sono solo tuo amico.» San si avviò alla porta. «In ogni caso, sai dove trovarmi» aggiunse. E fu fuori.

Percorse rapido la via verso il suo alloggio. Doveva scaricare la rabbia e la tensione. Fin da principio sapeva che non sarebbe stato facile, ma non era un uomo paziente, e gli ostacoli incontrati lo infastidivano enormemente.

Era stato fin troppo conciliante. Il sorriso sempre sulle labbra, si era umiliato davanti a gente che non valeva neppure un decimo di lui, e aveva ingoiato la rabbia. Aveva persino represso il suo desiderio di uccidere. E adesso, a un passo dalla meta, tutto sembrava dissolversi. Forse avrebbe dovuto usare fin da subito le maniere forti. Prendere il ragazzo con sé e basta. Il destino avrebbe pensato a fare il resto. Perché Amhal era destinato alla morte e alla distruzione, era destinato a lui.

Respirò forte per calmarsi. No. Doveva continuare col suo piano. C'erano degli ostacoli? Andavano rimossi, semplicemente.

A poco a poco la rabbia scemò, e la gelida calma di cui aveva bisogno tornò nel suo cuore.

Andrà tutto bene, si disse, mentre la sua mente continuava a lavorare. *Ma prima...*

Prese un corridoio secondario. C'era qualcos'altro di cui doveva occuparsi prima di procedere.

Camminò per un po', dando l'impressione di vagare senza meta. Girò un paio di volte, tornò persino sui propri passi, finché non si trovò in una zona che sapeva disabitata. C'erano un paio di stanze al momento vuote, una l'aveva ispezionata qualche sera avanti, e gli sembrava fare esattamente al caso suo.

Girò un'ultima volta, poi si acquattò nell'ombra. Attese. Un fruscio lievissimo, che solo orecchie allenate erano in grado di cogliere.

Scattò. Afferrò alla cieca, strinse la mano guantata sulla bocca della preda, mentre con l'altro braccio la sollevava. Scalciava, ma riuscì comunque ad averne ragione. La gettò nella stanza che sapeva vuota, non prima di averla resa incosciente con un colpo ben assestato alla testa.

Era un ragazzo.

Lo legò ai piedi del letto, lo disarmò. Aveva addosso un vero e proprio arsenale: due pugnali, una cerbottana, una decina di coltelli da lancio, un laccio per strangolare. Una spia perfetta.

Si sedette davanti a lui e attese che si svegliasse. Quando aprì gli occhi, il ragazzo neppure provò a divincolarsi, ma gli puntò addosso uno sguardo fiero.

«Cosa credi, di incenerirmi con un'occhiataccia?» lo apostrofò San.

Silenzio.

«Io ho già capito tutto» aggiunse con un sorriso. «Se anche non parlerai, non avrà importanza. Perché io *so*.»

Il ragazzo non parve scomporsi. «E allora saltiamo questi preamboli e uccidimi subito, perché io non parlerò mai.»

«Vi ho visti, in giro. Ragazzini che giocano alle spie. A quanto pare la regina non ha perso le vecchie abitudini, vero? Morta una Gilda se ne fa un'altra...»

Il ragazzo digrignò i denti, ma non disse niente.

«È stata sua l'idea di farmi seguire? O dello storpio?»

Ancora silenzio. San sguainò uno dei pugnali che gli aveva tolto di dosso. Contemplò il riflesso delle candele sulla lama lucente. Poi lo usò per strappare la casacca del ragazzo.

Lui iniziò a respirare forte, ma continuava a mantenere lo sguardo fiero che aveva fin da principio.

«Perché mi hanno fatto seguire? Di che cosa mi si sospetta?»

San gli passò la lama sul petto, lentamente. Il pugnale disegnava segni rossi sempre più profondi.

La spia strinse i denti. «Pensi di passarla liscia?» disse, ansimando. «Sapranno che sono scomparso, e a quel punto capiranno che sei colpevole.»

San lo colpì al volto con un pugno, facendogli sputare sangue. «Colpevole di cosa?»

Il ragazzo sorrise.

«Non lo sai, vero? Perché, vedi, io non ho fatto proprio niente, e sono del tutto in diritto di tormentare un po' l'uomo che, senza ragione, mi è stato messo alle calcagna. In torto è la tua regina, che mi ha fatto spiare. Lei e quello storpio di suo figlio.»

Il ragazzo continuava a sorridere con ferocia. «Sei perduto in ogni caso. Credi che non si chiederanno perché mi hai ammazzato?»

Stavolta fu San a sorridere. «Ma io non intendo affatto ammazzarti. Sai, a volte credo davvero che gli dei guidino le mie azioni, che tutto quel che sto facendo abbia un fine ultimo, più grande. Perché la tua presenza, qui e ora, mi è davvero molto utile.»

Mise via il pugnale, poi accarezzò i tagli pronunciando una litania. La pelle prese a rimarginarsi lentamente.

«No, mi servi vivo e vegeto.» E la sua bocca si tese in un ghigno.

Amina aveva insistito a lungo. L'aveva detto a Adhara ogni giorno da quando le era venuta l'idea.

Ma non era il momento migliore per tornare in Accademia, e Adhara aveva provato a spiegarglielo. Nessuno poteva uscire dal palazzo, e loro non facevano eccezione. Ma la principessa era pronta a sgattaiolare fuori contravvenendo agli ordini del padre.

Adhara dovette faticare non poco per persuaderla che la città non era più un posto sicuro. Troppa violenza per le strade, e sospetto.

In ogni caso, Amina voleva a tutti i costi ripetere l'esperienza di quasi due mesi prima. Dopo aver ossessionato Adhara, andò alla carica provando a convincere direttamente suo padre, le poche volte che lo vedeva. Ma Neor era stato inflessibile. Ai suoi occhi, il palazzo era diventato un'isola sicura, l'unico posto in cui i suoi figli fossero preservati dal morbo. Ma percepiva anche chiaramente che Amina risentiva dell'aria pesante che vi si respirava. Anche lei aveva paura, ed era sempre tesa. Aveva bisogno di svagarsi.

Per questo alla fine aveva deciso di assecondarla, almeno in parte. «Porteremo qua tutte le attrezzature e sistemeremo una sala intera perché sia come quella dell'Accademia. Farò venire persino un istruttore d'eccezione.»

«Amhal?» chiese Amina, illuminandosi.

«Non proprio.»

Il prescelto fu Mira. Perché conosceva bene Amina, e perché era la persona migliore cui affidare la ragazzina per evitarle di farsi male.

«So che sei molto impegnato, ma ti chiedo questo piccolo favore. Una sola mattina» lo pregò Neor.

Mira si limitò ad abbassare il capo con un sorriso. «Per voi, nessun problema.»

Quando Adhara e Amina entrarono nella sala attrezzata, entrambe si sentirono riportate indietro nel tempo. Amina si mise a saltellare da un lato all'altro, gettandosi quasi subito sull'armatura, la stessa dell'altra volta, e Adhara respirò l'atmosfera speciale di quel giorno, un giorno perfetto che sembrava appartenere a una vita prima. Quando vide Mira in un angolo della stanza, il sorriso le si spense sul volto.

Sapeva che Amhal era stato confinato nel suo alloggio per qualche giorno, e dunque non aveva colpa se non era più venuto a trovarla. In ogni caso, la cosa le bruciava. Sentiva la sua mancanza, e dopo il loro ultimo incontro era più abbattuta che mai.

Avevano scelto un'ala del palazzo dismessa, un salone di rappresentanza che era stato usato dalla bisnonna di Amina, Sulana. Learco aveva ordinato che tutte le cose appartenute a quella donna dal tragico destino, tutti i luoghi che aveva frequentato, venissero abbandonati.

Amina si scatenò quasi quanto la volta precedente. Si diede di nuovo da fare con l'armatura, e stavolta cercò anche di combattere tenendola indosso, poi passò a esercitarsi con la spada.

Mira era di una pazienza straordinaria; si prestava ai giochi della principessa, l'assecondava e la trattava con un affetto paterno. Adhara, per parte sua, cercava di apparire coinvolta in tutti quei giochi. Ma la sua mente era altrove: Amhal che giocava con Amina, la complicità che avevano condiviso, le risate, il pattugliamento della città e la vittoria di lui sulla furia.

Poi un sibilo, acuto, e Adhara vide Mira cadere a terra. Il tempo sembrò rallentare. Il corpo massiccio del cavaliere che urtava pesantemente a terra, il volto attonito di Amina, le pareti polverose della stanza, e la sensazione chiara, insopprimibile, di un'altra presenza.

La mano corse al pugnale, le gambe scattarono in avanti. Adhara afferrò la principessa e la costrinse a terra, la coprì col proprio corpo, frapponendosi tra lei e le ampie finestre che occupavano un lato intero del salone.

Stavolta lo sentì, quasi lo vide. Le bastò un ampio movimento della mano armata. Il dardo lanciato contro di lei fu intercettato dal pugnale e cadde a terra, tintinnando contro il muro. Amina urlò, ma la concentrazione di Adhara non venne meno. Quando la figura apparve –

scura, agile – lei era pronta. Balzò in piedi, con un unico sguardo valutò il nemico, e poi ci fu posto solo per la battaglia.

Come dall'esterno, contemplò il proprio corpo muoversi con una precisione letale: pugnale contro pugnale, stava combattendo quel nemico sconosciuto, e non perdeva un colpo. Una successione precisa, registrata chissà come nei suoi muscoli. Lo stridore delle lame che si scontravano, le scintille che ne scaturivano, facevano parte di un codice che conosceva. Saltò all'indietro, appoggiandosi sulle braccia, e con un calcio colpì l'avversario. Completò la capriola, si preparò all'attacco sulle ginocchia e scattò in avanti. Lo costrinse contro il muro, lo bloccò tenendolo per la gola. Sentì lo spostamento d'aria sul ventre, afferrò il braccio che stava per colpirla e le bastò solo fare leva. L'altro volteggiò e cadde pesantemente a terra sulla schiena. Quando si tirò su con un colpo di reni, lei gli andò rapidamente alle spalle e affondò la lama.

Lui non emise neppure un lamento. Si irrigidì per qualche secondo, poi si afflosciò a terra, e fu silenzio. Adhara aveva appena un po' di affanno, e le mani viscide. Quando se le guardò, le vide rosse di sangue, e tornò immediatamente in sé.

Cos'era successo? Cosa aveva fatto?

E poi quell'unica, enorme consapevolezza. Aveva ucciso.

Ma non ci fu tempo per disperarsi, o anche solo per capire. Amina piangeva disperata in un angolo, e urlava qualcosa.

Adhara scattò, la prese per le spalle. «Stai bene? Stai bene?»

Non c'era verso di farla rispondere. Soltanto dopo un

po' riuscì a capire che urlava una sola cosa, tra i singhiozzi: «Mira.»

Era accanto a lei, a terra. Allora ricordò: sì, era cominciato tutto così, Mira che cadeva a terra.

Lo guardò senza staccare le mani da Amina. Il cuore le si fermò. Un dardo gli spuntava dal collo, e il colore della sua pelle era terreo.

Terza parte

Il destino di Adhara

24
Lutto

Fu il Supremo Officiante in persona a condurre quella lotta disperata.

Venne con i capelli in disordine, il volto tirato, gli abiti di tutti i giorni. Guardò Mira, il colore della sua pelle, il ritmo affannato con cui il suo petto si alzava e si abbassava, e diede ordine di fare uscire tutti.

Adhara rimase fuori, stordita. Le sembrava di essere finita nella vita di qualcun altro. Stentava a decifrare gli ultimi avvenimenti, o anche solo a ricordarli. Mira che cadeva a terra, la lotta, la morte del suo aggressore. Tutto affondava in un guazzabuglio melmoso, nel quale le sensazioni si affastellavano e si confondevano. Aveva bisogno di riflettere, ma non c'era tempo.

Amina era accanto a lei, e singhiozzava. Adhara le teneva un braccio intorno alle spalle, e cercava invano parole per consolarla.

«Andrà tutto bene» ripeteva ossessivamente accarezzandola. Ma Amina non sembrava neppure sentirla, e di tanto in tanto pronunciava frasi confuse.

«Non ho sentito niente... Mi volevo solo divertire, nient'altro...»

«Non è colpa tua. È stato un agguato» insisteva Adhara.

E intanto la porta restava ostinatamente chiusa, mentre fuori si erano riuniti tutti. Neor, che torturava con le mani le ruote della sua sedia, Learco e Dubhe, i volti tirati. Soldati, guardie che Adhara non aveva mai notato prima, semplici curiosi.

Un andirivieni che la stordiva, che la trascinava lontano. Aveva avuto una vita, fino a poche ore prima, costruita con fatica, mattone dopo mattone. E ora una forza sconosciuta si era impadronita di lei. Aveva sempre saputo di possedere capacità straordinarie, ma non credeva che un giorno il suo potere l'avrebbe trasformata in un'assassina. Non osava sguainare il pugnale dalla custodia, e neppure sfiorarlo con una mano. La lama era ancora rossa del sangue della sua vittima.

E poi i contorni sfumarono, e il mondo riprese a viaggiare a velocità normale. Dopo un paio d'ore che Theana era chiusa nella stanza, Amhal apparve in fondo al corridoio. La voce doveva essere arrivata fino a lui, strappandolo dalla consegna nel suo alloggio. Adhara provò un curioso miscuglio di gioia e dolore. Perché era lì, e lo vedeva, e perché sentiva la sua sofferenza circondarla e penetrarla.

Si alzò, gli andò incontro. I passi concitati, il volto pallido e la mascella contratta, Amhal passò oltre senza guardarla. Per lui c'era solo quella porta chiusa.

«È là dietro?» chiese con voce tremante.

Fu lei a rispondergli. «Sì.»

Lui si volse e la guardò come fosse trasparente. «C'eri tu con lui?»

Adhara annuì intimorita. Non lo riconosceva. Dov'era Amhal, adesso? Che ne era del ragazzo che aveva baciato al chiaro di luna? Magro, consumato da un qualche fuoco interiore, quella disgrazia sembrava aver scavato un'ultima, definitiva fossa nel suo cuore.

«Raccontami.»

Non avrebbe voluto. Ricordare, pensare a se stessa come a un automa dispensatore di morte. Ma lo fece per lui. Fu scarna, essenziale, cercando di soffocare le emozioni. Amhal non ebbe alcuna reazione. Solo una piega sulla fronte, tra le sopracciglia, tradiva l'angoscia, la stessa che stringeva la gola di Adhara. Anche a lui la vita stava per crollare addosso. Tutto dipendeva da quella porta chiusa.

Che si aprì nel primo pomeriggio. Un cigolio lento, che sapeva di resa. Theana ne uscì pallida, stremata. Tutti fecero capannello intorno a lei, Amhal per primo. Aveva un guizzo di speranza negli occhi.

«Il veleno ha avuto la meglio poco fa. Non si è più ripreso. Ho fatto tutto il possibile.»

Un paio di gemiti, sospiri, e un rumore sordo, rimbombante, che riempì la volta a botte del corridoio dove si trovavano.

Amhal aveva colpito la porta con un pugno. E un altro, un altro ancora, mentre stringeva gli occhi con violenza. Le schegge del legno gli si conficcarono nella carne, ma quel martellare ossessivo, terrificante, non cessò.

«Amhal!» gridò Adhara, cercando di afferrargli la mano che sanguinava.

Lui si sottrasse al contatto e urlò al cielo il suo "perché?", disperato e colmo d'ira. Poi si chiuse nella stanza in cui il maestro era morto.

Il grazie sentito di Neor. «Non fosse stato per te, mia figlia adesso sarebbe morta. Non hai idea di quanto ti sia riconoscente.»

Gli occhi inquieti di Theana, il modo accorato in cui le strinse le mani, come se tra loro ci fosse una comunanza di qualche tipo.

Lo sguardo pieno di gratitudine del re e della regina: «Ti dobbiamo la vita di nostra nipote.»

E poi le indagini, gli interrogatori.

I giorni successivi furono un affastellarsi disperato di incontri e domande senza risposta. Il palazzo piombò in un'atmosfera cupa e opprimente; c'erano soldati ovunque, e quelle guardie che, a quanto si mormorava, appartenevano a un corpo speciale agli ordini della regina.

La teoria più accreditata a corte, sussurrata da dignitari e servi, era che si fosse trattato di un tentativo di uccidere la principessa. Non c'era altra spiegazione. Mira era certamente un elemento di spicco dell'Accademia, tuttavia da tempo aveva come unico compito la protezione della famiglia reale. Ma chi l'aveva fatto, e perché? E ci avrebbe riprovato? Amina non poteva più muoversi senza una scorta. Il drappello che si occupava della sicurezza del palazzo era stato rafforzato, e la corte era sorvegliata durante tutto il giorno. A Makrat le voci sulla malattia si sovrapponevano a quelle sul tentato omicidio della principessa. Presso il popolo, l'opinione che un'unica mente avesse architettato sia la malattia sia il complotto ebbe gran successo. Chi parlava delle ninfe, chi degli gnomi, e la confusione che già regnava per le vie della città divenne una vera e propria baraonda. Tentativi di linciaggio, un'atmosfera di estremo sospetto verso tutti gli stranieri, anche quelli che ne avevano solo l'aspetto, omicidi. Makrat sembrava sull'orlo di una catastrofe. Il palazzo era lo specchio di quella nuova situazione.

Adhara fu interrogata fino allo sfinimento.

Le fu chiesto più e più volte di rievocare quel giorno,

cosa aveva fatto, cosa aveva udito. Dovette ricostruire ogni passo, e fare i conti con la totale mancanza di emozioni che aveva provato in quel momento. Era stato come compiere semplicemente il proprio dovere, come mettere in atto comportamenti che erano in lei da molto tempo. Era nata per quello, una voce terribile glielo sussurrava mentre rispondeva alle domande di chi svolgeva le indagini. E nessuno che le chiedesse conto di quella vita che si era presa, nessuno che la biasimasse. Anzi, a corte cominciavano a vederla come un'eroina. Quando passava per i corridoi, le domestiche si giravano a guardarla, i soldati le indirizzavano sguardi di malcelata ammirazione.

Persino Amina la pensava così. «Io ti devo la vita, e tu sei stata fantastica. Ho visto come ti sei battuta, sembrava che ballassi!» E mimava le sue mosse precise.

Adhara ne riceveva una sensazione di fastidio. «Non è stato un gioco.»

«E chi sta dicendo che lo è stato! Ti sto dicendo invece che sei stata... eroica!»

«È morto un ragazzo.»

Amina aveva sgranato gli occhi. «Un ragazzo? Quello mi voleva uccidere!»

Adhara era andata a vederlo, nell'obitorio dove lo avevano portato. Per due notti il rosso del suo sangue sul pugnale l'aveva ossessionata togliendole il sonno, fino a quando, tra le lacrime, aveva trovato la forza di lavarlo via. Aveva strofinato la lama convulsamente, tanto che alla fine si era fatta un taglio sul dito. Allora era andato a vederlo.

Aveva scostato il velo che lo copriva, aveva osservato quel volto quasi sfatto. Non avrebbe saputo dirne chiaramente l'età, ma doveva avere pressappoco i suoi anni. Era rimasta ferma in contemplazione, a ricordare con orrore come per un attimo, mentre combatteva, quel ragazzo era stato per lei nulla più che un corpo da ferire, colpire, dissanguare. E anche adesso, nel pallore e nell'abbandono della morte, gli sembrava nulla più di un guscio.

Come si fanno i conti con una cosa del genere?

Come ci si perdona quando si uccide?

E come si fa a continuare a vivere normalmente, quando si sa che si è ammazzato senza un'esitazione, con terribile naturalezza?

Avrebbe voluto avere qualcuno al suo fianco. Mira, magari, che spesso aveva saputo dirle la parola giusta al momento giusto. Mira, un uomo che tutto sommato conosceva poco, ma che in qualche modo le era rimasto nel cuore, che improvvisamente le mancava, più per quello che di lui non sapeva e che non gli aveva detto, che per il reale rapporto che li legava. Ma lui non c'era, scomparso chissà dove.

Dove vanno i morti?

Semplicemente si dissolvono e cessano di essere?

O c'è un posto dal quale ci guardano, dal quale vegliano su di noi?

Ancora domande, pesanti come macigni.

E poi c'era Amina, che dopo quanto successo si era attaccata a lei ossessivamente. La cercava di continuo. Non voleva più stare con nessun altro, e mascherava la sua inquietudine, la sua incapacità di fare i conti con la morte, dietro quel continuo ritornare al giorno in cui era accaduto tutto. E Adhara le stava accanto facendo del suo meglio, perché a volte aiutare gli altri era anche aiutare un po' se stessi.

Ma chi le mancava di più era Amhal. Era semplicemente scomparso. Era rimasto chiuso nella stanza con Mira per tutta la notte. Ne era uscito solo la mattina, senza degnare di uno sguardo nessuno, neppure lei. Si era rinchiuso in Accademia, e passava dalla sua stanza alla sala in cui si allenava. Era emerso alla luce una volta soltanto, il giorno del funerale del suo maestro.

Era una giornata di sole, dopo molti giorni di pioggia. L'autunno era sempre più vicino, e l'aria sapeva di legno umido e foglie secche.

Le esequie erano avvenute sul grande piazzale dove Adhara, Amhal e Mira erano atterrati appena tre mesi prima. C'era tanta gente. I reali, buona parte dei Cavalieri di Drago, tutti gli allievi dell'Accademia e tanta gente comune. Molti occhi erano fissi su di lei, sebbene avesse avuto cura di vestirsi in modo dimesso e di tenersi in disparte, accanto ad Amhal, gelido e silenzioso.

Cercò qualcosa da dirgli, ma davanti alla profondità del suo dolore, al suo volto scavato e ai suoi occhi gonfi e cerchiati, non trovò nulla. E poi lui non la guardava. Fissava il vuoto davanti a sé, e la pira, sulla quale il cadavere di Mira era stato composto. Perché così se ne andavano i Cavalieri di Drago, in un grande fuoco purificatore che consegnava le loro ceneri al vento.

Di lato a lui, San, serio e compito, compreso nella partecipazione al dolore generale. Adhara l'osservò a lungo. Era cambiato tutto, da quando era arrivato. Era come se con lui si fosse messo in moto qualcosa, eventi che alla fine li avevano condotti tutti lì, a quella pira. Scosse la testa: pensieri stupidi, cui non doveva abbandonarsi.

Parlò il re, parlò il Supremo Generale, parlò Neor. Migliaia di parole disperse nel vento, parole inutili che non aggiungevano e non toglievano niente a ciò che Mira era stato.

Poi la processione delle torce. Chiunque volesse, poteva accendere la pira del cavaliere. Amhal fu il primo, silenzioso, composto. Portò la fiamma, poi tornò al proprio posto, a contemplare il fuoco che dilaniava una parte della sua esistenza.

Anche Adhara avvertì il bisogno di partecipare a quel rito. Sentiva di dovere qualcosa a quell'uomo.

Tornò vicino ad Amhal, immobile come una statua, gli occhi asciutti di chi ha pianto tutte le proprie lacrime. Lo guardò, ma ancora non riuscì a parlargli, e allora pregò che fosse lui a dirle qualcosa, fosse anche un rimprovero per non essere stata capace di salvare il suo maestro. Ma Amhal non ricambiò il suo sguardo. Adhara gli prese una mano e la strinse. Una mano inerte e gelida. Non l'aveva mai sentito così lontano.

Erano ancora vestiti di nero, tutti e tre. Neor guardava la pioggia sottile che scendeva su Makrat. *L'estate è finita*, pensò con dolore.

«Non può essere stato lui.» Sua madre era pallida, nervosa.

La capiva. Il ragazzo che aveva ucciso Mira era uno dei suoi. La spia che lui le aveva chiesto di mettere alle calcagna di San, per la precisione.

«Vuoi negare anche l'evidenza, adesso?» Learco non era meno teso.

«Calmatevi» disse Neor. Poi guardò sua madre: «Che l'esecutore sia stato il tuo uomo è fuori discussione.»

«Stai mettendo in dubbio i metodi con cui scelgo i miei uomini? Stai insinuando che ci sono dei traditori tra i miei?» urlò Dubhe, fuori di sé.

«Un errore può capitare a...»

Neor bloccò il padre con una mano. «Atteniamoci ai fatti. La tua spia ha attaccato e ucciso Mira. Questo non possiamo negarlo. La domanda è: quanto ti fidi dei tuoi uomini?»

«Ciecamente» rispose Dubhe senza neppure pensarci. «Credi che faccia entrare chiunque, tra le mie fila? L'addestramento è durissimo, e in ogni caso esigo approfondite indagini su ciascuno. È gente fidatissima.»

«I traditori possono allignare ovunque» disse Learco, pensoso.

Dubhe lo fulminò con lo sguardo. «Ma per chi mi hai preso? Quella è gente che ha in mano la tua e la nostra sicurezza, pensi davvero che mi metterei dentro casa persone di cui non so assolutamente tutto?»

Neor cominciava a spazientirsi. Non era in grado di pensare al meglio quando la situazione si faceva così infuocata. «Vi ho detto di calmarvi. L'ira è sempre la miglior alleata del nemico in queste situazioni.» La sua voce era gelida, e scese come un sipario tra i suoi genitori.

Si spostò di nuovo verso la finestra, a guardare l'esterno. Intanto la sua mente lavorava febbrilmente nel silenzio ostile che si era creato.

Alla fine si voltò. «Non possiamo fare a meno di indagare sul tuo uomo.» Dubhe fece un gesto d'insofferenza. «Non ti sto accusando di niente. Ma il tradimento è umano, e francamente non mi sento di escluderlo. Le persone cambiano.»

«L'avevo reclutato un anno fa.»

«Era giovane, in un anno si cambia» replicò secco il principe. «In ogni caso, è da lui che bisogna partire. Un momento di follia, o forse è stato pagato da qualcuno... Lui è il fulcro di tutto. Per il momento, indagheremo sull'assassino.»

Dubhe era stizzita, ma Neor sapeva che in fondo non poteva che dargli ragione. Learco invece sembrava soddisfatto.

«In ogni caso» aggiunse «c'è un elemento che non possiamo tralasciare.» I suoi genitori si fecero attenti. «Con ogni probabilità è una coincidenza, ma è ben strano che proprio la spia che avevamo messo alle costole di San abbia fatto una cosa del genere.»

«E con questo cosa vorresti dire?» Stavolta fu Learco a insorgere.

«Nulla. Ma è un elemento che va considerato nel quadro generale.»

Suo padre lo guardò significativamente. Neor sapeva quanto San fosse importante per lui, quanto il suo ritorno avesse segnato una svolta nella sua vita.

«Ha giurato fedeltà a questo mondo, si è speso fino allo stremo nelle strade per mantenere sicura questa città, ci ha dimostrato che le sue non sono solo parole.»

Neor si appoggiò allo schienale della sedia e sospirò. A volte la sua fredda logica era una condanna, svelava tutte le illusioni, guardava oltre il velo dei sentimenti, mettendo a nudo la fredda geometria dei fatti. «Non lo sto accusando. Stavo solo ragionando ad alta voce.»

Guardò ancora fuori, e si sentì spossato. Sapeva che il peso di ciò che stava accadendo – la malattia, e ora questo delitto – sarebbe gravato completamente sulle sue spalle. C'era stato un tempo in cui quelle forti di suo padre avevano sostenuto l'onere di quel regno e avevano protetto persino lui. Ma col tempo i genitori diventano bambini, e i figli sono costretti a crescere. «Altro?» disse.

Learco e Dubhe non aggiunsero nulla e lentamente uscirono.

Neor avvertì una stretta al cuore. I suoi genitori avevano imboccato la discesa.

Nei giorni successivi al funerale, Amhal parve sprofondare in un incubo senza fine. Non metteva piede fuori dall'Accademia e non voleva vedere nessuno. Si stremava con gli allenamenti, si copriva di ferite e si rifiutava di attendere ai propri doveri. Per i primi tempi tutti lasciarono correre; comprendevano il suo dolore e non volevano forzarlo. Ma poi cominciarono a lamentarsi. Cercarono di parlargli, di riportarlo alla ragione. Ne ricevettero solo insulti. Una volta attaccò con la spada un attendente che era stato semplicemente mandato a chiamarlo. Un fatto gravissimo, che avrebbe potuto costargli la prigione, ma che i suoi superiori ignorarono perché volevano ancora dargli una possibilità.

Una notte, nonostante il coprifuoco, Adhara uscì da palazzo, di nascosto. Era preoccupata, non riusciva a pensare ad altro che al viso di Amhal, vuoto di ogni emozione. Attraversò la città in subbuglio e riuscì a raggiungere l'Accademia.

Quando arrivò davanti alla sua porta, la tempestò di pugni. «Amhal, sono io, apri!»

Le mani presero a farle male, ma insistette con un'ostinazione folle, finché, quando aveva quasi perso la sensibilità, lui apparve sulla porta, la barba lunga, il volto magro, la casacca macchiata e in disordine.

La fece entrare senza dire niente e le medicò le mani con un unguento.

«Perché sei venuta?» La sua voce era roca, come di chi non parla da troppo tempo.

«Credo di comprendere il tuo dolore. Ma a un certo punto bisogna lottare.»

Amhal le rivolse un sorriso amaro. «Tu non capisci niente, invece.» Parole secche e dure, che le fecero male. «A chi sei mai stata legata, tu? Chi hai mai perso? Non hai un padre e non hai una madre, non sai che significhi perdere qualcuno di davvero importante, che per te era tutto.»

Adhara ricacciò indietro le lacrime e si morse il labbro. «Io ho te. E avevo la mia vita, prima della morte di Mira. Una vita che avevo dovuto costruirmi con fatica. Adesso ho solo il ricordo di quel giorno in cui un uomo è morto davanti a me e io ne ho ammazzato un altro. Anch'io ho perso qualcosa.»

Amhal parve colpito. Distolse lo sguardo. «Era tutto per me. Era la mia forza. Se c'era lui, sapevo di poter vincere. E se n'è andato con la morte peggiore, una morte senza senso, colpito alle spalle da un maledetto codardo. E mi ha lasciato qui con mille domande senza risposta. L'ultima cosa che ha visto di me è stato il mio comportamento quella sciagurata sera in cui l'ho deluso, in cui ho ucciso senza ragione.»

Adhara gli mise una mano sul braccio. Eccolo, Amhal, sotto gli strati del suo dolore, sotto la disperazione, intatto. Pensò che c'era ancora speranza. «Ricomincia a vivere, te ne prego...»

Lui si irrigidì. «Che sei venuta a fare?»

«Andare verso il fondo, morire anche tu, non servirà, capisci? Ritorna a fare il tuo dovere, e smettila di sfinirti in allenamenti inutili. Ti prego, Amhal, lui vorrebbe che tu continuassi a crescere, che imparassi ancora...»

I suoi occhi si fecero di nuovo gelidi. «Le solite parole che dicono tutti, stupide consolazioni... Lui vorrebbe, lui sarebbe...» Scattò in piedi. «Lui non c'è, capisci? E nessuno sa cosa vorrebbe ora, o cosa ha pensato quando uno stupido dardo l'ha ammazzato! Lui semplicemente non c'è, e io sono solo e senza guida.»

Anche Adhara si alzò. «Credi allora che sarebbe stato contento di vederti annegare nel dolore? Che gli sarebbe piaciuto starti a guardare mentre ti uccidi in allenamenti assurdi, e annulli tutto il lavoro che lui ha fatto perché tu diventassi Cavaliere di Drago? Perché è quello che stai facendo, stai distruggendo il suo lavoro.»

Amhal si avvicinò a un nulla dal suo viso. «Tu non puoi capire» sibilò con cattiveria.

Adhara non riuscì a trattenersi. Uno schiaffo a mano aperta, che schioccò nel silenzio della stanza. Le venne da piangere, e le lacrime non si fecero pregare, scendendo grosse e tonde. «Allora pensa solo a te stesso, e distruggi tutto quanto di buono c'è in te! Anch'io sto male, e anch'io non mi so dare tante risposte, e sono sola da sempre. Da quando te ne sei andato, da quando hai deciso che avevi bisogno del tuo tempo lontano da me, io sono sola con me stessa e le mie domande, col fantasma dell'uomo che ho ucciso e col ricordo di quanto è successo. Ma ti scongiuro, lo so che sei ancora il ragazzo che mi ha salvato quella sera, ti prego, non far morire quanto di buono c'è in te! E ce n'è tanto! Ti supplico, Amhal!»

Cadde in ginocchio, la faccia tra le mani, e le sembrò che il pianto l'avrebbe spezzata, che i singhiozzi irrefrenabili le avrebbero spaccato il petto.

Lui si chinò fino alla sua altezza, l'abbracciò. «Adesso non ce la faccio. E il buono che tu dici non so nemmeno se esiste» mormorò. «Forse domani, non lo so, ma adesso non ce la faccio. Gli devo il mio pianto e la mia sofferenza.»

La rialzò piano piano, l'accompagnò fin sulla soglia. La guardò con enorme dolore.

«Adesso va' a casa, e sta' attenta.»

Poi chiuse adagio la porta.

25

L'inizio della fine

La sua porta si aprì a notte fonda. Amhal era steso sul letto, completamente vestito. Non dormiva. Non riusciva neppure più a ricordare da quanto tempo non faceva una notte di sonno. Nonostante alla sera fosse sempre sfinito, quando appoggiava la testa sul cuscino il sonno volava via. Le pareti della stanza si richiudevano su di lui come le assi di una bara, e il materasso sembrava volerlo inghiottire, avvolgendolo nel sudario delle lenzuola. Chiudeva gli occhi, ma la sua mente si riempiva di una sola immagine: Mira morto. Il suo corpo, un involucro vuoto che non aveva più nulla dell'uomo che per lui era stato un padre.

Aveva passato ore col cadavere, ore in cui la sua mente era occupata solo da un'ossessiva domanda: perché? Non era riuscito a pensare ad altro, mentre i suoi occhi registravano ogni particolare di quel corpo. La mollezza dell'abbandono, il pallore innaturale, la rilassatezza mortale dei lineamenti. E pian piano Mira era svanito, Amhal l'aveva visto come dissolversi sotto i suoi occhi, finché non aveva avuto la terribile certezza che lui non c'era più, da nessuna parte, che era semplicemente scomparso.

E adesso, ogni notte quel corpo tornava a fargli visita togliendogli il sonno, come se di tutti i ricordi che aveva degli anni spesi con lui restasse solo l'immagine di quel cadavere.

Così aveva smesso di dormire. Solo poche ore agitate, e poi il dolore tornava ad artigliargli il petto, svegliandolo del tutto.

Quando la porta cigolò, Amhal neppure si mosse. Chiunque fosse, non aveva importanza. Un nemico, un amico, l'ennesimo idiota che cercava di strapparlo alla sua prostrazione. Che venissero. Il muro della sua indifferenza non era stato scalfito neppure da Adhara.

Rumore di stivali sul pavimento di legno, una sedia smossa, qualcuno che si sedeva. Poi silenzio.

Amhal rimase a occhi aperti nel buio della stanza. La luna gettava una luce smorta sulla parete di mattoni davanti a lui.

«Avevo dodici anni quando è morto.»

Era San. Il cuore di Amhal ebbe un lieve sussulto, ma non bastò a smuoverlo. Altre stupide parole di conforto, che sarebbero solo riuscite a farlo sentire peggio.

«Non avevamo passato molto tempo insieme. Un paio di mesi, a pensarci bene. Ma erano stati i mesi più intensi della mia vita. Le cose che mi ha insegnato, sull'esistenza più ancora che sulla spada, si sono impresse nel mio cuore a fondo, nessuno potrà mai più cancellarle. E per questo quando è morto Ido, una parte di me se n'è andata con lui.»

Una lacrima, solitaria, bruciò il profilo della guancia di Amhal.

Lui mi capisce, lui ha provato quello che provo io adesso, gli sussurrava una voce disperata.

«Ed è morto per colpa mia, capisci? Mi aveva protetto

per tutto quel tempo, per evitare che la Gilda degli Assassini mi prendesse e usasse il mio corpo per resuscitare Aster. Ma io ero uno stupido ragazzino borioso, ed ero certo di avere forza a sufficienza per sconfiggere la setta. Sentivo il potere della magia scorrermi nelle vene, bruciarmi, ed ero *sicuro* che se fossi andato al tempio, alla sede della Gilda, li avrei ammazzati tutti, e avrei vendicato i miei genitori uccisi da quei pazzi fanatici.»

Una lunga pausa.

«E poi?» chiese Amhal in un soffio.

«Riuscii a sfuggirgli e mi recai al tempio. Era proprio quello che loro volevano. Fui catturato, perché non sapevo controllare il mio potere. E poi successe quel che successe: Learco, Dubhe, Ido e Theana vennero a salvarmi. E fu allora che Ido morì. E quando lo vidi a terra, immobile, capii chiaramente che era stata solo colpa mia, e che lui non sarebbe mai più tornato.»

Amhal si sedette sul letto e guardò l'uomo negli occhi. Erano specchi del suo dolore, contenevano la sua stessa sofferenza.

Lui è come me.

«Quante cose aveva ancora da insegnarmi, e quanto ancora avevo bisogno di lui! Un bisogno disperato. Capii quanto confidavo in lui solo nel momento in cui lo vidi morto.»

Amhal abbassò la testa. Si strinse una mano sul petto. «È come avere qualcosa qui, un animale seduto sul cuore, che scava con le unghie giorno e notte, e non si ferma mai. O forse sono io che non voglio che si fermi.»

«Lo so» disse San commosso. «Lo so.»

«Cosa devo fare?» chiese Amhal con disperazione. «Morire? Continuare per la mia strada? Cosa devo fare?»

«Soffrire.»

La risposta tagliò in due il silenzio della stanza.

«Per quante consolazioni possano darti gli altri, questo è un dolore che non può passare, che ti accompagnerà in eterno. In un angolo del tuo cuore, continuerai a piangere come adesso.»

Amhal si toccò le guance. Erano bagnate.

«Ma gli anni cambiano il volto delle cose, e per questo poi starai meglio, inevitabilmente. Ma ci vorrà tempo.»

«E fino ad allora?»

San sorrise amaramente. «Lotterai. Imparerai a convivere con questo dolore.»

Di tante parole che la gente aveva speso con lui in quei giorni, quelle di San gli parvero le uniche vere. Perché non c'era alcuna sciocca consolazione, in esse, solo la verità di chi c'era passato prima e che per questo poteva indicargli la strada. Il nodo che si sentiva nel petto sembrò sciogliersi appena, e lasciarlo respirare un po' più liberamente.

«Ho chiesto di averti come mio allievo.»

Amhal alzò la testa di scatto.

C'era qualcosa di sbagliato in quella frase, e San dovette accorgersene, perché si affrettò a completarla. «Se per te va bene, ovviamente.»

Qualcosa gli diceva che era un tradimento, un terribile tradimento. Da quanto era morto il suo maestro? Sei, sette giorni? E lui era già pronto a sostituirlo. E con San, poi, di cui per qualche istante aveva dubitato, in passato. «Io...»

«Sarò franco» disse San protendendosi verso di lui. «Lo so che è facile stare qua dentro e piangersi addosso. C'è un che di consolante, o sbaglio?»

Amhal si vergognò di se stesso. Era vero. Cominciava ad abituarsi al dolore, a volergli bene come a un amico.

«Ma non può durare in eterno. C'è un mondo là fuori che ti aspetta, ma che andrà avanti se continuerai a restare qua dentro. Io non sarò mai un suo sostituto, non è questo il senso della mia richiesta. Voglio soltanto accompagnarti in questo momento e aiutarti a uscire da te stesso.»

Amhal si guardò le mani, che si tormentava senza sosta. Uscire di lì.

E continuare a crescere, imparare ancora...

Era proprio quello che gli aveva detto Adhara la sera prima. Eppure non gli era sembrata così convincente come San adesso. Pensò al suo spadone a due mani, e ai lunghi allenamenti con lui.

Alzò gli occhi. «Ma voglio cambiare aria» disse con sguardo deciso.

Il volto di San si illuminò di un sorriso sghembo. «Tutto quello che vorrai.»

San si inchinò profondamente davanti al trono di Learco. Neor quel giorno non c'era. Meglio così. Non lo amava particolarmente. Lo fissava sempre con uno sguardo obliquo che lo metteva in imbarazzo. Era un tipo sveglio, troppo, l'aveva capito fin da subito.

«Non c'è bisogno di tutte queste formalità.»

San sorrise tra sé e sé. Col re invece era tutto più facile. Gli voleva bene, e credeva in lui. Si alzò. «Mio signore, ho un favore da chiedervi.»

«San, perché non torniamo a darci del tu, come una volta? Se non sbaglio non mi davi del voi, quando sei arrivato a palazzo.»

«Mio signore, non ero un cavaliere, e non ero venuto presso il vostro trono a chiedervi un favore.»

Learco sorrise con tenerezza. «E sia.»

«Vi chiedo di poter lasciare Makrat e andare di pattuglia nelle zone infette.»

Learco impallidì. «Come mai questa richiesta?»

«Mi è stata avanzata dal mio allievo» rispose San. E dopo una breve pausa aggiunse: «Credo sappiate che Amhal, il discepolo di Mira, è diventato mio apprendista.»

Learco annuì gravemente. «Sì, lo sapevo... Ma perché questa scelta?»

San pensò a due giorni prima, quando Amhal gli aveva fatto quella richiesta: "Voglio andare via da questa corte, via dalla vita che facevo con Mira. Ho bisogno di azione vera, ho bisogno di sporcarmi le mani e distrarmi da tutto ciò che mi ricorda lui. Voglio andare nelle zone infette."

Lui aveva acconsentito immediatamente.

«Il ragazzo ha bisogno di tenersi impegnato e di cambiare aria.» Deglutì, e nei suoi occhi apparve uno sguardo accorato. «È meglio che stia lontano per un po' da ciò che gli ricorda il passato. Io... queste cose le ho vissute.»

«È pericoloso» disse Learco dopo un attimo di riflessione. «Non ho intenzione di perdere un elemento valido come te a causa della malattia.»

«Amhal è immune, ha sangue di ninfa, lo sapete. E io... be', il morbo sembra essere meno virulento su alcune razze. Magari anche i mezzelfi ne risentono di meno.»

Il re lo fissò a lungo, e in quello sguardo San lesse tutto l'affetto che quell'uomo provava per lui: non voleva perderlo dopo averlo appena ritrovato. Si sentì a disagio, e pensò alla boccetta di sangue che gli era stata consegnata qualche mese prima dall'elfo che aveva incontrato in una fumosa locanda di Nuova Enawar. Contrasse la mascella.

«San, io davvero non so che dirti. Mi saresti molto utile, qui, ma non voglio farti sentire prigioniero.»

«Non lo avete mai fatto, e in ogni caso accetterò la vostra decisione, qualunque essa sia. Ma se vi chiedo una cosa del genere, è perché al momento credo davvero sia la cosa migliore da fare.»

Un silenzio d'attesa avvolse la sala del trono, quindi Learco sorrise mestamente. «Ti do un mese. Concorda col Supremo Generale i territori in cui lo trascorrerai.»

San si inginocchiò. «Grazie infinite, Vostra Maestà.»

«E vedi di tornare tutto intero» aggiunse piano Learco.

San gli sorrise con sicurezza.

I preparativi avevano occupato solo un paio di giorni. Amhal voleva andarsene il prima possibile. Bruciò le cose della sua vecchia vita, portò con sé soltanto quello che gli era sempre stato indispensabile: la sua spada e un paio di libri. Poi, la sera prima di partire, decise di dire addio a ciò che di più importante si sarebbe lasciato alle spalle.

Andò da lei, percorrendo un'ultima volta l'ampio vialone in ghiaia che conduceva al palazzo. Pioveva fitto. Sarebbe tornato, certo, ma sarebbe stato una persona diversa. In un certo senso era già diverso.

Lei lo attendeva nel giardino, sotto i porticati. Tremava. Amhal non avrebbe saputo dire se per il freddo o per l'emozione di rivederlo. Gli saltò al collo, lo strinse con forza, e lui la lasciò fare. Aspirò a fondo l'odore fresco della pelle del suo collo, percorse con le mani il profilo dei suoi fianchi minuti.

«Stai meglio?» domandò Adhara, gli occhi pieni di speranza.

Lui si limitò a un sorriso triste.

Rimasero lì a parlare di niente. Le loro giornate, Amina che continuava a fare i capricci, gli addestramenti.

«Parto» disse a un tratto Amhal, trovando il coraggio all'improvviso.

A Adhara il sorriso morì sulle labbra.

«Ne ho bisogno» aggiunse, distogliendo lo sguardo. «Questo posto mi parla di Mira, e io non riesco a dimenticare... Forse se vado via e mi tengo impegnato...»

«Dove?» Quasi neppure una domanda.

«La Foresta del Nord.»

«Non dirmi nomi che sai che per me non significano niente» disse lei reprimendo a stento la rabbia. «E guardami!»

Lui si voltò. La trovò bellissima, pallida e preoccupata. Pensò a tutto quello che c'era stato tra loro, e al molto che non c'era stato. Ma soprattutto si sforzò di pensare alla sera in cui le aveva quasi fatto male. Era su quelle sensazioni che doveva indugiare per riuscire a dirle addio.

«È una zona a nord di questa terra. Lì c'è il morbo, e c'è bisogno di molti soldati. Io sono immune, e...»

Le sfuggì un solo singhiozzo. Poi fu lei a non riuscire più a reggere il suo sguardo. Fissò a terra, le braccia strette attorno alle spalle, e le lacrime che cadevano disegnando cerchi perfetti sul marmo del portico.

Amhal sentì il cuore che gli si stringeva. Si immaginò di rimanere. Per lei. Con lei. Visioni di un futuro diverso, in cui poteva amarla come voleva, senza temere di distruggerla. Ma sapeva che era impossibile. Non ora.

«Non è per sempre...»

«Avevi detto che saresti rimasto in città...»

«Già... Ma adesso il mio maestro è San, e vado dove va lui.»

Adhara gli rivolse uno sguardo infuocato. «È stato lui a proportelo?»

«No, è stata una mia idea.»

Lei fece un gesto di stizza. Non ci credeva. «È cambiato tutto da quando è arrivato lui. *Tu* sei cambiato.»

«Sono successe tante cose...»

«Non è colpa di quello che è successo.»

Amhal sospirò. Sapeva che sarebbe stata dura, ma non immaginava tanto. La verità era che non voleva dirle addio, in qualche oscuro modo aveva ancora e sempre bisogno di lei. «Tornerò ogni tanto, e quando l'emergenza finirà, mi ristabilirò qui. E poi c'è l'investitura a cavaliere, e comunque sono sempre una guardia del re...»

«Vengo con te.» Lo disse guardandolo dritto negli occhi, con una decisione che aveva qualcosa di folle.

Avrebbe voluto dirle di sì. «No!»

«Perché? Perché è da me che vuoi fuggire?»

«No... Adhara, il tuo posto è qui.»

«Il mio posto è con te!» urlò lei. Poi lo abbracciò, stringendolo con una disperazione feroce.

Le sue labbra cercarono quelle di lui, e Amhal non seppe tirarsi indietro. Ne sentì la morbidezza, e si lasciò andare, come le altre volte. Ma la furia era lì, in lui, e non lo lasciava un solo istante. La percepì insinuarsi nella dolcezza di quel bacio, e sporcarla. Si staccò da lei.

«Adhara, hai la tua vita qui, faticosamente costruita. Non puoi rinunciarci.»

«Non cambiare argomento. Non è di me che si sta parlando, ma di te. Di te che sembri temermi, che cerchi tutti i modi per sfuggirmi. È per questo che vai via, per me?»

Amhal sentiva la testa scoppiargli. «Vado via da tutto ciò che è stato. E da quello che sono. Non ti sto dicendo addio.»

«Ma mi stai lasciando sola.»

«Tornerò» promise lui. «Tornerò e sarò finalmente la persona che saprà amarti davvero, che potrà stare con te.

Perché adesso non lo sono. Ma non dubitare che ti voglia bene.»

«Non andare, Amhal, ti prego...»

Staccò delicatamente le mani dalle sue spalle, e piano piano si allontanò da lei.

Prese la via dell'ampio viale, sotto la pioggia che si era fatta più insistente. Ma nonostante lo scrosciare dell'acqua e il rumore dei tuoni, poteva ancora sentire la sua voce.

«Non andare! Ti prego, non andare!»

San aprì la porta lentamente. Era riuscito ad aggirare tutte le guardie con una certa difficoltà. In quei giorni il palazzo era sotto stretta sorveglianza; la principessa Amina aveva sempre qualche tirapiedi dietro, e i soldati erano ovunque. Per non parlare delle guardie della regina! Ma lui sapeva come fare. A dodici anni era riuscito a fuggire sotto il naso di Ido e a liberare un pericoloso prigioniero detenuto in una cella ben controllata. Non andava particolarmente fiero di quella impresa, ma da allora era persino migliorato, grazie alla magia e all'addestramento.

Non era mai stato in quella stanza. Si chiese cosa sarebbe successo se alla morte di Ido non fosse scappato con Oarf. Forse Learco l'avrebbe adottato, e allora quella stanza in cui si trovava sarebbe un giorno diventata la sua.

Sorrise sprezzante. Era un destino che tutto sommato non gli era mai interessato.

Si era immaginato qualcosa di più sontuoso per la camera da letto regale. Quanto meno arazzi ovunque e morbidi tappeti. Invece il pavimento era in legno scricchiolante, per cui doveva fare attenzione a come si muoveva, e alle pareti c'era un unico, grande quadro. Lo osservò alla luce della luna.

Dubhe e Learco, com'erano quando lui era scappato. Una giovane donna dallo sguardo inquieto, un ragazzo che cercava di darsi un contegno, ma che non riusciva a nascondere un'aria spaurita. Eppure quel moccioso era riuscito dove persino Nammen aveva fallito: aveva creato un regno solido e pacifico, era riuscito a mettere d'accordo i regnanti di tutto il Mondo Emerso e aveva instaurato la pace.

San camminò pian piano verso il letto. Un solo corpo gonfiava le coperte. Si fermò. Ma quello non era un problema. Bastava che ci fosse uno solo dei due. Quanto portava con sé era l'inizio della fine, e avrebbe funzionato anche se in quel letto ci fosse stata soltanto Dubhe, o soltanto Learco.

Era lui. Il re. Dormiva di un sonno leggero e inquieto. Una ruga profonda gli solcava la fronte. Cosa sognava? Il giorno in cui il sacrificio di Ido gli aveva permesso di ascendere al trono? Il momento in cui aveva tradito la promessa fatta allo gnomo e aveva abbandonato lui bambino per salvare Dubhe?

Tirò fuori la boccetta. Dentro, il sangue dell'elfo. Lo scosse un po' alla luce della luna, e lo vide ondeggiare e arrampicarsi su per le pareti di vetro sottile.

Rimase fermo per un attimo. Dunque il momento era giunto. Contemplò ancora l'uomo nel letto, pensò all'incontro di qualche giorno prima, all'espressione con cui il re l'aveva guardato. Si fidava di lui.

Learco, colui che in qualche modo gli aveva salvato la vita. Sua moglie Dubhe. Suo figlio Neor, un tipo sveglio, un grande re, se solo fosse stato sano. Amina, sua nipote, poco più di una bambina, una vita piena di promesse davanti. Il pensiero di San andò a tutta la gente che viveva in quel palazzo, ignara. Ebbe pietà un istante appena.

Poi decise. Gettò la boccetta a terra e la ruppe sotto il piede. Le palpebre del re ebbero un sussulto, ma non si svegliò. Poche parole, e la macchia di sangue sul pavimento evaporò, diffondendosi nell'aria.

Una fitta di dolore toccò il cuore di San, ma lui la soffocò.

«Addio» mormorò.

Si girò e uscì dalla stanza.

26
Verso Damilar

Adhara resistette qualche giorno appena.

Trascorse la notte della partenza di Amhal in lacrime nel letto, domandandosi dove avesse sbagliato e cosa fosse successo per arrivare a quel punto. La sensazione delle labbra di lui sulle sue era così viva, così reale da toglierle il senno. Ma più ancora la sconvolgeva l'amore, la passione che aveva percepito in quel contatto. E allora?

Il mondo le sembrava di nuovo un posto sconosciuto, regolato da leggi che le risultavano del tutto incomprensibili. Per certi versi era come essere tornata nel prato in cui si era svegliata, ormai troppi mesi prima. Tutto quello che era successo in mezzo era stato mera e semplice illusione.

Provò a tornare alla sua vita: quell'insieme di abitudini ormai stantie, di compiti nei quali faticava a trovare un senso. Alzarsi, stare con Amina, studiare, cercare notizie del passato. Ma tutto le sembrava avvolto da una nebbia che le ottundeva i sensi. Perché il suo pensiero era sempre con Amhal: era già arrivato? O stava ancora volando a dorso di Jamila? Quanto distava la Foresta del Nord?

Chiudeva gli occhi, e immaginava stralci della sua vita. Lo vedeva chino sul drago, gli occhi colmi di quella disperazione che aveva intravisto nei loro ultimi incontri. Lo osservava seduto intorno al fuoco, oppure addormentato di un sonno leggero e inquieto. E lo sentiva sofferente, di una sofferenza che la feriva, l'annullava.

«Che hai?» le chiese Amina una mattina.

Lei si riscosse come se si fosse appena svegliata, e la guardò senza capire.

«Stai bene? Sono un paio di giorni che sei... assente» disse preoccupata la principessa.

Adhara sentì di non poter proseguire oltre.

«È andato via» disse, e le raccontò tutto. Ebbe l'impressione che Amina non potesse capire fino in fondo, ma aveva bisogno di parlare, di lasciare che la sofferenza uscisse da qualche parte. La ragazzina fece del suo meglio per consolarla, ma Adhara sapeva che non c'erano parole capaci di riempire quel vuoto. Era di Amhal che aveva bisogno, un bisogno fisico e insopprimibile.

E allora decise.

Quella sera anche Kalth era in biblioteca. Impassibile come sempre, leggeva da un grosso tomo. Quando la vide, la salutò con un sorriso amichevole.

Adhara rimase immobile a tormentarsi le mani. «Come si raggiunge la Foresta del Nord?» gli chiese d'impulso.

Kalth la guardò dubbioso. «Perché t'interessa?»

Adhara gli si avvicinò e si sedette. «Sai che San è stato distaccato là?» aggiunse con occhi febbrili.

Il principe parve quasi preoccupato. «Sì...»

«Sai dove, di preciso?»

Kalth era sempre più perplesso.

Ma cosa sto facendo? si chiese Adhara. Non era assolutamente in confidenza con quel ragazzino chiuso ed enigmatico; si erano limitati a dividere lo spazio di quella biblioteca per qualche sera, e adesso gli stava chiedendo aiuto, e con ogni probabilità sarebbe stata anche costretta a dirgli qualcosa che doveva restare segreto.

Sto impazzendo, pensò con sgomento.

«Un accampamento alle pendici dei Monti di Rondal, si chiama Damilar. Adhara, che hai? Perché lo vuoi sapere?»

Lei prese coraggio. «Ci devo andare.»

Il giovane principe la guardò senza capire. «Non puoi uscire da palazzo... Siamo tutti consegnati qui dentro, lo sai.»

«Sì, ma devo andarmene comunque.»

Poi fece una cosa inaudita. Prese una mano di quel ragazzino che non aveva mai neppure sfiorato, e lo guardò negli occhi. Ci trovò la stessa dolente comprensione di suo padre, lo stesso sguardo liquido. E gli raccontò tutto.

«Giurami che non lo dirai a nessuno.»

«È una follia.»

«Lo so. Ma tu non dirlo a nessuno.»

«E mia sorella?»

Adhara ebbe un tremito di dolore. «Con lei me la vedo io.»

«Non capirà, e sinceramente avrebbe anche ragione...»

«Non è per sempre. Tornerò.»

Lui sorrise amaramente. «Guarda in faccia la realtà, Adhara: questo mondo è sull'orlo dell'abisso. Questa malattia cambierà il volto delle cose, e nulla sarà più come prima. Se te ne vai è per sempre.»

Adhara deglutì. Pensò a tutto quello che abbandonava, e al dolore che avrebbe causato all'unica amica che avesse mai avuto. Ma pensò anche agli ultimi giorni, alla bruciante sensazione di stordimento che l'aveva gettata in quel limbo in cui ancora si muoveva.

«Giurami solo che non lo dirai a nessuno. Lo so che per te non sono nulla, che non abbiamo mai scambiato più di due parole...»

«Sono quattro giorni di cammino, fermandosi solo la notte» iniziò Kalth. E continuò a darle tutte le informazioni necessarie.

Adhara sentì qualcosa sciogliersi nel petto. Avrebbe voluto piangere, avrebbe voluto abbracciarlo. «Grazie» mormorò infine.

«Non l'abbandonare» aggiunse Kalth. «Ti prego, Adhara, non abbandonare mia sorella. Spiegale, e cerca in tutti i modi di tornare.»

Era terribilmente serio, e c'era una nota di dolore nella sua voce. Adhara ne fu quasi stupita: non aveva mai immaginato che tra i due gemelli potesse esserci un legame tanto forte.

«Lo farò» disse con convinzione, e strinse la presa sulla sua mano.

Sgattaiolò via quella notte stessa. Doveva farlo subito, prima che quel posto in qualche modo la trattenesse. E poi aveva bisogno di mettersi in moto e agire, altrimenti sarebbe impazzita.

Non aveva molto da portare con sé: un cambio di vestiti, il pugnale. Li infilò in un tascapane che si mise a tracolla, e fu pronta.

Il palazzo dormiva di un sonno profondo, ma c'erano molte guardie in giro. L'eco dell'attentato ad Amina non si era spento, e la sicurezza era ancora un'ossessione dei regnanti. Adhara dovette usare tutte le proprie arti.

Ancora una volta lasciò che fosse il corpo ad agire per lei. E le sue membra ricordavano. Come si avanza furtivi, come si scivola lungo le pareti senza essere visti, come si passa accanto a una guardia senza che se ne accorga.

I muscoli le dolevano per tutto quel muoversi con cautela, ma al tempo stesso cominciava a sentirsi meglio. Perché ormai aveva capito che quando il corpo si metteva in moto, finalmente la mente taceva, e tutto si riduceva a meri meccanismi che entravano in azione: muscoli, ossa, tendini. Capì che era per questo, più che per fuggire da lei, che Amhal era andato via. Perché quando il dolore toglie il fiato, l'unica soluzione è annullare la mente e lasciare che sia il corpo a curarci.

Percorse a uno a uno i piani del palazzo.

Si fermò davanti alla stanza della principessa per un'ultima volta. C'era una guardia a presidiarla. Amina era la persona che più le dispiaceva abbandonare. Avevano costruito molto assieme, in quei mesi, e l'idea di perderlo, e di causare a lei una sofferenza, apriva brecce nella sua determinazione.

Gettò un sassolino in fondo al corridoio. Come previsto, la guardia si mise subito in allerta e mosse qualche passo nella direzione del rumore. Adhara fu rapida. Scattò verso la porta, infilò sotto la lettera e scomparve di nuovo nel buio.

La guardia tornò al proprio posto senza essersi accorta di nulla.

Mentre sgattaiolava tra le ombre, Adhara pensò alle parole di Kalth, alla sofferenza dei suoi occhi, e giurò che sarebbe tornata, a tutti i costi.

Il giardino l'accolse col freddo ostile dell'autunno alle porte. Cercò di attraversarlo rapidamente. Troppi ricordi, in quel posto. C'era Amhal ovunque, tra quei cespugli. Quasi le sembrava di vederlo avanzare sulla strada bianca, un punto nero che si faceva sempre più grande.

Non ebbe particolari problemi in quella zona del palazzo. C'erano assai meno guardie che dentro, visto che il giardino era a dir poco sterminato. E lei lo conosceva molto bene.

Scelse un punto del muro perimetrale privo di sorveglianza. Attese che l'unica sentinella passasse, poi scattò. Ci volle assai meno di quanto avesse creduto. Due minuti, e fu di là, nel buio minaccioso di Makrat. La sua vecchia vita era finita. Ora si apriva un nuovo capitolo. Guardò i vicoli immersi nell'oscurità, percepì l'odore marcio della città. Ebbe paura un istante solo. Poi si lanciò in avanti.

Le lacrime cadevano sulla pergamena, cancellando l'inchiostro e dandole un aspetto slavato, antico. Amina aveva gli occhi così rossi che non riusciva più neppure a leggere. Tanto, ormai, conosceva il contenuto a memoria.

Cara Amina,

quando domattina ti sveglierai, non mi troverai. Mi devi credere se ti dico che separarmi da te mi costa un dolore terribile. Te lo confesso, quando tuo padre mi chiese di esserti amica, accettai solo per avere un lavoro. Non sapevo cosa volesse dire avere un'amica, e tu mi facevi paura, con tutti i tuoi capricci e i tuoi giochi sfrenati. Ma poi ho imparato a conoscerti, ad apprezzarti, e mi sei diventata cara. Stare con te, condividere giochi e fantasie, mi ha fatto crescere, mi ha trasformato da quel manichino senza sentimenti e ricordi che ero nella persona che sono diventata. Ti sono debitrice di questa mia nuova vita.

Ed è per questo che mi sento una codarda ad andarmene di notte senza dirti niente. Ma so che non capiresti, e forse avresti anche ragione. E se ti guardassi in faccia, mi verrebbe meno il coraggio di fare quello che devo.

Amhal ha bisogno di me. E io, l'hai visto, senza di lui non riesco proprio ad andare avanti. Ho cercato di spiegartelo, l'altro giorno. Solo io lo posso salvare, Amina, e solo lui può salvare me. Ci apparteniamo in un modo così intenso che forse neppure comprendiamo fino in fondo. Siamo l'uno dell'altra. E io devo andare.

Ti prego, perdonami. Non è un addio. Se mi vorrai ancora, quando tornerò – perché ti giuro che lo farò – sarò pronta a ricominciare da qui, da questo terribile momento in cui sono costretta ad abbandonarti.

Sei la sola amica che abbia mai avuto e mi mancherai terribilmente.

A presto,

Adhara

Prese a stracciare la lettera brano a brano, lentamente. Inghiottiva i singhiozzi con rabbia, e intanto malediceva in cuor suo quel nome. Eppure, sotto lo strato spesso del rancore, era preoccupata per lei. Se avesse potuto, l'avrebbe seguita.

E lo farò. Il prima possibile. Manderò al diavolo tutta questa gente che mi sta attorno e mi sorveglia e la raggiungerò. Solo per dirle quanto la odio, e per sputarle in faccia che non la voglio più vedere.

Si gettò sul letto e prese a mordere le lenzuola. Era arrabbiata. E non solo per quel tradimento, ma perché, nonostante tutto, voleva un bene disperato all'unica persona che avesse mai sentito simile a sé.

Stavolta era stato Neor ad andare da Dubhe. Si era recato nei sotterranei del palazzo, là dove sua madre aveva stabilito il quartier generale del suo sistema spionistico. La solita sala scura dove si discutevano gli affari più importanti e più urgenti.

Dubhe si sedette. «Perché non hai convocato anche tuo padre?»

Neor si compiacque di quanto sua madre fosse capace di andare subito al punto e di capire l'essenza delle cose. «Quello che sto per dirti non gli piacerebbe, ma va fatto.»

Un lampo di comprensione passò negli occhi della regina. «Gli metterò alle costole un uomo fidato. Uno con una certa esperienza» disse.

«Non abbiamo trovato niente sulla tua spia, lo sai. Nessun contatto sospetto, una famiglia immacolata, nessun guadagno improvviso che possa far pensare a un tradimento. Sembra semplicemente che il tuo uomo sia impazzito all'improvviso e abbia deciso di attaccare Amina. O Mira.»

«C'è qualcosa sotto.»

«Certo. Ma è sepolto abbastanza bene.»

Stettero in silenzio qualche istante.

«In ogni caso, spiegami perché vuoi che metta di nuovo sotto controllo San» riprese la regina.

«Una settimana fa è andato da mio padre e gli ha chiesto di poter essere distaccato a Damilar. Ha detto che il suo allievo, perché Amhal ora è diventato suo allievo, aveva bisogno di cambiare aria, e che darsi da fare da quelle parti era un buon modo per pensare ad altro. Ha detto anche che era la soluzione ideale perché Amhal, possedendo sangue di ninfa, è immune al contagio.»

Dubhe appoggiò entrambe le braccia sul tavolo. «Non me l'aveva detto...»

Neor alzò le spalle. «Non c'era ragione di farlo. Un semplice spostamento di truppe, nulla che potesse interessarti.»

La regina parve per qualche secondo immersa nei propri pensieri. «Sospetti di San?»

Neor sospirò. «Non ho nulla in mano. Ma il fatto che la tua spia abbia fatto quella fine mi lascia in qualche modo perplesso. E poi questa decisione improvvisa, come se San volesse cambiare ambiente... Non sono neppure indizi. Sono solo... spunti di riflessione.»

Dubhe sorrise, poi si alzò. «In quella zona ho un uomo di cui mi fido ciecamente. Mi farà rapporti giornalieri.»

Il principe annuì.

«Ti accompagno su?» gli chiese sua madre.

Neor accettò. Sapeva che le piaceva: prendersi un po' cura di lui, accudirlo come fosse ancora un bambino. Era un sentimento che condivideva: osservava con preoccupazione la crescita dei suoi figli, perché sapeva che ogni giorno trascorso lo allontanava da loro. Presto non avrebbero più avuto bisogno di lui, e la cosa in qualche modo gli dispiaceva. Perché lui invece aveva ancora bisogno delle loro teste appoggiate al suo petto, dei loro sguardi che chiedevano protezione, rassicurazione o solo affetto.

Percorsero in silenzio i corridoi, godendo l'uno della vicinanza dell'altra.

Poi una serva corse loro incontro. «Maestà! Vi ho cercato ovunque!»

«Ero impegnata.» La ragazza era terrea e affannata.
«Calmati. Che è successo?»

La serva alzò uno sguardo pieno di terrore. «Maestà, il re sta male!»

Adhara camminò oltre le sue possibilità, consumando gli stivali prima sulle strade sconnesse di Makrat, poi sui sentieri tra boschi e praterie che conducevano alla sua meta.

Kalth le aveva dato una mappa sulla quale aveva disegnato tutto il percorso. Le aveva anche indicato alcuni posti nei quali poteva fermarsi a pernottare.

«È una zona molto frequentata dai militari, per cui è pieno di locande dove riposarsi.»

All'inizio Adhara le aveva evitate. Non le andava di vedere nessuno, e poi temeva che qualcuno le stesse alle calcagna. Non aveva idea di cosa avrebbe pensato Neor della sua fuga, e aveva il terrore che cercassero di riprenderla. Del resto, aveva anche un accordo con Theana per incontrarsi di lì a pochi giorni: l'aspettava la prima seduta per ritrovare la memoria. Avevano dovuto rimandare a causa della morte di Mira, ma il Supremo Officiante le aveva inviato Dalia in persona perché l'avvisasse del nuovo appuntamento.

Aveva lasciato la boccetta con le erbe nella sua stanza, a palazzo. Non aveva più alcun interesse a capire chi fosse. I Veglianti, i Consacrati... Tutte parole ormai prive di senso. Adesso era sulle tracce del suo futuro, e non le importava più da dove veniva.

E poi aveva iniziato la sua lunga marcia.

L'aveva colpita il fatto che, appena messo piede fuori dal palazzo, sembrava di essere in un altro mondo. A corte, sebbene si percepisse tensione, l'atmosfera era tutto sommato ancora accettabile. Sì, il morbo, la preoccupazione e il dolore per la morte di Mira. Ma in fin dei conti si sentivano al sicuro, e le loro vite continuavano come sempre.

Là fuori no. Là fuori c'era il finimondo. Nessuno per le vie di Makrat di notte. La gente stava barricata dietro le imposte, cercando un'impossibile salvezza. Solo oscuri figuri si aggiravano furtivi spinti da chissà quali affari.

Il primo ostacolo fu uscire dalla città. Si era completamente dimenticata che vigeva la quarantena. Ogni braccio delle mura era presidiato da guardie armate che scrutavano la notte. Adhara si avvicinò, cercando disperatamente un'idea. Ma la fortuna era dalla sua. All'improvviso, grida, e la guardia che stava sopra di lei corse verso un punto indefinito alla sua destra. Poi rumore di armi. Evidentemente qualcuno aveva provato a passare. Ne approfittò.

Si arrampicò più veloce che poté, le dita che le facevano male per lo sforzo, e quando fu sopra, strisciò verso l'altro lato del muro. Guardò a destra: tre guardie e il luccichio di lame agitate in aria.

Scivolò oltre il parapetto e iniziò a scendere. E allora li vide. Ammassati contro le mura, gementi.

«Per pietà!»

«Aprite quella porta!»

«Fateci entrare!»

«Mio figlio sta morendo!»

Una moltitudine di disperati assiepati là sotto. Si accalcavano contro le mura come onde di un mare vivente, le braccia tese verso quella che ritenevano l'ultima speranza. Qualcuno provava a issarsi verso l'alto, ad arrampicarsi, ma il più delle volte ricadeva in basso. E se pure riusciva ad arrivare in cima, c'erano i soldati ad aspettarlo.

Poco oltre, tende di fortuna, un intero accampamento di disgraziati pronti a tutto pur di raggiungere la città dei sogni, la città in cui tutti erano sani. C'era puzza, di fumo e di putrefazione, e Adhara sentì la nausea montare. Percorse frenetica l'ultimo tratto di muro, poi semplicemente si lasciò cadere, le braccia intorpidite e la testa che le girava. Le furono subito tutti attorno.

«Sei venuta a prenderci?»

«Perché vai via?»

La toccavano, la osservavano. Vestiti di stracci, provati dal viaggio, affamati. Adhara urlò cercando di divincolarsi, e a fatica riuscì a scivolare via.

«Pazza! Hai rinunciato alla salvezza per venire a morire tra noi!» urlò qualcuno.

Quando ebbe più spazio, saltò in piedi, si strinse il tascapane al petto e iniziò a correre.

Si fermò solo quando non ci fu più neppure una tenda all'orizzonte. Solo allora cadde a terra, e un conato di vomito le mozzò il respiro in gola. Giacque sull'erba, come quel primo giorno, nel prato. Ma su di lei non c'era più un sole splendente, bensì una luna crudele.

Io non credevo... non pensavo...

Le voci e le mani di quella gente continuavano a tormentarla, se le sentiva addosso, le rimbalzavano da un lato all'altro della testa. Si mise supina e guardò il cielo limpido. La luna brillava di una luce funerea. Tutto era così calmo, così immobile e perfetto... E si chiese perché. Perché stava accadendo tutto questo? Cosa avevano fatto per meritarsi quel flagello?

Intorno a lei non c'era nessuno. Si trascinò stanca fino ad alcuni alberi che si innalzavano poco più in là e si appoggiò a un tronco. Strinse al petto il tascapane e versò qualche lacrima di paura e frustrazione.

Poi lasciò che il sonno la portasse via.

27
Caos

Quella prima mattina Adhara si svegliò al sorgere del sole. Aveva ancora un groppo in gola per quanto aveva visto la sera prima. Ma si sforzò di tirarsi su, si sciacquò il viso con l'acqua di un ruscello che scorreva lì vicino, poi riempì le borracce.

Camminò tutto il giorno, i piedi in fiamme e le gambe che imploravano pietà. I mesi a corte l'avevano in qualche modo infiacchita. Aveva perso l'abitudine alle lunghe marce. Ma si costringeva ad andare avanti. Perché ora dopo ora la mancanza di Amhal diventava più pressante, fino a trasformarsi in una sensazione fisica. Aveva bisogno di vederlo, di sentirlo vicino. E mentre camminava, pensava a tutto quello che si erano detti di recente. Non gli avrebbe mai più permesso di andare via. Perché lei era la sua parte migliore. Solo lei poteva togliergli la furia dal cuore, solo lei poteva colmare il vuoto che la morte di Mira aveva scavato nel suo petto. Per cui non contava la fatica, non contava la pioggia che di tanto in tanto la bagnava. Contava raggiungere la meta.

Quella che stava percorrendo era la strada principale che conduceva a Makrat dal Nord. Tagliava in due il bosco, ma era piuttosto ampia, e in quel periodo molto frequentata. Innanzitutto da soldati. A frotte. I volti segnati e tristi, li vedeva marciare rassegnati. Alcuni andavano nella sua stessa direzione, e allora sui loro volti leggeva la paura, e la silente disperazione di chi sa di andare incontro a un destino segnato. Altri, invece, andavano verso Makrat, e i loro occhi riflettevano l'orrore di cui erano stati testimoni.

Alla sera decise di fermarsi in una locanda che le aveva consigliato Kalth. Ma prima dovette lasciarsi perquisire: controllarono ogni tratto di pelle visibile, e le fecero perfino togliere la casacca. Rimase nuda, le braccia strette sul seno, di fronte ai soldati che la guardavano vogliosi.

Mentre mangiava, ascoltava i loro racconti.

«I pochi sani sono scappati fuori e hanno chiuso le porte dietro di sé. E poi hanno dato fuoco a tutto. Quando siamo arrivati noi, non c'era più nulla da fare. Ma le grida le sentivamo ancora. L'intero villaggio era una palla di fuoco, il calore insopportabile. Ma quelli urlavano, urlavano e urlavano. Urla disumane. La notte le sento ancora, e non mi fanno dormire. Quelli sani ci hanno attaccato. Volevano rubarci le armi e andare a Makrat camuffati.»

«E voi che avete fatto?»

«Li abbiamo uccisi. Non c'era altro da fare. Erano armati, e avevano già ammazzato tre di noi.»

Adhara sentì il sangue gelarsi nelle vene. Non aveva immaginato che si fosse arrivati a quel punto.

Il giorno dopo, mentre era in marcia, pensò che la strada che stava battendo era l'unica salvezza. Ai suoi margini, l'abisso. Cosa si nascondeva nel bosco? Quanti villaggi pieni di malati rantolanti? E quali orrori si perpetravano al buio degli alberi? Quanti uomini bruciati, quanti innocenti sterminati?

Man mano che proseguiva, la via si riempiva di disperati. Profughi, molti feriti, tutti affamati e stanchi. Partiti da villaggi infestati portando con sé solo lo stretto indispensabile, si muovevano come fantasmi. I loro occhi si accendevano solo quando si parlava di Makrat.

«Dicono che c'è un incantesimo che protegge le mura, che impedisce alla malattia di entrare» raccontò qualcuno una sera, in una locanda in cui Adhara si era fermata.

Avrebbe voluto dire la verità. Avrebbe voluto spiegare che Makrat sarebbe caduta presto, che nessuno poteva resistere a quello che stava accadendo. Presto la malattia sarebbe stata ovunque. Ma a che scopo? A quell'uomo restava solo quella pallida speranza, e lei non voleva togliergliela.

E poi cominciarono ad apparire i malati. Abbandonati ai lati delle strade. E i cadaveri. Di chi non ce l'aveva fatta, di chi era morto di stenti, di chi era stato colto dalla malattia mentre cercava la salvezza.

La gente passava oltre facendo il giro largo. Spesso arrivavano uomini abbigliati con sgargianti vesti viola, i volti segnati da profonde macchie scure.

«Sono i Pietosi. Gente che ha avuto il morbo, ma si è salvata. La malattia però non perdona, e lascia sul corpo quei segni neri» le spiegò un tizio, mentre gli uomini in viola raccoglievano i cadaveri. «Loro si occupano dei morti e dei moribondi. Possono farlo: non si ammalano più.»

Adhara si costrinse ad abituarsi a quelle scene. La pietà non era un lusso da potersi permettere da quelle parti. Doveva andare avanti, finché non avesse raggiunto Damilar, finché non avesse trovato Amhal. Per questo imparò ad essere insensibile e a tenere lo sguardo abbassato, mentre macinava leghe su leghe.

Giunse in vista del campo la sera del quarto giorno di marcia. Era stremata.

Pioveva di nuovo, e l'aria era fredda. L'accampamento le apparve come un grumo di luci tremule che si aprivano tra albero e albero.

Aveva abbandonato la via principale quella mattina, e si era inoltrata nel bosco. La Foresta del Nord si sviluppava ai piedi dei Monti di Rondal, ed era diversa da qualsiasi altro bosco avesse visto fino ad allora. Aveva qualcosa di fosco e di arcano, che la spaventava. Gli alberi erano quasi tutti conifere altissime, dritte e cupe, a terra un tappeto di aghi morti che scrocchiava sotto i suoi piedi. Non si sentivano uccelli, solo sommessi fruscii, come se qualcuno dal folto la osservasse e spiasse i suoi passi. Il silenzio era minaccioso, ostile. E faceva freddo. Adhara doveva stringersi nel mantello per evitare che il gelo le penetrasse fin nelle ossa.

Per tutta la giornata la strada era stata in salita, a volte assai ripida, e lei aveva dovuto far forza sulle gambe stremate. Aveva compiuto l'ultimo tratto completamente al buio, facendo affidamento solo sulla debole luminosità del cielo, e aguzzando la vista per non perdere la strada. E poi quelle luci tremule, funeree, ma che le avevano dato un po' di speranza.

La via si era pian piano allargata, ed erano apparse le prime tende sbilenche, e un recinto di legno, completamente chiuso, presidiato da due guardie armate fino ai denti. Da dentro, urla e gemiti confusi. Adhara si era stretta ancor più nel mantello.

E adesso? Chissà dov'era Amhal. Forse avrebbe dovuto chiedere a qualcuno. Cosa avrebbe pensato vedendola?

Si mosse silenziosa nell'accampamento, seguita dalle occhiate e i mormorii ostili della gente che usciva dalle tende. Si guardò attorno inquieta. Non era ancora nella zona militare: quelli erano profughi. La parola "straniera" rimbalzava di bocca in bocca. Prese coraggio e si avvicinò a una famiglia riunita intorno a un fuoco.

«Cerco l'accampamento militare di Damilar.»

I tre si strinsero l'uno all'altra, e si ritirarono rapidamente nella loro tenda, riservandole uno sguardo pieno di odio.

«Non vi faccio niente!» provò a insistere Adhara, ma subito si accorse che la folla aveva fatto cerchio intorno a lei. Si sentì prendere dalla paura e portò la mano all'elsa del pugnale.

«È una straniera.»

«Avrà sangue di ninfa?»

«Quei capelli di certo non sono umani.»

Adhara sguainò d'impulso il pugnale, mentre un uomo armato di bastone le si accostava.

«Chi sei?»

«Cerco solo l'accampamento militare di Damilar» rispose lei, cercando di abbassare la lama.

«Solo le ninfe vengono qua senza paura. Sei una mezzosangue?»

«Sono...» La frase le morì in gola. Già, chi era? Cos'era lei?

«Porti la malattia, maledetta!» urlò una vecchia.

Fu come se tutti attendessero quel segnale. Un unico urlo percorse la folla, e le furono addosso.

Adhara si sentì soffocare. Calci, pugni, percosse. Fu colta dal panico, perché capiva che quegli uomini non si sarebbero fermati finché non avessero versato il suo sangue. Erano mossi da un terrore cieco, e nulla dà forza come la paura. Perse il pugnale, e allora provò a difendersi con le unghie e con i denti. Urlò, ma il suo grido si perse nel mugghio indistinto di quanti la stavano linciando. All'improvviso, però, sentì crearsi un piccolo spazio intorno a lei. Avvertì un rumore familiare. Quello di una lama, un'enorme lama che roteava in aria. Aprì gli occhi e la vide: la spada di Amhal che gettava il panico tra quella gente. Schizzi di sangue, e tre corpi caddero a terra senza vita. Bastò. La folla si aprì.

Lui era lì. La spada stretta in mano, in posizione di guardia. E uno sguardo terribile, di ferocia pura.

«Lasciatela stare e tornate da dove siete venuti» intimò.

La folla indugiò per un istante, poi i corpi a terra furono più convincenti di qualsiasi parola, e la gente si disperse.

Adhara restò un istante a guardare Amhal. Poi si alzò e corse ad abbracciarlo.

Era in una tenda. In un angolo, una brandina, e al centro un piccolo fuoco. Su un manichino c'era la corazza di Amhal e accanto la sua spada. Adhara era avvolta in una pesante coperta e osservava il fuoco.

Amhal non le aveva detto una parola da quando era arrivata. L'aveva salvata, l'aveva portata nella sua tenda, le aveva curato le ferite e le aveva dato da mangiare. Poi era scomparso. E adesso era sola.

Quando lui l'aveva sottratta al linciaggio, non aveva pensato ad altro che alla gioia di averlo trovato. Ora, però, rivedeva nitidamente la scena. I corpi a terra, Amhal che li falcidiava con un unico movimento della spada. La furia nei suoi occhi, la freddezza con cui aveva ucciso quella gente. Affondò la testa fra le ginocchia. Dov'era finito il *suo* Amhal?

Entrò in quel momento. Il volto tirato, stanco. Adhara alzò lo sguardo, e attese. Voleva che fosse lui a fare il primo passo, a dirle qualcosa, una cosa qualunque. Invece si sedette e si mise a contemplare il fuoco.

«Sei arrabbiato?»

Amhal dovette pensarci qualche istante. «Questo non è posto per te.»

«Dovunque sei tu è posto per me.»

Lui fece un gesto di stizza. «Dannazione, Adhara, ma lo vedi dove sono? Hai visto com'era la strada? Hai visto la gente che ti ha quasi ucciso?»

«Certo. E so che tra breve sarà così in tutto il Mondo Emerso. Questa cosa non si può fermare, divorerà tutto.»

Amhal guardò di nuovo il fuoco. Le fiamme gettavano sul suo volto ombre ineguali. Il suo viso era segnato. Non lo vedeva da appena una settimana, ma era cambiato. In quei pochi giorni di permanenza in quel luogo era successo qualcosa.

«Hai ucciso quegli uomini...»

«Sei qui per farmi la predica? Ti stavano per linciare, cosa avrei dovuto fare? Questo non è un posto dove ci si possa fare scrupoli. Questo è un posto dove la mia furia si sente a casa.»

Adhara lo guardò intensamente. «Non saresti mai dovuto venire...»

«Cosa ci fai qui?» replicò lui, fingendo una sicurezza che non aveva.

«Lo sai.»

«Adhara, il tuo non è amore. Tu lo credi, ma non lo è.»

«Forse non so molto della vita, ma...»

«Io ti ho salvato» la interruppe Amhal, implacabile «e per questo credi di amarmi, perché sono stato il tuo unico punto di riferimento per molto, troppo tempo. Ma il tuo non è amore, è solo gratitudine. La tua è una fissazione.»

Adhara inghiottì le lacrime. Non gli avrebbe dato quella soddisfazione. «Non sarà così che mi convincerai ad andarmene.»

Amhal cercò di scacciare dallo sguardo ogni debolezza. Ma Adhara lo vedeva ancora, dietro le sue pupille, tutto il bene che c'era in lui, la sua parte migliore.

«Questo luogo ti consuma» gli disse. «Ma c'è del buono in te, c'è ancora il ragazzo con cui ho fatto quel viaggio bello e terribile fino a Makrat. C'è il soldato che mi ha salvato quella sera, il ragazzo che disperatamente ha cercato di ridarmi il mio passato, c'è la persona che lottava contro la furia che sentiva dentro, e che l'aveva sconfitta.»

Amhal sorrise amaramente. «Io non l'ho mai sconfitta.»

Lei lo ignorò. «Vuoi sapere perché sono qui? Perché non ho potuto impedirti di partire, di venire qua a giocarti l'anima, ma posso ancora impedirti di andare a fondo. Perché io sono assolutamente certa di essere l'unica in grado di salvarti.»

Lo fissò con tutta la determinazione che si sentiva in cuore, quella fede cieca che l'aveva condotta fin lì attraverso l'orrore. E vide il suo sguardo incrinarsi, e qualcosa farsi strada nella dura scorza che si stava costruendo intorno.

«Vorrei che tu non fossi qui, a vedere quello che devo vedere io...» mormorò Amhal.

«Torniamo indietro» disse lei, mettendogli una mano sul braccio.

Lui scosse la testa. «Questo è il mio posto, lo è sempre stato. Questo è quello che mi merito.» E c'era una tale disperazione nei suoi occhi, un così profondo sconforto che Adhara per un attimo rimase in silenzio. Stava per replicare, quando l'entrata della tenda si scostò.

San, invece, era come sempre. Sicuro di sé, affascinante. «Ho interrotto qualcosa?» disse, andando a sedersi con loro accanto al fuoco.

Adhara lo guardò con odio. Gli era piaciuto, quell'uomo, i primi tempi. La sua aura da eroe, il suo innato carisma avevano catturato anche lei. Ma adesso non riusciva a non detestarlo. Perché in qualche modo sentiva che era lui che le stava portando via Amhal.

«Stasera siamo entrambi di pattuglia» disse San. E, rivolto a Adhara, aggiunse: «Domani all'alba ti darò una scorta e potrai tornare a Makrat. Certo, ci sarà la quarantena, ma se riuscirai a provare di avere sangue di ninfa, forse riuscirai a evitarla.»

«Io resto qui» disse lei, convinta.

San sorrise con condiscendenza. «Questo non è un posto per ragazze.»

«È dove si trova Amhal, quindi è il mio posto.»

«Se resti qui, non posso garantire per la tua sicurezza.»

«Non chiedo nessuna garanzia.»

Finalmente il sorriso scomparve dal viso di San, e a Adhara parve di intravedere infine il vero volto di quell'uomo, un volto spietato.

«Io e Amhal non siamo qui per gioco. Ci hanno distaccati da queste parti, capisci? E nel tuo viaggio avrai visto le condizioni in cui versa questa zona. Abbiamo tanto lavoro da svolgere, e Amhal non può prendersi cura di te.»

«Ad Amhal non chiedo niente. E non sarò certo un fastidio. So difendermi.»

«L'ho visto, là fuori» replicò San, sarcastico. «Qui non ci puoi stare» ribadì.

«San!» intervenne Amhal, lanciandogli un'occhiata significativa.

Lui sembrò capire. «Ragazzo, io lo dico per te... Cos'avevi detto quando mi hai chiesto di andarcene? Ti sembra questo il modo di staccarsi da tutto e da tutti?»

Amhal sospirò. «Lei non andrà via. Non c'è modo con cui tu possa convincerla.»

Adhara notò che aveva cominciato a dargli del tu.

San si alzò. «Fa' come ti pare.» E prese la via dell'uscita.

Adhara guardò grata Amhal, che però non si voltò. Poi si alzò anche lui. «Vado a cercarti una tenda.»

«Grazie.»

«Non mi ringraziare» replicò senza voltarsi. «Avrei preferito di gran lunga che tu restassi dov'eri e ti dimenticassi di me.»

Al terzo giorno, fu chiaro. Era il morbo. Learco rantolava nel letto non per un malanno passeggero, o un attacco di febbre rossa. Era il morbo. Il suo corpo iniziava a poco a poco a coprirsi di macchie nere.

Giunse a palazzo uno stuolo di sacerdoti, venne Theana in persona a occuparsi del caso. E intanto tre servi diedero segni di malattia. Fu il caos. Un'intera ala del palazzo venne chiusa, gli appartamenti reali furono spostati in una zona isolata, guardie armate vennero poste tra la parte contagiata e quella ancora sana, con l'ordine di non far passare nessuno. Dubhe si murò dentro col marito. E Neor rimase solo.

L'aveva sempre saputo. Stavano tentando di arrestare una tempesta a mani nude. Ma un uragano di quelle proporzioni non poteva essere fermato, e presto o tardi sarebbe arrivato fin lì e li avrebbe travolti.

Solo, nella penombra della sua stanza, ascoltava le ultime notizie.

«Sua Maestà ha perso conoscenza stamattina. Da allora sembra non essersi più ripreso.»

Neor non si mosse. «Continua» disse con freddezza.

«Altri tre casi in quella zona, e i due sacerdoti che si sono sentiti male ieri oggi hanno abbandonato i loro posti: non sono più in grado di continuare. Il Supremo Officiante sta spendendo tutta se stessa, ma le cure non sembrano sortire alcun effetto.»

«La regina?» chiese con un tono di voce glaciale.

«Per ora sta bene.»

Neor chiuse appena gli occhi. «Puoi andare» disse, e l'uomo lasciò la stanza, chiudendosi delicatamente la porta alle spalle.

Faceva freddo in quella sala, un gelo che gli si insinuava sotto la pelle, nelle ossa. Abbandonò la testa contro la spalliera della sedia.

Pensò a suo padre, a quei trent'anni assieme che il destino aveva loro concesso. Pensò a quando era bambino, e ancora camminava. Ricordò i giochi con lui, l'immagine che ne aveva: un uomo indistruttibile, un grande sovrano.

Ricordò i giorni che erano seguiti all'incidente, rivide la sua figura affranta accanto al letto, che gli teneva una mano. Anche nel dolore conservava intatta la sua grandezza, e quando lo avvertiva al suo fianco, Neor si sentiva sicuro.

«Sono un uomo a metà» gli aveva detto un giorno, accarezzandosi le gambe inerti. Lo sguardo di suo padre si era indurito, tanto che si era atteso uno schiaffo. Che non era arrivato.

«Non dirlo mai. Non è il corpo che conta. È lo spirito.

Se ti abbatterai, se lascerai che sia la disperazione a vincere, allora sì sarai un mezzo uomo, buono solo a piangersi addosso. Ma se sarai forte, la tua anima volerà alto, oltre le pastoie di questo corpo.»

Erano state quelle parole a salvarlo, a condurlo fin lì.

Pensò all'ultima volta che lo aveva visto. Prima di tradire la sua fiducia chiedendo alla madre di spiare l'uomo che lui più di tutti rispettava, che considerava quasi un secondo figlio. Avevano passeggiato insieme nel parco. Gli aveva detto che era un po' pallido, e che sembrava stanco.

Lui aveva riso. «Si chiama vecchiaia. Ogni giorno ti tira un po' verso la fossa, e allora fai sempre più fatica ad alzarti dal letto, e le giunture funzionano sempre meno bene. È il ciclo della vita, Neor. L'ho accettato da un pezzo.»

Una lacrima gli scese lungo le guance. Non l'avrebbe più rivisto, non l'avrebbe accompagnato in quelle ultime ore su questa terra. Sarebbe voluto andare da lui, piangere sul suo letto e condividere il suo destino, ma non poteva. Lui doveva restare sano. Lui doveva salvare il regno di suo padre.

Si avvicinò al tavolo e suonò un campanello. Dopo pochi minuti giunse l'uomo che aspettava, uno dei suoi consiglieri più fidati.

«Prepara un drappello di dieci uomini scelti fra le mie guardie personali, di' a mia moglie e ai miei figli di prepararsi a partire. Che portino con sé lo stretto indispensabile. Raduna i consiglieri, da' loro questi stessi ordini: i familiari possono venire con noi, ma devono viaggiare leggeri. Prepara draghi a sufficienza che ci possano condurre tutti fino a Nuova Enawar.»

«Mio signore... E il regno? E il re e la regina?»

«Da questo momento prendo io le redini del regno. La corte si sposta in blocco a Nuova Enawar.»

Il consigliere lo guardò attonito.

«Hai sentito i miei ordini o no? Avanti!» disse secco Neor, e l'uomo chinò il capo in segno di assenso.

E fu solo. Ancora. Come d'ora in poi sarebbe sempre stato.

28
Oltre il confine

Non fu facile per Adhara trovare un'occupazione nell'accampamento. Il primo giorno cercò di farsi affidare qualche compito militare, ma il comandante si limitò a riderle in faccia.

«Credi che fare il soldato sia una cosa che si improvvisa? Credi che basti portare un pugnale alla cintola per essere uno di noi? Il posto delle donne è nelle tende dei profughi, o a casa, dove saresti dovuta rimanere.»

Provò allora a parlarne con Amhal la sera stessa, quando ebbe finito il suo turno di guardia. Lo vide rientrare stanco, la spada coperta di sangue, gli occhi spenti.

«Devo venire con te.»

Lui la guardò senza vederla.

«Permettimi di venire in missione con te e San.»

«Non è un posto per te.»

«È quello che mi ripetono tutti da quando sono venuta qui, ma nessuno sa davvero chi sono, o di cosa sono capace. Tu però lo sai, sai che sono capace di combattere.»

«Non si tratta di combattere. Semplicemente non puoi venire con noi. Non c'è altro da dire» tagliò corto lui.

E Adhara rimase sola. Passò un giorno intero nella sua

tenda, in attesa. Di capire cosa fosse venuta davvero a fare in quel posto, di come avrebbe potuto aiutare Amhal. All'improvviso il suo viaggio le parve una pazzia. Aveva mentito a se stessa, ammantando quell'impresa folle di significati eroici che non aveva. Non era andata fin lì per salvare Amhal. Era andata lì perché le mancava, perché non poteva stare senza di lui. Questa era l'unica verità.

A sera lui venne di nuovo nella tenda, stremato, e non ci fu spazio per le parole. Mangiarono assieme a San, e Amhal e il suo nuovo maestro passarono il tempo a parlare di lavoro e di addestramento.

«Sono molto fiero dei tuoi progressi con la magia.»

Un lieve sorriso da parte di Amhal.

«Vedo che stai comprendendo la natura di alcune formule, e inizi a padroneggiarle con competenza. Tra breve ti insegnerò un trucco nuovo. È una formula piuttosto potente, qualcuno la chiama il Lampo Oscuro.»

Una luce si accese nella testa di Adhara all'udire quel nome.

Quando giunse l'ora di andare a letto, si avvicinò ad Amhal. Lo prese per un braccio e lo costrinse a guardarla negli occhi. «Ti sta insegnando la Magia Proibita, non è vero?»

Lui vagò con lo sguardo nel buio dell'accampamento, mentre i lamenti dei malati riempivano la notte. Si divincolò. «Non è cosa che ti riguardi.» E si diresse verso la propria tenda.

«Ricordo quel nome» insisté lei seguendolo. «L'ho trovato in un libro mentre cercavo tracce del mio passato. È una magia inventata dal Tiranno. Amhal, che ti sta facendo?»

Lo fermò di nuovo sul limitare della sua tenda, stringendogli una mano.

«Mi insegna chi sono» rispose lui a denti stretti.

«Tu non sei questo, e non lo sarai mai. Quell'uomo ha una cattiva influenza su di te, non lo vedi? Sei cambiato in queste poche settimane, è come se ti fossi arreso, se non combattessi più contro la furia che ti cresce in petto.»

«Non c'è niente da combattere» replicò lui, freddo. «Io *sono* quella furia. È il primo sentimento che ricordo di aver provato, è la costante della mia vita. Tutto il resto cambia, si modifica, ma lei resta lì, immutabile. Io sono destinato a questo luogo, e la mia spada è destinata a uccidere e massacrare. Non c'è altro che io sappia fare.»

«Ma ti rendi conto di quello che stai dicendo? Era questo ciò che Mira voleva da te?»

Gli occhi di Amhal sembrarono accendersi per un istante. Strinse le labbra. «Va' via. Vattene a dormire e lasciami in pace!» Poi si divincolò e scomparve nella tenda.

Adhara passò la notte insonne. Si sentiva impotente. Si chiese se non fosse il caso di tornare a casa, a corte. Ma c'era qualcosa che la tratteneva ancora là.

E allora, la mattina dopo, si avvolse i capelli con una fascia, perché le sue ciocche azzurre non si vedessero e i disperati non l'attaccassero di nuovo. E si disegnò finte macchie nere sulla pelle, perché sembrasse scampata al morbo. Si presentò al recinto dove venivano tenuti i malati e parlò con un uomo il cui volto era quasi completamente nero, non fosse stato per una macchia di pelle ancora rosea intorno all'occhio sinistro.

«Voglio lavorare qui con voi» disse.

L'uomo la squadrò per qualche istante. «Va' là e fatti dare uno dei nostri vestiti. Comincerai subito.»

Adhara si avviò alla tenda a passi decisi. Sarebbe rimasta, nell'unico modo che sapeva. Sarebbe andata da lui ogni sera, e ogni sera avrebbe disputato la stessa battaglia della notte prima, avrebbe lottato con San per l'anima di Amhal. E non si sarebbe arresa.

Per Amhal era come se a poco a poco ogni cosa scomparisse dal suo orizzonte. Già mentre si muoveva verso Damilar, in groppa a Jamila, si era accorto che alcuni elementi della sua vita erano andati fuori fuoco. All'inizio aveva accolto la novità con sollievo. Perché era stato il dolore per la perdita di Mira a sfumare per primo. I ricordi dell'addestramento che gli aveva impartito, dei giorni passati assieme, pian piano erano sprofondati in un oblio denso, che gli ottundeva i sensi e attenuava la pena.

Ma poi tutto in lui aveva cominciato ad affondare. La sua voglia di combattere contro se stesso, le cose in cui aveva creduto fino ad allora. La sofferenza che aveva scoperto in quel luogo sembrava mangiarlo vivo.

A Damilar la sua spada non serviva più a proteggere, perché non c'era rimasto niente da proteggere. Serviva solo a smembrare, ferire, distruggere. Uccidere chi cercava di fuggire dalla zona dei malati, sedare con la violenza le risse tra i profughi, ai margini del campo, e poi ancora vigilare che nei villaggi la quarantena venisse rispettata. Ma a che scopo? Ovunque era solo morte. Intorno a lui la gente si ammalava. Le persone con cui parlavi la mattina, lamentandoti della pioggia incessante o del freddo della notte, a sera spesso già rantolavano, le prime macchie nere sulla pelle. Qualcuno guariva, certo. Ma restava segnato a vita. Non si poteva sprofondare all'inferno e sperare di risalirne integri. Erano fantasmi, quelli che erano usciti dalla malattia. Portavano la morte dentro.

E intanto la furia cresceva, giorno dopo giorno, ora dopo ora. Prima di giungere in quel luogo, Amhal non aveva dimestichezza con l'omicidio. Aveva ucciso poche volte nella sua vita, sempre con gran senso di colpa. Ora non passava giorno senza che la sua spada si prendesse qualche anima. E nessuno ci trovava niente di strano. Nel suo cuore, la furia esultava, selvaggia, e lo invitava a prendersi nuove vite, ad affondare ancora e ancora la lama nella carne.

La furia e San erano le uniche cose vivide, a Damilar. Ed erano strettamente legate, ora Amhal lo sapeva. San covava in cuore la sua stessa furia. Forse per questo l'aveva sognato.

«Come fai?» gli aveva chiesto una sera. «Come fai a vivere con la furia?»

«L'accetto» aveva risposto lui con semplicità. «Ne ho fatto una mia alleata.»

«Ma non senti... orrore per questa cosa che ti si annida in petto?»

San aveva scosso la testa. «Non la vedi, la furia, tutta intorno a noi? Amhal, questo è il mondo vero, non il posto dorato in cui hai vissuto finora. Questo è il luogo da cui io provengo, e a cui anche tu appartieni. Un mondo in cui la furia fa la differenza tra vivere e morire. Noi che ce l'abbiamo, che la sentiamo, siamo salvi. Sarà la nostra furia a far piazza pulita della morte. Per questo io e te non ci ammaliamo.»

A poco a poco Amhal aveva smesso di lottare. Lasciava che la furia uscisse fuori quando uccideva, e per il resto del giorno si accontentava di vivere in uno stato perenne di intontimento. Era meglio non pensare. Non era come vivere, ma rendeva sopportabile lo spettacolo dell'orrore che lo circondava. Neppure l'arrivo di Adhara aveva smosso le cose.

Certo, sentiva ancora qualcosa per lei, sepolto sotto strati di dolore, sotto i mille veli che aveva posto tra sé e la realtà. Ma non voleva abbandonarsi a quel sentimento. Perché lei era qualcosa di puro che voleva preservare, il ricordo di un'epoca diversa in cui ancora coltivava l'illusione di poter cambiare.

Il ragazzo che l'aveva salvata, che aveva cercato di ridarle il suo passato, stava gradatamente scomparendo, ed era giusto così. Perché quel ragazzo non era lui. Il vero Amhal uccideva i profughi in quel campo, lasciava via libera alla furia. Non era mai stato altro che questo.

Ma non voleva trascinare Adhara in quella caduta. Lei meritava di più e di meglio. E quando avesse capito davvero chi lui era, quando si fosse rassegnata alla sua malvagità, allora sarebbe stata libera di dimenticarlo e di farsi una nuova vita.

Per questo la evitava, sebbene avesse voglia di lei. E persino il desiderio che aveva della sua pelle e dei suoi baci aveva qualcosa di impuro, di contaminato.

Perché io so amare solo così, con furia, con violenza. E io non voglio calpestarla, non voglio sporcarla.

Ma per fortuna non c'era troppo tempo per pensare. Ogni mattina, all'alba, partiva con San per pattugliare i villaggi infetti. Si trattava di verificare la tenuta della quarantena, dare il cambio a chi aveva fatto il turno di notte, a volte spingersi più in là, per controllare la gente di altri villaggi vicini non ancora colpiti dal morbo.

E durante gli spostamenti, San continuava a impartirgli nuovi insegnamenti. Magia Proibita, per lo più, ma anche consigli sulla vita di un combattente vero. La parola cavaliere non veniva mai pronunciata tra loro. Amhal capiva che non si stava addestrando a diventare Cavaliere di Drago, ma qualcosa di diverso.

Una mattina giunsero in uno dei villaggi non ancora colpiti dal morbo. Poche anime, non più di una trentina, che vivevano barricate nello spazio del loro paese. Si facevano portare tutto dai militari: cibo, acqua. Erano completamente chiusi agli estranei, e volevano persino che fossero sempre gli stessi soldati a consegnare loro i vettovagliamenti.

San e Amhal ci erano già passati una volta. La gente li aveva guardati con sospetto, ma aveva accettato i loro rifornimenti. Amhal aveva pensato con ironia che stavano salvando loro la vita, eppure venivano trattati come una specie di intrusi.

Quella mattina, sentirono subito grida provenire dalle mura. Furono svelti a sguainare le spade e a correre dentro. La scena che apparve loro era da incubo. In fondo, una casa bruciava. Davanti, un uomo si contorceva tra le fiamme. Nella piccola piazza, un tempo luogo di scambi e di aggregazione, c'era un gruppo di persone armate di roncole e bastoni che infieriva su qualcuno. Il corpo si agitava scomposto, ma sempre più lentamente. Membra diafane, liquide, che brillavano appena sotto la luce del pallido sole che si era mostrato quel giorno. Una ninfa. Il suo sangue trasparente era sparso a terra, e c'era chi vi immergeva dentro le mani e lo beveva ridendo come un forsennato.

«Maledetta, da' anche a noi la tua immunità!» urlava qualcuno.

Una donna spingeva il figlio verso la pozza di sangue. «Bevilo, se lo bevi non ti ammali.»

Amhal era bloccato dall'orrore. Ricordò i volti schivi di quella gente, qualche giorno prima, l'immagine di persone normali, spaventate sì, ma che cercavano con coraggio di portare avanti la propria vita, nonostante la malattia e le atrocità che li circondavano.

Ora erano un branco di pazzi, eccitati dalla vista del

sangue, resi folli dalla paura. San si gettò tra loro, allontanandoli dal cadavere della ninfa che si dissanguava a terra.

«Bevine anche tu e non ti ammalerai!» gli gridò uno.

Amhal rimase impietrito. Era scesa una calma irreale.

«Cos'è successo? Cos'è quella casa in fiamme?» chiese San.

Si fece avanti un vecchio, la veste e il volto imbrattati del sangue della ninfa. «Ieri questa maledetta si è incarnata ai margini del bosco. L'abbiamo lasciata perdere perché comunque stava ai confini del villaggio. Ma stamattina Ceurus era pieno di macchie nere. Abbiamo dato fuoco alla sua casa e abbiamo preso la donna.»

L'uomo si chinò a terra, prese un po' del sangue della ninfa tra le mani a coppa e lo porse a San. «Bevilo, e vivi!»

Lui rimase impassibile, la spada sguainata.

«Sei con lei?» disse un altro, facendosi avanti spavaldo. «Sei con queste streghe che ci avvelenano e ci ammazzano?»

San indietreggiò verso Amhal, la spada sempre in pugno. «Chiudi le porte» gli sussurrò.

«Cosa?» si riscosse lui. Aveva ancora il gelo nelle vene. Non riusciva a staccare gli occhi dalla donna a terra.

«Chiudi le porte, ti ho detto. Questo villaggio è infetto» disse San a voce più alta. Poi si rivolse alla folla. «Da questo momento, qui vige la quarantena. Non potete uscire e non potete entrare, le porte saranno sigillate. Vi porteremo i viveri come al solito, ma è fatto assoluto divieto di superare le mura.»

Amhal pensò che non sarebbe stato molto diverso da ciò che quella gente già faceva. Vivevano chiusi lì dentro, non fosse per le volte che andavano nel bosco a raccogliere povere cose: legna secca per il fuoco, bacche e qualche fungo, cacciagione per i giorni di festa.

«Noi siamo immuni!» protestò uno, avanzando. «Abbiamo bevuto il suo sangue e siamo immuni. Non avete il diritto di chiuderci dentro!»

«Il sangue di ninfa non dà l'immunità» replicò Amhal, prendendo coraggio.

«E allora perché loro non si ammalano?» chiese il vecchio che aveva raccontato l'accaduto a San.

«Non lo sappiamo» rispose il ragazzo, incerto.

«Perché voi non vi siete ammalati?»

«L'esercito beve sangue di ninfa tutte le notti, e non si ammala!»

«L'esercito ha la cura, ma non ce la vuole dare!»

La rabbia della folla cominciò a montare, inarrestabile. Qualcuno si strinse intorno a San e Amhal, qualcun altro andò verso le porte, per forzarle e uscire.

Quando il primo si avventò contro San con una roncola, lui fu rapido a colpire. Affondò la lama, e l'uomo fu a terra.

La folla si scatenò. «Assassino!»

Un unico grido che prorompeva roco da decine di gole. E fu il caos, ancora. Amhal cercò di non sguainare la spada. Nell'immagine di quella gente che smembrava la ninfa, aveva visto la furia. Lui stava diventando come loro. E non voleva. No. Esisteva un limite invalicabile, confini che non si potevano superare. Un colpo lo raggiunse a un braccio. Il suo sangue misto sgorgò fuori rapido, trasparente, e la folla intorno a lui ammutolì.

«Ha sangue di ninfa...»

«Traditore! Traditore!»

Gli furono sopra, lo gettarono a terra. Braccia che gli strappavano di dosso gli abiti, bocche che cercavano di morderlo, e urla, urla, urla. E fu allora che Amhal la sentì. Premergli sotto lo sterno, gridargli di lasciarla libera e salvare la vita. La Furia.

Urlò l'incantesimo, e intorno a lui tutto si fece incandescente. Una luce avvolse la piccola folla, e un calore bruciante la dissolse, letteralmente. Quando fu di nuovo silenzio, a terra c'erano sette cadaveri carbonizzati. Ma non era finita. Amhal scattò in piedi, con un movimento fluido estrasse la spada e lasciò che la rabbia scorresse fuori.

La gente prese a scappare terrorizzata, ma le loro urla non facevano che eccitarlo. Li inseguì a uno a uno, andandoli a snidare nelle loro case, falcidiandoli senza pietà ovunque si nascondessero. Uomini, donne, bambini, vecchi. Non aveva importanza. Doveva solo ucciderli tutti. Percepiva San, al suo fianco, che stava facendo la stessa cosa, e si sentiva in comunione con lui. Erano membra diverse di una stessa mente, agivano all'unisono. Le vittime dell'uno erano le vittime dell'altro e viceversa, in un'estasi blasfema. Si fermarono solo quando non ci fu più nessuno vivo. Amhal aveva il fiatone, ma si sentiva forte, potente.

«Deve bruciare» disse San, sputando bile. «Questo posto deve bruciare fino alle fondamenta.»

Uscirono di lì, si posero a una certa distanza. Bastò una parola di San, e un globo di fuoco si accese tra le sue mani. Lo scagliò sul villaggio, e quello prese a bruciare come paglia secca. Amhal chiuse gli occhi, godendo di quel calore. Nei muscoli che dolevano, nella fatica che pian piano gli possedeva le membra, si sentiva finalmente bene, come mai prima di allora.

Il senso di colpa crebbe lungo la strada. Prima un dolore sordo, in fondo al diaframma, poi un incendio che gli divampò nel petto. Improvvisamente gli mancò il fiato, e dovette appoggiarsi a un albero.

«Stai bene?» gli chiese San.

Amhal lo fissò con sguardo perso. Si aggrappò al suo petto, perché sentiva che stava sprofondando. «Cosa abbiamo fatto?» sussurrò.

San rimase impassibile. «Hai evocato il Lampo Oscuro senza che io ti insegnassi nulla. E abbiamo raso al suolo un villaggio infetto, perché non portasse il contagio altrove.»

«Cosa abbiamo fatto» mormorò ancora. «Erano innocenti...»

«Innocenti?» San alzò un sopracciglio. «Hanno divorato una ninfa per salvarsi la vita, hanno dato fuoco alla casa di un loro amico per tenere lontana la malattia. Ti hanno quasi linciato. E se li avessi lasciati in vita, avrebbero sparso la malattia ovunque, facendo altri morti.»

Amhal non riusciva a capacitarsi. Si sentiva annientato. Non poteva sopportare una cosa del genere, qualcuno – un dio o il caso – avrebbe avuto la pietà di ucciderlo all'istante.

«Un villaggio intero...» ripeté.

San lo prese per le spalle. «Io so come ti sei sentito, Amhal. L'hai percepita anche tu quella sensazione, quella beatitudine che non provavi da un sacco di tempo. La sensazione di fare la cosa giusta, la cosa per la quale sei nato.»

Il ragazzo lo guardò. «Chi sei?»

San sorrise. «Sono uno come te.»

E allora Amhal avvertì una vaga consolazione farsi strada nel suo cuore, e pian piano riempirlo di un'empia dolcezza. Si abbandonò sul petto di San, e pianse tutte le sue lacrime. Non sapeva neppure più per cosa stava piangendo. Se per il senso di colpa, la paura o la gioia. Sentiva soltanto di aver fatto un ulteriore passo, di aver varcato un terribile confine, e che da lì in poi non ci sarebbe stata alcuna possibilità di ritorno.

Quando si fu calmato, ripresero la strada. Il senso di colpa era ancora là, ma adesso sapeva tenerlo a bada. Ed erano là l'orrore per se stesso, il disgusto per quanto aveva commesso e tutte le vestigia del suo vecchio essere. Ma non contavano più molto.

Ormai erano quasi arrivati all'accampamento, e San si volse verso di lui. «Quando siamo arrivati, il villaggio stava già bruciando. Abbiamo provato a spegnere l'incendio, ma senza risultato. È chiaro?»

Amhal lo guardò senza battere ciglio e annuì.

San sorrise.

29
L'ARRESTO

«Cos'è successo?» gli chiese Adhara la sera.

Amhal era convinto di sembrare lo stesso di sempre. Nessuno al campo gli aveva fatto domande, nessuno si era accorto di niente. Aveva lavato via accuratamente il sangue dalla lama della spada. Ma lei aveva visto qualcosa nei suoi occhi.

Gli appoggiò una mano sul braccio. «Cos'è successo?» ripeté.

Davanti al suo sguardo, si sentì nudo e perduto. E capì che Adhara era oltre il confine che aveva superato quella mattina. Che era lei che aveva perso per sempre, mentre si abbandonava alla sete di sangue. E che mai avrebbe potuto dirle quello che aveva fatto.

«Niente» rispose. «Ordinaria amministrazione.»

«Sei strano, Amhal... più del solito.»

«Ma cosa diavolo vuoi da me? Ma lo vedi dove siamo? Li vedi anche tu i malati, tutti i giorni, li vedi rantolare e morire, uomini, donne e bambini. E davvero mi chiedi ancora cos'ho? Sono circondato dalla morte, ecco cos'ho!» Urlò fino a ferirsi la gola. Sperò che lei lo colpisse e poi si allontanasse indignata.

Rimase dov'era. «Andiamo via» disse piano. «Non è qui che troverai la pace.»

No, non era la pace che era andato a cercare, ora lo sapeva. Fin dal primo momento aveva solo cercato la follia. Perché quando il dolore ci sopraffà, quando la speranza tramonta, la pazzia è l'unica via. E lui l'aveva imboccata volontariamente.

«Da questo posto non c'è ritorno.»

«Lo credi tu.»

«Tu non sai niente» le disse, avvicinandosi pericolosamente al suo volto. «Non hai mai saputo niente. Hai pensato di potermi dare una lezione dal basso della tua esperienza di vita, di potermi capire quando non sei nemmeno capace di capire te stessa.»

Adhara sorrise. «Credi che andrò via se fai così? Pensi di spaventarmi, di umiliarmi? Non mi sposterai di qui senza la violenza.»

Ebbe terrore di lei. Del suo amore, della sua cieca perseveranza, della sua forza. *Perché non l'ho seguita quando potevo? Perché non mi sono fidato di lei?*

La risposta era fin troppo ovvia. Perché di mezzo c'era la furia. E sempre ci sarebbe stata.

«Torno alla mia tenda» disse, e si voltò.

«Qualsiasi cosa ti sia successa stamane» gli urlò dietro lei «c'è sempre modo di tornare indietro. Sempre!»

Mentre si allontanava, Amhal sentì due lacrime bruciargli le guance.

Stabilirsi a Nuova Enawar non era stato facile. Era accaduto tutto all'improvviso, e l'arrivo della corte aveva gettato nel panico gli addetti del Palazzo del Consiglio. Avevano dovuto preparare in fretta le stanze, trovare posto per tutti.

Poi la vita era ripresa con una parvenza di normalità. Ma erano in esilio, e a casa avevano lasciato parenti e amici in pericolo di morte.

Neor cercò di infondere forza in tutti. Non mostrò alcun segno di cedimento, prese in mano la situazione, mantenne contatti continui con la Terra del Sole e non smise un istante di impartire ordini. Tentò di cancellare dalla mente il pensiero di ciò che si era lasciato alle spalle, e andò avanti.

La malattia aveva invaso Makrat. Decise allora di dividerla in settori chiusi. Organizzò zone per i malati, requisì tutti i Fratelli della Folgore e i maghi del suo regno perché li accudissero e si adoperassero a trovare una cura.

Cercò la solidarietà degli altri regnanti, voleva che tutti si impegnassero insieme contro la nuova minaccia, che tutti capissero la gravità della situazione e decidessero una politica comune. Organizzò Consigli, si consumò nel lavoro. Il tempo di suo padre era finito. Ora toccava a lui salvare il Mondo Emerso.

Il suo corpo già magro divenne sempre più sottile, gli occhi si cerchiarono.

«Devi riposarti» gli diceva sua moglie, disperata. Persino lei era cambiata; il dolore aveva strappato tutti i veli che frapponeva tra sé e gli altri, aveva fatto piazza pulita della sua ossessione per l'etichetta e aveva lasciato una donna sola e spaventata, la donna di cui Neor si era innamorato, anni prima.

«Non posso. Il mio riposo è la morte di molti uomini» rispondeva lui.

Ma soprattutto aveva bisogno di annegare il dolore nell'unica cosa che gli era rimasta: il suo ruolo, la sua corona, erano l'eredità di suo padre, e a costo della vita ne avrebbe garantito l'integrità.

E poi giunse il giorno. Atteso, ineluttabile, ma non per questo meno doloroso.

Un servitore venne a chiamarlo. «Mio signore, avete visite nei sotterranei.»

«Chi è?» chiese lui, perplesso.

«Il Supremo Officiante.»

In quel momento seppe, e fu come se qualcosa in lui si fosse rotto per sempre.

Dovette farsi aiutare, perché quel luogo non era come casa sua, dove tutto era stato adattato perché potesse muoversi agevolmente con la sua sedia. Odiò gli uomini che lo trasportarono giù, perché voleva stare solo mentre le lacrime urgevano sempre più impellenti.

Lei era dietro una barriera sorretta da due maghi.

«Lasciateci soli» disse ai servi che lo accompagnavano.

La guardò. La veste in disordine, il volto tirato, lo sguardo spento. Ma nessuna macchia scura sulla pelle.

«Come vi sentite?» le chiese.

«Per ora bene. Ma potrei già essere infetta. Per questo ho chiesto i due maghi» rispose indicandoli.

Neor abbassò il capo. Se si fosse ammalato ora, sarebbe stato tutto inutile. Il suo sacrificio, la scelta di non vedere più suo padre e sua madre.

«Quando è successo?»

«Otto giorni fa.»

Cosa stava facendo otto giorni prima, mentre suo padre rantolava in un letto, lontano da lui, magari invocando il suo nome?

«Perché non me l'avete detto prima?»

«Volevo essere io a portare la notizia.»

Neor abbassò il capo. Non avrebbe voluto piangere, non ora. I tempi gli chiedevano coraggio, forza d'animo e fermezza. Guardando dentro di sé, non ne trovava traccia. Allora bisognava fingere, fingere sarebbe bastato.

«È stata un'agonia lunga...» mormorò tra sé e sé.

«Ha perso conoscenza quando siete partiti, e non si è più ripreso. Non credo abbia sofferto» disse Theana. «E poi se n'è andato con la certezza che c'eri tu, e che avresti fatto quel che andava fatto.»

Neor strinse gli occhi. La domanda gli urgeva alla gola, non poteva più trattenerla. «Ha chiesto di me?» disse, senza avere il coraggio di alzare gli occhi.

Theana si fece appena più vicino alla barriera, e tese una mano verso di lui. Neor sperò che quella mano potesse toccarlo, accarezzarlo, nel suo ultimo momento da figlio.

«No. Non ha chiesto di te. E neppure tua madre. Entrambi sapevano e hanno capito. Hai fatto la cosa giusta.»

E allora Neor pianse, senza ritegno, immaginando la morte solitaria di suo padre, Learco il Giusto, che aveva fatto qualcosa che non era mai riuscito a nessun altro: dare la pace per cinquant'anni al Mondo Emerso. E se n'era andato da solo, senza poter dire addio a suo figlio, delirando e sanguinando in un letto, come un uomo qualunque.

Theana rimase a guardarlo in silenzio. Aveva già pianto le sue lacrime, non ne aveva altre.

«Mia madre?» le chiese quando si fu calmato.

«Si è ammalata tre giorni dopo di lui. Però la malattia è meno virulenta che in tuo padre. Quando l'ho lasciata, sembrava in via di guarigione.»

Neor ebbe un attimo di sollievo. Non era solo, dopotutto.

«Quando starà bene fatela venire qui. Ho bisogno di lei.»

Theana sorrise. «Smania per mettersi all'opera. Non si è fermata neppure quando stava male: sempre al capezzale di tuo padre, sempre attiva, persino quando la febbre la divorava. È il suo modo di rispondere al dolore. Il *vostro* modo.»

Neor tacque. Lui non aveva un briciolo del coraggio di sua madre, pensò.

«State cercando una cura? O qualcosa che impedisca il contagio?»

«Giorno e notte. Io mi sono fermata per tentare di salvare tuo padre, ma gli altri fratelli no. Non sai quanti ne sono morti, quanti stanno sacrificando tutto a questo scopo.»

«E...?»

«Nulla» disse lei, mentre una ruga di dolore le attraversava il volto. «Il segreto è nel sangue di ninfa. Le ninfe ci aiutano molto. Del resto, stanno fuggendo in massa dalla Terra dell'Acqua. Lì è guerra aperta. Ma anche qui vengono perseguitate, uccise.»

«Lo so, mi sono arrivati rapporti al riguardo.»

«Io sto andando laggiù» aggiunse Theana «per lavorare a stretto contatto con le ninfe. Credo sia la pista più promettente.»

Neor la guardò a lungo. «È un posto pericoloso.»

«Ci sono molti Cavalieri di Drago» replicò lei sostenendo il suo sguardo. «In ogni caso, siamo ancora lontani. Possiamo alleviare un po' la febbre, allungare il decorso della malattia, ma non siamo in grado di curare nessuno. Quelli che sopravvivono lo fanno per motivi che non comprendiamo. E sono pochi, pochissimi.»

«E quelli che non si ammalano?»

«Studiarli non è facile. Si tengono lontano da tutto e da tutti. Ma stiamo lavorando anche su quello.»

Neor sospirò. «Non avete neppure una buona notizia per me, oggi.»

Theana si fece ancora più seria.

Il principe capì che non aveva finito. C'era qualcos'altro che doveva dirgli. «Che c'è?»

«Avevo lasciato da parte le indagini per l'uccisione di Mira, dopo tutto quello che era successo. Non mi sembrava più una cosa importante.»

Neor neanche se ne ricordava. Eppure quello era stato l'inizio di tutto. Dopo la morte di Mira, le cose erano precipitate: la malattia, la partenza di San, l'esilio.

«Avete scoperto qualcosa di nuovo?»

«A suo tempo feci analizzare il corpo dell'assassino dai miei. Me lo aveva chiesto tua madre. Lei non ha mai creduto al tradimento, e la pista della follia improvvisa non è francamente plausibile.»

«Ebbene?»

«La sorella incaricata dell'indagine aveva scoperto qualcosa di strano, che non era riuscita a spiegarsi. Pensai allora di mandare qualcuno più esperto di lei, un fratello che ha condiviso con me molte avventure, un mago molto potente. Qualche giorno fa, tra i miei fogli ho trovato i suoi appunti.»

Tacque, e Neor capì che quello che stava per dire non gli sarebbe piaciuto. «Ditemelo e basta.»

«Esiste una Magia Proibita, ideata da Aster, che permette di controllare i gesti e la volontà delle persone. È qualcosa di simile ai sigilli imposti sui fammin, ne hai mai letto?»

«Certo. Ogni fammin aveva un nome, e se veniva chiamato con quel nome non poteva disobbedire agli ordini. È una magia famosa.»

«La versione che si può applicare agli umani è una forma assai più complessa, un sigillo che solo un mago molto potente può evocare. Lascia una cicatrice nei pressi della gola, una traccia difficile da identificare. Questo perché serve il sangue appena uscito dal cuore della vittima; in genere se ne prende un po' dalla carotide. È un'operazione rischiosa, che solo maghi molto esperti riescono a condurre a termine senza uccidere. Si usa poi questa cicatrice, che è il simbolo fisico dell'incantesimo, e un nome. La spia di Dubhe aveva la cicatrice. Inoltre, magie del genere lasciano un'aura che un bravo mago è in grado di percepire. Sul nostro uomo quest'aura era molto forte.»

Neor si appoggiò allo schienale della sedia. «Ecco dunque spiegato l'arcano. La spia ha commesso l'assassinio controllata da qualcuno, un mago che le ha imposto la magia.»

Theana annuì.

«Ma chi?»

La risposta gli apparve chiara quando ancora stava formulando la domanda. Un lungo brivido gli percorse la schiena.

«Quella giovane spia non ha visto altri che San, in quel periodo. Aveva persino preso appunti su di lui, ne abbiamo trovati nella sua stanza. Nulla di significativo, ma provano che gli stava davvero alle calcagna. E poi un mago così potente non è facile da trovare.»

«San...» mormorò Neor, e un'ondata di odio lo fece fremere da capo a piedi. Ricordò il modo con cui suo padre guardava quell'uomo, l'ammirazione, l'affetto che si leggeva nei suoi occhi. Ricordò la foga con cui l'aveva difeso dalle sue accuse.

«Da bambino aveva un enorme potenziale magico, un potenziale che non si è spento. Quando l'ho abbracciato, appena è tornato a palazzo, l'ho percepito, forse ancora più forte che in passato. Ma non ci ho fatto caso, perché, ti ripeto, era una sua caratteristica anche da bambino.»

«Credete che sarebbe in grado di compiere una magia del genere?»

Theana annuì. «È più potente di me, Neor, è più potente della maggior parte dei maghi che conosco. Lo è sempre stato e lo è ancora. È uno dei pochi che potrebbe aver fatto una cosa del genere.»

Il principe si aggrappò con le mani ai braccioli della sedia. Non aveva prove, certo. Eppure il suo istinto gli diceva che era stato lui. Perché altrimenti fuggire? E poteva essere solo un caso che proprio la spia messa alle sue calcagna fosse stata usata per l'omicidio?

«Lo farò arrestare.»

«Non abbiamo prove» obiettò Theana.

«Lo so.»

«E allora...»

«Abbiamo indizi. E per quel che mi riguarda sono sufficienti per farlo portare qui a Nuova Enawar. Non un vero e proprio arresto. Semplicemente lo tratterremo al Palazzo dell'Esercito, in attesa di trovare conferme.»

«Neor, conosci la situazione, non credo che saremo in grado di...»

«Lo stato di emergenza in cui ci troviamo non ci autorizza a non far rispettare la legge. E poi non vi siete interrogata sullo straordinario tempismo di quanto è accaduto? San va via da palazzo, e un paio di giorni dopo mio padre si ammala.»

Theana parve impallidire ancora di più. «Non può aver fatto una cosa del genere...»

«Spero di no, spero proprio di no. Ma io non so più cosa pensare.» Neor rifletté un attimo. «Lo farò arrestare» disse quasi tra sé e sé. «Lo farò arrestare e a quel punto gli estorcerò la verità, volente o nolente» concluse, digrignando i denti.

Era una sera qualsiasi. Appena finita la cena, San e Amhal si erano ritirati nella tenda che ora condividevano. Dopo quanto era accaduto al villaggio, Amhal aveva preferito stare vicino al maestro. Non sapeva perché avesse fatto quella scelta. Forse era solo il desiderio di allontanarsi il più possibile da Adhara, dai suoi occhi spietatamente sinceri, dal suo amore così dolce.

Leggevano. San dispacci militari, Amhal un libro di Magia Proibita. Era arrivato alla parte sul Lampo Oscuro: non che gli servisse, sapeva già usarlo. Si compiaceva però nel constatare di essere riuscito a coglierne gli elementi principali senza neppure aver bisogno di studiarlo.

Le guardie fecero irruzione all'improvviso, le spade sguainate. «Chi è San?»

«Sono io» rispose lui, guardandole incredulo.

«Siete in arresto per ordine di re Neor: dobbiamo condurvi a Nuova Enawar per essere interrogato.»

«Re Neor?» mormorò confuso Amhal dietro di lui.

San guardò il suo allievo, poi tornò a rivolgersi alle guardie. «Dev'esserci un errore.»

«Nessun errore. Gli ordini sono chiari. Limitatevi a seguirci.»

Lo presero per le spalle e lo trascinarono fuori dalla tenda, dove già si andava radunando una piccola folla. Amhal scattò in piedi e lo seguì, un terribile sospetto nella mente.

Lo sanno. Sanno quello che abbiamo fatto al villaggio.

Per un istante sentì quasi un vago sollievo. Avrebbero

arrestato anche lui, l'avrebbero messo in cella, forse ucciso. E finalmente sarebbe finita.

«Di cosa lo accusate?» chiese con voce tremante.

Le guardie si scambiarono un'occhiata. «Dell'omicidio di Mira.»

San proruppe in una sonora risata che riempì lo spazio intorno. Tutti rimasero paralizzati, Amhal compreso. Il mondo aveva preso a girargli intorno vorticosamente. Mira. Quant'era che non sentiva pronunciare quel nome? Il dolore per la sua morte tornò improvviso, travolgendolo. E assieme al dolore, l'incredulità: San accusato di quel crimine?

«È così dunque che *re Neor* ha ribaltato la situazione?» disse San. «Non ci crederai, vero?» aggiunse, rivolto ad Amhal.

Lui non rispose. A cosa doveva credere? Due giorni prima aveva visto quell'uomo esultare assieme a lui mentre radevano al suolo un villaggio di civili.

Era una cosa diversa. Ma l'omicidio a sangue freddo di un uomo...

«Vuoi sapere la verità, Amhal?» proseguì San senza smettere di ridere. «E voi, la volete sapere?» aggiunse rivolto a quanti si erano radunati intorno a loro. «Nessuno te l'ha mai detto, Amhal, ma l'uomo che ha ucciso il tuo maestro è una spia personale della regina Dubhe.»

La rivelazione colpì Amhal con la forza di un pugno. Tutto compreso dal desiderio di fuggire, non si era informato sui dettagli delle indagini.

Stupido, stupido, stupido! si disse.

«E ne volete sapere un'altra molto interessante? Quell'uomo era pagato per spiare me! Me n'ero accorto, ma l'avevo lasciato perdere, tanto non c'era niente da scoprire sul mio conto» urlò San.

Amhal sentiva la testa scoppiargli.

«Basta così!» disse una guardia, e cominciarono a trascinarlo via.

«Fermi!» urlò Amhal. La violenza del suo grido colse tutti di sorpresa. Il gruppetto si bloccò.

«Non capisci, Amhal? Mi hanno messo in mezzo. Mi hanno incastrato. Neor, che chissà come è diventato re, ha trovato il perfetto capro espiatorio da sacrificare sull'altare della ragion di stato.»

«Avete parlato abbastanza. Portatelo via» ingiunse il capo delle guardie.

Ma San continuò: «Pensaci, Amhal! Vuole sacrificare me, l'uomo che Learco amava come un figlio! Un guerriero forte e coraggioso, che nella mente del re avrebbe potuto reggere le fila del governo e sostituirlo sul trono. Pensaci, Amhal!»

Le sue parole si persero nel buio della notte.

Amhal era immobile al centro del piccolo cerchio di persone che aveva assistito alla scena. Allibito, fissava l'oscurità che aveva inghiottito il suo maestro. Davanti a lui, colse il luccichio di due occhi appassionati, che lo guardavano ardenti: gli occhi di Adhara.

30
Un'impresa folle

«Non ora» disse Amhal a Adhara che lo seguiva, e si chiuse nella propria tenda. Fuori, brusio. La gente cominciava a interrogarsi, a domandarsi se San fosse davvero colpevole, o se invece non fosse stato messo in mezzo, schiacciato da ingranaggi più forti di lui.

Amhal ripensava a quelle parole: re Neor. Cos'era successo a re Learco?

Ma tutto questo non aveva importanza. Contava solo quello che gli aveva detto San, e l'ultima immagine che aveva di lui, disarmato, mentre veniva trascinato via.

Gli sembrava di essersi svegliato da un lungo sogno, solo per precipitare in un nuovo incubo. Perché dalla morte di Mira non aveva fatto altro che dormire, cercando in quel sonno una pace che sapeva non appartenergli. Aveva agito irrazionalmente. Preoccupato solo di fuggire il più lontano possibile da se stesso e dall'ombra del suo maestro, non si era interessato alle cose davvero importanti: chi aveva ucciso Mira, e perché? E ora quelle domande salivano alla coscienza prepotenti, e le risposte erano terribili.

San?

Davvero San poteva essere capace di fare una cosa del genere? E a che scopo? Il solo pensiero lo sconvolgeva. Significava aver sbagliato tutto, essersi prestato a un piano criminale di cui non riusciva neppure a cogliere il senso. Significava che la strada buia che aveva intrapreso era ben più orribile di quanto credesse. No, San era un uomo terribile, questo ormai lo sapeva, ma non era peggiore di lui. Era davvero un suo simile, una creatura notturna come lui, e come lui era destinato a qualcosa. Ma non poteva aver commesso un crimine del genere. Credeva ai suoi insegnamenti, alle sue certezze sul mondo e sulla vita, credeva alla sua spada e alla sua magia. Per questo non poteva essere stato lui. La semplice idea lo dilaniava, lo faceva impazzire.

Allora era stato Neor? Un suo piano per conquistare il potere? E cosa era accaduto a Learco? Amhal ripensò ai mesi passati a corte, al tempo speso a difendere la famiglia reale. Non aveva mai conosciuto davvero nessuno di loro. L'immagine più vivida nella sua mente era quella di Amina, e solo per quel giorno felice che avevano trascorso assieme, lui, la principessa e Adhara. Il ricordo di quella giornata gli strinse il cuore. Learco era semplicemente una figura mitica. Lo guardava come si fa con le immagini disegnate sui libri, come gli eroi raffigurati negli affreschi e nei mosaici. Si rese conto di averlo sempre giudicato attraverso gli occhi del suo maestro. Mira si fidava di Learco, gli aveva dedicato tutta la vita, era disposto a morire per lui.

"Non tanto per lui, nonostante sia un grandissimo uomo, ma per ciò che ha fatto, per la potenza del suo sogno. Ci ha dato la speranza, ha trasformato in realtà una vaga aspirazione, un desiderio del nostro cuore. Per questo ho giurato di proteggerlo fino alla morte" gli aveva detto un giorno, e ora quelle parole gli riempirono il petto di una nostalgia straziante.

Ma suo figlio? Di Neor non sapeva niente. Aveva avuto poco a che fare con lui. A corte godeva di una buona fama. Certo, qualcuno guardava con sospetto alla sua intelligenza brillante, al modo in cui pian piano era diventato il principale consigliere di suo padre, e in pratica il vero sovrano della Terra del Sole. Ma erano malignità sussurrate a mezza bocca da poche persone invidiose. Improvvisamente però assumevano la consistenza di prove, sospetti, indizi che avrebbero dovuto allarmarlo fin da subito. Cosa diceva Mira di Neor? Quasi nulla.

"Sarebbe stato un buon re, degno sostituto di suo padre, se non avesse avuto l'incidente." Questo aveva detto una volta. Troppo poco.

E allora pian piano la mente di Amhal si placò. Perché era più facile credere alla colpevolezza di uno sconosciuto che a quella del suo mentore, dell'uomo che lo aveva guidato attraverso le tenebre delle ultime settimane, che gli aveva aperto nuovi orizzonti, che l'aveva iniziato a un nuovo mondo. Avrebbe significato ammettere di aver sbagliato tutto, e non ci riusciva. Non poteva.

Passò la notte insonne. Si sentiva prigioniero: di se stesso, di un destino, delle proprie scelte. Pensò a cosa fare. Continuare come se nulla fosse? Attendere l'esito del processo? Tornare indietro, a un'impossibile normalità?

Ma San era innocente, doveva essere innocente! Ed era il suo maestro, nel senso più profondo.

L'idea gli venne a poco a poco. Confusa, la ritrovò nel formicolio che gli agitava le membra in quella notte senza pace. Si fece strada tra i pensieri, come un cuneo che lentamente si guadagnava spazio nella sua mente.

Azione. Come sempre quando il dolore era troppo intenso, bisognava mettere in azione il corpo. Doveva dare la propria sofferenza in pasto alla furia.

All'alba uscì dalla tenda. Il sole si alzava appena sopra il profilo aguzzo dei pini. Una palla infuocata che gli ricordò il globo di fuoco con cui avevano distrutto il villaggio qualche giorno prima. E allora decise cosa fare. Non avrebbe perso San come aveva perso Mira. Si sarebbe aggrappato a lui fino alla fine, avrebbe creduto all'uomo che gli aveva sconvolto la vita, che gli aveva mostrato chi realmente era.

Sarebbe andato a salvarlo.

Neppure Adhara riuscì a dormire quella notte. Rivedeva il volto disperato di Amhal, udiva le parole di San mentre veniva portato via, e anche lei si chiedeva cosa fosse successo a corte. "Re Neor." Significava che Learco era morto? E Amina, che ne era di lei?

Una ridda di pensieri si affollava nella sua mente, impedendole di prendere sonno. Sarebbe voluta andare da Amhal. Perché ora San non c'era e forse era il momento giusto per ricondurlo alla ragione, per restituirlo al suo mondo. Ma sapeva anche che adesso lui aveva bisogno di silenzio e solitudine. Per meditare su quanto era accaduto, per accettare quell'idea che sembrava terribile anche a lei: che San potesse davvero essere l'artefice della morte di Mira. Improvvisamente la cosa non le sembrava così assurda. Quell'uomo aveva volti nascosti e terribili che lei aveva appena intravisto in alcuni momenti. E il suo attaccamento morboso ad Amhal, il modo in cui gli si era affiancato fin da subito, senza lasciargli spazio, senza mollarlo un solo istante. Da quando era arrivato lui, Amhal era cambiato, come avvelenato. In questo la morte di Mira aveva fatto gioco a San: gli aveva lasciato il campo libero, gli aveva permesso di estendere il proprio dominio sull'anima di Amhal.

Lui vuole Amhal! le disse la voce interiore, e la banalità di quella scoperta la sconvolse. Era stato chiaro, fin da subito, e lei non se n'era accorta. Quell'uomo voleva Amhal! Non sapeva perché, avrebbe dovuto scoprirlo, ma di certo gli serviva, e gli serviva la sua furia, il suo dolore.

Attese che fosse giorno. Si alzò prima del solito e andò alla tenda di Amhal, il cuore che sembrava saltarle fuori dal petto. Sentiva in qualche modo che stavolta sarebbe stata la resa dei conti.

Lui era ancora dentro, e andava frenetico da un lato all'altro ammassando la sua roba in una sacca.

«Cosa stai facendo?»

Si girò verso di lei di scatto, spaventato. La fissò qualche secondo, poi riprese quanto stava facendo senza rispondere.

Adhara lo afferrò per un braccio, bloccandolo. «Mi vuoi dire cosa diavolo stai facendo?»

Aveva uno sguardo duro, ostile. «È meglio che tu non lo sappia.»

«Se te ne vai, vengo con te.»

«Non puoi seguirmi dove sto andando.»

Si divincolò, si mise il tascapane a tracolla, ma Adhara si parò davanti a lui. «È tempo di dimenticare questo posto» disse, cercando di fermare il tremito della voce. «Di dimenticare anche quell'uomo, di tornare a ciò che facevi prima.» Gli mise le mani sul petto, accorata. «È stata una parentesi, una terribile parentesi, ma è finita. La giustizia deciderà cosa fare di San, e tu sarai di nuovo libero.»

Amhal la fissò senza pietà, senza traccia di comprensione negli occhi. «Non sai quello che stai dicendo.»

«Sei tu che non ti rendi conto» insistette lei. «Dimmi che è finita...» Appoggiò la fronte al suo petto, e cercò quel calore che vi aveva trovato tante volte, in passato.

«Vado a Nuova Enawar» disse lui lapidario, inerte sotto il tocco della sua fronte.

Adhara sollevò il capo di scatto. «Ci vai per lui?»

Amhal non rispose, ma il suo sguardo valeva più di mille parole.

Adhara sentì le lacrime urgerle agli occhi, bloccarle la voce in gola. Le ricacciò indietro. «Lascia che la giustizia della Terra del Sole faccia il suo corso. Se è innocente, lo scopriranno e lo lasceranno libero comunque. E tu conoscerai la verità.»

«Hai sentito le sue parole.»

«Amhal, ma non lo vedi cosa ti ha fatto? Lui ti vuole, e per averti ti sta distruggendo! Da quando lo conosci, le cose sono andate sempre peggio, hai perso tutto quello che avevi, e sei cambiato. Come puoi credere alle sue menzogne?»

La scostò bruscamente. «Lui è il mio maestro, adesso! La persona di cui ho deciso di fidarmi. E sai perché mi fido? Perché è come me! L'ho sognato! L'ho sognato tutte le notti prima che arrivasse. Mi chiamava, mi invitava ad andare da lui. È l'unico che possa capirmi, perché siamo uguali, nutriamo gli stessi demoni e abbiamo lo stesso destino. Lui *deve* essere innocente!»

Le lacrime trovarono la strada. «L'ha ucciso lui» singhiozzò Adhara. «L'ha ucciso lui.»

Amhal l'afferrò per le spalle, la scosse. «Non dirlo nemmeno per scherzo!»

Non c'era nulla che Adhara potesse fare. Forse ci sono errori dai quali non c'è ritorno. «Non andare» supplicò. «Non lo puoi salvare!»

«Sono forte, più di quanto credi.»

«A Nuova Enawar ci sarà un intero esercito! E tu sei solo! Morirai!»

«Ho dalla mia un'arma che non può essere sconfitta.»

Adhara sgranò gli occhi. «No, Amhal...» mormorò. La sua furia, la sua sete di sangue. «Ti prego, non lo fare... Morirai...»

Amhal deglutì. «In ogni caso, non avrebbe importanza.»

Adhara scivolò sulle ginocchia, singhiozzando senza ritegno. «Perché non ti basto? Perché non ti sono mai bastata?»

Lui la guardò, e per un istante soltanto Adhara la vide ancora. Quella scintilla, debole e morente, dietro i suoi occhi.

Poi Amhal corse via.

Adhara non seppe dire quanto tempo rimase lì a terra, senza forze. Gli ultimi mesi le balenavano davanti agli occhi inutili, privi di senso. Una sequela di giorni trascorsi a inseguire un sogno impossibile, a illudersi. Era questo, l'amore? Un'eterna, vana illusione?

Cosa devo fare... Cosa devo fare...

La domanda le riempiva la mente, togliendo spazio a qualsiasi altro pensiero. Perché non era finita, non poteva essere finita.

Lo devo fermare.

Ma come? Lui era di certo partito con Jamila, e fino a Nuova Enawar era un viaggio lunghissimo. Almeno dodici giorni a dorso di drago. E lei non aveva un drago. Ma lo doveva fermare. Prima che fosse troppo tardi. Doveva avvisare il re, Amina, qualcuno. Lo avrebbe tradito, avrebbe detto a Neor del suo piano, così avrebbero impedito che commettesse una follia. Meglio in prigione che morto, o peggio. Perché se avesse deciso di dar libero sfogo alla sua furia, per Amhal davvero non ci sarebbe stato più nulla da fare. Doveva tradirlo per salvarlo. E poi doveva raggiungerlo. Le venne in mente Amina. Amina che aveva abbandonato, che aveva fatto soffrire, ma che era la sua unica amica. Lo avrebbe detto a lei.

Ma non sapeva come. Amhal sarebbe arrivato prima di qualsiasi lettera...

Si portò le mani agli occhi. Qualunque cosa escogitasse, non risolveva nulla.

La magia. Forse la magia poteva aiutarla. Cercò di scandagliare la propria mente. Lei conosceva la magia, gliel'aveva detto Theana, e del resto ne aveva dato prova in più di un'occasione. Di certo la sua memoria conteneva, da qualche parte, l'incantesimo che le serviva, che le avrebbe permesso di salvare Amhal. Si concentrò, cercò con tutta se stessa di ricordare, affondò le unghie nelle tempie, e pensò alle erbe del Supremo Officiante, sul comodino della sua stanza al palazzo reale di Makrat, a miglia e miglia da lì. Si maledisse.

Tutto ciò che emergeva dal bianco della sua mente erano solo sensazioni confuse. Dolore, insopportabile, un muro di mattoni, e la voce, quella che le ripeteva "verrò a riprenderti", senza consistenza e senza alcun timbro particolare, disincarnata. Niente che potesse esserle utile.

Si alzò di scatto, corse fuori dalla tenda. Aveva avuto un'idea.

Senza fiato, si diresse verso la zona dei malati. Lì era pieno di maghi, qualcuno avrebbe potuto aiutarla.

In verità, in quei giorni non aveva stretto rapporti con nessuno. C'era una diffusa solidarietà che legava tutti coloro che lavoravano lì dentro, la comunanza del dolore, ma aveva scambiato con i suoi compagni solo poche parole. E ora doveva fidarsi di qualcuno, così, alla cieca.

Entrò, e l'odore di morte e sangue la prese alla gola, come tutte le mattine. Era qualcosa cui era impossibile abituarsi. Vagò con lo sguardo sulla distesa di giacigli, dove i malati rantolavano i loro ultimi respiri, tra bende intrise di sangue e lamenti strazianti. Li guardò senza vederli, cercando. Un mago. Un giovane, la pelle delle braccia completamente macchiata di nero. Andò spedita verso di lui. Avevano curato assieme un malato il primo giorno, per lei era stato una sorta di guida. Assieme, avevano assistito agli ultimi respiri del poveretto, ed era stato lui a chiudergli gli occhi sbarrati dalla morte.

Questo ha stabilito un legame tra noi, si disse mentre avanzava a grandi passi.

Stava imponendo un blando incantesimo curativo a un moribondo. Nulla più che un palliativo per alleviare le sofferenze. Neppure alzò gli occhi su di lei.

«Sei in ritardo oggi» disse con voce incolore.

«Ho bisogno di te» replicò lei, e il suo tono dovette essere terribile, perché il giovane sollevò immediatamente lo sguardo.

Gli spiegò.

«È diserzione» disse lui sottovoce. «E tradimento» aggiunse.

«Non devi dirlo a nessuno, te ne supplico.»

«Io...»

Gli mise una mano sul braccio. «Ti scongiuro, sono disperata.»

Gli raccontò cosa voleva fare, si umiliò dicendogli che amava quel ragazzo più di se stessa, e che doveva salvarlo a tutti i costi.

«Lo stai tradendo» obiettò lui.

«Devo farlo, o morirà» replicò lei, risoluta.

Il mago la fissò per qualche istante, confuso. Poi sorrise appena. «Va bene» disse semplicemente. «Va bene.» E Adhara non riuscì a trattenere un respiro di sollievo. «C'è però un problema.»

Di nuovo il mondo sembrò crollarle addosso.

«È necessario che la persona che riceve il messaggio conosca la magia. Ti spiego: il destinatario vedrà una piccola nuvola viola. Per leggere il messaggio ci vuole un mago che condensi il fumo su pergamena con un incantesimo.»

«A palazzo è pieno di maghi. Qualcuno capirà.»

«Ma se lei non si accorgesse per tempo della magia, il messaggio andrebbe perduto dopo un giorno...»

«È l'unica speranza che ho» ammise Adhara.

«Lo faremo all'ora di pranzo. Prenderò quanto mi serve.»

«Grazie» disse lei, gli occhi pieni di gratitudine. «Non conosco neppure il tuo nome...»

Il giovane sorrise. «Lewar.»

«Grazie, Lewar» ripeté. Quando lui si alzò, lo bloccò per una manica: «Ho bisogno anche di un drago.»

Il messaggio venne spedito.

"Amhal è in pericolo. Sta venendo a liberare San a Nuova Enawar. Dillo a tuo padre. Fermatelo, ma vi scongiuro di non fargli del male."

Mentre Lewar recitava le formule e vergava il messaggio sulla pergamena, Adhara pensava a quanto esile fosse la speranza che ciò che stava facendo andasse a buon fine. E se Amina non avesse capito che si trattava di un messaggio magico? E poteva davvero fidarsi di Neor? Le era sempre sembrato una brava persona, ma in verità non lo conosceva. Cos'era accaduto nel frattempo a corte? Le cose erano cambiate?

Quando il fuoco magico ebbe consumato la pergamena, decise che doveva smettere di pensarci. Ormai era fatta.

Molto più complicato fu trovare un passaggio per la Grande Terra. C'era un cavaliere che sarebbe partito la sera per Nuova Enawar, ma come convincerlo a condurla con sé? E poi c'era la quarantena, entrare in città sarebbe stato difficile... Adhara sentiva la testa che le scoppiava. Dovette far ricorso a tutte le proprie capacità persuasive.

«Mi rallenterai. E comunque io non porto passeggeri» le disse Taq, il cavaliere.

«Potete anche lasciarmi nei dintorni della città.»

«E vorrei vedere. Ci vuole un permesso per entrare.»

«E... vi pagherò» disse infine.

Aveva un piccolo gruzzolo che aveva racimolato in quei mesi, grazie alla paga che riceveva a corte. Non li aveva mai spesi, perché non ne aveva bisogno. Li aveva portati con sé quando era partita, e ne aveva usati pochissimi. Li mise tutti nelle mani del cavaliere.

«Sono vostri, se mi portate con voi.»

Taq la guardò. «Devi avere un motivo serio per andare a Nuova Enawar.»

«Devo salvare la vita a una persona» disse lei col cuore in gola.

E partì, quella sera stessa. Si strinse forte alla sella e chiuse gli occhi, mentre si alzavano in volo per allontanarsi da quell'inferno. Nei giorni che aveva trascorso a Damilar aveva spesso sognato il momento in cui sarebbe andata via. Se l'era immaginato completamente diverso.

Guardò le luci del campo farsi piccole, e pensò a quanta disperazione, quanta angoscia aveva nel cuore. Come se il dolore di quel luogo l'avesse contaminata per sempre.

«Forzeremo le tappe. Non voglio metterci troppo» le urlò Taq.

Adhara annuì. «Anch'io devo arrivare il prima possibile.»

Chiusa nella sua stanza a Nuova Enawar, Amina appassiva lentamente, tra la nostalgia dei nonni e il ricordo triste e rabbioso di Adhara, di quella breve parentesi felice che avevano trascorso assieme. La paura del morbo la divorava, e si sentiva partecipe dell'atmosfera di angoscia che aleggiava in quel luogo assediato. E nell'indifferenza generale per il mondo, nella rinuncia a qualsiasi forma di protesta verso quella vita che aveva sempre detestato, non si accorse della nuvoletta viola ferma accanto alla sua scrivania per un giorno intero. Pensò a un inganno degli occhi, alla stanchezza o a qualche nuova diavoleria della malattia.

Forse è così che si trasmette, con queste nuvolette, si disse passandoci un dito in mezzo.

Il giorno dopo il fumo era scomparso, e con esso il disperato messaggio di Adhara.

31
La fuga

Neor fu condotto a braccia fino ai sotterranei. Era la seconda volta che ci scendeva, ma si sentiva umiliato come la prima. Nel suo palazzo non si era mai considerato davvero un invalido. A Nuova Enawar, invece, i limiti del suo corpo malato emergevano tutti. Aveva bisogno di assistenza per qualsiasi cosa, anche la più banale.

Quando lo ebbero portato giù dalle scale, li liquidò. «Voglio restare solo» disse seccamente.

«Vostra Maestà, questo è un luogo pericoloso, ci sono criminali, e...»

«Voglio restare solo» insistette. Quelli si chinarono e obbedirono.

Neor rimase fermo all'ingresso del corridoio. Rifletté su quel titolo, Vostra Maestà, al senso di solitudine che ne spirava. Avrebbe voluto che non lo chiamassero così, avrebbe voluto che quell'appellativo restasse per sempre appannaggio di suo padre. Non credeva che la sua perdita avrebbe scavato in lui così a fondo, portando a galla tanto dolore.

Avanzò fino alla postazione delle guardie di quel piano. «Sono qui per vedere il prigioniero, credo vi abbiano avvisato.»

«Sì, Vostra Maestà» rispose una guardia prendendo un grosso mazzo di chiavi. Si diresse spedita verso il retro della sedia a rotelle, ma Neor la fermò.

«Faccio da solo» disse brusco, spingendosi avanti.

«Sì, io... certo. Da questa parte» replicò l'uomo, imbarazzato.

Si mossero tra ali di porte di legno sprangate. Dietro ognuna, un criminale. Ma quella che interessava a Neor era l'ultima, in fondo.

La guardia fece girare la chiave nella serratura.

«Voglio essere lasciato solo» disse il re.

«Vostra Maestà, io non so se...»

«Basta con questo Vostra Maestà!» sbottò Neor. «Quest'uomo è stato alla mia corte per due mesi. So come trattarlo. Per cui voglio rimanere solo con lui.»

La guardia non poté far altro che chinare il capo. La porta si aprì, e Neor lo vide stagliarsi sul fondo della cella, un cubicolo in mattoni, stretto e asfittico, con una panca addossata a una parete. Era seduto sulla panca, vestito come il giorno in cui aveva messo piede per la prima volta a corte, le mani dietro la schiena legate al muro.

Neor si sentì fremere. «Puoi andare» disse alla guardia quando fu entrato.

«Vostra Maestà, io resto qui fuori. Quando vorrete uscire, basta che mi chiamiate.»

«Vattene!» Percepì un respiro rassegnato da parte del soldato, poi la porta della cella si chiuse. Rimasero soli.

Si studiarono per qualche istante, in silenzio. San sorrideva. Lo si intuiva, tra il livido che gli copriva il lato sinistro della faccia e la tumefazione sopra il labbro.

«Non immaginavo che saresti venuto di persona» disse.

«Sono il tuo re, mostrami il rispetto che mi è do vuto.»

San sorrise di nuovo, con ferocia. «Siamo solo io e te. Non credo ci sia bisogno di formalità.»

«Questo lascialo decidere a me.»

«Altrimenti?» lo provocò San. «Ma guardati» disse, muovendo appena le mani per indicarlo. «Persino legato sono più forte di te.»

«Già... Ma tu hai soltanto il tuo corpo. Io ho soldati, guardie... aguzzini.»

«Sei sicuro che io abbia solo la mia forza?»

Neor ne percorse il corpo con lo sguardo. Era il suo opposto. Forte, sano, un guerriero. Il figlio perfetto per suo padre, il re che la Terra del Sole meritava. Chissà se Learco aveva mai pensato a San in quei termini, se aveva mai desiderato avere un figlio come lui.

Se quel giorno non avesse deciso di andare a salvare mia madre, se avesse mantenuto la promessa fatta a Ido, forse lui ora sarebbe sul trono.

Scosse la testa con rabbia. Non doveva abbandonarsi a quei pensieri. «Perché ti ostini a non dire la verità?»

San sorrise ancora. «Chi ti dice che io stia mentendo?»

«L'intuito.»

«L'intuito non conta niente. Ero sicuro che anche tu la pensassi così. Non eri tu quello che poneva la logica sopra ogni cosa, che ha retto come un'ombra il regno del padre basandosi solo sulla forza stringente dei ragionamenti?»

«Non esiste solo la ragione.»

«Sarà anche vero, ma non hai prove contro di me. Solo pallidi indizi. E sulla base di queste tue supposizioni, mi hai chiuso qui sotto come un criminale, e mi hai fatto torturare.»

Un attimo di silenzio, opprimente.

«Ho trovato interessante questo tuo improvviso voltafaccia. Pensavo che tuo padre ti avesse insegnato l'onestà, la rettitudine. Credevo che preferissi un criminale fuori, piuttosto che un innocente dentro. Ti sono bastati due giorni senza che parlassi, e tutta l'ipocrisia della tua legge, delle tue convinzioni, è crollata come un castello di sabbia. Come ti giustifichi, alla sera, quando ti addormenti? Quando pensi ai tuoi buoni sudditi, e a tuo padre, che ha retto per cinquant'anni questo regno senza compiere mai un'ingiustizia, senza mai abbandonarsi ai suoi più bassi istinti? Pensi a me, in quei momenti?»

I denti di Neor scricchiolarono.

«Non ti giustifichi. E non ti interessa neppure trovare una giustificazione, non è vero?»

«Voglio la verità» sibilò il nuovo sovrano.

San si appoggiò al muro. Aveva un atteggiamento sprezzante che Neor detestava.

«No, tu vuoi vendicarti, o sbaglio? Senti di aver ragione, ne sei convinto, ma l'impossibilità di dimostrare la mia colpevolezza ti dilania. Vuoi che paghi, in ogni caso, non è così?»

Neor avrebbe voluto avere la forza di alzarsi da quella sedia, di saltargli al collo e punirlo con le sue stesse mani, ricacciandogli in bocca quelle parole velenose.

«Ma tuo padre ha stabilito delle regole. E la tortura non ne fa parte.»

«Nessuno ti ha torturato.»

«E questo cos'è?» disse San indicando il livido sulla sua faccia. «E questo?» Sporse in avanti il labbro gonfio. «Vuoi farmi credere che è stata solo una delle tue guardie che ha esagerato?»

Neor cominciava a sentirsi a disagio.

«Se anche dichiarassi la mia colpa, ma dicessi che la confessione mi è stata estorta a forza di botte, i giudici non crederebbero a una parola della mia ammissione. No, non è così che avrai la meglio su di me, Neor!» E sorrise ancora. Un sorriso da vincitore.

Il re se ne sentì quasi spaventato. «Chi diavolo sei?»

San si chinò in avanti. «Sono la forma dei tempi a venire, sono il futuro. Sono una nuova razza d'uomo, e al tempo stesso sono la memoria del Mondo Emerso. Io sono diverso.» Si fece di nuovo indietro, con tranquillità.

«Sei davvero lui? Sei davvero il San che conobbe mio padre?»

«Certo che sono lui. Solo che quando tuo padre mi conobbe non ero consapevole della mia vera natura. Ma il tempo passa, e ho imparato molte cose su di me.»

«Perché sei venuto a palazzo? Perché proprio ora?»

«Avevo una missione da compiere.»

«Che missione?»

San ridacchiò. «Adesso vuoi davvero sapere troppo.»

Neor non riusciva a portare la discussione su un terreno a lui più congeniale. Era quell'uomo a condurre il gioco. Come avevano fatto a tenerselo in casa, a tributargli i più grandi onori, senza accorgersi della sua anima nera?

«E l'hai compiuta?»

San lo guardò a lungo. «Se non l'avessi compiuta non starei qui a parlare con te.»

Neor si sentì fremere. «Lo dovevi uccidere, non è vero? Era mio padre che volevi uccidere. Mira era solo un ostacolo, lo hai tolto di mezzo perché aveva capito qualcosa. Era questa la tua maledetta missione, è questa la verità...»

San rise apertamente. Si fermò solo quando il labbro riprese a sanguinare. «La verità... È incredibile quanto la gente come voi si riempia la bocca con questa parola, come se fosse la sola cosa che conti al mondo. Ma la verità non rende liberi, come credono scioccamente le persone normali. La verità è una gabbia, la verità ci incasella, ci definisce, e ci rende schiavi per sempre.»

«Non ho alcun interesse ai tuoi deliri!» urlò Neor sporgendosi in avanti. «L'hai ucciso o no?»

San si permise di guardarlo a lungo con sufficienza. «Proprio perché ormai ho gettato il mio seme, proprio perché so come andrà a finire questa storia, ti accontenterò, e ti dirò questa preziosa verità che cerchi tanto. Sì, sono stato io a uccidere Mira. E hai ragione, era un ostacolo, ma non per quello che credi tu. Quando mi sono accorto che tua madre mi aveva messo alle calcagna una spia, ho pensato di prendere due piccioni con una fava. Avevo già deciso di uccidere Mira, ma farlo con uno dei vostri... be', era un gesto che aveva una sua eleganza, devi ammetterlo, e poi mi tornava utile anche per un'altra ragione. Così ho usato la magia e ho fatto quanto dovevo. E sì, l'ho portata io la malattia a palazzo. Una boccetta di sangue infetto, che mi ero procurato qualche tempo fa. È bastato romperla nella stanza da letto di tuo padre e farne evaporare il contenuto con un pizzico di magia. Se vuoi metterla su questo piano, ho ucciso io tuo padre.»

Neor si aggrappò ai braccioli della poltrona, mentre il mondo intorno a lui diventava rosso. Era la prima volta che sperimentava una rabbia così cieca, una furia così divorante. Odiava quell'uomo dal profondo, di un odio inestinguibile, e ne desiderava la morte con ogni fibra del proprio corpo.

«Come hai potuto...» mormorò tremando. «Come hai potuto...» continuò, mentre la sua voce si alzava sempre più. «Lui ti ha accolto come un figlio, ti ha coperto di onori e di affetto, ti ha cercato una vita intera!» urlò con tutto il fiato che aveva nei polmoni.

San non si scompose.

«Ma morirai...» riprese Neor, minaccioso. «Tutto il regno saprà, e morirai come un cane, come il dannato traditore che sei.»

San rispose con un ghigno.

«Ridi finché puoi. Sarà quel sorriso da iena che ti porterai sul patibolo.»

San scosse la testa. «Tu non capisci. Ho gettato un seme, un seme che ha già iniziato a germogliare. E mentre tu e la tua inutile verità sarete presto morti, io uscirò di qui, e porterò a termine la mia opera.»

«Lo vedremo» sibilò Neor.

Fu allora che un boato irruppe nella cella. Neor si volse di scatto. Davanti a lui, San sorrise con ferocia.

Amhal volò senza fermarsi se non quando Jamila era assolutamente stremata. Si concesse pochissimo sonno, che consumava in solitudine, nelle piccole radure sperdute nelle quali lasciava che il drago riposasse. Pensava di continuo a San, alle sue parole, al modo in cui l'avevano portato via. E si ripeteva ossessivamente che non era stato lui, che non poteva essere stato lui.

Impiegò dieci giorni ad arrivare, due in meno di quelli previsti. Atterrò nel bosco appena fuori Nuova Enawar, e lasciò lì Jamila. La accarezzò sul muso. «Tornerò» le disse, ma si scoprì a considerare che forse, per la prima volta in vita sua, le stava mentendo.

Si avvolse nel mantello e pensò che così, completamente ammantato di nero, era del tutto identico a San.

Trovò posto in una bettola e riuscì a entrare in città solo sfruttando la sua uniforme da soldato. La quarantena era arrivata anche a Nuova Enawar.

L'ansia di agire lo dilaniava, ma si era imposto di attendere un po'. Sebbene il suo piano non avesse nulla di razionale, aveva bisogno di pianificarlo, se non voleva morire invano.

Aveva visitato le segrete del Palazzo dell'Esercito poche volte, e non ne ricordava con precisione la planimetria. E invece aveva necessità di conoscere esattamente la disposizione delle celle e delle guardie lungo il percorso. Perché, certo, poteva fare affidamento sulla propria abilità, ma era pur sempre un uomo solo.

Si mosse nei bassifondi che aveva frequentato per qualche missione ai tempi dell'addestramento con Mira. Scoprì che il cuore della capitale del Mondo Emerso non era meno marcio di quello di qualsiasi altra grande città. Trovò piante e schemi in quantità, e informazioni a buon mercato.

«La fine dei tempi è vicina, bisogna spassarsela finché si può» gli disse uno degli informatori, mentre spendeva in birra il compenso ricevuto per rivelargli l'ubicazione delle guardie nei sotterranei.

Amhal studiò i piani per tutto il giorno prima di tentare l'impresa. Una guardia per piano nel carcere. Era evidente la mancanza di uomini, dislocati ovunque a cercare di limitare i danni del morbo. All'ingresso di ogni piano, però, c'era una guardiola con due uomini. San era nella cella in fondo al secondo piano, così gli avevano detto.

«È una vergogna che un uomo come lui marcisca in prigione. Te lo dico io, Neor sta tramando qualcosa» gli aveva detto l'informatore.

Amhal se ne sentì consolato. La gente era ancora con San.

Attese in silenzio e al buio l'ora che aveva deciso. Si concentrò sulla sua furia, sul desiderio di sangue. Se le cose fossero andate male, avrebbe fatto affidamento solo su quelli. Poi una calma glaciale lo possedette.

Percorse tranquillo le vie di Nuova Enawar, entrò senza problemi nel Palazzo dell'Esercito. Alla guardiola c'era uno che non lo conosceva, ma che riconobbe la sua divisa.

«Apprendista Salimar» si presentò all'ingresso, e lo lasciarono passare.

C'erano pochi uomini in giro. Non incontrò nessuno sulla sua strada, mentre scendeva verso le segrete. Poi si appostò. E infine la vide passare. Una guardia isolata, che probabilmente stava smontando il turno. Sbadigliava, mentre a passi stanchi risaliva verso la parte alta del palazzo.

Amhal tirò fuori il laccio che aveva comprato quella mattina stessa. Per un istante lo guardò con orrore, chiedendosi se sarebbe stato in grado di usarlo. Ma il desiderio di morte l'avrebbe guidato.

Respirava forte, mentre aspettava che il soldato gli passasse vicino. Non aveva mai ucciso così.

Sentì i passi di quell'uomo che non conosceva, immaginò la sua vita, la sua misera casa, i suoi familiari. Scattò non appena fu abbastanza vicino, lo tirò a sé nell'ombra e gli strinse il laccio intorno al collo con tutta la propria forza. La furia rispose, cantando nel suo petto, mentre l'uomo si divincolava sotto la presa. Poi i suoi movimenti si fecero più stanchi, rassegnati. Infine si accasciò al suolo.

Le mani di Amhal tremavano mentre svestiva il corpo. Lo coprì con i propri abiti, anche se non sarebbe stato necessario. *Una stupida forma di pietà*, si disse. Poi si alzò e fu pronto.

Primo piano. La guardiola, i soldati. Nessuno lo notò, né gli disse nulla. Procedette. Secondo piano. Un solo uomo di guardia. Il resto del corridoio era buio. Il cuore di Amhal ebbe un palpito. San era là in fondo. Dietro una di quelle porte.

Entrò nella guardiola con calma. L'uomo era seduto, l'espressione assonnata. Si girò verso di lui. «E tu chi...»

Non riuscì a finire la frase. Amhal lo trapassò con la spada, mentre la furia nel suo petto esultava.

Non ancora, non ancora... Presto avrai il sangue che vuoi.

Poi uscì e si diresse verso il fondo del corridoio. Intravide la porta, *quella porta*, e davanti una guardia, uguale a quelle che aveva incontrato fino a quel momento. Sguainò la spada, la trafisse senza darle neppure il tempo di urlare. Il corpo cadde a terra con un tonfo lieve, mentre l'odore di sangue si spandeva nell'aria, profumato, invitante.

Amhal respirava forte, una gioia selvaggia che gli prendeva il petto. E la cosa bella, la cosa straordinaria, era che non c'era ragione alcuna di frenarla, di fermarla. Lasciava che gli scorresse pura nelle vene, che lo inebriasse.

Perché adesso mi serve, perché mi è sempre servita. Perché io sono questo: un mostro.

Guardò la porta un istante. Era chiusa da un pesante chiavistello. Un urlo lacerò il silenzio. Veniva da dietro quella porta. Amhal non riuscì a capire le parole che venivano dette, ma riconobbe quella voce. C'era Neor lì dentro. L'enigmatico Neor, lo storpio che per anni aveva retto il regno al posto del padre. L'uomo che San accusava di aver cercato di incastrarlo. Le mani di Amhal tremavano. Era giunto il momento della verità.

Ma io la conosco già, si disse con ostinazione.

Poi recitò la formula. La gettò contro il chiavistello e un boato scosse le volte della prigione. Ma la porta rimase intatta.

Dannazione!

Allora riprovò, cercando stavolta di infondere più potenza all'incantesimo. Il legno gemette, il metallo si divelse e la porta si aprì.

Erano lì. San e Neor. Neor, sulla sua solita sedia, si girò stupito verso di lui. San lo guardava col suo sorriso da lupo, il volto tumefatto e le mani legate.

«Sapevo che saresti arrivato» gli disse.

Fu come obbedire a un richiamo. Amhal spazzò via la sedia di Neor, facendolo cadere a terra, e corse verso San. Con la spada tagliò i lacci e lo liberò.

«Stai bene?» ansimò.

«Immagino che tu non abbia un piano per fuggire...» gli disse lui in tutta risposta.

Amhal lo guardò smarrito.

«Prendi Neor, è il nostro lasciapassare per l'esterno.»

Amhal si volse. Lo vide che strisciava a terra, in cerca di aiuto. Lo agguantò per le ascelle: il suo corpo magro era leggero, ma le sue gambe inerti erano un ostacolo.

«Prendilo in braccio» suggerì San.

«Ti ha mentito, Amhal, è stato lui» mormorò Neor cercando di opporre una debole resistenza. «Me l'ha confessato.»

«Taci» mormorò con odio Amhal. Poi guardò San interrogativo.

«Rivoglio la mia spada» disse lui. «Poi ce ne andremo da qui.»

32

L'inizio

Dubhe atterrò a Derea, nella Foresta Occidentale, in un mattino illuminato da un'alba acida. Theana era lì ad attenderla, nell'ampia radura davanti all'accampamento. Pallida, si tormentava le mani con la testa sollevata verso di lei.

Dubhe scese dal drago, quello dell'unico cavaliere che aveva trovato a Makrat disposto ad accompagnarla fin lì.

«Non saresti dovuta venire» le disse Theana guardandola con severità.

Lei sorrise amaramente. «E dove dovrei essere? Nella mia corte deserta? A palazzo non c'è più nessuno. Solo cadaveri.»

«Sei ancora convalescente, e lo sai.»

Dubhe si accarezzò il volto. «Ho motivi seri per essere qui.»

Era partita alcuni giorni dopo il funerale del marito. Una cerimonia spoglia, a cui avevano partecipato in pochi.

Così se ne va il più grande re della Terra del Sole, aveva pensato abbracciando con uno sguardo i presenti: una decina di servi superstiti, pallidi come fantasmi. Nessun altro, oltre a lei, sotto la fitta pioggia autunnale. La pira ci aveva messo un po' a prendere fuoco. Lei era rimasta immobile sotto l'acqua, fino a quando dell'uomo che aveva amato per un'intera vita non era rimasto altro che cenere.

Era stata accanto a lui per tutta la malattia, aveva respirato il suo respiro, bevuto la sua acqua, condiviso il suo destino. Quando si era ammalata, con sgomento aveva scoperto di desiderare intimamente di morire anche lei.

Ed era venuta la febbre, e con essa il sangue, e il dolore. Non si era allontanata da quel letto, aveva continuato a stringere la mano del marito persino durante il delirio. Sapeva come sarebbe finita, e per questo voleva godere di ogni istante che la sorte le avrebbe concesso di trascorrere ancora con Learco, per quanto terribile. Theana aveva dovuto scongiurarla di farsi curare.

«Non devi lasciarti andare» la pregava.

«Non mi sto lasciando andare» gemeva lei, in balia dei dolori. «Ma voglio stargli accanto fino all'ultimo.»

Poi la febbre era lentamente scesa, l'emorragia si era fermata, e Dubhe pian piano si era ripresa. Giusto in tempo per assistere agli ultimi momenti di vita del marito.

Sotto la pioggia, mentre il fumo si levava alto, aveva pensato a molte cose. A suo figlio lontano, alla reggia ormai deserta, a Makrat preda della malattia. Aveva pensato ai lunghi anni trascorsi assieme a Learco, a quanto la sorte aveva avuto la bontà di concedere loro, alla gioia, al dolore, a una vita intera che si dissolveva in fumo.

La Dubhe di quegli anni moriva quel giorno. La Dubhe che aveva assistito al miracolo di cinquant'anni di pace pian piano colava via con la pioggia. E la vecchia Dubhe – la ragazzina sperduta, l'assassina, la ladra – tornava gradualmente alla luce. Perché il presente ora richiedeva quello, perché il tempo si era avviluppato di nuovo su se stesso, e la storia si ripeteva. Perché Learco era stato la parte migliore di lei, la sua forza, il suo coraggio. Ora restava solo la testardaggine.

Tornata nella sua stanza, dopo aver percorso le sale vuote del palazzo, si era guardata allo specchio. Metà del suo volto era nero. Il segno indelebile della malattia. Il lutto perpetuo per Learco che avrebbe portato sulla propria pelle. Si vide invecchiata di anni, ma non domata, no. Perché Learco aveva lasciato un'eredità che lei avrebbe difeso a costo della vita.

Il suo messo era arrivato allora, trafelato. Neppure aveva bussato. Si era inginocchiato al centro della stanza.

«Ho un messaggio per voi» aveva annunciato.

E la regina si era disposta all'ascolto.

Dubhe e Theana andarono nella tenda di quest'ultima. Dentro, era ingombro di boccette, barattoli, contenitori d'erbe e appunti sparsi ovunque: i segni del lavoro del Supremo Officiante, che febbrilmente cercava una cura.

«Come stai?» chiese Dubhe, massaggiandosi gli occhi.

Theana pensò che era davvero tornata quella di un tempo; persino i vestiti sembravano quelli che indossava una volta: neri, di pelle, calzoni e un giustacuore. «Per ora ancora non mi sono ammalata» rispose. «La gente comincia anzi a guardarmi con sospetto.» Si sedette e fissò in faccia la regina. «Allora, quali sono questi motivi gravi per cui ti trovi qui?»

Dubhe ricambiò il suo sguardo in silenzio per alcuni secondi.

«Ho ricevuto un messaggio da uno dei miei uomini che avevo spedito oltre il Saar.»

Theana si fece improvvisamente attenta; ricordava la

riunione durante la quale Neor aveva suggerito a sua madre di mandare uomini a indagare nei territori degli elfi. «Ebbene?»

«L'ha raccolto uno dei maghi che sono al mio servizio. È un messaggio confuso, che mi fa sospettare che sia successo qualcosa di grave alla persona che l'ha spedito.»

«Cosa diceva?»

«Era frammentato. La magia non era riuscita del tutto, e per questo il testo ha poco senso.» Dubhe cercò nel tascapane. Ne trasse fuori un pezzetto di pergamena.

Theana lo prese in mano. Era indubbiamente quello sul quale il mago aveva raccolto il messaggio spedito dalla spia; avrebbe riconosciuto ovunque la particolare forma che le lettere assumevano quando venivano impresse sulla pergamena con la magia. Ma erano confuse, vergate in fretta, in parte illeggibili.

"... Saar... elfi... confine della Terra dell'Acqua... inizierà da lì... pericolo..."

Theana lo osservò a lungo, cercando di capire.

«Secondo te cosa significa?» le chiese Dubhe.

«Che sta per succedere qualcosa» rispose lei. «E sta per succedere qui. E gli elfi ne saranno responsabili.»

Chiuse gli occhi. Era stanca. Il lavoro la consumava giorno e notte, e la cosa peggiore era che non portava alcun frutto. Studiava quella malattia da tanto tempo, senza riuscire a venire a capo di nulla. Anche la collaborazione con le ninfe non dava risultati. E adesso, quella frase sibillina e incomprensibile, che sembrava minacciare nuovi pericoli.

«Ti sei fatta un'idea di cosa dobbiamo attenderci?» domandò, riaprendo gli occhi.

Dubhe scosse il capo. «Ma gli elfi stanno preparando qualcosa, è evidente.»

Theana la fissò. «Perché sei qui?»
«Te l'ho appena fatto vedere» rispose lei, indicando la pergamena. «Sono venuta a controllare di persona.»
«Tu stessa hai ammesso che da quella nota è impossibile capire cosa accadrà. E poi sei venuta da sola. No, Dubhe, non è questo che ti ha condotto qui.»
Il pugno della regina si strinse convulsamente attorno alla pergamena. Fissava il terreno, le labbra serrate. «Non c'era più niente per me a Makrat. Il palazzo è vuoto e la città è in preda alla follia. Da Neor non potevo andare: non sono ancora completamente guarita, e non voglio fargli correre il benché minimo rischio di contagio. Cosa dovevo fare? La fine che fece Sulana? Rinchiudermi in una stanza a pensare al passato, macerandomi nelle memorie di un tempo finito per sempre? È stata l'età dell'oro per me, lo sai. Questi cinquant'anni sono stati un sogno lunghissimo, un sogno meraviglioso. Ma arriva sempre il momento in cui ci si deve svegliare, e io l'ho fatto davanti alla pira di Learco. È finita, Theana. Devo ringraziare la sorte per questo lungo periodo della mia vita. Ma adesso non c'è più nulla per me a Makrat, e non c'è più nulla per me al mondo.»
Theana avvertì un lungo brivido. Perché lei sapeva, conosceva la portata di quel dolore; la dilaniava da quando Lonerin era morto, strappandole via l'anima pezzo per pezzo, un giorno dopo l'altro. Sapeva che la morte può essere un processo lento e doloroso, che per lei era iniziato nel momento in cui era rimasta sola. E i segni di quella malattia mortale ora li vedeva in Dubhe.
«Dubhe, io...»
Gli occhi della regina divennero di fuoco. Alzò l'indice davanti a lei. «Mi è rimasta una sola cosa da fare, ed è l'unica che mi importi: Learco ha dato i suoi anni mi-

gliori per questo mondo, ha creato un'utopia che ancora vive in noi, che non si è spenta. Io lotterò perché neppure una briciola del suo sogno vada perduta, combatterò fino all'ultimo respiro perché questo mondo, il mondo di Learco, si salvi ancora una volta.»

Socchiuse gli occhi e tacque per un attimo.

«Per questo sono venuta qui, in prima linea, dove c'è la guerra, dove c'è la malattia, dove il sogno di mio marito si sta sgretolando. E perché comincerà qui, qualunque cosa sia.»

Theana ammirò la forza d'animo della vecchia amica, la determinazione delle sue parole. Quanto era cambiata in quegli anni, quanto forte era diventata! E se di lei, della Theana di un tempo, era rimasto solo il guscio, Dubhe era ancora una creatura integra, posseduta da un desiderio di lotta che nulla poteva spegnere.

Le sorrise con tristezza. «Cosa farai?»

«Manderò qualcun altro oltre le linee nemiche, e stabilirò qui il mio quartier generale. I miei uomini sono tutto quello che mi resta. Neor ora è il re, e come tale si sta comportando. È tempo per me di tornare nell'ombra, di ricominciare a fare quel che facevo da giovane, prima che Learco arrivasse e cambiasse tutto. Perché la notte è il mio regno, lo sai.»

Si guardarono a lungo senza dirsi niente. Quei lunghi anni di pace trascorsi insieme avevano infine reso inutili le parole fra loro.

Dubhe si alzò. «Ho bisogno di una tenda mia. E ho bisogno di riposare. Ci vediamo domani.» E uscì col suo passo severo e deciso. Era davvero tornata quella di un tempo.

Pioveva. L'acqua tempestava le pareti della tenda. Dubhe si sentiva le giunture rigide. La brandina e i suoni della notte le parlavano di un passato remoto, della sua vita *prima*. Era incredibile come il presente finisse per saldarsi al passato, come se la vita fosse un enorme circolo, che alla fine non faceva altro che condurti là da dove eri venuto. Ma gli anni trascorsi si facevano sentire, eccome, a uno a uno. Pensò che non era più fatta per quella vita dura, che le sue membra si erano abituate agli agi e ai lussi, e che adesso non sarebbe più stata in grado di dormire a terra, sulle foglie secche, come faceva da giovane. E, soprattutto, non era più in grado di dormire da sola.

Le mancava un corpo accanto a sé, il respiro dolce e appena affannato. Cinquant'anni assieme avevano trascorso, e in tutto quel tempo si erano abituati l'uno all'altra. Ora dormire da sola era quasi impossibile.

Fu per questo, probabilmente, che sentì. Non furono i suoi sensi, ottenebrati da troppi anni di pace, né l'abitudine di un corpo allenato ai pericoli della battaglia. Fu la veglia, l'impossibilità di dormire dei vecchi, incalzati da troppi ricordi. Un rumore diverso dalla pioggia che batteva sulla tenda, e un suono cupo, rapido, che le ricordava qualcosa.

Scattò in piedi e impugnò la spada. Per la verità, non era mai stata la sua arma prediletta. Il pugnale, quello sì che era parte del suo corpo, tanto da portarlo sempre con sé. Aveva imparato a usare la spada in quegli anni da regina; perché poteva sempre servire, perché un giorno poteva capitare a lei di dover guidare l'esercito. Partita da Makrat, aveva preso quella di Learco. Era un passaggio di consegne, un modo per portare con sé qualcosa del sogno di suo marito.

Il buio e la pioggia la resero cieca per qualche istante, ma poi un bagliore squarciò la notte, là in fondo, dove venivano tenuti i malati. Conosceva quel fuoco, l'odore acre. Il suo cuore perse un colpo.

Furono urla, e confusione. Gente che correva ovunque cercando un'impossibile salvezza, e i soldati increduli, che non capivano.

Dubhe alzò gli occhi e lo vide. Uno solo, che si contorceva in aria, sullo sfondo lattescente del cielo nuvoloso. Ma aveva proporzioni diverse da quelle di un drago: era più sottile, il corpo allungato e sinuoso, il muso appiattito, da serpe. Soprattutto, non aveva zampe anteriori, ma solo ali immense. Pensò immediatamente alla viverna di San, quella bestia che fin da principio le aveva messo addosso una strana inquietudine.

Si concesse un istante solo di incredulità, poi le urla di un esercito che si gettava sul suo accampamento la riscossero.

Non era mai stata a capo di un'armata, e non si era mai trovata davvero in una situazione di guerra. Aveva visto Learco guidare schiere di soldati, l'aveva visto combattere, in quell'anno che aveva trascorso con lui in guerra. Ma non aveva mai partecipato davvero a una battaglia.

Eppure seppe come fare. Il suo corpo, la sua memoria e ciò che Learco le aveva lasciato la guidarono.

Si gettò rapida contro i nemici, la spada in una mano, il pugnale nell'altra. Neppure si fermò a guardarli. Registrò soltanto che avevano strane proporzioni, che in qualche modo non dovevano essere umani.

E allora chi sono? si chiese, ma subito cancellò la domanda. Non era importante in quel momento.

Sapeva dove doveva andare. Tra corpi abbattuti, pioggia e fango corse fino al quartier generale. Niente più di una tenda in cui si riunivano il generale preposto alla guida dell'accampamento, un Cavaliere di Drago e i suoi uomini. Era stata data alle fiamme. Ne uscì di corsa un giovane, avvolto dal fuoco, e il cielo si riempì di grida disumane. Dubhe superò l'orrore. Doveva trovare il Cavaliere di Drago, a tutti i costi. C'era soltanto una viverna, occorreva un drago per combatterla.

Lo intravide poco discosto, circondato da quei soldati alieni, strani, che erano piombati su di loro come avvoltoi affamati. Dubhe corse a dargli man forte.

Sentiva le giunture scricchiolare mentre combatteva, sentiva i muscoli tendersi allo spasimo.

Non fa più per te, questa vita, il tuo corpo non è più quello di un tempo.

Un violento bruciore alla schiena. Urlò, e cadde nel fango. Accanto a lei la lotta continuava. Avvertiva il rumore di passi concitati, lo stridio delle spade, le urla.

Si portò lentamente una mano alla schiena. Sentì un dolore lancinante. Una ferita, non troppo grave, ma profonda. Qualcosa cadde sulle sue gambe immobilizzandole, e i nemici si spostarono in massa altrove. Fiammc, ancora fiamme e odore di bruciato, poco più in là.

Dubhe cercò di tirarsi su. C'era un cadavere sulle sue gambe: quello del Cavaliere di Drago.

Le ci volle non poca fatica per riuscire a spostarlo e a liberarsi. La spada le era sfuggita di mano durante la caduta, ma la recuperò. Si mise in piedi, maledicendo la propria debolezza.

Corse per l'accampamento. Doveva trovare Theana. Lei forse sapeva come cavalcare il drago, come guidarlo contro la viverna.

Un suono rimbombante, che le riempì il cervello, e vide la bestia scendere in planata sull'accampamento, percorrerlo tutto a fauci spalancate. Ancora fiamme. Dubhe dovette attraversarle, contando solo sulla protezione che le potevano dare le sue vesti fradice di pioggia.

Si guardò attorno. Distruzione ovunque, tende che bruciavano, urla e corpi a terra. E soldati dal corpo magro e sottile, che imperturbabili percorrevano l'accampamento. Capì che c'era poco da fare.

Corse alla cieca, un braccio davanti alla bocca, per difendersi dal fumo acre che avvolgeva tutto. Con le ultime forze, cercò solo di restare in piedi. Ogni qualvolta si trovava di fronte un nemico, con enorme fatica si metteva di nuovo a combattere, forzando i muscoli stanchi e le braccia pesanti. Parata, affondo, tondo, e il tonfo del nemico che scivolava nel fango. Avanti così, sotto la pioggia battente, disperata.

La trovò a terra, in una tenda per metà divorata dalle fiamme. Su di lei, quel che restava di un pesante tavolo d'ebano. I suoi barattoli sparsi a terra, le pergamene che bruciavano tutt'intorno.

Si gettò sul corpo, liberandolo a fatica dai pezzi di legno che lo coprivano. «Stai bene?» urlò.

Theana annuì confusamente.

«Dobbiamo andarcene» le disse, aiutandola a tirarsi su.

«Cosa sta succedendo?» chiese lei.

«Qualcuno ci ha attaccato, e ha quasi preso l'accampamento. Non possiamo fare altro, ci dobbiamo ritirare» rispose Dubhe.

Riuscirono a mettersi in piedi, poi cercarono un'impossibile via di fuga. Le fiamme erano ovunque, e la pioggia sembrava quasi aizzarle, più che spegnerle. E tra il rosso del fuoco si stagliavano le figure dei nemici, dei loro corpi magri.

Dubhe e Theana scivolarono nel fango, cercando di approfittare della confusione. Pochi erano rimasti vivi, e i nemici si accanivano su di loro.

«Il bosco, il bosco è la salvezza» mormorò Dubhe.

Attraversarono le fiamme, caddero, si rialzarono. Zoppicando raggiunsero la linea degli alberi, ma proseguirono la loro corsa, affannate e ormai allo stremo. Infine Theana inciampò in una radice e si tirò dietro Dubhe.

Rimasero entrambe a terra, ansimanti, mentre la pioggia continuava a battere imperterrita su di loro.

Fu Dubhe a sentirlo. Rumore di passi. Balzò in piedi, non si permise neppure di riflettere, ma immediatamente tese la spada in un affondo vigoroso. La lama tagliò la carne come burro. Era giovane e pallido. Lunghi capelli verdi incollati al volto dalla pioggia, lisci, legati in una coda. E occhi fatti grandi dal dolore, occhi viola.

Dalla sua bocca uscì un gemito soffocato, poi il soldato cadde a terra, e fu di nuovo silenzio. Lo spazio angusto di quel luogo era pieno solo dei respiri affannati delle due donne.

«È finita?» trovò la forza di dire Theana.

«Spero di sì» rispose Dubhe.

Si rialzarono con uno sforzo estremo. Assieme, contemplarono il corpo a terra.

«È un elfo» disse piano Dubhe. E a quel punto tutto le fu chiaro.

33
La fine di ogni cosa

Adhara non era abituata ai lunghi spostamenti a dorso di drago, e le sue gambe e la sua schiena cominciarono rapidamente a protestare.

Si fermavano poco per riposare, non più di cinque ore a notte. Si muovevano anche col buio.

Ma più ancora del corpo, erano i pensieri a logorarla. Amhal... Dov'era? Cosa stava facendo? Percepiva il tempo come un nemico che le remava contro, che in tutti i modi cercava di portarle via l'unica certezza della sua vita.

E poi Amina. Aveva ricevuto il messaggio? Aveva avvisato suo padre? Ma a quel punto cosa sarebbe successo? E se per fermarlo avessero fatto del male ad Amhal?

Non era più sicura di niente. E quel cumulo di incertezze le costruivano intorno una terribile prigione, che pian piano la stava facendo impazzire.

«Io devo entrare a Nuova Enawar» disse a Taq il giorno prima di arrivare a destinazione. Il viaggio era durato dodici giorni, un'eternità. Ed era stato un viaggio silenzioso. Taq era un uomo burbero e di poche parole, e Adhara, tutta presa dalle proprie preoccupazioni, non era riuscita a familiarizzare con lui. Si erano scambiati poche frasi, per lo più riguardo alla nuova situazione politica della Terra del Sole.

Taq era più aggiornato di lei, e le raccontò quanto era successo in sua assenza: la morte di Learco, il trasferimento della corte a Nuova Enawar. Adhara quella sera aveva pianto. Non conosceva Learco, ma la sua morte segnava definitivamente la fine di un periodo della sua vita. La corte dove aveva vissuto non esisteva più. Non c'era alcun posto a cui tornare, non c'era modo di cancellare tutte le cose terribili che erano accadute in quelle settimane lontano dal palazzo.

Davanti alla sua richiesta, Taq si mostrò dubbioso. «Mi stai domandando troppo» disse. Poi scoprì un braccio. Era completamente nero. «Questo è il mio lasciapassare, ma il tuo dov'è? Non posso rischiare di farti portare il contagio a Nuova Enawar. Finora è l'unica città che si è salvata.»

«Ho sangue di ninfa. Sono immune» dichiarò Adhara.

Lui sorrise, sarcastico. «Non puoi provarlo.»

«Lavoravo con i malati, lo sapete. E non ho preso il morbo.»

Il cavaliere la guardò a lungo. Forse si era stabilito un qualche legame tra loro durante il lungo viaggio silenzioso.

«Io devo andare a corte» insistette Adhara. «Era lì che lavoravo prima di arrivare a Damilar. Ero la dama di compagnia della principessa.»

Taq la guardò senza capire. «Manco da corte da un sacco di tempo, e...»

Adhara gli prese una mano tra le sue. «Vi giuro che non sto mentendo. E la mia missione è della massima urgenza. Fatemi entrare con voi, vi supplico!»

Taq sospirò.

Di nuovo, Adhara si disegnò macchie scure sulla pelle. «Ti rendi conto che se mi stai mentendo avrò sulla coscienza tutta la città di Nuova Enawar, forse addirittura la vita del mio re?» disse Taq, serio.

«Non sto mentendo» ripeté Adhara per l'ennesima volta.

Lui la guardò per qualche istante. «Voglio crederti, e che gli dei ci proteggano.»

Atterrarono direttamente sulla piattaforma del Palazzo dell'Esercito.

Era il tramonto. C'erano pochi soldati, e un'aria generale di mestizia. Il morbo non era ancora arrivato, ma anche Nuova Enawar, come Makrat prima, era preda della lenta agonia della paura.

La guardia che era di stanza li esaminò entrambi. Adhara pregò che le sue macchie fossero convincenti.

«Garantisco io per lei, assisteva i malati di Damilar» disse a sorpresa Taq.

Adhara lo fissò a occhi spalancati.

«E come mai ora è qua?» volle sapere la guardia.

«Sua sorella si è ammalata. È voluta tornare per aiutarla.»

La guardia posò uno sguardo scettico su Adhara, ma sembrò convincersi. «Non andate troppo in giro. Nuova Enawar è diventata un posto molto pericoloso di sera.»

Entrarono, e Adhara per un attimo si illuse. Il Palazzo dell'Esercito sembrava tranquillo; forse era arrivata in tempo. Ma ora doveva cercare Amina. Era lei il fulcro di tutto.

Si volse verso Taq: «Non so come ringraziarvi.»

«Il viaggio te lo sei pagato» replicò lui, brusco.

«Non mi riferivo a quello.»

Taq la guardò. «Mi sei sembrata una persona onesta. E disperata. Spero di non essermi sbagliato.»

Adhara sorrise tristemente. «Grazie» ripeté, stringendo una mano del cavaliere.

Fu fortunata. All'ingresso c'era una guardia che la conosceva. Evidentemente Neor si era portato dietro i suoi uomini.

Quando la vide, l'uomo spianò ugualmente la lancia. «Che ci fai qui?»

«Ho bisogno urgente di parlare con la principessa Amina.»

Il soldato non smise di tenerla sotto tiro. «Sei scappata via e non sappiamo dove sei stata. Ora c'è la quarantena, e...»

Adhara indicò le macchie. «Mi sono ammalata, ma sono guarita» disse. «Ti prego, ho informazioni urgentissime per la principessa, è una questione di vita o di morte.»

La guardia rimase indecisa sul da farsi per qualche secondo, poi abbassò l'arma. «Sbrigati. Ti accompagno.»

La corte occupava non più di dieci stanze del Palazzo del Consiglio, pattugliate da un numero insufficiente di soldati. Evidentemente tutti gli altri erano stati dirottati nelle zone colpite dal morbo.

Non dovettero vagare a lungo. La guardia si fermò davanti a una porta anonima. «La principessa è qua» disse.

Adhara deglutì. Improvvisamente ebbe paura di rivedere Amina. Cosa le avrebbe detto? Si sarebbe ancora fidata di lei? E come stava?

Appoggiò la mano sulla maniglia e senza neppure bussare aprì. Lei era là, vestita con abiti che un tempo non avrebbe mai indossato, quelli che tanto piacevano a sua madre, la testa appoggiata al davanzale della finestra.

La luce del tramonto gettava riflessi dorati sul suo volto pallido.

Sollevò appena il capo quando sentì la porta aprirsi.

Si guardarono, e Adhara rimase sconvolta dal nulla che lesse nei suoi occhi.

Ma ci volle poco perché quegli occhi si accendessero di un odio profondo. «Che ci fai qui?»

Adhara si chiuse la porta alle spalle.

«Non osare entrare in questa stanza!» urlò la ragazzina.

«Lascia che ti spieghi...»

Amina balzò in piedi. «Spiegare? Pensi che basti quella stupida lettera che mi hai scritto? Credevi davvero di potertene andare così, e lasciarmi sola mentre i miei nonni morivano e questo dannato mondo affondava? Eri mia amica, e mi hai tradito!»

Adhara avrebbe dovuto sentirsi colpita a morte da quelle parole. E invece no. Vi ritrovava intatta la forza di Amina, quella forza che credeva ormai spenta. Perché appena l'aveva vista, non l'aveva riconosciuta in quell'atteggiamento passivo, nella vacuità del suo sguardo.

Semplicemente le andò vicino e l'abbracciò, stretta, senza darle la possibilità di sottrarsi.

«Lasciami stare, ti odio, ti odio!» urlò lei, mentre cercava di divincolarsi. Ma le urla presto si sciolsero in pianto, e Amina si ritrovò a stringere le braccia intorno al collo di Adhara. Le era mancata, le era mancata terribilmente in quei lunghi giorni pieni di orrore.

«Perdonami» mormorò Adhara.

Amina singhiozzò ancora: «Ti odio.»

Non ci fu tempo per le spiegazioni.

«Hai ricevuto il mio messaggio?»

«La lettera?»

«No, il messaggio magico che ti ho mandato.»

Amina parve perplessa. Scosse la testa.

«Il mago mi ha detto che ti sarebbe apparso come una nebbiolina viola...» insistette Adhara.

«Quella? Allora era una cosa vera? Ho pensato di stare impazzendo quando l'ho vista... Era un messaggio?»

Adhara si mise le mani nei capelli. Era troppo tardi. Nessuno lì sapeva di Amhal.

«Dobbiamo andare da tuo padre.»

«Mi vuoi spiegare o no?»

Adhara lo fece, confusamente, in fretta.

Amina impallidì. «Mio padre è sceso nei sotterranei, da San» disse con un filo di voce. «In questo momento è da lui.»

Adhara sentì che le mancava l'aria.

San recuperò rapidamente la sua spada. Era nella guardiola. La prigione era immersa in un silenzio irreale, ma già si sentiva lo scalpiccio di molti piedi sopra le loro teste.

«Ci dobbiamo sbrigare» disse.

«Stai facendo un grosso errore, Amhal. Non so cosa ti abbia detto, ma è stato lui» insistette Neor.

«Taci, dannazione!» urlò il ragazzo. Gli teneva un pugnale puntato alla gola. Lo premette più forte, finché una goccia di sangue non bagnò la lama. «Taci o ti ammazzo.»

Sentì il pomo d'Adamo del re muoversi sotto il pugno, percepiva il suo cuore battere con affanno. Neor aveva paura. Ma non più di quanta ne avesse lui. Amhal scoprì di essere terrorizzato. Stava facendo una cosa enorme.

I soldati irruppero in massa, come sangue che sgorga da una ferita. San li abbatté di slancio con un primo incantesimo. A terra, corpi bruciati, urlanti.

«Avanti» disse.

Salirono un piano, di corsa. Ma c'erano altri uomini. San si diresse contro di loro come una furia.

«Ho con me il re!» urlò Amhal. «Lasciateci andare o lo ammazzo!»

In molti si fermarono, ma San li abbatté ugualmente.

Amhal era dominato dalla furia, una furia non ancora soddisfatta, che chiedeva altro sangue, altra morte. E lo spettacolo di San che uccideva, feriva, squartava era per lui una tentazione irresistibile. Ma tra le mani aveva il re, la loro unica possibilità di fuggire, e non poteva combattere.

«Mi ha confessato tutto. Mi ha detto che ha persino ucciso mio padre» continuava Neor, imperterrito, la voce roca.

«Zitto, zitto!» ripeteva Amhal, più per coprire quelle orribili menzogne che nella reale speranza che il re tacesse. Perché quelle parole si mescolavano alla sua smania, e pian piano lo facevano impazzire. Non era più sicuro di quanto stava facendo; alle immagini del presente, al furore di San che avanzava senza fermarsi, si sovrapponevano quelle della strage al villaggio e di tutte le altre volte che la furia aveva avuto la meglio, che aveva preso possesso del suo cuore.

Come sono arrivato fin qui? Cosa sto facendo?

La sua mente si perdeva tra le domande, mentre la mano che stringeva il pugnale tremava sul collo del re. Sentiva il viscido del suo sangue tra le dita, e quella sensazione gli faceva perdere la testa.

Corsero fuori dalla prigione e si persero tra i meandri del Palazzo dell'Esercito. Soldati, tutti quelli che erano rimasti là: avanzavano a frotte, ma appena vedevano il re esitavano. E San li colpiva, facendosi strada con la potenza della sua spada nera.

«Dov'è Jamila?» chiese.

«Nel bosco, a sud della città.»

Un ghigno di trionfo gli increspò le labbra.

Corsero, corsero con tutto il fiato che avevano. Adhara davanti, Amina che arrancava dietro. Tra loro, tutto era ormai dimenticato. Il rancore, il dolore, ogni cosa. Contava solo arrivare in tempo. Ma Adhara sentiva in fondo al cuore che non ce l'avrebbero fatta. Sapeva che stava per accadere qualcosa di assolutamente atroce, qualcosa di ineluttabile.

La fine, è la fine, le ripeteva incessante la voce dell'anima, e non c'era modo di farla tacere.

Quando arrivarono al Palazzo dell'Esercito, c'era già il finimondo. Viavai di soldati, ordini urlati, concitazione. Erano sulla grande piattaforma sulla quale Adhara era atterrata insieme ad Amhal mesi prima.

Un soldato le fermò. «Vostra Altezza!» gridò scandalizzato, acchiappando al volo Amina.

«Non capisci! Stanno per liberare San, e mio padre è là sotto con lui. Dovete andare a salvarlo!» urlò lei disperata, il volto rosso per la corsa.

«Lo sappiamo già» disse la guardia, e Amina rimase senza parole.

Adhara si spinse avanti, cercando in tutti i modi di forzare il blocco, quanto meno di guardare.

E lo vide.

San, come una furia, preceduto dalla sua spada nera, abbatteva i nemici a uno a uno, come fossero fantocci. E Amhal dietro di lui, tra le braccia il corpo magro di Neor, con un pugnale premuto alla gola.

L'immagine aveva qualcosa di assurdo e di terribile assieme, qualcosa che le tolse la capacità di parlare. Un silenzio attonito scese sui soldati schierati. San si fermò, ansimante, poi fece un fischio, lungo, sibilante. E l'incantesimo fu rotto.

«Amhal!» urlò Adhara con tutto il fiato che aveva in gola, mentre Amina invocava suo padre fra le lacrime.

Amhal non sentì nulla. Il mondo, nella notte di Nuova Enawar, gli sembrava essere diventato di colpo un posto assurdamente quieto. E su quella quiete, si stagliavano nette le parole di Neor, che ormai non riusciva neppure più a capire. Gli arrivavano confuse, come una blasfema preghiera, e lentamente strappavano alla sua mente brandelli di lucidità. Restava solo la furia, intatta, perfetta, l'ultimo rifugio.

Ti manca solo quest'ultimo passo, e lo sai. Abbandonati a lei, e tutto andrà bene.

Era un pensiero consolante, rassicurante, nel caos di quel luogo perduto. San, davanti a lui, sanguinava. Qualcuno doveva averlo ferito a un fianco. Poi un battere d'ali, e all'orizzonte apparve un essere terribile: un serpente alato, la bocca irta di centinaia di denti affilati. Una creatura terrificante. La viverna di San.

Il silenzio scomparve, per far posto a una ridda di voci indistinte. Quella di San si stagliò chiara sulle altre. «Ce l'abbiamo fatta. Lascia Neor e andiamocene.»

La viverna atterrò, in attesa. San riuscì a salire, seppure con difficoltà. Amhal rimase per un istante impietrito. Era il momento di decidere.

«Puoi ancora scegliere.» La voce di Neor, chiara, non più intaccata dalla paura. «Non seguirlo, Amhal. È un assassino, un mostro. Ha ucciso il tuo maestro, e tu sai che è vero. Ha ucciso mio padre, ha portato lui la malattia a palazzo. Amhal, tu non sei come lui, e io lo so. Tu non saresti mai capace di fare quel che ha fatto lui. Non seguirlo. Lascialo scomparire sulla sua viverna e resta qui. Non ti succederà niente, farò in modo che non ti succeda niente. Ma non lo seguire.»

Amhal deglutì. «Taci.»

«Me l'ha confessato. Come ha fatto, come l'ha ucciso. Mira. E non c'era un briciolo di rimorso nelle sue parole e nei suoi occhi.»

«Taci!» urlò Amhal. E allora la sua mano si mosse quasi da sola, come se non gli appartenesse. Affondò la lama in quella gola, poi la tirò via con uno strappo, e il sangue sgorgò dalla ferita, caldo e dolcissimo. Il corpo di Neor ebbe un solo, lieve sussulto. Poi giacque senza vita tra le sue mani. E mentre il sangue colava a terra, tra le urla dei sudditi e le grida disperate di Amina, Amhal sorrise di beatitudine. Aveva scelto. Era finita.

Lasciò che il corpo crollasse al suolo, indirizzò un solo sguardo alla folla assiepata, pazzo e disperato. Cominciò a evocare la formula, mentre un globo argenteo si ingrandiva tra le sue mani. I soldati gli si fecero dappresso, armi in pugno. Lui non ebbe paura. Sorrideva ancora, pronto a lasciare che la potenza gli fluisse dalle mani, che distruggesse tutto e tutti in un olocausto purificatore.

E poi la vide. Travolta dai soldati che correvano in ogni direzione, gli occhi grandi di pietà e paura, in lacrime. Adhara.

Qualcosa rispose nel profondo del suo cuore. Un grido lontano di dolore, un'esitazione. La sfera si rimpicciolì tra le sue mani. La lasciò andare.

Una luce fortissima avvolse tutto. La prima fila di soldati non ebbe scampo. La luce li inghiottì e consumò i loro corpi.

Amhal saltò sulla viverna. «Andiamo» disse calmo.

«Perché hai esitato?» gli chiese San.
«Andiamo» ripeté lui.

Adhara vide quella luce accecante. Urlò ancora il nome di Amhal, in un disperato tentativo di richiamarlo a sé. Poi tutto fu buio. Quando i suoi occhi riuscirono a vedere di nuovo, scorse i cadaveri carbonizzati di sei o sette soldati. Altri erano a terra, le mani sugli occhi, feriti, o semplicemente sconvolti. E in mezzo a quell'orrore, il corpo di Neor, intatto. Gli occhi chiusi, come se dormisse, e il largo squarcio sulla gola, da cui ormai il sangue scorreva lento, pigro.

Amina si lanciò su di lui, lo afferrò con violenza.

Adhara ricordò il primo incontro con Neor, i suoi modi affabili, la sua sensibilità, la sua intelligenza. Gli occhi le si riempirono di lacrime.

Poi quel battito lento, pulsante. Si girò di scatto. La viverna stava volando via. Allora si alzò in piedi e si allontanò di corsa.

Non era finita.

34
La verità

Si fermarono in un luogo appena fuori dal centro di Nuova Enawar. La viverna si abbassò e li fece scendere.

«Sei impazzito?» chiese Amhal. Non provava più alcun sentimento. Se ripensava agli ultimi avvenimenti, non sentiva niente. Tutto si riduceva a gesti meccanici, necessari. Percepiva solo la furia insoddisfatta, in fondo al petto. Non aveva ucciso abbastanza.

«Questo è un posto sicuro» disse San. «E soprattutto ci troveremo quello che ci serve. Se non l'avessi notato, sono ferito» aggiunse, mostrando il largo taglio che aveva sul fianco. Amhal non fece altre domande.

Erano davanti a una porta di legno. Sull'architrave in pietra, un simbolo che Amhal non riconobbe. C'era puzza di bruciato. Si infilarono dentro. Ovunque era distruzione. I muri erano segnati dal fuoco, a terra albarelli infranti, boccette in pezzi e i resti di corpi dilaniati dalle fiamme.

«È opera tua?» chiese Amhal.

San ridacchiò. «Il mio primo atto appena arrivato a Nuova Enawar. Non rientrava negli ordini, ma era una cosa utile, e comunque sentivo il bisogno di farlo. Sono sicuro che capisci.»

Sì, Amhal capiva.

Percorsero un paio di stanze divorate dal fuoco, poi si fermarono in una in cui c'era ancora qualche barattolo intatto sugli scaffali.

«Sapevo che qualcosa era rimasto» disse San. Analizzò le erbe, poi prese un albarello. Lo aprì e lo mostrò ad Amhal. «La conosci?»

Lui ne aspirò l'odore. Scosse il capo.

«Dovrò insegnarti un po' delle arti sacerdotali. Questa è un'erba disinfettante, molto buona per le ferite da taglio. Invece suppongo che tu conosca qualche magia curativa.»

Amhal assentì.

«Allora ti pregherei di darmi una mano.»

Con una certa difficoltà si sfilò il giustacuore di cuoio e la casacca che indossava sotto. Cercò di guardarsi la ferita. Era un taglio abbastanza profondo, ma nulla di grave.

«Quando sei pronto...» disse ad Amhal.

Il ragazzo cominciò subito.

Per qualche minuto stettero in silenzio, tra i resti distrutti di quel luogo.

Poi Amhal prese la parola. «Voglio che tu mi spieghi tutto. Voglio la verità.»

San ridacchiò. «Me l'ha chiesta anche Neor poco fa. La verità.»

Gli occhi di Amhal lampeggiarono.

San smise di ridere. «L'hai ucciso. Perché tu sai che quella che lui voleva non era la verità.»

Amhal non rispose. Continuò a curarlo. «Voglio sapere chi sono. Perché sono così.» Alzò gli occhi. «E cosa devo fare.»

«Lo saprai» disse con calma San. «Ti dirò tutto. Ora è tempo.»

Amhal rimase impassibile.
Poi qualcosa si mosse dietro di loro.

Adhara li aveva seguiti disperata, gli occhi rivolti al cielo a seguire il volo della viverna, troppo veloce, troppo distante per poterle stare dietro. Era inciampata, era caduta, e sempre si era rialzata. Aveva vagato, quando non li aveva più visti volare, muovendosi alla cieca, cercando di intuire dove fossero andati.

Non capiva neppure cosa stesse facendo. Sapeva solo che ormai era finita per sempre. Amhal aveva ucciso Neor, non c'era ritorno da una simile atrocità. Se l'avessero catturato, l'avrebbero ammazzato, e se fosse riuscito a scappare, in ogni caso nulla sarebbe più stato come prima.

Ma la smania di salvarlo non era morta in lei. Ci credeva ancora, fermamente, disperatamente. Come se fosse la sua missione, impressa in lei da secoli, da sempre, l'unica ragione per cui si era risvegliata in quel prato e aveva agito così fino a quel momento.

Girovagò disperata, cambiando strada, perdendosi, finché non sentì una specie di groppo in gola, una sensazione che la inchiodò al suolo.

Si fermò al centro della strada, come se una forza invisibile l'avesse agguantata, le avesse bloccato le gambe.

Volse adagio la testa. Era un portone qualsiasi, con un simbolo inciso sull'architrave. La pietra era annerita dal fuoco di un incendio; la porta, in legno, era appesa solo per un cardine, semicarbonizzata.

Fu come acquisire un'improvvisa consapevolezza, come risvegliarsi da un sogno, un'agnizione miracolosa. I vividi ricordi dei suoi sogni si allinearono con la realtà, e *seppe* di provenire da lì, da quella porta bruciata, da quell'architrave annerito.

Camminò lenta verso il portone, attratta da una forza che non riusciva a contrastare. Ricordava, *ricordava*! La volta in pietra, i corridoi stretti, l'odore di muffa, di stantio.

Conosco questo luogo.

Si muoveva in trance, come se all'improvviso avesse dimenticato ciò che realmente l'aveva spinta fin là. C'era un richiamo superiore cui stava rispondendo, ora.

In alcuni punti il tetto era crollato. L'odore di bruciato prendeva alla gola, le faceva lacrimare gli occhi. I suoi ricordi, quegli stessi ricordi scomparsi chissà dove per quasi cinque mesi, ricostruivano quel luogo distrutto, glielo mostravano come era stato prima che passasse il fuoco, e *lui*.

Lui chi?

Non lo ricordava.

Un laboratorio.

Un dedalo di corridoi dal tetto basso.

Miriadi di stanze piene di lamenti, tutte uguali. Un tavolaccio di legno grezzo al centro, scaffali colmi di boccette sulle pareti.

E le celle. Le celle delle *creature*.

Adhara sentì la testa che le girava. E poi una sensazione familiare, che spazzò via tutte le altre, le fece diventare superflue. Riprese a camminare rapidamente, come se l'incantesimo fosse infine rotto. Un corridoio, un altro, scavalcando le macerie, e infine una sala, il tetto sfondato, travi consumate dal fuoco a terra e mattoni anneriti. E Amhal. L'aveva trovato. Le sue mani illuminate sul fianco di San, seduto di fronte a lui. Adhara digrignò i denti. Non pensò neppure un istante a cosa fare.

«Amhal!»

Lui si girò di scatto. Adhara rimase raggelata dal suo

volto. Una maschera dietro la quale c'era il nulla. Non sembrava qualcuno che aveva appena ucciso un uomo; il suo volto era inespressivo, i suoi occhi vuoti.

San fece un gesto di insofferenza. «Cosa diamine vuoi?»

Adhara era impietrita. Perché ora che lo guardava, lì, in quel luogo, improvvisamente *sentiva*, capiva. I suoni che aveva udito quel giorno erano di lotta, di battaglia: corpi che cadevano a terra, urla, stridio di spade. E di tutta la distruzione che era apparsa poi ai suoi occhi era responsabile un solo uomo. *Lui*. San. Lo percepiva chiaramente. Era opera sua, lui aveva distrutto quel luogo. Non aveva potuto vederlo, allora, ma in qualche modo era sicura che fosse stato lui. Un uomo completamente vestito di nero.

«Eri tu» mormorò. «Tu hai compiuto questa strage...»

San si alzò lentamente, scostando Amhal. Sorrideva.

Adhara rimase immobile. La vividezza dei ricordi, tornati tutti assieme, all'improvviso, la paralizzava, ma soprattutto era quel sorriso enigmatico a bloccarla, un sorriso che sentiva di odiare più di qualsiasi altra cosa al mondo.

Sguainò il pugnale. «Non lo avrai. Ti sei preso la vita di Mira, di Learco e di tutta la corte, ma non ti prenderai Amhal.»

San avanzò di un paio di passi. «Io non mi sto prendendo nessuno. Amhal vuole venire con me.»

Adhara mosse il braccio in un affondo.

San lo schivò arretrando di poco. «Fai sul serio...» mormorò con un ghigno.

«A costo di morire» sibilò Adhara.

«Fatica sprecata. Tu, che nemmeno puoi davvero definirti una persona, che sei stata creata per non avere un'anima, tu pensi di capire noi? Io e Amhal siamo *altro*, siamo *sopra* e *oltre*, e non c'è nulla che tu possa fare per raggiungerci.»

«Gli hai raccontato solo menzogne, fin dall'inizio, ma lui può ancora salvarsi.» Adhara lo fissava con gli occhi fiammeggianti. «Perché io lo amo.»

San rise apertamente. «Lo ami? Non sai neppure di cosa stai parlando.» Sguainò la spada di cristallo nero di Nihal, e lasciò che la lama stridesse mentre percorreva l'intero fodero. «Non è questione di amore, ragazzina. È questione di ciò che siamo, del destino che ci avvince, che ci lega. Non c'è nessuna forza, meno che mai il tuo sciocco amore, che possa fermare questa tragedia che vedi svolgersi davanti ai tuoi occhi.»

Pose la spada davanti a sé, in posizione di attacco.

«E adesso fatti da parte, tirati fuori da questa storia che non puoi capire, prima di finirne schiacciata. Perché quella che stiamo srotolando davanti a te è la Storia, l'unica che sia mai stata narrata nel Mondo Emerso, quella che si ripete identica da generazioni, secolo dopo secolo.»

Adhara scattò in avanti senza quasi aspettare che quella tirata delirante finisse. Si gettò su San col pugnale, mise nel colpo tutta la propria forza. Il suo braccio si fermò contro una barriera argentata che si materializzò intorno al corpo dell'uomo. Allora si spostò indietro, e San affondò con la propria arma.

Cominciò così, e fu come se tutto fosse già stato scritto. I movimenti di Adhara, quelli di San, la magia che lui metteva in campo e quella che fluiva dalle mani di lei, sconosciuta, istintiva, benefica. La spada nera e il pugnale che tracciavano archi bicolori nell'aria spessa di quel luogo morto, lo stridio delle lame che si incrociavano, il rumore sordo degli incantesimi lanciati, evocati. Le Formule Proibite di San, quelle difensive che Adhara richiamava naturalmente.

Con rabbia, percepì che San aveva detto la verità. Quella era *la* Storia. Quel combattimento era già avvenuto prima, e non una volta sola, ma innumerevoli volte. Era scritto da qualche parte, era necessario.

Amhal, in un angolo, guardava inerte.

Adhara e San si staccarono. Lui si portò una mano al fianco. Sanguinava.

«Se fossi al pieno delle mie forze, saresti già morta. O forse ti ho sottovalutata, e sei più di un semplice esperimento.»

Si scagliò di nuovo contro di lei, ma qualcosa fermò il suo colpo. Adhara rimase immobile, a fissare davanti a sé la schiena di un uomo che si era letteralmente materializzata dal nulla. Seppe istintivamente chi era.

«Lei infatti non è un semplice esperimento.»

La stessa voce che nei suoi confusi ricordi le aveva ripetuto fino allo sfinimento: "Verrò a riprenderti." Adhara rabbrividì. Poi l'uomo allontanò con la sua spada quella nera di San, e si girò verso di lei.

«Stai bene?»

La barba, i capelli, i tratti del viso. Si sovrapposero ai suoi sogni, fino a dare un volto a quello sconosciuto che le aveva promesso di tornare a prenderla.

«Chi sei?» mormorò Adhara.

L'uomo non ebbe il tempo di rispondere. Un sibilo, e l'arma di San si abbatté di nuovo su di lui. Il combattimento riprese, violento, e con un vincitore certo. Perché le mosse del nuovo arrivato non erano neppure lontanamente paragonabili ai movimenti flessuosi, forti e insinuanti di San. Un ultimo tondo, e l'uomo riuscì a riguadagnare la distanza di sicurezza.

San ne approfittò per riprendere fiato. «Non pensavo che ne fosse sopravvissuto uno» mormorò divertito.

L'altro si mise sulla difensiva. «Noi siamo guidati da Thenaar, nulla ci può fermare.»

San rise rumorosamente. «Certo, come no... Gli dei sono con me, e lo sai. Non puoi fermare questa storia, perché è scritta nell'essenza del Mondo Emerso.»

«Io forse no, ma lei sì» disse l'uomo stringendo Adhara per un braccio.

San si fece improvvisamente serio. «Un esperimento, forse migliore degli altri, ma pur sempre un esperimento da laboratorio.»

Fu l'uomo questa volta a sorridere enigmatico. «E allora perché ti sei dato la pena di uccidere tutte quelle come lei? Lei è la vera Sheireen, e lo senti dentro di te, Marvash.»

San digrignò i denti. «Mandamela contro, e vediamo chi vincerà tra noi.»

L'uomo strinse con più vigore la presa sulla ragazza. «Non è ancora tempo.»

«Ma che state dicendo?» Adhara era sconvolta. Chi era quell'uomo? Di cosa stava parlando con San? E Amhal, che ruolo ricopriva in quell'assurda vicenda?

Si divincolò e portò di nuovo avanti il pugnale. Indietreggiò verso Amhal. «Non mi interessano i vostri deliri.»

«Chandra, calmati» disse l'uomo, avanzando verso di lei.

«Mi interessa solo di Amhal, è chiaro? E me lo porterò via!»

L'uomo scosse la testa. «Lui è il tuo nemico, Chandra. È un Marvash anche lui.»

Adhara li ignorò. «Amhal, alzati e andiamocene! Che diavolo ci facciamo noi qua?» urlò.

Amhal parve uscire dall'apatia. Si alzò, guardò gelido Adhara e sguainò la spada.

Per un istante lei ci credette. Amhal aveva deciso, e aveva deciso per la vita. Era riuscito a guardare sotto tutte le menzogne di San. Ora l'avrebbe affiancata, avrebbero lottato assieme quel tanto che bastava per tirarsi fuori di lì, e poi se ne sarebbero andati dove non c'era bisogno di combattere, dove parole come quelle che San e l'altro uomo si erano lanciati contro non avevano diritto di essere pronunciate.

Amhal avanzò lentamente, poi le puntò la spada alla gola. Adhara rimase paralizzata.

«Amhal...» mormorò.

San sorrise con ferocia. «Ammazzala» disse. «È tua nemica. Lo è sempre stata. Se non lo farai adesso, dovrai farlo in futuro.»

Adhara fissò gli occhi in quelli di Amhal. Cercò di riempirli di una silenziosa supplica, cercò di fargli capire che c'era ancora speranza. Ma lo sguardo di lui rimase di un verde gelido, spento. E quella luce, che spesso vi aveva intravisto, per cui aveva lottato disperatamente, sembrava scomparsa.

«Vattene» disse lui.

San si volse di scatto. «Devi ucciderla. Fidati di me, poi ti spiegherò tutto, ma devi ucciderla.»

«Sei ferito, dobbiamo andarcene. È stato un errore fermarci qui.»

San digrignò i denti, ma la sua fronte era coperta di un sottile velo di sudore, e la ferita sanguinava.

«Amhal, ti scongiuro...»

«Vattene» ripeté lui, secco. Si allontanò di un paio di passi, rinfoderò la spada, prese sotto braccio San e scomparve nel buio.

«Amhal!» gridò Adhara, lanciandosi verso di lui.

L'uomo la bloccò. «Lascialo andare. È la nostra unica salvezza!»

«No, tu non capisci, io...» Cercò di divincolarsi, ma era stremata, e non solo fisicamente. Le gambe le cedettero, e si trovò a terra, scossa da singhiozzi incontrollabili. Piangeva senza ritegno, le mani a coprirsi gli occhi. Sentì lo sconosciuto avvicinarsi e metterle una mano intorno alle spalle.

«È finita» mormorò. «È finita.»

E Adhara pensò che era terribilmente vero.

«Chi sei?» mormorò quando si fu calmata.

Lui alzò il viso. «Mi chiamo Adrass.»

Non ricordava quel nome.

«Ti ho cercato così a lungo, e con così tanta disperazione...»

«Perché?»

L'uomo sospirò.

Le disse dei Veglianti. Santi, martiri, difensori della vera fede, che avevano cercato in tutti i modi di convincere i Fratelli della Folgore della bontà delle loro ragioni, ma inutilmente. Quando Theana aveva chiuso ogni porta e li aveva persino fatti perseguitare, avevano deciso di scivolare nella clandestinità, e lì continuare il loro lavoro. Perché, dopo i tentativi vani di uccidere Marvash prima che si svegliasse, avevano deciso di trovare Sheireen. Avevano cercato per tutto il Mondo Emerso. Ma presto avevano capito che era necessario anticipare il nemico. Non potevano attendere che Marvash apparisse, dovevano avere sempre Sheireen pronta, dovevano avere un vantaggio su di lui. Ma se Sheireen non fosse arrivata per prima?

Dovevano crearla.

Con la magia, con qualsiasi arma. A tutti i costi.

Presero fanciulle. Le rapirono alle loro famiglie. Provarono ad addestrarle, ma non bastava. E poi le magie, i sigilli che imponevano loro le uccidevano. Pensarono ai cadaveri. Carne morta su cui sperimentare, carne morta che poteva tornare alla vita grazie ad alcuni sigilli proibiti che i Veglianti conoscevano, carne morta da plasmare, modificare, potenziare.

«Sottraemmo molti corpi. All'inizio non fu facile. Non era come riportare in vita qualcuno. Noi non volevamo compiere un'azione così sacrilega come far tornare indietro un'anima dall'aldilà. Noi volevamo solo un corpo che si muovesse, e che fosse capace di lottare contro Marvash. Quello facemmo.»

Adrass tacque, e Adhara sentì un lungo brivido percorrerle la schiena. Ma non voleva crederci. «Questo facevate qua sotto?»

L'uomo annuì con un'aria afflitta che Adhara odiò profondamente.

«Le chiamavamo "creature", e per comodità assegnavamo loro un numero elfico. Ognuno di noi lavorava su una di loro: imponeva i sigilli, infondeva conoscenze innate sull'arte del combattimento e sulla magia, seguendo un proprio metodo. La prova finale era la Lancia di Dessar, un manufatto elfico specifico dei Consacrati: solo loro possono attivarla. Le creature venivano portate là e dovevano reggere la lancia con le mani. Se l'avessero attivata, avremmo capito di aver avuto successo. Ma non accadde mai.»

Adhara tremava. «Che succedeva alle... creature che non riuscivano ad attivare la lancia?»

«Morivano.»

Ebbe paura di quell'uomo, del modo in cui parlava di quei poveri corpi straziati dagli esperimenti, strappati alla morte, condotti a un nuovo annullamento.

«Loro non erano davvero persone, capisci?» spiegò Adrass, notando il suo turbamento. Le stesse parole che aveva usato poco prima San. Adhara sentì la rabbia fluirle liquida nelle vene, inarrestabile. «Loro non erano progettate per avere un'anima, loro erano... creature.»

Adhara strinse i pugni. «Ancora non capisco cosa c'entri con me.» Ma era una bugia.

Adrass sorrise. «Tu sei Chandra, in elfico vuol dire "sesta". Sei la sesta su cui io abbia lavorato, e sei Sheireen.»

Adhara gli balzò al collo, estrasse il pugnale e glielo puntò alla gola. «Stai mentendo! Io ho un'anima, io amo, odio, vivo! Io *sono*!»

Il volto di Adrass sbiancò mentre cercava di parlare, di spiegare ciò che non poteva essere spiegato.

Adhara mollò la presa, nauseata di se stessa. *Se fai così, non sei diversa da San*, si disse.

Adrass si massaggiò il collo, prese fiato. «Non lo so cosa sei, i miei fratelli mi hanno sempre detto che le creature non sono persone. Ma ha davvero importanza da dove sei venuta, o quel che sei, se una persona, un esperimento o cosa? Tu sei Sheireen, io ho avuto successo, capisci? Ho creato la Consacrata!»

Adhara lo guardò con odio. «Tu sei pazzo...»

«Tu ti ricordi di me, lo so, e allora non puoi negare la verità, non puoi negare quanto ti sto dicendo, Chandra.»

«Non chiamarmi così!»

La gola le bruciava. Non riusciva neppure più a urlare. Scivolò a terra. Si guardò le mani. Di chi erano quelle mani, prima che Adrass la riportasse alla vita? Cosa avevano fatto, quando appartenevano ad altri? Chi era stata lei, una vita fa?

«Tu non ricordi niente perché non hai nulla da ricordare» continuò Adrass «se non il breve periodo che abbiamo passato assieme, quando ti ho risvegliata, quando ti ho creata con la mia magia. E il giorno in cui tutto è finito.»

Quando San era arrivato, non sapevano chi fosse. Semplicemente era entrato e aveva portato la morte. Aveva ucciso chiunque gli si parasse davanti, e aveva sterminato le creature. Tutte. Tranne una: Chandra.

«Ti ho portata in salvo in un tunnel segreto, ti ho detto di aspettarmi.»

Verrò a riprenderti. Adhara se lo ricordava.

«Poi però non sono riuscito a tornare. Mi sono salvato fingendomi morto, e ti assicuro che ero quasi morto davvero. Trascinarmi fuori di lì, chiedere aiuto...» Si portò le mani al volto. «Tutta una serie di peripezie che non starò a raccontarti. Il resto è una triste storia.»

La guardò con gli occhi che gli brillavano.

«Ti ho cercata ovunque. Disperatamente. E intanto indagavo. E capii chi era quell'uomo. Marvash. San è Marvash.»

Adhara lo sapeva già. Lo sentiva.

Sei la Consacrata, per questo lo sentivi.

Scosse la testa. Non era così. Era una falsità. Lei non era proprio niente.

«Ma solo oggi ho capito tutta la verità. Sono due, Chandra. San e Amhal. Li hai visti combattere, no? Sono due Distruttori!»

Il volto dell'uomo era terrorizzato, ma nulla in confronto al gelo che aveva attanagliato le membra di Adhara. «Io... non...»

«Dovrai combattere contro due Distruttori. Dovrai uccidere sia Amhal sia San.»

Il mondo le girò attorno. Tutto parve dissolversi di fronte a quelle parole, lucide, terribili, e insieme folli. Combattere. Uccidere.

«Io e Amhal siamo amici, lui mi ha salvato la vita... Io lo amo...»

Adrass le mise una mano sulla bocca. «Non dire queste bestemmie! Lui è il nemico, lui è il male che devi combattere.»

Adhara scattò in piedi. «Non osare dire una cosa del genere! È una menzogna!»

«Chandra, è il tuo destino, sei stata creata per questo, *io* ti ho creata per questo! Altre Consacrate prima di te l'hanno fatto, e tu non sarai da meno. Lo farai anche se non lo vorrai, lo farai perché non puoi fare altro.»

Adhara continuava a scuotere la testa, come per liberarsi di un incubo. «Ti sbagli, io non sono niente. Forse mi hai creata, forse hai giocato a fare il dio, ma quello che è venuto fuori non ha nulla a che fare con le Consacrate. Io sono Adhara, la ragazza del prato, io sono la persona che Amhal ha riportato alla vita, a cui ha dato un nome e un senso!»

Adrass sorrideva di compassione, e continuava nella sua cantilena: «Non puoi fare altro che questo...»

Quel sorriso, quelle parole pregne di una certezza cieca, la fecero impazzire. Gli saltò addosso, caddero insieme a terra, e iniziò a colpirlo con ferocia, con odio.

Lo colpì, ancora, ancora, le nocche delle mani che le sanguinavano. Si fermò solo quando lo sentì esanime sotto di sé. E allora provò disgusto per se stessa, per quell'astio che era germogliato dalla sua disperazione e che le aveva mosso le mani.

Si allontanò da lui piangendo, e si ritrovò a vomitare lì accanto, esausta e svuotata. Scappò per quegli stessi corridoi attraverso cui era scappato Amhal. I suoi piedi la guidarono nel dedalo di passaggi che ormai riconosceva, conducendola in qualche luogo che non le interessava. Lasciò che il corpo si muovesse, che cercasse la strada.

E quando si fermò, sopra di lei c'era uno spietato cielo stellato, srotolato su un vasto prato. *Quel* prato. Il prato dove tutto era cominciato. Cadde in ginocchio, incapace di andare oltre. Tirava un vento gelido, che sapeva d'inverno.

E poi vennero i ricordi, a uno a uno, come grani di una collana di pietre, terribili. E seppe infine chi era.

Epilogo

Immagini a sprazzi. Suoni intermittenti.

Urla e stridore di spade.

Niente.

Un soffitto di mattoni.

Niente.

Ampolle, libri aperti, filtri.

Ancora niente.

Poi lui. Un uomo con la barba, calvo, lo sguardo preoccupato e febbrile.

Parla, cerca di dirle qualcosa, la tira giù dal tavolo. Chandra sente dolore in tutto il corpo, ma non ha neppure la forza di parlare. Lui la appoggia al muro, poi le versa addosso dell'acqua. È come essere punti da migliaia di spilli. Chandra scuote la testa, riesce ad aprire meglio gli occhi. L'uomo riempie completamente il suo campo visivo.

«Adesso ti porto in un posto, d'accordo? Ascoltami!»

Sono le prime parole che Chandra riesce a capire di quanto le sta dicendo. Le fa male tutto, e poi quei suoni assordanti, quei rumori terribili... Vorrebbe che la lasciasse là, a terra, a morire magari, ma in pace. Dei giorni precedenti ha ricordi molto vaghi. Dolore, soprattutto, e poi parole sussurrate, filtri da bere, luci strane. Sa solo che è stato orribile, una tortura. Più indietro, il nulla, neppure un ricordo.

L'uomo la prende per le ascelle, la trascina da qualche parte. Lo sente ansimare. Vorrebbe urlare per il dolore, ma non ci riesce.

Sono in un budello buio, che puzza di muffa.

Ora riesce a muoversi da sola. Striscia in quell'oscurità, l'uomo davanti a lei.

Lasciami qui, fammi morire... pensa, ma sa che l'attende qualcosa di atroce.

Una serratura che scatta. I rumori sono attutiti, ora, non si sente quasi più niente.

L'uomo la spinge in una stanza: è stretto lì, e lei vorrebbe ribellarsi, ma non ce la fa. Così non può che lasciarsi rinchiudere dentro.

«Ora sta' in silenzio, chiaro? Resterai qui ad aspettarmi. Non ci metterò molto, d'accordo?»

Chandra annuisce debolmente.

«Verrò a riprenderti. Busserò sulla pietra, due colpi forti e uno debole.» Le fa vedere. «Così, hai capito?»

Lei fa ancora cenno di sì. Ha capito.

«Brava. Non uscire per nessuna ragione.»

Poi la porta si chiude, ed è buio.

Resta lì dentro per non sa quanto. Piange. Prova a battere i pugni sui mattoni, ma è debole, è certa che nessuno possa sentirla.

Poi ripensa alle parole dell'uomo. Verrà a riprenderla. Si fida.

Il tempo passa, in uno stillicidio di secondi lenti. Le sue percezioni si allargano. Sente rumori lontani. L'odore della muffa che aggredisce i mattoni. La lama di luce che filtra dall'alto, sottile, quel tanto che basta a far passare l'aria. Aria pulita, che sa di notte. Incolla l'occhio a quella fessura. Nota per qualche tempo una luce pallida sopra di lei. Poi buio. Osserva immobile il nero che stinge in blu, poi in azzurro, poi in un rosa pallido. La luce si fa più intensa. Ancora nessuno.

Saranno passate ore, giorni? Non lo sa. Resta immobile. Ancora la luce diminuisce, ancora il rosa di molte, troppe ore prima. E poi azzurro slavato, e blu, e nero.

E allora decide. Deve uscire. Spinge con tutte le sue forze. Trova un mattone. Lo muove verso l'esterno. La parete ruota sui cardini, si apre. Cade fuori, e rimane a terra per qualche tempo.

È debole, ma riesce a tirarsi su e percorre al contrario la strada che ha già fatto. Il cunicolo è buio, e man mano che procede sente aumentare una penetrante puzza di bruciato.

Altra porta di mattoni. Sa come fare, stavolta. Ed esce nell'inferno. C'è fumo ovunque. Tossisce. A terra, macerie e moncherini carbonizzati. Corpi. Distingue braccia, gambe, tronchi e teste. Irriconoscibili. Tante. Chandra vomita. Ha paura, un terrore oscuro.

Non verrà più, pensa, e capisce che deve farcela da sola.

Avanza cercando di non guardare. Supera le sale e le macerie, e l'istinto le dice dove andare. In verità lo sa. Conosce la strada. Gliel'hanno insegnata. Nello stesso modo in cui le hanno insegnato il resto. Infilandoglielo chissà come nella testa.

Prende un corridoio laterale. Deve uscire da lì, e presto. Sa che da quella parte si va verso l'esterno. Ma ci vorrà tempo. E le fa male tutto.

Si appoggia alle pareti, struscia le palme contro i mattoni. Continua a camminare, spinta solo dalla paura. L'odore di carne bruciata, dietro di lei, la incalza, le mette sottosopra lo stomaco, però man mano che procede le cose vanno meglio.

I mattoni lasciano il posto a un cunicolo di terra. La puzza di morte è quasi scomparsa.

Si chiede dove sia l'uomo che doveva venire a prenderla. Ora che farà? Cosa c'è fuori? C'è posto per lei?

Sa solo quello che le hanno insegnato. Sa come si combatte, conosce la magia, sa cos'è una Consacrata. Ma sa cosa c'è fuori? C'è qualcosa, oltre il luogo oscuro da cui proviene?

Piange. Per la stanchezza e per la paura. La mente comincia a confondersi. Non sa dov'è. Non ricorda esattamente cos'è successo.

Devo essere lucida per salvarmi, si dice, ma non riesce a impedire che la consapevolezza fugga via come acqua da una falla. Ben presto le resta solo il desiderio di andare avanti. È l'unica certezza che ha, tutto ciò che rimane di lei. Non ricorda il viso dell'uomo, non ricorda che qualcuno le abbia detto che sarebbe andato a riprenderla, non ricorda nulla di sé. Sa solo che deve avanzare.

E infine, l'esterno. Un cerchio bianco, immenso, sopra la sua testa. Una finestra aperta sul nero del cielo. Intorno, una corte di piccole luci tremolanti. È sfinita, sconvolta, ha male dappertutto. Le rimane solo la forza di muovere ancora pochi passi. Poi si lascia cadere a terra.

È in un prato, un vasto prato rorido di rugiada, spazzato da un lieve vento refrigerante. Sopra di lei, quel cielo immenso e sconosciuto.

Le braccia aperte, le gambe distese, la creatura, dimentica di sé e di ciò che è stato, del suo destino e di ciò che è, chiude gli occhi, e sprofonda in un sonno che cancellerà quel che resta della sua consapevolezza.

Ed è così che la storia inizia.

Personaggi

Adhara: ragazza senza passato, che un giorno si risveglia in un prato senza sapere chi sia o dove si trovi. Il suo nome le è stato dato da Amhal.

Adrass: uno dei Veglianti.

Amhal: apprendista Cavaliere di Drago; da sempre combatte con un oscuro desiderio di morte che percepisce dentro di sé.

Amina: figlia di Fea e Neor, gemella di Kalth.

Aster: mezzelfo che cento anni fa aveva cercato di conquistare tutto il Mondo Emerso.

Chandra: sesta, in elfico.

Dalia: attendente di Theana al Tempio.

Damilar: villaggio della Terra del Sole.

Dohor: padre di Learco, crudele re della Terra del Sole che cercò di conquistare tutto il Mondo Emerso.

Dubhe: regina della Terra del Sole, un tempo abilissima ladra.

Elfi: antichi abitanti del Mondo Emerso, lo abbandonarono quando le altre razze iniziarono a popolarlo, stabilendosi nelle Terre Ignote.

Fea: gnomo sposato con Neor.

Fratelli della Folgore: i sacerdoti del culto di Thenaar.

Gilda degli Assassini: setta segreta che aveva pervertito il culto di Thenaar.

Ido: gnomo, Cavaliere di Drago, uccise Dohor ponendo fine al suo sogno di conquista.

Jamila: drago di Amhal.

Kalth: figlio di Fea e Neor, gemello di Amina.

Kryss: misterioso personaggio da cui prende ordini l'uomo in nero.

Laodamea: capitale della Terra dell'Acqua.

Learco: sovrano della Terra del Sole, è lui l'artefice dei cinquant'anni di pace che ha vissuto il Mondo Emerso.

Lonerin: mago, marito di Theana, morto di malattia anni addietro.

Makrat: capitale della Terra del Sole.

Marvash: Distruttore, in lingua elfica.

Mira: Cavaliere di Drago, maestro di Amhal.

Morbo: malattia mortale e molto infettiva che pian piano si sta diffondendo in tutto il Mondo Emerso.

Neor: unico figlio di Dubhe e Learco, è paralizzato.

Nihal: mezzelfo, eroina che salvò il Mondo Emerso dal Tiranno cento anni fa.

Nuova Enawar: unica città della Grande Terra, sede del Consiglio del Mondo Emerso e dell'Esercito Unitario.

Pietosi: i sopravvissuti al morbo che si occupano di curare i malati.

Saar: grande fiume che segna il confine tra il Mondo Emerso e le Terre Ignote.

Salazar: città torre capitale della Terra del Vento.

San: nipote di Nihal e Sennar, dopo una lunga assenza è ritornato nel Mondo Emerso.

Sennar: potente mago, marito di Nihal.

Sheireen: Consacrata, in lingua elfica.

Terre Ignote: territori al di là del Saar.

Theana: maga e sacerdotessa, Supremo Officiante dei Fratelli della Folgore.

Tiranno: nome con il quale era conosciuto Aster.

Uomo in Nero: figura misteriosa che ha sterminato tutti i Veglianti e che è sulle tracce di Amhal.

Veglianti: setta segreta fuoriuscita dai Fratelli della Folgore.

Indice

Faro di Dessa
Promontorio Ultimo
Porto di Giafta
Golfo di Barahar
Lome
Barahar
Laia
Piccolo Mare
Deserto Centrale
Sossa
Marca delle Paludi
Bosco Marino
Saar
Cascate di Naël
Foresta Occidentale
Monti del Sole
Loos
Laodamea
Marca dei Boschi
Prateria
Terra del Vento
Grande Terra
Salazar
Foresta
Daress (Monti del Nord)
Thal (Padre dei Monti)
Nassel
Terra delle Rocce
Assa
Foresta di Pietra
Rephtà
Montagne Nere
Terra del Fuoco
Passel
Campi Morti
Hora (Bocca Meridionale)